EL DIABLO DE MANHATTAN

JOANNA SHUPE

EL DIABLO DE MANHATTAN

TITANIA

Argentina • Chile • Colombia • España
Estados Unidos • México • Perú • Uruguay

Título original: *The Devil of Downtown*
Editor original: Avon Books. An Imprint of HarperCollins*Publishers*, New York
Traducción: Ana Isabel Domínguez Palomo y María del Mar Rodríguez Barrena

1.ª edición Noviembre 2022

ISBN: 978-84-17421-83-0
E-ISBN: 978-84-19251-96-1
Depósito legal: B-17.021-2022

Fotocomposición: Ediciones Urano, S.A.U.

Impreso por Romanyà Valls, S.A. – Verdaguer, 1 – 08786 Capellades (Barcelona)

Impreso en España – *Printed in Spain*

El Diablo de Manhattan

¡Maldición! No quería espantar a la benefactora, al menos hasta que hubieran acabado.

«Lograré que se arrepienta».

¿Lo estaba amenazando? ¿¡A él!? ¡Por Dios! Se excitaba solo de pensarlo.

Toda la ciudad creía que esa mujer era pura bondad y que era incapaz de un solo pensamiento malicioso. Sin embargo, a él lo enfurecía en todo momento. Detrás de esos vestidos ñoños y de esos escotes tan altos, escondía una lengua afilada y un sinfín de reprimendas furibundas.

La benefactora tenía una vena desagradable. Y eso le encantaba.

Al fin y al cabo, tal vez esa fuera la verdadera Justine. Tal vez él fuera el único hombre que había vislumbrado el acero debajo del algodón. Y quería más. Quería descubrir hasta dónde llegaba ese acero. ¿Hasta el fondo? ¿Le mordería los labios si se besaban? ¿Le clavaría las uñas si se la llevaba a la cama, dejándole en la piel la huella de su placer?

La alcanzó y bloqueó su avance.

—Por favor, deténgase. Necesito hablar con usted.

Ella apretó los labios y unió las manos. A la espera. Esos ojos oscuros lo miraron fijamente como si fuera un incordio. Un incordio que ella se limitaba a tolerar.

Jack fue directo al grano.

—Deseo que me devuelva el favor.

Para Denise y Cherie,
mis Mamie y Florence.

1

Great Jones Street
Nueva York, 1893

Justine sintió que de repente se le erizaba el vello de la nuca.

Ese era uno de los barrios más conflictivos de la ciudad, y ella había ido esa tarde, sola, para hacer un recado. Algo que no era inusual, teniendo en cuenta su trabajo como voluntaria, aunque nunca había tenido problemas.

Y, en ese momento, sucedió. Notó la presión de un arma blanca en las costillas encorsetadas al tiempo que sentía el roce cálido del aliento de su atacante en la oreja, momento en el que la sangre se le heló en las venas.

No pensó lo que iba a hacer a continuación. Fue el instinto el que tomó las riendas. Se apartó del arma y estiró un brazo para zafarse de la enorme mano del agresor. Acto seguido, y mientras giraba, cerró el puño y golpeó al atacante en la garganta. Con fuerza. El arma cayó al suelo.

La escena llegó a su fin en un abrir y cerrar de ojos.

Un joven, probablemente de quince o dieciséis años, comenzó a tambalearse hacia atrás, agarrándose el cuello, y Justine se apresuró a ayudarlo.

—Respira —le dijo al tiempo que lo guiaba hacia un barril situado bajo el toldo de una tienda.

Con la cara del color de un tomate maduro, el muchacho jadeó y se desplomó contra la tapa de roble. Justine esperó no haberlo herido de gravedad.

Era delgado, demasiado para su edad. La ropa le colgaba del cuerpo y tenía la cara demacrada. La piel que quedaba a la vista estaba cubierta de mugre. Por desgracia, eso era algo habitual en los barrios bajos de la ciudad, donde el hambre era la causante de la desesperación. Había pasado el tiempo suficiente al sur de Houston Street como para saberlo. Las personas desesperadas merecían ayuda, no condenas, algo que muchos habitantes de la ciudad habían olvidado, acicateados por la codicia y la corrupción.

Pasaron unos cuantos segundos mientras el muchacho se recuperaba. Antes de que pudiera hablar, ella se le adelantó.

—¿Por qué me has amenazado poniéndome una navaja en las costillas?

Él la miró con los ojos entrecerrados y una mueca desdeñosa en los labios.

—Para robarte. ¿No te parece normal? Mira tu ropa...

El vestido que llevaba, aunque descolorido, era de buena calidad. No podría engañar a nadie ocultando su condición de mujer rica. Sin embargo, su intención no era la de engañar a la gente. Estaba allí para ayudar, algo que de un tiempo a esa parte hacía cada vez más a menudo. La asesoría de ayuda jurídica se encontraba desbordada, y ella estaba dispuesta a echar una mano en todo lo posible.

Tras meter la mano en el monedero que llevaba cosido en la cintura, sacó un dólar de oro.

—Toma.

El muchacho miró fijamente la brillante moneda antes de arrebatársela.

—¿Por qué me ayudas?

—Porque todo el mundo merece un poco de amabilidad, sin importar las fechorías que haya cometido. A veces, eso se nos olvida.

—¿Qué eres, una especie de fanática religiosa?

—No. Trabajo con la Asesoría de Ayuda Jurídica del Lower East Side. —Su hermana Mamie dirigía la asesoría junto a su marido, Frank Tripp. Aunque se centraban sobre todo en casos legales, ella se encargaba de otros problemas. De ahí su visita a Great Jones Street de ese día—. En fin, si quieres una comida gratis, la iglesia de...

El muchacho se alejó a la carrera por la calle como un conejo asustado tras oír que mencionaba la religión. Justine suspiró. La mayoría de las iglesias tenía buenas intenciones, pero no todos querían oír un sermón durante la cena.

Se volvió para continuar hacia su destino. Había un grupo de hombres delante del club New Belfast Athletic que la miraban boquiabiertos, como si estuvieran cazando moscas. ¿Habían sido testigos del altercado con el muchacho? En circunstancias normales, no le gustaba llamar la atención, mucho menos teniendo en cuenta el tipo de hombres que frecuentaba ese establecimiento en particular. Mejor no llamar su atención en absoluto.

Por desgracia, se dirigía directamente a sus dominios.

Cuadró los hombros y empezó a cruzar la calle, sin detenerse hasta que llegó a los escalones de entrada. Dos hombres custodiaban la puerta, y sus expresiones pasaron al instante de la estupefacción al recelo.

Justine carraspeó.

—Buenas tardes. He venido para ver al señor Mulligan. —Uno de los hombres que se encontraba a su espalda se rio, pero ella hizo caso omiso y siguió mirando a los dos guardias.

—Señora... —replicó uno de ellos al tiempo que le temblaban los labios por la risa.

—Señorita —lo corrigió—. Señorita Justine Greene.

El ambiente cambió al instante. Los dos guardias se enderezaron y uno de ellos incluso se quitó el sombrero.

—Señorita Greene.

¡Ah, estupendo! Habían oído hablar de ella. No podía decirse que fuera famosa, como una actriz o una cantante, pero cuando la hija de un ricachón neoyorquino pasaba tanto tiempo como ella en los barrios bajos, la gente se acordaba.

Que la reconocieran también significaba que estaría a salvo en ese lugar. Tal vez. Solo un tonto se enfrentaría a su padre, Duncan Greene.

—Señorita Greene —dijo el otro hombre—. Por favor, pase. Veré si Mulligan puede atenderla. —Le abrió la puerta.

Mientras disimulaba el nerviosismo, Justine lo siguió hasta el vestíbulo del club. Una vez allí, el hombre se excusó rápidamente y desapareció por una escalera, dejándola sola. No le quedó más remedio que esperar. Así que se pegó a la pared y trató de respirar hondo.

En la estancia principal, se celebraba un combate de boxeo y el ruido era casi ensordecedor, ya que los presentes se agolpaban alrededor del cuadrilátero, vitoreando y gritando. Por suerte, nadie le prestó atención. Sintió que se relajaba un poco mientras observaba sus alrededores.

La mayoría de las tabernas que había visitado apestaba a sudor, humo y sangre. Sin embargo, ese establecimiento era nuevo, y saltaba a la vista que se esmeraban en mantenerlo en buenas condiciones. Estaba limpio como los chorros del oro. Los asistentes al combate de boxeo también la sorprendieron. No eran rudos matones cubiertos de mugre y polvo. Los hombres de Mulligan iban bien vestidos, bien afeitados. Llevaban el pelo peinado a la perfección con pomada. Algunos de ellos hasta eran elegantes. ¿Serían delincuentes?

—¿Señorita? —El guardia había regresado—. Sígame. La acompañaré arriba.

Los nervios se apoderaron de su estómago mientras subía los escalones, lo cual era ridículo. No tenía motivos para temer al señor Mulligan. Sí, era peligroso (dirigía la mayor organización criminal del estado, ¡por el amor de Dios!), pero tenía fama de ser justo y de no tolerar ningún tipo de violencia contra las mujeres.

En ese caso, ¿por qué le sudaban las palmas de las manos? ¿Por qué estaba tan nerviosa?

«Solo es un hombre. Tratas con ellos todos los días. Échale valor».

Además, esa visita era importante. No podía perder de vista su propósito. Había una familia que dependía de ella.

Llevaba seis semanas rastreando a su presa. Sus antiguos lugares de trabajo, los garitos que se sabía que frecuentaba. Había hablado con sus amigos y sus socios. Había pasado más de cuarenta días siguiendo las metafóricas miguitas de pan de un hombre que había abandonado a su mujer y a sus cinco hijos. Estaba decidida a encontrarlo, sin importar adónde la llevara su búsqueda. Aunque fuera el cuartel general de un capo del crimen organizado.

Llegaron a una recargada puerta de madera. El guardia llamó y abrió la pesada puerta sin esperar. Justine puso los ojos como platos al ver lo que había al otro lado. Era como entrar en un lujoso salón. Cristal y apliques dorados por doquier, paredes empapeladas con un diseño estampado y gruesas alfombras orientales en el suelo. Resultaba evidente que los sillones eran antigüedades francesas (del Segundo Imperio, si no se equivocaba) y que el enorme cuadro que adornaba una pared era un Gainsborough. En un rincón, había una estatua de mármol de Diana, una pieza tan antigua que parecía más propia del Museo Británico.

A juzgar por lo que veía, el crimen era muy lucrativo.

Se percató de que había una puerta entreabierta en el otro extremo de la estancia. Antes de que pudiera acercarse para mirar qué había al otro lado, un hombre apareció en el vano.

La luz de la tarde que entraba por las ventanas le daba de lleno, resaltando unos rasgos tan perfectos que parecían increíbles, de manera que parpadeó, sorprendida por semejante belleza. Casi todos los hombres de ese barrio poseían un aspecto rudo, tosco, con narices torcidas y cicatrices a diestro y siniestro. Recuerdos de una vida dura que para muchos era el pan de cada día.

Sin embargo, ese hombre era distinto. Tenía el mentón y los pómulos afilados, unos penetrantes ojos azules y unos labios carnosos que provocaban pensamientos no muy decentes. Su piel era suave, aunque a esas horas ya le había crecido un poco la barba, algo que en cierto modo aumentaba su atractivo. Llevaba un traje azul marino, si bien había prescindido de la chaqueta y se había remangado la camisa, lo que dejaba a la vista unos musculosos antebrazos.

¡Por Dios! No se esperaba algo así.

Debía de ser Jack Mulligan. Se rumoreaba que no había un criminal más guapo en toda la ciudad, y en ese momento entendía por qué lo decían.

Justo entonces se fijó en sus manos. Llevaba un pañuelo con el que se estaba limpiando... la sangre de los nudillos. ¡Por Dios!

—¿Está herido?

El señor Mulligan esbozó una sonrisa torcida.

—Esta sangre no es mía. Por favor, siéntese. —Desapareció en el interior de la habitación contigua, y ella oyó correr el agua.

Se acercó acongojada a los sillones situados frente a su mesa y se sentó en uno de ellos. «Lleva la sangre de otra persona en las manos», pensó. El instinto le decía que aquello era un error, que debía de haber otra forma de ayudar a la señora Gorcey. Pero eso llevaría tiempo, algo con lo que no contaba la madre de cinco hijos.

Jack Mulligan era la solución más eficiente disponible. Si accedía a ayudar, por supuesto.

El agua dejó de correr y él salió del aseo. Se bajó las mangas de la camisa mientras se acercaba a la mesa, tras lo cual recuperó la chaqueta del respaldo del sillón y se la puso.

Parecía listo para pasear por la Quinta Avenida.

Justine le echó un vistazo mientras se dejaba caer en su sillón.

—¡Vaya, vaya! La famosa benefactora del sur de Manhattan en mi casa. Es un honor.

Justine no detectó sarcasmo alguno, aunque tampoco estaba del todo segura. De manera que fingió que no había hablado y se lanzó a soltar el discurso que llevaba preparado.

—Señor Mulligan, gracias por recibirme. He venido...

—¿Cómo está su hermana?

La pregunta tal vez habría molestado a algunas mujeres, pero no a ella. Sus dos hermanas mayores eran impresionantes, mucho más guapas e interesantes que ella.

—¿Cuál de ellas?

—Perdóneme. Me refería a Florence. Pasó una temporada aquí antes de que las cosas entre ella y Madden se arreglaran. Me gustó conocerla.

¡Oh! Florence no había mencionado ese detalle, claro que era famosa por guardar secretos.

Sin embargo, lo más importante era el propósito del señor Mulligan al preguntar por ella. Su tono le había parecido tierno, y se preguntó si habría llegado a encariñarse de su hermana. Bueno, no sería el primero. Florence había coleccionado muchos corazones a lo largo de los años, e incluso había rechazado varias proposiciones matrimoniales.

—Se encuentra bien. El casino está casi terminado. Planea inaugurarlo a finales de verano.

—Me alegro de oírlo. Por favor, salúdela de mi parte. Y bien, ¿qué puedo hacer por usted, señorita Greene?

Justine carraspeó y fue al grano.

—Estoy aquí en nombre de una clienta, la señora Gorcey. Su marido, un tal Robert Gorcey, la abandonó hace meses y no ha sabido nada de él desde entonces. Ella exige que cumpla con su obligación de mantener a su familia.

—¿Y qué tiene que ver esto conmigo?

—Tengo entendido que el señor Gorcey trabaja a sus órdenes. Le pido que me permita hablar con él. Debo presionarlo para que haga lo correcto por su familia, o me veré obligada a denunciarlo a la policía.

Jack Mulligan la miró fijamente durante un momento que se le hizo muy largo, con una expresión firme y serena en esos ojos azules. Sus iris también tenían un tono grisáceo, como si cambiaran de color según la luz. Le resultaba imposible adivinar lo que estaba pensando mientras pasaban los segundos, y su mirada empezaba a ponerla nerviosa. Justo cuando iba a abrir la boca para explicarse, él dijo una palabra:

—No.

En el fondo, no había esperado que estuviera dispuesto a ayudar. Casi todo el mundo necesitaba una dosis de persuasión.

—¿Por qué no?

—Por varias razones. Ella puede divorciarse y encontrar a otro hombre que la ayude. Debe de haber un motivo para que el señor Gorcey se haya ido. Además, no veo razón para intervenir en lo que es un asunto estrictamente familiar.

—El señor Gorcey dejó cinco hijos, cuyo cuidado recae ahora directamente sobre los hombros de su esposa. Ella se ha dedicado a coser para ganar un poco de dinero, y los dos hijos mayores han empezado a trabajar en las fábricas. ¿Ha visto las consecuencias que tiene en un niño de diez o doce años el hecho de pasarse el día trabajando en una fábrica?

—No, pero sé lo que es una vida difícil, señorita Greene. He vivido en estas calles casi toda mi vida.

—Como hombre, sí. Le pido que se ponga en el lugar de una mujer que está sola y sin ninguna ayuda en esta ciudad. No puede divorciarse de su marido, porque eso requeriría viajar a Reno por culpa de las anticuadas leyes de divorcio de Nueva York. No dispone de dinero ni de tiempo para desplazarse. Así que está atada de pies y manos, porque en este mundo el cuidado de los hijos recae sobre los hombros de las mujeres. Y si no cuenta con ayuda económica para cuidarlos, son los niños los que más sufren. Unos niños que se levantan todos los días preguntándose si habrá suficiente comida. ¿Es nuestra sociedad tan cruel como para no obligar a los hombres, que son los que han engendrado a esos niños, a comportarse de forma honorable y cumplir con sus responsabilidades? —Tomó aire y separó las manos, que había unido antes. Bien sabía el Señor que podía alterarse mucho cuando hablaba de esos temas. Sin embargo, era de sentido común. Defender a las mujeres de los maridos crueles y egoístas que las habían abandonado no debería ser necesario. No obstante, allí estaba.

La expresión del señor Mulligan cambió, y en su mirada apareció un brillo que no estaba antes.

—Admirable —creyó oírlo decir en voz baja.

—¿Cómo ha dicho?

Él sacudió la cabeza, como si quisiera despejarse.

—Aprecio su pasión por la señora Gorcey y sus hijos, pero aun así debo negarme. ¿Eso es todo, señorita Greene?

—¿Elige proteger al señor Gorcey?

—No del todo, pero sus asuntos personales son suyos. *C'est la voie du monde!*

¿Que así funcionaba el mundo? No. Ella se negaba a creer que la sociedad fuera tan cínica.

—Si esa es su respuesta, bien. Pero le advierto que yo misma lo encontraré y lo entregaré a las autoridades.

—¿La señora Gorcey dispone de los fondos necesarios para pagarse un abogado?

—Es clienta del señor Tripp, mi cuñado.

Jack Mulligan torció el gesto, a todas luces consciente de la reputación de Frank Tripp, pero luego le restó importancia al asunto con un gesto de la manos.

—Dejando a un lado la ayuda de Tripp, no me parece que un tribunal vaya a tomarse en serio este tipo de casos. No cuando hay delitos reales que perseguir, como asesinatos o incendios provocados.

—Le aseguro que esto también es un delito. Ya he resuelto ocho casos de este tipo, y se ha localizado a los maridos, que han sido obligados a cumplir con sus obligaciones.

—¿Ocho? ¿Por qué no he oído hablar antes de esto?

Justine disimuló una sonrisa, aunque era difícil no sentirse satisfecha por semejante logro. Esos ocho hombres se habían creído más listos que sus esposas. Ella había disfrutado demostrando que se equivocaban.

—¿Está al tanto de todo lo que ocurre en los barrios bajos?

—Sí. —No lo dijo con tono ufano ni mucho menos, solo era la sencilla constatación de un hecho.

—En ese caso, debo de estar haciendo algo bien. No sería bueno que mi propósito se hiciera público. Los hombres harían todo lo posible por esconderse de su esposas abandonadas.

—¿Y la policía la está ayudando con esto?

—Pues sí. —Hasta cierto punto. En realidad, le habían dado permiso para localizar a esos maridos fugados y denunciarlos. Sin embargo, solo un detective la había ayudado, y solo cuando tenía tiempo.

—No me hace gracia que la policía husmee entre mis hombres, señorita Greene.

—En ese caso, entregue a este hombre en concreto, señor Mulligan.

—Eso tampoco me hace gracia.

—Me temo que es una cosa o la otra.

—No. Siempre hay otras alternativas.

—¿Como cuáles?

La miró con los ojos entrecerrados de una forma que a ella no le gustó un pelo.

—Como negándome a que se vaya.

Justine no pudo evitarlo: se echó a reír.

—¿Eso significa que va a secuestrarme? Es absurdo.

—Yo no he dicho nada de secuestrarla.

—¿Cómo lo llamaría entonces?

—Retenerla aquí.

Volvió a reírse. Por la razón que fuera, quizá porque hablaba francés o porque tenía obras de arte de valor incalculable en su despacho, Justine no le tenía miedo. Jack Mulligan le recordaba a su padre, Duncan Greene, un hombre más fanfarrón que cruel.

También sabía que los hombres como su padre y el señor Mulligan eran muy tercos. No había forma de hacerlos cambiar de opinión.

La reunión había terminado. Justine se puso en pie y echó a andar hacia la puerta. Si Jack Mulligan quería jugar así, adelante. No era la primera vez que se topaba con esa resistencia.

—¿No me cree capaz de hacerlo? —le preguntó él, obviamente retomando la tontería del secuestro.

Justine se detuvo con la mano en el pomo de la puerta y se volvió. Lo vio de pie al otro lado de su mesa, con el ceño fruncido y los dientes apretados. Intentó pasar por alto que la ofuscación y la irritación no hacían más que aumentar su atractivo.

«Concéntrate, Justine», se dijo.

Ese hombre acababa de declararse enemigo de su causa. Eso significaba que no había más que hablar con él.

—Sé que no lo hará. No es uno de los villanos que se atusa el mostacho en esas historias impresas que venden por un penique.

La sorpresa lo dejó boquiabierto, pero Justine no tenía tiempo para más bromas. Debía encontrar al señor Gorcey antes de que ese hombre tuviera la oportunidad de avisarlo. Salió y empezó a recorrer el pasillo, aunque él la alcanzó cuando llegó a la escalera.

—Señorita Greene.

Alzó la mirada hacia él. Ese torso y esos hombros tan anchos casi bloqueaban la suave luz de la lámpara de gas del techo.

—¿Qué?

—Puede que no tenga mostacho, pero sí soy un villano. Haría bien en recordarlo.

2

Jack Mulligan no recordaba la última vez que lo habían sorprendido tanto.

Durante los treinta y dos años que llevaba en el mundo, lo había visto todo. Había vivido la vida que soñaba la mayoría de los hombres; había llegado a lo más alto y había caído a lo más bajo. Poseía una fortuna inmensa y contaba con cientos de hombres a sus órdenes. Tenía el poder de influir en las elecciones, de cambiar el paisaje de la ciudad. Nadie orinaba más al sur de la calle Catorce sin su aprobación.

Y esa pequeña benefactora acaba de reírse en su cara.

Impensable. Insostenible. Increíble.

La muchacha tenía coraje, no cabía duda. Había golpeado a hombres por insultos mucho menores que el que acababa de dirigirle Justine Greene. De hecho, el último había sufrido su castigo ese mismo día.

¡Ah, pero esa cara!

Al principio, le pareció pasable sin más. Su hermana, Florence, era una belleza. El tipo de mujer que los hombres deseaban, con una buena delantera y una cintura pequeña. De piel suave y pelo rubio, por no mencionar su preciosa sonrisa. Comparada con ella, Justine salía perdiendo. Una delantera escasa, pelo castaño recogido en un moño severo y unos ojos que no se reían ni chispeaban. Nadie la miraría dos veces estando Florence en la misma estancia.

Hasta que empezaba a hablar. Porque en ese momento cobraba vida y la iluminaba el fuego o la determinación que ardía en su interior. Mientras estaba allí sentada en su despacho, le pareció casi resplandeciente.

En ese momento bajaba la escalera, tan regia como una reina, tras haberlo despachado. ¡Por Dios, ese vestido amarillo era horrible! Su tono de piel necesitaba colores más oscuros y cálidos. Deberían despedir a su modista de inmediato.

—Señorita Greene —se oyó decir, sin estar seguro de lo que iba a añadir.

Ella se detuvo en el último peldaño y volvió la cabeza parar mirarlo por encima del hombro.

—¿Qué?

Jack esperó a que volviera a subir, pero ella se limitó a quedarse allí plantada. Tenía coraje, sí, señor, pensó al tiempo que bajaba y se detenía justo en el peldaño superior al suyo.

—¿Qué gano yo si la ayudo?

—La certeza de haber hecho lo correcto, supongo.

—Es imposible que haya logrado la colaboración de todos aquellos a los que les ha pedido ayuda.

—No, pero yo no he dicho en ningún momento que necesite su cooperación. Eso me facilitaría las cosas, sí. Pero no la necesito. Soy perfectamente capaz de encontrar al señor Gorcey por mi cuenta.

—Sin embargo, si está a mi servicio (algo que ni niego ni confirmo), es intocable.

—Eso es ridículo. Nadie es intocable.

—Yo lo soy.

No era un alarde. Se había pasado la mayor parte de su vida de adulto asegurándose de mantenerse fuera del alcance del departamento de policía. Y también fuera del alcance del Ayuntamiento, donde reinaba Tammany Hall, la corrupta maquinaria política del partido demócrata. De mantenerse por encima de los demás criminales, siempre preocupados por si los pescaban.

Él no. Ya no.

Había acumulado suficiente dinero y poder como para no tener que mirar más por encima del hombro. Tal vez a la policía no le gustara, pero contaba con suficientes agentes en su bolsillo como para que el departamento fuera incapaz de tocar su organización sin que él diera el visto bueno. Nadie tenía más influencia en esa zona de la ciudad que él, ni el alcalde, ni los comisarios de la policía, ni los dirigentes de la maquinaria política del partido demócrata.

Lograrlo no había sido fácil. Había trabajado, luchado, conspirado y planeado para conseguir llegar a la cúspide de la clase criminal del sur de Manhattan. Lo habían apuñalado y le habían disparado. Había soportado innumerables disputas y peleas. Había sufrido fracturas de huesos y dislocaciones. Aunque esa historia no se reflejase en su cara, del cuello hacia abajo era harina de otro costal. Tenía el cuerpo lleno de cicatrices y de marcas de su violento pasado.

Sin embargo, había salido victorioso y nunca se disculparía por ello.

La señorita Justine Greene, curiosamente, no parecía sentirse impresionada. Algo que él no lograba entender del todo. Las mujeres nunca habían supuesto un problema. Incluso cuando era pobre, su cara le había asegurado que nunca se sintiera solo. Desde que era rico, le resultaba incluso más fácil conseguir compañía femenina. De una en una, de dos en dos o incluso en grupo...

No obstante, esa se había reído de él.

Aunque no la despreciaba por el desaire, algo sorprendente. No, al contrario, ¡la admiraba por ello!

—Nunca se ha enfrentado a alguien como yo —le aseguró ella—. Llegaré hasta el señor Gorcey con su ayuda o sin ella.

Estuvo a punto de creerla. Por supuesto, tenía formas de ocultar a la gente que ella jamás podría imaginar dada su exquisita educación de señorita de la clase alta.

La verdad era que no le caía bien Gorcey. Y si la acusación era cierta..., le caería peor todavía. Sin embargo, no le hacía ni pizca de gracia que alguien husmeara entre sus hombres o en su organización. Prefería mantener el control.

—¿Y bien?

La impaciencia de Justine interrumpió sus pensamientos.

—Quiero verla.

La vio fruncir el ceño, confundida al parecer.

—¿Ver a quién?

—A la señora Gorcey.

—Ni hablar.

Jack torció el gesto.

—En ese caso, hemos llegado a un punto muerto.

—No lo creo.

—Puedo ponerle las cosas muy difíciles, benefactora.

—¿Secuestrándome?

No le hizo ni pizca de gracia el temblor de sus labios mientras pronunciaba la pregunta, como si la idea le resultara cómica. A pesar de no haber secuestrado nunca a una mujer..., esa lo tentaba mucho, aunque solo fuera para demostrar que podía hacerlo.

¿Cuánto pagaría Duncan Greene de rescate para recuperar a la benjamina de la familia? En fin, una oportunidad rentable que considerar.

Que no era un villano, le había dicho... Estuvo a punto de resoplar. Esa muchacha no tenía ni idea.

Tras contener el impulso de atusarse un mostacho imaginario, dijo:

—Si conozco a la señora Gorcey y oigo su versión de la historia, tal vez me convenza de obligar a Robert a hacer lo correcto.

En vez de apaciguarla, sus palabras la hicieron fruncir el ceño.

—¿Oír su versión? ¡En esta historia no hay dos versiones! La idea de que debe convencerlo de las penurias que sufre para que su marido cumpla con su obligación es insultante.

Merde! Esa mujer... ¿Se mostraría siempre tan difícil?

—Tómelo o déjelo, señorita Greene. Puede tener al hombre que busca antes de que se ponga el sol, o puede pasarse varias semanas dando tumbos y preguntándose dónde se habrá metido.

—Muy bien. Lo llevaré a verla.

—Ni hablar.

Las motitas doradas de las profundidades de esos ojos castaños hicieron que sus iris relucieran, cual relámpagos que presagiaban su ira.

—No tengo tiempo para juegos, no cuando...

—No estoy jugando. La veré aquí.

Justine cruzó los brazos por delante del pecho.

—Señor Mulligan, esa mujer tiene cinco hijos que atender. ¿De verdad cree usted que puede dejarlos y venir a la carrera solo porque no quiere que lo molesten?

Jack no había pensado en eso, pero se negaba a ceder. Si le pedían ayuda, ponía sus reglas. Siempre.

—Los niños no son problema mío. Si quiere a Gorcey, la reunión debe llevarse a cabo aquí.

—Le preguntaré a ella. Es lo único que puedo hacer. Tal vez alguna de sus vecinas pueda encargarse de cuidarlos.

Jack sacudió la cabeza.

—Lo ha entendido mal. Usted no se va. Le ordenaré a uno de mis hombres que vaya a buscar a la señora Gorcey.

—¡La aterrorizarán! No puede hacer eso. Al menos, permítame acompañarlo.

Allí estaba, plantada frente a él con la voz tan severa como la de una maestra enfadada. O como suponía que sonaba la voz de una maestra, ya que nunca había ido a la escuela. No obstante, ese tono de voz y el color subido de sus mejillas tenían algo que lo conmovía. Esa mujer no se rendía ni se echaba atrás por ningún motivo, y él era consciente de la respuesta física de su cuerpo, que reaccionaba en contra del sentido común.

Bien sabía Dios que no era su tipo de mujer. Le gustaban descaradas y pechugonas. Con experiencia. No una señorita de la alta sociedad que se desmayaría si le diera una palmada juguetona en el trasero mientras se la tiraba por detrás.

—Debería irme —dijo ella mientras empezaba a bajar la escalera de nuevo—. Esto ha sido un error.

Jack se adelantó para impedirle la huida. Se detuvo dos peldaños por debajo de ella, de manera que quedaron casi a la misma altura.

—¿Ya se ha rendido?

—Me limito a ajustar mi estrategia. Había pensado, dado que tiene reputación de tratar bien al sexo femenino, que ofrecería su ayuda. Es evidente que lo he juzgado mal.

—No, pero sí ha entendido mal cómo funcionan las cosas por aquí. Yo soy tanto el juez como el jurado, señorita Greene. Si hay un problema con uno de mis hombres, escucho los hechos y tomo una decisión. Yo y solo yo. ¿Lo entiende?

Ella pareció asimilar sus palabras, y la irritación de su rostro desapareció en parte.

—Eso implica que es capaz de ser imparcial.

—No se me puede acusar de ser injusto.

—¿Sabe dónde está el señor Gorcey en este momento?

—Tengo una ligera idea.

Justine Greene suspiró y se quedó mirando la pared. No había mucho sobre lo que reflexionar, ya que él tenía la sartén por el mango, pero le gustaba que fuera tan juiciosa. Era una mujer que evitaba el comportamiento precipitado, cuidadosa. Lo mismo que él.

—Si no me permite ir a buscarla, me gustaría al menos enviarle una nota para tranquilizarla.

Jack esbozó una sonrisa de oreja de oreja.

—Por supuesto. Acompáñeme.

Jack Mulligan era una caja de sorpresas.

Durante la hora que esperaron a la señora Gorcey, Justine se mantuvo sentada frente a él en su despacho, bebiendo jerez y charlando amablemente. Ese hombre podía hablar de cualquier tema, desde el arte y la cultura hasta la política y los clásicos. Era culto, inteligente y simpático. Casi podía obviar que se encontraban en un club de boxeo/taberna/cuartel general de delincuentes cerca del Bowery.

Todo eso contradecía la reputación de hombre peligroso de Mulligan, que se había ganado hacía años al unir las poderosas pandillas criminales de los barrios bajos de la ciudad para formar una enorme organización. La hazaña se había convertido en una leyenda, y las distintas anécdotas se compartían en todas las tabernas de la ciudad a altas horas de la noche. Justine desconocía los detalles exactos, pero suponía que habría necesitado astucia, valentía y derramamiento de sangre.

Lo dejó hablar casi todo el tiempo. Algo en absoluto inusual. Sus dos hermanas mayores eran sociables y directas. Ella, en cambio, prefería escuchar y observar. No era una delicada florecilla ni mucho menos, pero prefería emplear su energía en ayudar a los demás. Los chismorreos y la moda la aburrían soberanamente. Las fiestas y las reuniones sociales le parecían una pérdida de tiempo. ¿Qué importancia podían tener esas cosas cuando la mayoría de los habitantes de la ciudad luchaba por sobrevivir y mantener a su familia?

—¿La estoy aburriendo?

Justine alzó la mirada al oír la pregunta del señor Mulligan.

—Por supuesto que no. —¿De qué estaba hablando? De las obras de arte que había visto en un reciente viaje a París—. No he visitado París desde que era pequeña.

Él enarcó una ceja, y una expresión curiosa asomó a su hermoso rostro.

—Creía que las herederas de la alta sociedad iban a París todos los años para encargar su vestuario.

—Yo no soy esa clase de heredera.

—¿Qué clase de heredera es entonces?

—Del tipo rebelde, supongo.

—Ya lo veo. Aquí estoy yo, tratando de impresionarla, y no me cabe duda de que he errado el tiro.

—¿Por qué trata de impresionarme?

—Porque soy vanidoso. Además de ser un hombre en presencia de una mujer hermosa, resulta que dicha mujer forma parte de una de las mejores familias de la ciudad.

¿Hermosa? Estuvo a punto de resoplar. Era evidente que la había confundido con una de sus hermanas.

—No necesita impresionarme. En cuanto el señor Gorcey acepte ocuparse de las necesidades económicas de su esposa, dejaré de molestarlo.

El señor Mulligan bebió un trago de cerveza. Una cerveza rubia, le había dicho, procedente de la cervecería del cuñado de Mamie.

—Dígame, ¿qué piensa su padre de sus obras de caridad?

Justine cambió de postura en el mullido sillón.

—¿Conoce usted a mi padre?

—No he tenido el placer, pero conozco su reputación.

—En ese caso, entenderá por qué no siempre le informo de todos mis movimientos.

—No obstante, seguro que está al tanto de sus visitas a los barrios bajos.

—Por supuesto. —No dijo que su padre creía que se dedicaba estrictamente a ayudar a su hermana en la asesoría.

Sin embargo, él pareció percatarse del engaño.

—¡Ah, entiendo! —replicó con una carcajada que marcó un poco más las arruguitas de los rabillos de sus ojos.

Justine comprendió que debía de ser un hombre dado a la risa para tener esas arruguitas. La expresión risueña hizo que pareciese más joven y aumentó su atractivo, de manera que experimentó una oleada de calor y una extraña sensación en el estómago.

El combate de boxeo de abajo no era nada comparado con el aspecto y el encanto de Mulligan; una combinación peligrosa para la tranquilidad de una mujer.

Detestaba que la alterara en lo más mínimo. Nadie, ni siquiera sus hermanas, sabía que había habido un hombre en su vida durante parte del último año. Billy Ferris, un aprendiz de fontanero unos años mayor que ella. Se conocieron cuando contrató al jefe de Billy para arreglar unas cañerías que goteaban en una vivienda de Mott Street. Billy era cariñoso y amable, el tipo de hombre que nunca discutía ni se enfadaba. Sin embargo, al cabo de unos meses se distanciaron, sin haber intimado realmente en la relación, y no sintió que se le partiera el corazón cuando él decidió dejarlo.

Nunca había pensado en casarse con Billy. Había aprendido que las mujeres casadas tenían menos derechos que las solteras, ya que se lo cedían todo a sus maridos. Hacer una mala elección resultaba desastroso, sin importar el apellido y el pedigrí del hombre en cuestión.

Jamás olvidaría algunas de las consecuencias de las malas elecciones que había visto.

Sin embargo, había querido a Billy. Si tuviera que casarse, preferiría a alguien aburrido y predecible, como él. No le gustaban los fuegos artificiales y la pasión. Prefería la comodidad y la seguridad.

Así que, ¿por qué se fijaba en el aspecto de Mulligan y sentía cosas?

—Hábleme de la asesoría de ayuda jurídica —le dijo él, interrumpiendo sus reflexiones—. Supongo que tienen mucho trabajo, ¿no es así?

—Más de lo que podríamos haber soñado. Ha sido agotador, pero gratificante.

—No me sorprende. Conozco a su cuñado y es una fuerza de la naturaleza.

—¿Conoce a Frank? —Eso la sorprendió.

—Por supuesto. Era inevitable que nos cruzáramos de vez en cuando. Es el mejor abogado del estado.

—Y usted dirige la mayor organización criminal del mismo.

Si esperaba que él mintiese o lo negara, la sorprendió al no hacer ninguna de las dos cosas.

—En efecto, lo hago. ¿Le molesta?

—¿Por qué?

—No podría decirlo, benefactora. Pero tengo la sensación de que la estoy incomodando.

—No estoy incómoda. Simplemente no es usted como esperaba. —En absoluto.

Abrió la boca para añadir algo más, pero un golpe la interrumpió. A la orden del señor Mulligan, la puerta se abrió y entró un muchacho seguido de la señora Gorcey. La mujer, que estaba muy pálida y tenía los ojos como platos, corrió hacia ella.

—Señorita Greene, ¿de verdad ha encontrado a Robert?

—Creo que sí. El señor Mulligan ha accedido a ayudarnos.

—Señora Gorcey —Jack Mulligan se acercó y la saludó con un gesto de la cabeza—, bienvenida. Espero que hoy podamos llegar a un acuerdo satisfactorio para usted.

—Gracias, señor Mulligan. Siento haberlo molestado con mis problemas —replicó la mujer, que apenas era capaz de mirarlo a los ojos y hablaba con voz trémula.

—No es necesario que se disculpe. Me alegra poder ayudar en la medida de lo posible a los residentes del sur de Manhattan.

Justine estuvo a punto de resoplar. ¿No le había preguntado poco antes que qué ganaría él ayudándola? Tenía la impresión de que Jack Mulligan no actuaba por la bondad de su corazón, aunque no le había exigido nada. Tal vez sus diatribas, azuzándolo a hacer lo correcto, habían hecho mella en él.

La puerta se abrió una vez más y entraron dos hombres. La señora Gorcey se tensó al tiempo que contenía la respiración, y Justine dedujo que uno de esos hombres debía de ser su marido.

Uno de los recién llegados miró a la señora Gorcey y se detuvo en seco. Su mirada recorrió la estancia, posiblemente en busca de una salida. Como si lo percibiera, el segundo hombre le puso una mano en el hombro y lo empujó hacia el interior del despacho. Sin embargo, él evitó los ojos de su esposa, como si no estuviera presente en absoluto.

—Robert —dijo Jack Mulligan, que señaló un sillón—, siéntate. ¿Señora Gorcey? —Estiró un brazo como si fuera a acompañar a la mujer a un evento de la alta sociedad, y Justine puso los ojos en blanco.

Una vez que todos estuvieron sentados, el señor Mulligan cruzó las piernas y se alisó los pantalones, que conservaban la raya como si estuvieran recién planchados.

—Robert, parece que tenemos un problema con tu familia.

—No tengo familia —fue la réplica del aludido.

—Eso es lo que te gustaría, claro —le soltó su esposa. Justine le puso una mano en el brazo a modo de consuelo y advertencia. Debían mantener la calma.

—Bueno, esta mujer aquí presente dice ser tu esposa —siguió Jack Mulligan—. Asegura que la has abandonado a ella y a tus cinco hijos. ¿Tienes algo que decir al respecto?

—Que es una mentirosa.

—¿Cómo te atreves...?

Justine le dio un apretón en el brazo a la mujer. No era la primera vez que un marido mentía cuando se le presentaban pruebas de sus fechorías. Se volvió hacia el señor Gorcey.

—¿Está diciendo usted que no la ha visto nunca?

El hombre le dirigió una mirada ponzoñosa, tan feroz que estuvo a punto de dar un respingo.

—Eso es lo que estoy diciendo.

—En ese caso, si ella revelara algo sobre su persona, como una marca de nacimiento o una cicatriz, ¿no podríamos verificarlo?

Robert Gorcey no se dignó a responder. Se limitó a apretar los dientes y a clavar la mirada en la pared.

—¿Señora Gorcey? —terció Jack Mulligan—. ¿Existe ese tipo de marca?

Ella asintió con la cabeza y se señaló la muñeca derecha.

—Tiene una cicatriz aquí de una pelea en una taberna. También tiene un lunar en el lado izquierdo del pecho.

El señor Mulligan enarcó una ceja.

—Robert, te desnudaré si es necesario para confirmar si es verdad. Así que responde: ¿lo que dice es cierto? Antes de hablar, recuerda que no me gustan los mentirosos ni tampoco que me hagan perder el tiempo. ¿Conoces a esta mujer o no?

—Sí —respondió él entre dientes y con patente resentimiento.

—¿Es tu esposa?

—Ya no. Le dije que quería irme y ella me dijo que me fuera.

—¡Eso no es verdad! —exclamó la señora Gorcey.

—Sí que lo es. —Su expresión se tornó desdeñosa mientras la miraba—. No tienes ningún derecho sobre mí, mujer.

Justine se apresuró a intervenir.

—¿Se casó con ella, señor Gorcey?

—Sí, pero...

—¿Es el padre de sus hijos?

—No lo sé —murmuró—. Cualquiera podría haberlos engendrado.

—Hijo de... —protestó la señora Gorcey antes de que Justine le diera un nuevo apretón en el brazo.

—Señorita Greene, señora Gorcey —dijo Jack Mulligan mientras se ponía en pie—. Me gustaría quedarme un momento a solas con Robert. Si son tan amables de disculparnos... —Sin esperar a que Robert Gorcey cooperara, echó a andar hacia una puerta contigua y salió de la estancia. Aunque no lo había amenazado de ninguna manera, el señor Gorcey tragó saliva y se quedó blanco de repente. Tras levantarse con rapidez, fue en pos de su jefe.

—¡Menudo sinvergüenza! —masculló la señora Gorcey cuando se quedaron solas—. ¡Mira que decir que él no engendró a nuestros hijos! ¿Cómo se atreve?

—Me gustaría decir que me sorprende. Pero he escuchado casi todas las excusas imaginables de los hombres que abandonan a sus esposas.

—Uno de ellos había seguido mintiendo aun después de ponerle delante a su primogénito, que era un calco de su persona. Una muestra de lo fácil que les resultaba a los hombres eludir sus responsabilidades paternas.

—¿Qué cree que le está diciendo el señor Mulligan ahí dentro? —le preguntó en voz baja la señora Gorcey, como si temiera que Jack Mulligan la oyera.

Justine pensó en esos nudillos ensangrentados y se estremeció. «Esta sangre no es mía». ¿Le daría una paliza al señor Gorcey para lograr su cooperación?

—No lo sé —contestó—. Espero que sea algo que ayude a su marido a admitir la verdad.

—Lo único que quiero es apoyo económico —repuso la mujer—. No quiero que vuelva.

—Nadie está diciendo que deba aceptarlo de vuelta. Y si esto falla, encontraré la manera de llevar a su marido a los tribunales. Así que todavía no nos hemos quedado sin opciones.

La puerta se volvió a abrir y el señor Gorcey fue el primero en aparecer. Su cara inexpresiva carecía de todo rastro de la animosidad de antes. Jack Mulligan entró a continuación, con una sonrisa deslumbrante. Acto seguido, le dio una palmada en la espalda a Robert Gorcey, como si fueran amigos de la infancia.

—Vamos, Robert.

—Le daré diez dólares al mes —dijo el susodicho—. Hasta que los niños sean mayores de edad.

—Veinticinco —replicó Justine—. Hay seis bocas que alimentar.

La expresión del señor Gorcey se ensombreció.

—¡Eso es un robo absoluto!

El señor Mulligan carraspeó de forma exagerada.

El enfado de Robert Gorcey desapareció al instante y asintió con entusiasmo.

—Por supuesto. Veinticinco.

—¡Aleluya! —exclamó la señora Gorcey.

Justine apretó los labios para no sonreír. Todavía no habían terminado.

—Debe mantener una distancia respetable de la señora Gorcey en todo momento. Si descubro que la acosa o la maltrata de alguna manera, lo denunciaré a la policía.

En la mirada del señor Gorcey ardían el odio reprimido y la frustración. Esos hombres eran los más peligrosos, en opinión de Justine. No le extrañaría que intentara hacerle daño a la que fuera su mujer o a los niños para librarse del pago de la manutención.

—Si la mantengo como un marido, tengo la intención de reclamar mis...

—No se acercará a ella —lo interrumpió el señor Mulligan—. Me aseguraré de que así sea. El dinero llegará directamente a mis manos, y yo me encargaré de que se le entregue a la señora Gorcey.

—No.

Todos guardaron silencio ante la negativa de Justine. Incluso la señora Gorcey parecía confundida.

—No entiendo —dijo la mujer en voz baja.

Justine clavó la mirada en Jack Mulligan.

—El dinero se remitirá a la Asesoría de Ayuda Jurídica del Lower East Side. Nosotros nos encargaremos de que la señora Gorcey reciba el dinero.

El señor Mulligan se frotó la mandíbula y la miró fijamente. Justine comprendió que aquello no le gustaba, pero no estaba dispuesta a ceder en ese punto. Si el señor Gorcey le entregaba la cantidad estipulada a Jack Mulligan, cabía la posibilidad de que la señora Gorcey nunca viera el dinero. O de que viera un porcentaje reducido, a cuenta de la cuota por su intervención.

Jack Mulligan le hizo un gesto al hombre que aguardaba en la puerta mientras decía:

—Robert, seguiré contigo más tarde. Puedes marcharte. —El señor Gorcey lo obedeció de inmediato y salió de la estancia—. Rye, acompaña a la señora Gorcey de vuelta a su casa. Me gustaría hablar con la señorita Greene. A solas.

3

A Jack no le gustaba ceder el control. Ni en su negocio, ni en las negociaciones. Ni siquiera en la cama. En cuanto lo hiciera, su imperio se derrumbaría. Había muchos hombres en la ciudad a la espera de que se debilitara, de que cediera un ápice. Pero él no les daría esa satisfacción.

Su intención era la de morir estando en la cúspide. Era la única opción para un hombre como él.

Así que no le hizo ni pizca de gracia que Justine Greene discutiera con él después de resolverle su problemilla. Esperaba su gratitud. Su aprecio. Y, en sus sueños, quizá hasta un revolcón en la cama para celebrarlo. Lo que no esperaba era que contradijese su resolución.

—Por favor, siéntese —dijo al tiempo que señalaba un sillón. Si iban a discutir, lo mejor era hacerlo de forma civilizada.

—Prefiero estar de pie —replicó ella—. No vamos a tardar mucho.

Jack sacudió la cabeza, pero siguió de pie.

—Señorita Greene, parece que no entiende cómo funcionan las cosas en mi mundo. Mis decisiones son definitivas. He resuelto su problema con los Gorcey. No menosprecie mi benevolencia.

—Aunque le agradezco la ayuda, no me gusta la idea de que la señora Gorcey esté en deuda con usted por el pago mensual de la manutención.

—Ella no está en deuda conmigo. Lo está usted.

La sorpresa que apareció en su cara le resultó casi satisfactoria.

—¡Yo! ¿Por qué?

—Porque le he hecho un favor. Como ya le he dicho, los favores se cobran caros por aquí. *Quid pro quo,* señorita Greene.

—En ningún momento ha mencionado eso —protestó ella—. Solo me ha preguntado qué ganaría usted si me ayudaba.

—Una insinuación de que si presto ayuda, espero cobrar la deuda en el futuro.

Ella levantó los brazos y después los dejó caer a ambos lados del cuerpo. Acto seguido, apretó los dientes. Era extraordinaria cuando se enfadaba, mientras controlaba las emociones y se ponía colorada. Se preguntó si ese carácter fogoso y temperamental aparecía también en la cama. Lo dudaba. La muchacha irradiaba un aire virginal. Algo sorprendente, teniendo en cuenta que las hermanas Greene andaban desbocadas por la ciudad de Nueva York. Bien sabía Dios que ninguna de ellas se preocupaba por el decoro. Pero la que tenía delante era una criatura compleja que no había logrado descifrar todavía.

La vio entrecerrar los ojos y dirigirle una mirada desdeñosa. Si no le hiciera tanta gracia, estaba seguro de que se le habrían encogido las pelotas ante semejante muestra de feroz desaprobación.

—En ningún momento hemos acordado que hubiera una deuda o un pago de esta. Supuse que creía la historia de la señora Gorcey y que actuaría por compasión y bondad.

Jack se rio.

—Eso no es así. Creo en la señora Gorcey, pero aquí no hay compasión ni bondad. Lo mío es la codicia, pura y dura.

—Bueno, pues no puedo pagarle.

—Lo que busco no es dinero.

Sus palabras quedaron flotando en el aire, y fue evidente que ella no las entendía. ¡No las entendía ni él mismo! Pero como buen cretino retorcido que era, sabía que jamás se debía rechazar la oportunidad de cobrarle una deuda a la hija de una familia prominente. De lo contrario, sería un imbécil redomado.

—No lo entiendo.

—Es muy sencillo. Me debe un favor, señorita Greene. Cuándo y cómo me lo cobre será decisión mía.

—Ni hablar. Eso es completamente inaceptable. A saber lo que puede pedir.

—Ese es un riesgo que tendrá que asumir, a menos que quiera que deje a Robert Gorcey en la calle, libre de cualquier pago futuro, por supuesto.

—Eso es chantaje.

Lo dijo como si no fuera consciente de sus condiciones.

—Muy bien.

—¿Qué puede querer de mí? Carezco de contactos sociales importantes... —Guardó silencio como si se le hubiera ocurrido una idea y la hubiera dejado sin palabras—. Seguramente no se refiere a algo... físico.

—No es usted mi tipo —repuso él a modo de respuesta—. Creo que le daría un susto de muerte en cuanto me desnudara.

—En ese caso, no me imagino qué puede pedirme como pago.

—Nadie puede predecir el futuro. Tal vez nunca le pida que salde la deuda. —Mentira. Por supuesto que se lo diría, pero ella no necesitaba saberlo.

—Lo dudo. Parece el tipo de hombre que mantiene a la gente siempre controlada, y sometida.

Eso le arrancó una sonrisa torcida.

—La sumisión me gusta.

Ella resopló y ladeó la cabeza.

—¿Eso es una insinuación?

—Si no la ha captado, es que he perdido facultades.

—¿No acaba de decir que no soy su tipo?

Jack levantó un hombro y se metió las manos en los bolsillos del pantalón.

—Cuanto más discute conmigo, más se acerca a «mi tipo».

Estuvo a punto de reírse al ver que apretaba los labios, como si estuviera mordiéndose la lengua para no decirle lo que pensaba. Todavía en silencio, cruzó los brazos por delante del pecho y clavó la mirada en la pared. Era como si pudiese ver girar los engranajes de su mente mientras intentaba llegar a una solución que no requiriera relacionarse de nuevo con él.

Por alguna razón que se le escapaba por completo, eso le resultaba intolerable.

El silencio se alargó. Hacía calor en su despacho y le apetecía beber algo fresco en la taberna. Sin embargo, no la apresuraría. Había aprendido a negociar en las calles de Five Points, donde ganar significaba sobrevivir. Había perfeccionado esas habilidades contra delincuentes, policías, políticos... Una señorita de alta sociedad neoyorquina no lo sacaría de sus casillas. La esperaría toda la semana si fuera necesario.

—¿Qué pasa si rechazo devolverle el favor?

—No lo hará.

—Desde luego que lo haré si me exige algo ilegal o que me incomode de alguna manera.

—Permítame disuadirla para que no piense que esto es negociable. Carece usted de ventaja en esta situación. Si se niega, el señor Gorcey desaparecerá para siempre. ¿Es capaz de mostrarse tan arrogante con el destino de la señora Gorcey?

Su mejillas se tiñeron de rojo, y el oro de esos ojos castaños volvió a brillar cuando enfrentó su mirada. A esas alturas, la había avergonzado y enfadado. Sin embargo, allí estaba, mirándolo fijamente. La muchacha tenía coraje.

—Eso parece un desafío —replicó—. ¿Qué le parece esta ventaja? Yo misma le pagaré a la señora Gorcey.

Jack parpadeó. Una sola vez, algo que habría sido poco memorable tratándose de cualquier otra persona, pero que en el caso de Jack Mulligan, que nunca se acobardaba, ni se echaba atrás, ni reaccionaba de ninguna manera que no hubiera planeado cuidadosamente, bien podía equivaler a sufrir un soponcio repentino.

¡Maldición! ¿Sería capaz de hacerlo?

—Sí, sería capaz —dijo ella, como si le hubiera leído el pensamiento de alguna manera.

—¿Con qué dinero? Su padre seguramente no lo apruebe.

—No necesito su dinero. Tengo el mío propio.

¡Mierda! Por supuesto. Había sido un idiota al suponerla dependiente de su padre. Las señoritas como ella se rodeaban de dinero, vestidos y joyas en cuanto dejaban la cuna.

Aceptó la derrota. No podía contrarrestar su amenaza...

Un momento. Sí que podía.

—¿Y qué pensaría su padre de las actividades que lleva usted a cabo en Manhattan?

Ella se tensó visiblemente, al tiempo que cuadraba los hombros y fruncía el ceño.

—¡Por Dios! Es usted una sabandija, Mulligan. No, es peor que una sabandija. Es la escoria que flota en un charco de Mulberry Street.

Jack se rio.

—Le reconozco el mérito de la creatividad, señorita Greene. Creo que nunca me habían llamado «escoria de charco».

—Me gustaría poder deleitarme con el logro. Por desgracia, estoy demasiado ocupada poniéndolo de vuelta y media en mis pensamientos.

—¿Y de qué manera lo está haciendo? Tengo curiosidad por saber cómo pone de vuelta y media una señorita de la alta sociedad a un hombre como yo.

Ella se acercó, sin miedo, con los puños fuertemente apretados.

—No pienso molestarme en responder a semejante burla. Solo sé que mis pensamientos son muy creativos, desvergonzados y la mar de ofensivos.

Ya fuera por su actitud atrevida o por el uso de ese «desvergonzados», la lujuria empezó a correrle por las venas y a acalorarlo. ¡Por Dios! Era una muchacha valiente. Muchos hombres no se enfrentarían así a él ni lo insultarían de esa manera. Tampoco lo había hecho ninguna mujer hasta la fecha. Sin embargo, en su caso le gustaba. Era como Juana de Arco o Boudica, preparada para la batalla, y él estaba allí, contemplando toda la pasión y la determinación que encerraba en su interior. El hombre que encontrara la forma de disfrutarlas, dentro o fuera del dormitorio, obtendría una gran recompensa.

Mientras dejaba que su mente rumiara algunas de las recompensas más interesantes, ella echó a andar hacia la puerta.

—Muy bien, señor Mulligan. Prometo devolverle el favor.

No pudo evitar sonreír mientras la veía alejarse.

—Imaginaba que diría eso.

—En ese caso, disfrútelo, porque será la única vez que obtenga algo así de mí. Sé que no debo negociar con el diablo dos veces. —Dicho lo cual, salió al pasillo y cerró la puerta a su espalda.

—¿Qué te preocupa, querida? —le susurró a Justine su abuela durante la cena. Todos los demás hablaban a su alrededor, de manera que se les había presentado un inusual momento de intimidad—. Pareces distraída esta noche.

¿Era tan obvio?

—Es que he tenido un día muy largo.

Dado que sus padres estaban en Europa, las hermanas Greene se habían acostumbrado a cenar con su abuela casi todas las noches. En esa ocasión, sin embargo, Justine no estaba precisamente dispuesta a mantener una conversación educada, no después de su encuentro con Jack Mulligan. La idea de deberle un favor que tendría que devolverle de alguna manera en el futuro le revolvía el estómago.

Su abuela le dio un codazo.

—Esa es la mentira más descarada que he oído en la vida. Estás contrariada por algo.

—¿Por qué son tan horribles los hombres?

Soltó la pregunta sin pensar y vio que su abuela ponía los ojos como platos. Claro que no podía culparla por semejante reacción. En realidad, su abuela y ella no estaban muy unidas (Florence era su favorita, al fin y al cabo), y nunca habían tenido una sola conversación sobre relaciones sentimentales o el matrimonio. De hecho, no recordaba haberle pedido consejo nunca. Tal vez debería remediarlo. Su abuela era una mujer juiciosa y no tan convencional como su madre.

La vio esbozar una sonrisa torcida de repente al tiempo que se le iluminaban los ojos.

—Querida, eso es como preguntar por qué el cielo es azul. Los hombres son como son porque durante siglos hemos permitido que nos pisoteen. Pero creo que tu generación está cambiando eso. Se necesita tiempo para que las actitudes cambien. —Se acercó más a ella y susurró—: Algún día descubrirás que son buenos para algunas cosas.

«La sumisión me gusta».

Sintió un hormigueo en la piel y un repentino calor. Jack Mulligan era intenso. Una presencia embriagadora que subyugaba cualquier estancia en la que estuviera. Y también era un criminal. No podía olvidar eso en ningún momento, pese a su encanto e ingenio.

—¿Hay un hombre en tu vida? —le preguntó su abuela en voz baja—. Puedes decírmelo. No se lo diré a nadie.

—No —respondió—. Y bien contenta que estoy. Ni falta que me hace.

—Podrías cambiar de opinión cuando aparezca el hombre adecuado. Eres más práctica y sentimental que tus hermanas. A la larga, querrás formar una familia, por supuesto.

Tal vez lo hubiera deseado en el pasado, pero los últimos años le habían mostrado el sufrimiento y el desamparo que sufrían los niños en ese mundo.

—Los hijos no forman necesariamente parte del matrimonio. —Al menos, no debería.

—Supongo. Pero, ¿cómo van a cambiar nuestras hijas el mundo si no hay más hijas?

Justine reflexionó al respecto mientras masticaba. A su mente acudió la cara del señor Gorcey mientras mentía sobre la paternidad de sus hijos. Indignante a más no poder. Por desgracia, no era el único. Un sinfín hombres decidía abandonar sus promesas y sus responsabilidades sin pensar, dejando que las mujeres y los niños sufrieran. Eso la asqueaba.

—¿Por qué no se les enseña a los hijos varones a cambiar las cosas? ¿Por qué las cargas y los problemas de este mundo deben recaer constantemente sobre los hombros de las mujeres?

Las arrugas de la piel de su abuela se hicieron más evidentes cuando hizo una mueca con los labios.

—Confieso que nunca lo había visto de esa manera. Pero tienes razón.

—Exacto.

—Supongo que es lo mejor. Bien sabe Dios que tu padre no tiene ninguna prisa por verte casada, no después de lo que ha pasado con tus dos hermanas. Creo que espera que vivas aquí con ellos para siempre, casta y pura.

«¡Pura, ja!».

Virginidad aparte, Justine no se imaginaba viviendo lejos de su familia y de esa casa. Adoraba ese lugar, el único hogar que había conocido. Sin embargo, las cosas estaban cambiando. Mamie vivía con Frank un poco más al sur, en la Quinta Avenida. Florence pronto se mudaría a su casino en la zona sur de Manhattan. Sus dos hermanas habían emprendido caminos propios. ¿Qué le depararía a ella el futuro? Quería ayudar a la gente, pero ¿qué significaba eso? ¿Más obras de caridad?

—Bueno, yo tampoco tengo prisa.

La cena llegó a su fin y todos se trasladaron al salón. Justine estaba pensando en escaparse a su dormitorio cuando su hermana mayor la arrastró a una sala de estar vacía.

—Quiero hablar contigo —adujo Mamie con un rictus decidido en los labios que ella conocía bien.

—¿Sobre qué?

—Sobre hoy.

—¿Qué pasa?

—Has llegado muy tarde y has aparecido alicaída, como si alguien hubiera pateado a tu perro.

—¡Qué imagen más fea!

—Justine, concéntrate. ¿Qué ha pasado?

Mamie era la única de la familia que estaba al tanto de sus esfuerzos por localizar a los hombres que abandonaban a sus esposas.

—He encontrado al señor Gorcey, el hombre que he estado buscando las últimas seis semanas.

—Esas son buenas noticias. ¿O es que no ha ido bien?

—Al contrario, todo ha ido estupendamente. Ha aceptado pagarle a la señora Gorcey una manutención mensual para ayudarla a criar a los niños.

Mamie frunció el ceño.

—Entonces, ¿por qué estás tan triste? Deberías estar eufórica a mi entender.

—Lo estoy. Es que... —Decidió confiar en Mamie—. ¿Conoces a un hombre del sur de Manhattan llamado Jack Mulligan?

—De oídas. ¿Por qué?

—El señor Gorcey trabaja para él. He ido a las instalaciones del club New Belfast Athletic para hablar con el señor Mulligan.

—¿Cómo? —Mamie la agarró del brazo—. Dime que no has ido sola. No deberías acercarte a ese hombre, y menos sin escolta.

—Era pleno día. No he corrido ningún peligro. O casi ninguno.

Fue un error decir eso. Mamie se quedó blanca y echó el peso del cuerpo hacia atrás por la sorpresa.

—¿Alguien te ha hecho daño?

—No. Cálmate, Mamie. No ha pasado nada.

Su hermana no pareció creerla, ya que la expresión irritada no abandonó su rostro.

—Entonces, ¿qué ha pasado con el tal Mulligan?

—Necesitaba su ayuda para localizar al señor Gorcey. A cambio, he tenido que prometerle que le devolveré el favor.

—¿De qué manera?

—No lo ha especificado. Solo ha dicho que será en el futuro y que será él quien lo decida.

—¡¿Y has accedido!? —Mamie se quedó boquiabierta y puso los brazos en jarras—. ¿Es que Florence y yo no te hemos enseñado nada? ¿Por qué, en nombre de Dios, le has dicho que sí?

Eso la ofendió.

—No soy una niña, Mamie. Necesitaba su ayuda. Pensé erróneamente que Jack Mulligan obligaría al señor Gorcey a pagar una manutención basándome en su reputación de proteger a las mujeres. Creí que esta situación apelaría a su sentido del bien y del mal.

—Bueno, pues Frank irá a hablar con él para que te exonere de la deuda.

—Eso no es necesario. Yo me encargaré del asunto. Además, acordamos que Frank no se enteraría de todo lo que estoy haciendo. —Su cuñado podía dificultarle las investigaciones si se lo proponía. O podría decírselo a su padre, lo que sería muchísimo peor.

—No me gusta tener secretos con él —repuso Mamie—. No es justo para ninguno de los dos. Se pondrá furioso si se entera.

—Algo que no sucederá, porque no vas a decirle nada. Si tan difícil te resulta guardar silencio, dejaré de informarte de lo que estoy haciendo.

—Así solo lograrías preocuparme más. Al menos, puedo ofrecerte ayuda si sé lo que te traes entre manos.

—Pues ya está. Yo me encargo de Jack Mulligan y tú te mantienes al margen.

—Justine, intervendré por tu bien si lo creo necesario. Deja de ser tan terca. Vamos al salón antes de que nos echen de menos.

Justine no se movió. Le palpitaba la cabeza de tanto pensar en capos criminales y hermanas mayores entrometidas. Lo único que deseaba era estar sola. Levantar de nuevo sus muros y apuntalar sus defensas. Mamie tenía buenas intenciones, pero ella era capaz de manejar su propia vida.

—No me encuentro bien. Creo que voy a acostarme.

—Intentas evitarme porque sabes que tengo razón. —Su hermana se levantó las faldas y echó a andar hacia el vestíbulo—. Bien. Vete a descansar. Pero prepárate para el «te lo dije» cuando toque.

Justine ni se molestó en corregirla. Encontraría la manera de darle la vuelta a la situación con respecto a Jack Mulligan. Ya se las apañaría.

4

Jack se sentó solo a la barra del club y clavó la mirada en su vaso de cerveza. El ambiente era ruidoso, desde los gritos del combate de boxeo procedentes del cuadrilátero hasta la música de la taberna, pero no le prestó atención. Esa noche no. Tenía la mente puesta en otro sitio.

O, más concretamente, en otra persona.

Acababa de recibir su informe diario sobre la señorita Justine Greene. Uno de sus hombres la había estado siguiendo durante una semana y le había informado de las actividades de la pequeña e intrépida benefactora. Parecía estar siempre ocupada y apenas si descansaba para comer. Salía temprano por las mañanas y volvía a casa al anochecer. Servía comidas en las iglesias. Repartía mantas en las viviendas de alquiler. Llevaba a las mujeres a ver a médicos y comadronas. Ni hacía visitas sociales ni asistía a los eventos de la alta sociedad.

Si no fuera por su dirección y su apellido, nadie sabría que formaba parte de una familia rica y prominente.

No había vuelto al club y evitaba las viviendas cercanas a Great Jones Street. ¡Era casi como si lo evitara a él!

Sin embargo, seguía invadiendo sus pensamientos.

—¡Vaya! Te veo distraído esta noche.

Jack levantó la mirada y descubrió a su lado a Maeve, una de las coristas. Era la líder de las bailarinas, aunque no la habían elegido directamente, ya que era la que más tiempo llevaba trabajando en el club. Una mujer lista e inteligente, que cuidaba de las demás. Le indicó el taburete que tenía al lado para que tomase asiento.

—Yo nunca me distraigo. ¿Has venido a beber algo?

Ella negó con la cabeza, agitando los tirabuzones azules de la peluca mientras se sentaba.

—No, te estaba buscando a ti.

—¿Hay algún problema? —Jack no acostumbraba a ocuparse de los problemas en persona. Varios hombres fornidos se encargaban de mantener a las coristas a salvo de los imbéciles borrachos que se pasaban de la raya en la taberna.

—Es posible —dijo en voz baja al tiempo que se acercaba a él—. Katie no está segura, pero cree que un hombre la sigue hasta su casa desde hace unas noches.

Jack sintió que se le tensaban los músculos. Todos en el vecindario conocían a sus bailarinas, sabían que no podían tocarlas. Conocían el castigo que sufrirían si alguna de las chicas sufría algún daño.

Así que, ¿quién se atrevería a hacerlo?

En los últimos años, solo había tenido dos rivales: Clayton Madden y Trevor O'Shaughnessy. Madden había renunciado a su imperio por amor, lo cual era risible, y O'Shaughnessy era un recién llegado que había bajado de un barco procedente de Dublín no haría ni cinco años. ¿Sería tan tonto como para intentar atacar?

O'Shaughnessy, un muchacho joven y rebosante de energía, no había visto el derramamiento de sangre ni la violencia que reinaban en las calles antes de que él uniera las pandillas de Five Points y el Bowery en una sola organización. Creía que había suficiente dinero y negocio para todos. Y no veía muy claro que él se quedara con todo. De manera que había ido reuniendo poco a poco un grupo en el Broome Street Hall, donde empezó como portero. Aunque no suponía una amenaza para su imperio, era alguien a quien vigilar. Así que vigilaba tanto a todos los que se ponían de su lado como los negocios que controlaba.

Su rechazo a los burdeles jugaba a favor del irlandés. Después de haberse criado en uno y de haber visto lo que les hacía esa vida a las mujeres como su madre, Jack prefería morir como un indigente antes que aprobar ese negocio. Trevor O'Shaughnessy no opinaba igual. En sus burdeles, situados fuera del territorio que él controlaba, vendía tanto a muchachas como a muchachos.

Eso significaba que jamás unirían fuerzas. No habría ningún acuerdo; cuando llegara el momento, sería la aniquilación total.

Qui n'avance pas, recule. «Quien no avanza, retrocede». Ese era el lema que lo impulsaba en la vida.

Tras contener un suspiro, preguntó:

—¿Lo ha reconocido?

—No ha podido verle la cara en la oscuridad y dice que se cala el sombrero hasta los ojos.

—¿No se ha acercado a ella?

—No, pero la tiene asustada.

No era de extrañar. Jack había visto de primera mano el tipo de violencia que los hombres podían infligirles a las mujeres, y cualquier mujer en su sano juicio hacía bien en evitarla.

—Ordenaré que algunos muchachos os acompañen a todas a casa.

Maeve frunció el ceño y adoptó una expresión irritada.

—Eso no es necesario...

—No discutas. Debemos mantenernos siempre alerta para que nadie crea que me he ablandado.

—Nadie con dos dedos de frente pensaría eso. Ya sea al norte o al sur de Manhattan, todo el mundo habla de cómo le enviaste los dedos de ese ladrón a su esposa, uno a uno.

Jack gruñó. Esa no era exactamente una historia real, pero los criminales chismorreaban más que las viejas mientras cosían en grupo.

—De todas formas, no pienso arriesgarme. Las cinco sois responsabilidad mía. Prometí manteneros a salvo, y eso haré. Pase lo que pase. La alternativa es que os quedéis aquí.

—Nadie quiere hacerlo. Todas tenemos familias y vidas fuera del club. Por no mencionar que la gente empezaría a suponer lo que no es si viviéramos aquí. —En otras palabras: que el club era en parte un burdel.

—Pues acepta la escolta.

Ella lo miró a la cara con gesto pensativo.

—Veo que tienes una de esas noches.

Jack bebió un buen trago de cerveza en un intento por librarse del escrutinio.

—¿Y qué significa eso?

—Significa que no dejas de darle vueltas a algo y que se te acaba la paciencia. ¿Algo de lo que quieras hablar?

Sopesó la idea. Maeve era más juiciosa que cualquier persona de su edad. Era la mayor de ocho hermanos, y el dinero que ganaba bailando en el club lo destinaba a ayudar a alimentar a los que todavía vivían en la casa familiar. Si necesitara consejos sobre mujeres (que no los necesitaba), Maeve sería la opción lógica. Pero él nunca hablaba de su vida personal con nadie. Aunque se tiraba a muchas mujeres, lo mantenía en privado. Era una cuestión tanto de seguridad como de practicidad.

Además, Justine Greene no era importante. La encontraba fascinante, sí, pero pertenecía a otro mundo. Una mujer así no tenía cabida en su cama.

—Pues no —contestó.

—Bien. —Maeve se levantó del taburete—. Accederemos a que alguien nos acompañe durante unos días. A las chicas no les hará gracia, pero tolerarán una escolta hasta que nos aseguremos de que no hay ninguna amenaza.

Las chicas tolerarían la escolta durante el tiempo que él considerase necesario, pero no se molestó en mencionarlo. Evaluaría la situación esa noche y vería si podían identificar al hombre. Una vez hecho eso, se encargaría del tema en persona.

—¿Cómo va la cosa ahí dentro?

—¿No has entrado?

—Todavía no.

—Lleno absoluto. Hacía semanas que no teníamos tanta clientela.

—Eso está bien. Si necesitáis algo más, dímelo.

Maeve golpeó la barra con los nudillos.

—Lo haré. Que disfrutes del resto de la noche, Mulligan.

Jack la observó mientras se alejaba, y su boca adoptó un rictus feroz. No deseaba alarmarla a ella ni a las demás chicas, pero que alguien se atreviera a faltarle el respeto a una de sus empleadas era preocupante. Si O'Shaughnessy estaba detrás de aquello, podía ser la salva inicial de un inminente ataque para arrebatarle el control.

Claro que también cabía la posibilidad de que no fuera obra del irlandés. Los negocios iban bien desde hacía un par de años. Desde que Madden se retiró, el porcentaje de actividades que controlaba en la ciudad había aumentado de forma constante. Más tabernas, más salas de apuestas, más salones de billar... Todo ello sumado a más dinero. Más poder. Más influencia. Pero eso también lo había convertido en un objetivo más codiciado.

Suspiró y se frotó la nuca. Algunos días se preguntaba si merecía la pena aguantar tantas molestias.

Hasta que hacía recuento de su dinero y decidía que claro que merecía la pena, joder. Por supuesto que sí.

Justine subió los escalones de entrada del número 300 de Mulberry Street, también conocido como la Jefatura de Policía de Nueva York, llevando sus notas. Los agentes caminaban de un lado para otro, muy atareados y serios, ataviados con el uniforme azul marino. Aunque se rumoreaba que la corrupción reinaba en el departamento de policía, ella los envidiaba. Tenían poder, poder real, para introducir cambios. Llevar una placa era garantía de conseguir la obediencia.

Por desgracia, muchos agentes se dejaban comprar o chantajear. La policía de la ciudad de Nueva York andaba escasa de honorabilidad, al menos según los abogados de la asesoría de su cuñado.

Una vez en el interior, se acercó al mostrador elevado que hacía las veces de entrada. Ya había estado bastantes veces en el edificio como para que reconocieran su cara. Al principio, los agentes no paraban de detenerla para darle indicaciones tras suponer que se había perdido. A esas alturas, ya sabían a lo que se dedicaba y no le hacían el menor caso.

Después de identificarse ante el sargento de guardia en la entrada, se adentró en el edificio. Había grupitos de hombres ataviados con trajes de color gris, riendo y hablando, como si disfrutaran de ese club exclusivo para hombres. La celda provisional para los borrachos estaba atestada, y los detenidos se hacinaban en el reducido espacio. Justine agachó la cabeza y se desentendió de lo que la rodeaba.

El detective Ellison había sido su contacto en el departamento de policía de la ciudad de Nueva York durante los últimos dieciocho meses. Al principio, se negó a ayudarla, pero ella insistió, tratando de convencerlo de que los hombres casados estaban obligados a mantener a sus familias, hasta que finalmente cedió. Cuando el detective vio que encontraba al primer marido negligente (y al segundo), debió de decidir tolerarla, porque siguió ayudándola. Aunque la policía no podía destinar oficialmente recursos a la búsqueda de esos hombres, el detective Ellison le había dicho que podía intentar conseguir algún tipo de ayuda si estaba dispuesta a hacerlo.

Sin embargo, ese día no estaba allí por un marido a la fuga. Había ido para tratar el otro problema con el que acostumbraba a pedirle ayuda a Ellison: el trabajo infantil.

La puerta del despacho estaba entreabierta. Golpeó el marco de la puerta, ya que no le apetecía pillar desprevenidos a sus ocupantes si entraba sin avisar. En una ocasión, vio a un detective orinando en la escupidera del rincón.

—¿Se puede? —dijo.

Oyó varios gruñidos como respuesta a su pregunta.

—Adelante —masculló alguien.

Cuatro detectives se sentaban a sus escritorios, apiñados en la pequeña estancia. Todas las cabezas se volvieron hacia ella. Tres pares de ojos la miraron con abierta hostilidad, mientras el cuarto lo hacía con curiosidad y paciencia. Ellison.

—Mirad quién ha venido por aquí con otro de sus casos —dijo un detective—. ¿Pedimos la bandeja del té, Ellison?

Justine se desentendió de él.

—Buenos días, detective. ¿Podría dedicarme unos minutos de su tiempo?

—¿Alguien ha perdido a otro marido? —se burló otro detective—. Será mejor que movilicemos a toda la fuerza policial.

Ellison fulminó a sus compañeros con la mirada mientras estos se reían.

—Chicos, ¿os importaría dejarnos a solas? —Sin dejar de reírse, los tres hombres salieron por la puerta, dejándola a solas con Ellison, que se puso en pie y señaló la silla vacía frente a su mesa—. No se ofenda por su actitud. Aunque sean groseros, son buenos detectives.

—No me ofenden. Que se rían. Lo que hago es inusual, pero también es importante.

—Así me gusta. —El detective se sentó de nuevo y se acomodó en su silla, haciendo que la madera crujiese—. ¿Qué puedo hacer por usted, señorita Greene?

Justine se sentó y se colocó las notas en el regazo.

—Me he enterado de la existencia de una fábrica de camisas en Rivington Street y ayer fui a verla con mis propios ojos. Había mujeres, además de niños y niñas de no más de siete u ocho años, trabajando hasta el anochecer en el quinto piso. Los propietarios habían cerrado las puertas por fuera para evitar que los trabajadores salieran.

El detective Ellison sacudió la cabeza con una mueca de disgusto en los labios. Lo había visto hacer ese gesto muchas veces durante sus conversaciones. Era un hombre casado, padre de unos cuantos hijos todavía pequeños, que odiaba el abuso y la violencia que sufrían muchos de los niños de la ciudad.

—Deleznable por completo. Son capaces de cualquier cosa con tal de ganar dinero rápido. Por desgracia, no puedo ayudarla en este momento. Estoy trabajando en un importante caso de asesinato. El hijo de un político. Lo que significa que tengo encima a Tammany Hall al completo.

—¿No puede disponer de una hora para ir a hablar con ellos? —El detective lo había hecho en otras ocasiones. Había visitado a los propietarios de los negocios corruptos y los había intimidado con su placa y su rango. Incluso los había amenazado con recurrir a los sindicatos y ayudar a los trabajadores a movilizarse si no los trataban de forma más justa. En definitiva, su método resultaba más eficaz que si ella actuaba sola.

—Imposible. El capitán me despedirá si lo hago. Lo siento, señorita. Sabe que me gusta ayudar siempre que puedo, pero hasta que no se resuelva este caso, estoy en un aprieto.

—Pero... —No sabía qué decir. El detective jamás le había negado su ayuda hasta la fecha—. ¿Hay alguien más que pueda ayudarme, algún detective que no esté trabajando en este caso?

El hombre soltó una carcajada amarga.

—Todo el cuerpo está trabajando en este caso. Y aunque no fuese así, los dueños de la fábrica no están haciendo nada ilegal. Dudo que pueda convencer a otro detective para que la ayude.

En otras palabras, su única opción era él, y en ese momento estaba demasiado ocupado. Aunque lo entendía, le costó aceptarlo. Había que hacer algo.

—Debo intentar ayudarlos. ¿Tiene usted alguna sugerencia?

—Podría probar con el nuevo Departamento de Edificios. Thomas Brady es el comisionado. Tal vez no le guste el detalle de las puertas cerradas y que no haya suficientes salidas en caso de incendio.

—¿Y las edades de los niños y las horas que se ven obligados a trabajar?

—Señorita Greene, por reprobables que nos parezcan esas prácticas, me temo que no todo el mundo opina como nosotros. Están más obsesionados con los beneficios que con la calidad de vida. Vuelva dentro de unas semanas y veré lo que puedo hacer, ¿de acuerdo?

La irritación le provocó un hormigueo en la piel, pero asintió con la cabeza y se puso en pie.

—De acuerdo. Buena suerte con el caso.

—Lo siento muchísimo. —La acompañó hasta la puerta—. Algunos días, desearía que el departamento admitiera mujeres y le dieran a usted una placa. De esa forma, no me necesitaría para intimidar a los dueños de las fábricas. Podría intimidarlos a todos por su cuenta.

Justine resopló.

—Como si fueran a hacerle caso a una mujer, ya sea policía o no.

—Por desgracia, me temo que seguramente tenga usted razón. Cuídese, señorita Greene. Es una ciudad cruel la de ahí fuera.

Así acostumbraba a despedirse siempre que se veían.

—Lo mismo digo, detective Ellison. Gracias.

Una vez en el pasillo, hizo caso omiso del grupo de hombres reunidos en la esquina, que cuchichearon al verla marcharse. El detective Ellison le mencionó en una ocasión que sus compañeros se burlaban de su relación con ella. El infantilismo que demostraban la enfurecía. El ambiente reinante en ese lugar no era mejor que el de la Quinta Avenida, donde había que relacionarse con las personas «adecuadas». Se despreciaba a los recién llegados, sin importar el valor de sus relaciones sociales. En ese lugar, la tachaban de tonta y frívola por su sexo.

Suspiró.

En el exterior, la recibió el aire húmedo, pegajoso y cargado. La responsabilidad que sentía hacia esas familias, hacia esos niños, que trabajaban en condiciones inseguras y crueles, era una pesada carga sobre sus hombros. Que Dios los ayudara si alguna vez se producía un accidente o un incendio. Podrían perderse cientos de vidas.

En ese momento, oyó una voz ronca y conocida, con una dicción demasiado culta para el lugar donde se encontraba. Al mirar, lo vio.

Allí estaba. Jack Mulligan. En la jefatura de policía.

Lo miró fijamente, sin dar crédito. Estaba apoyado en un elegante carruaje negro, con las piernas cruzadas a la altura de los tobillos y rodeado de un grupo de agentes uniformados que sonreían mientras lo escuchaban con atención. Entre tanto, él hablaba de forma animada, gesticulando con las manos, el alma de la fiesta. Iba ataviado con un traje que se le ceñía perfectamente al cuerpo de color marrón claro, un tono que resaltaba su pelo oscuro y sus ojos azules. Podría pasar por un empresario o un banquero en su día a día, en vez de ser un legendario capo criminal.

El grupo estalló en sonoras carcajadas, y algunos de los agentes incluso tuvieron que enjugarse las lágrimas. Ella debió de hacer algún ruido, una especie de resoplido incrédulo, porque los ojos de Jack Mulligan se encontraron con los suyos, tras lo cual él esbozó una sonrisa torcida y se dirigió a su público.

—Muchachos, ha sido un placer ponernos al día, pero veo a una bonita dama que necesita mi atención. —Se despidió con apretones de manos y palmadas en la espalda, pero ella no lo esperó.

Tras dar media vuelta, echó a andar hacia la zona alta de la ciudad.

No estaría allí por ella, ¿verdad? El miedo hizo mella en su estómago. Si había ido para cobrarse la ridícula deuda, debía pensar en alguna salida de inmediato. A juzgar por su reputación, Jack Mulligan no negociaba ni se dejaba intimidar. Sin embargo, ella tenía un límite en lo tocante a devolverle el favor.

Si pensaba intimidarla o amedrentarla, iba a llevarse la sorpresa de su vida.

—¡Vaya, espere! —La alcanzó sin problemas gracias a sus largas piernas—. ¿A qué vienen tantas prisas, señorita Greene?

—Tengo cosas que hacer, señor Mulligan. —Esquivó una carreta de frutas y la fila de niños que la rodeaban—. ¿Quería usted algo?

—¿Adónde se dirige?

—¿A qué vienen tantas preguntas?

—Porque tengo curiosidad por usted. ¿Cómo logra hacer tantas cosas al día una mujer tan menuda? Sirve comidas en el Bowery, reparte ropa en el Lower East Side. Parece que nunca para.

¿Cómo era posible que...? Se detuvo y lo miró, parpadeando varias veces.

—¿¡Ha ordenado que me sigan!?

—Dicho así suena infame. Es pura curiosidad, se lo prometo.

—¿Curiosidad sobre qué? —No alcanzaba a entender cómo había despertado tanto interés durante su breve encuentro—. ¿Sobre mis obras de caridad?

—Entre otras cosas. Venga. Permítame llevarla adonde quiera que necesite ir.

La calle estaba vacía de vehículos, salvo por el carro de la policía.

—¿Cómo va a llevarme? ¿En el carro de la policía?

Los ojos del señor Mulligan centellearon a la luz del sol y en sus labios apareció el asomo de una sonrisa. ¡Por Dios, pero qué guapo era! Hizo caso omiso de las mariposas que sintió en el estómago cuando lo vio llevarse dos dedos a la boca. Acto seguido, un silbido atravesó el aire, y ella se tapó los oídos de forma instintiva. Al cabo de unos segundos, el elegante carruaje negro que había visto en la acera de la jefatura de la policía se detuvo a su lado.

Jack Mulligan le hizo una reverencia.

—Su carruaje, milady.

El silencio se prolongó, y Jack empezó a sentirse como un idiota, allí inclinado hacia delante como un ricachón de la clase alta en el ridículo intento de impresionar a una muchacha. Algo que no se había molestado en hacer desde hacía mucho tiempo, al menos fuera de la cama. Se enderezó y esperó, con el sol dándole en la espalda.

Justine Greene parecía cualquier cosa menos impresionada. Miraba el carruaje con recelo, como si en el interior hubiera una serpiente lista para atacar.

—Debería haberlo imaginado.

—¿El qué?

—Tiene usted fama de resolutivo.

Desde luego que lo era. Ir dos pasos por delante de todos los demás era la única manera de sobrevivir durante todo el tiempo que lo había hecho.

Probó a usar de nuevo el encanto y le ofreció el brazo.

—Una dama tan hermosa como usted no debería caminar con este calor.

Ella puso los ojos en blanco, rechazó su ofrecimiento y se dio media vuelta para echar a andar hacia el sur. Jack la observó petrificado, con el brazo suspendido en el aire. ¿Lo estaba rechazando? Sintió que la decepción le calaba hasta los huesos al ver que ella seguía andando.

Un sonido ahogado que se asemejaba sospechosamente a una carcajada le llamó la atención, y le dirigió una mirada furibunda a su lugarteniente y frecuente cochero.

—Vete a la mierda, Rye.

El aludido no tardó en ponerse serio.

—Lo siento, Mulligan.

Se conocían desde hacía mucho tiempo, y Jack apreciaba a Rye más que a ninguna otra persona. Sin embargo, no lo hacía hasta el extremo de tolerar la más mínima falta de respeto.

Observó a la señorita Greene mientras se alejaba. No le había dejado alternativa. Tendría que perseguirla.

No había avanzado mucho, solo había atravesado Houston Street, cuando la alcanzó. Se puso a su altura y fue saludando con amabilidad a las personas con las que se cruzaba. Mantener una conversación privada durante el paseo sería casi imposible. Era muy conocido en esa zona. Llevaba esas calles en la sangre. Eran las manzanas donde había pasado casi toda su vida.

Él había llevado el orden a ese lugar. Cierta seguridad. Los residentes podían respirar más tranquilos sabiendo que Jack Mulligan velaba por ellos, que mantenía a raya a otros criminales y a los políticos de Tammany Hall. Se acabaron los disturbios, se acabaron las peleas de pandillas. Había contratado a todos los hombres que había podido para que trabajaran a sus órdenes, y ya superaban los mil quinientos. No eran santos, pero llevaban dinero a sus familias. Compraban en los negocios locales. Contribuían a la mejora de toda la zona.

Por eso insistía en que sus hombres tuvieran un aspecto limpio y elegante en todo momento. Ellos eran mejores que las antiguas pandillas, que vestían harapos y se apuñalaban en las calles. No, esa era una forma de vida distinta, y sus hombres debían demostrarlo para que el resto de la ciudad lo creyera.

—¿No le resulta molesto en ocasiones?

Jack se llevó la mano al bombín al tiempo que inclinaba la cabeza para saludar a una mujer que lo llamaba desde la ventana de la planta baja de un edificio.

—¿La adulación, quiere decir?

—Ja, ja. Yo no lo llamaría «adulación». Más bien «complacencia».

—No puedo evitar que mi gente me venere.

—No lo veneran. Lo temen.

Él frunció el ceño al mirarla.

—Nunca le haría daño a la gente de estas calles. —Ese era su territorio. De Broadway al Bowery, de la calle Cuarta Este a Five Points, sus hombres lo supervisaban todo. Incluso tenía un pie en New Jersey, Long Island y Staten Island. Pronto, tendría mucho más que eso.

—Siempre que hagan lo que usted quiera —apostilló ella en voz baja.

Justine Green no entendía las costumbres de la zona baja de Manhattan. ¿Cómo iba a hacerlo si era una señorita de la zona alta de la ciudad? Cambió de tema.

—¿Planea ir andando todo el camino hasta la Asesoría de Ayuda Jurídica del Lower East Side? —En un día tan caluroso como ese, el trayecto sería un auténtico suplicio. Por no mencionar que la caminata la haría atravesar directamente Five Points. ¿Qué intentaba demostrar?

—Sí. Necesito pensar.

—¿Sobre qué?

—Señor Mulligan, no tengo tiempo para esto. Dígame lo que quiere y váyase.

Eso le dolió. No sabía por qué, exactamente, pero su reiterado desprecio lo irritaba.

—¿Cuándo fue la última vez que comió?

Ella se detuvo y lo miró fijamente.

—¿Por qué lo pregunta?

—Porque ya ha pasado la hora del almuerzo y me estoy percatando de que no se detiene usted ni siquiera lo suficiente para ocuparse de sus necesidades. ¿Me equivoco?

—Creo que eso no es de su incumbencia.

—Está usted en deuda conmigo, señorita Greene. Hasta que me cobre esa deuda, su bienestar es de mi incumbencia. —Un argumento de lo más ridículo, pero no estaba dispuesto a ceder. No, si así conseguía que comiera con él—. Venga.

Sin esperar su respuesta, la tomó del codo y la condujo a una taberna alemana que le gustaba. Ella no se resistió y se limitó a refunfuñar en voz baja mientras bajaban los cinco escalones hasta la entrada, situada en la planta baja.

El interior estaba en penumbra, a pesar de que era pleno día. Una larga barra ocupaba la mitad del local y en el resto habían colocado mesas de madera. Levantó una mano para saludar al hombre que se encontraba detrás de la barra, el dueño, el señor Hoffman.

Una mujer de mediana edad se acercó a ellos, con un delantal atado a la cintura. Al reconocer su cara, dio una palmada.

—*Willkommen, Herr Mulligan!*

Le estrechó la mano.

—Hola, *Frau* Hoffman. ¿Cómo está usted?

—*Es geht mir gut.* ¿Quiere sentarse?

—*Bitte.*

La señora Hoffman los condujo a una mesa emplazada al fondo, que le permitiría ver sin obstáculos todo el interior del establecimiento. Tal y como le gustaba.

—*Danke* —le dijo a la mujer mientras le ofrecía una silla a Justine—. *Ich hätte gerne zwei pils, bitte.*

—¿Y el almuerzo?

—Sí. El especial del día será suficiente. —La señora Hoffman preparaba toda la comida en persona y estaba riquísima. Hacía el mejor *wiener schnitzel* de la ciudad.

Un delicado carraspeo llamó su atención.

—Señora Hoffman —dijo Justine Greene—, yo prefiero agua. Y si pudiera decirme cuál es el especial del día antes de aceptar que me lo traiga, se lo agradecería mucho.

Lo dijo con bastante amabilidad, pero Jack tuvo la impresión de que se sentía molesta. ¿En qué momento había metido la pata?

La señora Hoffman le explicó el plato, *sauerbraten*, que era carne asada, servida con albóndigas de patata y repollo. La señorita Greene dijo que le parecía bien, y la señora Hoffman se marchó. Jack dio unos golpecitos con los dedos sobre la mesa.

—¿No se fía de mí?

—No me gusta que me arrebaten mis opciones, por pequeñas que sean.

Tenía coraje, sí. No era una florecilla delicada de la zona alta de la ciudad. Eso le gustaba.

—Solo intentaba ayudarla. Relájese. Aquí está todo delicioso.

—Solo lo he acompañado porque no me ha dejado alternativa.

—La vida es corta, señorita Greene. Debemos disfrutar de todos los placeres que podamos antes de que sea demasiado tarde.

Esos ojos castaños se clavaron en su boca al oír la palabra «placeres», y ni siquiera la penumbra del establecimiento logró ocultar el rubor que le teñía las mejillas. Interesante. Su intención no había sido la de insinuarse con el comentario, pero tal parecía que la pequeña benefactora no era tan inocente.

¡Qué interesante!

Rye entró en ese momento, le hizo un gesto con la cabeza y echó a andar hacia la larga barra, donde vigilaría mientras charlaba con el señor Hoffman. La esposa del susodicho regresó con agua para la señorita Greene y una cerveza para él. Los Hoffman, junto con otros muchos propietarios de las tabernas de la zona baja de la ciudad, le compraban la cerveza a su cervecero, Patrick Murphy. Jack bebió un sorbo y confirmó su frescura. Patrick se alegraría de oírlo.

—¿Qué hacía en la jefatura de policía? —le preguntó a la señorita Greene cuando volvieron a estar solos.

Ella encogió un hombro.

—Hay un detective que me ayuda a menudo, pero ahora mismo está ocupadísimo con un caso de asesinato. Me ha dicho que lo despedirán si investiga cualquier otro asunto.

—El hijo de Tom el Gordo, supongo. —Habían asesinado al hijo de Tom Wagner en un burdel de Mott Street. Wagner pertenecía a Tammany Hall y había ido subiendo puestos en el Ayuntamiento. Su difunto hijo había dejado deudas por toda la ciudad, incluyendo algunas a él mismo. Aunque ya se encargaría de que el padre saldara dichas deudas en un futuro muy cercano.

—Sí, supongo. Le pedí un favor a mi amigo detective, pero se ha negado. Ahora tendré que pensar en otra alternativa.

Acababa de presentarle una oportunidad en bandeja, y a él nadie podía acusarlo de desaprovechar una oportunidad cuando se le presentaba. Bebió un buen trago de cerveza para disimular la sonrisa.

—Yo también acostumbro a conceder favores. ¿Por qué no me lo pide a mí?

5

Su forma de decirlo, con esa voz baja y ronca, hizo que Justine sintiera mariposas en el estómago. De alguna manera, «conceder favores» tenía un tono lascivo si procedía de la pecaminosa boca de Jack Mulligan. ¡Por Dios! ¿Por qué la afectaba de esa manera? Debería ser inmune a su encanto y a su apostura. Jack Mulligan era Satanás vestido con chaleco de brocado de seda. Sin embargo, saber eso no impedía que se acalorara y que se le acelerase el pulso.

Su reacción hizo que se enfadara consigo misma. Con él. Había dejado perfectamente claro que ella no era su tipo, aunque eso le daba igual. Cuanto menos tuvieran que ver el uno con el otro, mejor.

—Ya estoy en deuda con usted —le recordó con acritud—. Sería imprudente por mi parte empeorar las cosas.

—¿Qué importa un favor más que devolver?

—No tengo ni idea, ya que se niega a decirme de qué forma pretende cobrárselo.

—Eso la molesta, ¿verdad? ¿Le tranquilizaría saber que hay cientos de hombres caminando por estas calles que me deben favores, deudas que podría decidir cobrar en cualquier momento?

—Pues no, no me tranquiliza. —En primer lugar, ella no era un hombre. En segundo lugar, no le gustaba la idea de que Jack Mulligan pudiera exigirle algo en el momento menos pensado—. No soy uno de sus subordinados.

El encanto se desvaneció y su mirada se volvió calculadora, penetrante. Un brillo inteligente relució en esos iris azules, un indicio del hombre que había forjado un imperio gracias a la astucia y la violencia.

—Sí, soy consciente de eso —replicó—. Vamos a conversar, pues. Sin favores ni deudas. Hábleme del problema que ha encontrado.

En ese momento llegó la comida, el *sauerbraten* exactamente como lo había descrito la señora Hoffman, y Justine empezó a comer. El plato era delicioso, abundante y saciante, y se dio cuenta de que hacía días que no se sentaba a comer como Dios manda. A esas alturas, evitaba las cenas con sus hermanas, consciente de que Mamie se limitaría a darle la tabarra por lo del señor Mulligan, por lo tonta que había sido. Mamie y Florence a menudo la trataban como a una niña, como si necesitara protección.

Era ridículo. Ella seguramente hubiera visto más violencia y horror en sus veinte años en ese mundo que sus dos hermanas juntas.

Relajada por la comida caliente que tenía en el estómago, Justine empezó a hablar. Le describió al señor Mulligan la fábrica de camisas de Rivington Street, le habló de las mujeres y de los niños encerrados en ella. Le dijo que las trabajadoras no tenían permitido descansar en ningún momento, ni siquiera para hacer sus necesidades. Le describió la desesperanza y la miseria que había encontrado, y cómo la había echado el dueño cuando había intentado quejarse.

—¿Por eso ha ido en busca del detective Ellison? ¿Con la esperanza de que pudiera asustar a los propietarios para que demostraran compasión?

—Sí. Ha funcionado en otras ocasiones.

—Eso es sorprendente, teniendo en cuenta que la mayoría de los propietarios de fábricas son los malnacidos más codiciosos del mundo. Capaces de vender a sus propias madres para sacar más beneficios.

—Eso es cierto, pero la placa del detective Ellison y la amenaza de recurrir a los sindicatos han sido efectivas hasta ahora.

—Sospecho que se debe a algo más que eso —replicó él, con una misteriosa sonrisilla en los labios.

Aunque no supo descifrar el significado de dicha sonrisa, lo cierto fue que la dejó sin respiración.

«Cálmate, Justine. No caigas bajo su hechizo».

Se hizo el silencio mientras ambos comían. Jack Mulligan pidió otra cerveza y, cuando se la llevaron, se acomodó contra el respaldo de la silla y bebió un buen trago.

—No me cabe duda de que la asesoría de ayuda jurídica tiene mucho trabajo gracias en parte a sus exitosos esfuerzos. Aquí en el Bajo Manhattan se la considera a usted una salvadora.

—Eso es una exageración. Apenas he hecho mella para reducir el sufrimiento y la pobreza.

—Una sola persona no puede resolver los problemas de toda la ciudad.

—Usted lo hizo.

—No exactamente. Tuve ayuda. Y lo que hice en todo caso fue convencer a los otros compañeros de que lo haríamos mejor juntos. La unión hace la fuerza y demás...

No cabía duda de que estaba restándole importancia al asunto. Jack Mulligan había construido un reino para sí mismo con hombres que no eran precisamente famosos por llegar a acuerdos y mantenerlos.

—¿Por qué lo hizo?

—No soportaba la idea de trabajar a las órdenes de otras personas, y eso incluía a la policía y a Tammany Hall. Sabía que al final acabaría sometido al yugo de alguien a menos que mi organización fuera lo suficientemente grande y poderosa como para eclipsar a todos los demás.

Era difícil rebatir su argumento. De repente, Justine experimentó el deseo de saber más sobre él. ¿Cómo se había forjado un hombre como Jack Mulligan?

—¿Creció usted en los barrios bajos de la ciudad?

—Pues sí. Justo en el Bowery.

—¿Y qué me dice de lo de los idiomas? Se rumorea que habla tres además del inglés.

—Cuatro, en realidad. Aprendí italiano y alemán de la gente del barrio cuando era pequeño. Francés y español, después, de los libros. También sé algo de yidis y ruso, pero no los domino.

—Es impresionante. Yo solo aprendí francés.

El señor Mulligan encogió un hombro.

—Me ha resultado útil a lo largo de los años, sobre todo cuando necesito hablar sin que los demás entiendan lo que digo. ¿Estudió francés en algún internado para señoritas como hacen todas las damas de la alta sociedad?

—No. A Florence la echaron del internado, así que mi madre contrató tutores para nuestra educación. —Eso le había permitido a Justine la oportunidad de dedicarse a participar en trabajos de voluntariado con las organizaciones benéficas de la ciudad, en vez de sufrir en un aula sofocante, rodeada de muchachas que solo se preocupaban de las últimas tendencias de la moda y de usar el tenedor adecuado.

—¿Por qué será que no me sorprende? —murmuró Jack Mulligan—. ¿Sabe una cosa? Es diferente de su hermana. Más compuesta. Más segura de sí misma.

El cumplido la pilló desprevenida, así que lo descartó de inmediato.

—¡Oh! Se equivoca. Florence es la más valiente de nosotras. Nunca le ha importado lo que piensen los demás.

—Hay una diferencia entre conocerse a uno mismo y ofrecerle al mundo una imagen calculada.

—¿Cree que Florence le ofrece al mundo una imagen calculada?

—Estoy seguro de ello. Aunque nunca entendí por qué. —Bebió un largo sorbo de cerveza—. Usted, en cambio, es tal cual se ve. Nada de pretensiones ni de artificios.

Tenía razón. Nunca había visto el sentido de pretender ser otra persona que no fuera ella misma.

—Solo quiero ayudar a la gente. Todo lo demás es una pérdida de tiempo.

—¿Y Billy Ferris? ¿Fue una pérdida de tiempo?

Aspiró el aire con fuerza. ¿Cómo era posible que el señor Mulligan se hubiera enterado de la existencia de Billy? Habían pasado ocho meses desde la última vez que vio a su antiguo pretendiente. ¿Habría investigado Jack Mulligan su pasado? El tenedor y el cuchillo golpearon el plato con fuerza cuando los soltó.

—Eso no es de su incumbencia, y deje de espiarme.

—No es necesario que se preocupe. No quiero hacerle daño.

—Eso no tiene nada que ver. Está invadiendo mi privacidad. Mi deuda con usted no le da derecho a espiarme.

—Me gusta poseer información, señorita Greene. Me gusta conocer a la gente con la que trato.

—Nosotros no hacemos negocios. Nuestra relación terminará en cuanto le devuelva el favor.

—Sí, pero no sabemos cuánto tiempo pasará antes de que eso suceda.

Indignada, apretó los dientes. Ese hombre hablaba de forma enigmática y justificaba sus actos a toda costa.

—Creo que está disfrutando con esto.

—Tiene razón. Me atrevo a decir que hacía mucho tiempo que no disfrutaba tanto con nada.

—Muy feo por su parte. Permítame saldar la deuda, señor Mulligan. No toleraré que me sigan y me acosen.

—Invitarla a comer no es acosarla. Y las calles no son seguras para una dama. Tal vez me limito a garantizar su seguridad.

Su arrogancia era asombrosa. Llevaba casi cinco años trabajando en los barrios más peligrosos de la ciudad, donde se encargaba de sus propios problemas, y nunca había sufrido daños graves.

—No necesito que me cuiden. Soy perfectamente capaz de cuidar de mí misma.

—No lo dudo ni por un segundo. Los chicos del club repiten sin cesar cómo frustró aquel intento de robo cuando vino a verme por primera vez. La historia no ha hecho más que aumentar su leyenda.

Recordó al muchacho que apareció de entre las sombras de Great Jones Street.

—¿Conoce al asaltante?

—Lo encontramos más tarde aquel mismo día. No atacará a ninguna otra mujer, no en mi barrio.

Justine frunció el ceño mientras intentaba descifrar el significado de esas palabras.

—¿Qué le ha hecho? Le juro que como le haga daño...

—Cálmese, *chérie*. Es nuevo y necesitaba que le enseñaran las reglas de mi territorio. Pero sobrevivió para contárselo a otros.

Para difundir la palabra: nada de violencia hacia las mujeres. Jack Mulligan no lo toleraría. Ansiaba preguntarle por qué. Sentía el deseo irrefrenable de hacerle un sinfín de preguntas sobre sus antecedentes y su vida. ¡Quería conocerlo!

Y eso la aterrorizaba.

No debería desear estar con él ni conocer detalles íntimos de su vida. Cuanto más descubría, más le gustaba..., y eso era peligroso.

Estaba claro que había perdido el sentido común. El breve descanso y el *sauerbraten* se le habían subido a la cabeza. Debía ponerle fin a todo aquello.

Metió la mano en el pequeño monedero que llevaba cosido a la cintura, sacó unos cuantos billetes y los puso sobre la mesa, momento en el que se topó con la mirada curiosa de esos ojos azules.

—Pagaré mi propio almuerzo, gracias. Y ya ha descubierto bastante sobre mi vida. Ordene que dejen de seguirme. De lo contrario, lograré que se arrepienta.

Sin esperar su réplica, Justine se levantó y salió a la carrera de la taberna. La hora del almuerzo había terminado.

Sin hacerle el menor caso a la expresión asombrada de Rye, Jack arrojó su dinero sobre la mesa y salió corriendo de la taberna de los Hoffman en pos de Justine Greene.

—¡Espere! —gritó. Pero en vez de detenerse, ella siguió caminando en dirección sur.

¡Maldición! No quería espantar a la benefactora, al menos hasta que hubieran acabado.

«Lograré que se arrepienta».

¿Lo estaba amenazando? ¿¡A él!? ¡Por Dios! Se excitaba solo de pensarlo.

Toda la ciudad creía que esa mujer era pura bondad y que era incapaz de un solo pensamiento malicioso. Sin embargo, a él lo enfurecía en todo momento. Detrás de esos vestidos ñoños y de esos escotes tan altos, escondía una lengua afilada y un sinfín de reprimendas furibundas.

La benefactora tenía una vena desagradable. Y eso le encantaba.

Al fin y al cabo, tal vez esa fuera la verdadera Justine. Tal vez él fuera el único hombre que había vislumbrado el acero debajo del algodón. Y quería más. Quería descubrir hasta dónde llegaba ese acero. ¿Hasta el fondo? ¿Le mordería los labios si se besaban? ¿Le clavaría las uñas si se la llevaba a la cama, dejándole en la piel la huella de su placer?

La alcanzó y bloqueó su avance.

—Por favor, deténgase. Necesito hablar con usted.

Ella apretó los labios y unió las manos. A la espera. Esos ojos oscuros lo miraron fijamente como si fuera un incordio. Un incordio que ella se limitaba a tolerar.

Jack fue directo al grano.

—Deseo que me devuelva el favor.

Eso sí logró captar su atención. La tensión abandonó su rostro y separó un poco los labios.

—¿Ahora me viene con esas? ¿Por qué no me lo ha dicho delante de la jefatura de la policía o durante nuestro interminable almuerzo?

Porque lo habría oído y se habría marchado. Y su intención era la de alargar el encuentro. Por los motivos que fuera.

—Eso es irrelevante. ¿Le gustaría saber lo que necesito que haga?

—Sí, pero le advierto que puedo negarme.

Ni hablar. Nadie rehusaba a Jack Mulligan.

—En ese caso, suba. —Señaló el carruaje que aguardaba junto a la acera, con Rye en el pescante.

—No. Dígamelo aquí.

¡Qué terca era! Casi la admiraba por ello.

—No. Estamos en un lugar demasiado público para mi gusto. Prefiero mantener mis conversaciones lejos de cualquiera que pueda escucharlas.

Ella clavó la mirada en el carruaje y lo observó durante un buen rato. Jack no alcanzaba a entender qué esperaba ver exactamente.

—No es una trampa —añadió él—. Solo deseo mantener una conversación privada mientras la llevo a la zona baja de la ciudad. Mantendré las manos quietecitas.

La señorita Green volvió la cabeza bruscamente, con una expresión tensa en la cara.

—Eso no me preocupa. Ha dejado muy claro que no soy su tipo.

—Y usted cree que soy escoria de charco, si mal no recuerdo. Así que creo que el corto trayecto será seguro para ambos.

—De acuerdo, acepto que me lleve, aunque rechace su petición.

No podía decirse que fuera una petición, pero no se molestó en señalarlo. Le permitiría pensar que ella llevaba la voz cantante. Por el momento.

Subieron al carruaje, que ofrecía un poco de sombra para mitigar el calor de la ciudad. Rye no tardó en sacudir las riendas para poner el vehículo en marcha y empezaron a avanzar por la calle. Una ligera brisa se coló por las ventanillas. La señorita Greene sacó un abanico y procedió a usarlo para refrescarse.

—¿Y bien?

Tras quitarse el bombín, Jack se sacó un pañuelo de seda de un bolsillo y se secó el sudor de la frente.

—Tengo entendido que la Asesoría de Ayuda Jurídica del Lower East Side va a organizar un gran acto para recaudar fondos en el Metropolitan Opera House.

Justine dejó de abanicarse y su mano quedó inmóvil en el aire, con el abanico, mientras volvía la cabeza para mirarlo.

—¿Y bien?

—Me gustaría acompañarla.

—Que le... ¿Cómo ha dicho?

—Que me gustaría ser su pareja. En el evento.

—¿Desea asistir a la gala de recaudación de fondos?

—Sí.

Ella parpadeó un par de veces mientras un sinfín de emociones pasaba por su hermoso rostro.

—No lo entiendo. Es un evento de la alta sociedad. Usted no acostumbra a estar en las listas de invitados.

—Lo entiendo. Sin embargo, necesito asistir. Incluso estoy dispuesto a hacer una gran donación a la Asesoría de Ayuda Jurídica del Lower East Side. —Jack sabía que la asesoría dependía de las donaciones para continuar trabajando. El dinero era lo que mantenía a flote una organización como esa, y se necesitaba muchísimo. Según tenía entendido, siempre andaban escasos de fondos.

—¿Cómo de grande?

Jack contuvo una sonrisa. Era normal que la benefactora le hiciera esa pregunta.

—Estaba pensando en cinco mil.

—Cincuenta.

La cifra lo hizo sisear.

—Eso es extorsión. Me debe un favor, ¿lo recuerda?

—Que voy a devolverle permitiendo que sea mi pareja. Eso por sí solo causará un revuelo tremendo. De hecho, es probable que mi familia me repudie. Por tanto, si quiere que acepte su propuesta, debe donar cincuenta mil dólares a la Asesoría de Ayuda Jurídica del Lower East Side.

A juzgar por la expresión ufana de su rostro, Jack comprendió que estaba segura de que su requerimiento zanjaría la conversación. De que la cantidad era demasiado elevada para él y eso le impediría asistir a la gala benéfica.

Lo había subestimado. Había subestimado sus razones para querer asistir. Debía sellar un acuerdo en ese evento en particular; un acuerdo que no podría llevar a cabo en ningún otro sitio. Un acuerdo que lo convertiría en uno de los hombres más ricos de todo el país.

Más dinero, más poder... ¿No era ese el estilo estadounidense?

La idea se le había ocurrido hacía unos días, cuando se enteró de la gala benéfica para recaudar fondos. La posición social de la señorita Greene le resultaba muy conveniente para sus intereses, de manera que pretendía aprovechar la oportunidad al máximo.

De ahí que decidiera dejarla en evidencia.

—De acuerdo. Cincuenta mil dólares para la asesoría de su cuñado.

De repente, se le cayó el abanico, que golpeó el suelo del carruaje, aunque ninguno de los dos se molestó en recuperarlo.

—¿Habla en serio?

—Tanto como un sacerdote dando el sermón un domingo.

—¿Y si me niego?

No esperaba menos que una pelea por su parte. La señorita Green no era idiota. Aparecer en su mundo provocaría un escándalo. Seguramente jamás volvieran a recibirla en los sitios más decentes. Los Greene eran poderosos, pero no tanto como para introducir en la alta sociedad a un criminal. ¡Por Dios, si los ricos de la zona alta de la ciudad despreciaban a quienes repetían vestido! Y sus ofensas eran un poco más importantes que una metedura de pata a la hora de elegir vestuario...

En definitiva, aceptar esa propuesta destrozaría su imagen.

Claro que ese no era su problema. Tenía una deuda con él, y pretendía cobrarla.

Había llegado el momento de apretar las tuercas.

—Si se niega, la asesoría no recibirá nada. ¿De verdad los va a privar de un dinero muy necesario solo para evitar el bochorno?

Casi podía oírla rechinar los dientes.

—No es un bochorno. Lo que me pide es que haga temblar los cimientos sobre los que se levanta la sociedad.

—¿Y eso la molesta?

Justine Greene suspiró mientras se golpeaba una rodilla con los dedos.

—No necesariamente. Yo no encajo en este tipo de sociedad. Lo sé desde hace años. Sin embargo, mis padres son muy tradicionales.

Jack no se molestó en señalar que su hermana mayor se había casado con un abogado que había adoptado un nombre falso y que su otra hermana, en esos momentos propietaria de un casino, convivía con el antiguo propietario de otro establecimiento similar. En su opinión, la familia Greene se alejaba bastante de lo tradicional.

—Quizá pase desapercibido. —Una posibilidad remota, aunque pensó que valía la pena mencionarla.

—Es usted una cara nueva. Solo por eso llamará la atención.

Jack guardó silencio. El carruaje seguía avanzando, y por la ventanilla veía pasar edificios y negocios conocidos. Esas eran sus calles. Estaba al tanto de la ubicación de los fumaderos secretos de opio y de los locales donde se organizaban peleas de gallos y combates de boxeo. De los establecimientos donde se comerciaba con sexo de forma privada y segura. De las salas de apuestas, de los salones de billar y de los garitos de juego.

Y aunque eso le encantaba, era consciente de que nada duraba para siempre. Un rey solo seguía siendo rey si aprendía a adaptarse.

Para hacerlo, necesitaba a Justine.

—Dígame por qué.

—¿Por qué?

—No se haga el tonto. Es demasiado perspicaz para eso. Dígame por qué necesita asistir a esta gala de recaudación de fondos en particular.

Estaba considerando la idea, y Jack podía saborear la victoria. Decidió darle una pista de su objetivo.

—Soy un hombre que comercia con favores...

—Soy consciente, señor Mulligan. Vayamos a la gala benéfica.

Al oír la firmeza de su voz, sintió una oleada de excitación que fue directa a sus partes nobles. No le apetecía encontrar atractivo su carácter agrio y, sin embargo, le gustaba. Mucho. La mayoría de la gente con la que trataba era respetuosa. Cortés. Comprendían que ese era su juego y, por tanto, sus reglas. Y que no seguir sus reglas conllevaba ciertas consecuencias.

Casi todo el mundo evitaba sufrir dichas consecuencias.

Casi todo el mundo salvo esa mujer, al parecer.

Y, joder, eso se la ponía dura.

Ella chasqueó los dedos enguantados frente a su cara.

—Jack, preste atención. ¿Se le ha ido el santo al cielo?

—Como ya le he dicho, comercio con favores. Casi todo el mundo, en algún momento dado, debe hacer algún negocio conmigo. Soy experto en salir al encuentro de dichas personas y conseguir lo que quiero. Sin embargo, existen unos cuantos hombres que quedan fuera de mi alcance por un motivo u otro. Desgraciadamente, necesito a uno de esos hombres para proponerle un negocio que me gustaría emprender.

—A ver si lo entiendo —replicó ella, que ladeó la cabeza para mirarlo con atención—. Necesita hablar con un hombre y la gala de recaudación de fondos es el único lugar donde puede hacerlo.

—Exactamente.

—¿No puede ir a su casa y verlo allí?

Jack se llevó la mano al ala del bombín.

—No me recibirá.

—¡Vaya! —La señorita Green volvió la cabeza hacia la ventanilla y se agarró a la correa cuando el carruaje dobló una esquina—. Así que espera tenderle una emboscada en la gala benéfica. ¿Cómo sabe que asistirá?

—«Emboscada» es una palabra muy fuerte. Y sé que estará allí.

—Entonces debe de ser alguien importante, alguien involucrado en la Asesoría de Ayuda Jurídica del Lower East Side. Mmm...

Casi oía los engranajes de su mente mientras pensaba.

—No le diré su nombre, así que no se moleste en intentar averiguarlo.

—¿O quizá es alguien cercano a mi padre? ¿O a mi cuñado, Frank Tripp?

¡Maldita fuera! Estaba acercándose demasiado a la respuesta correcta y no podía permitirlo.

—¿Está usted de acuerdo o no?

—¿No puede organizar un encuentro con ese hombre en otro lugar que no sea la gala de recaudación de fondos?

El hombre concreto con el que necesitaba hablar jamás lo aceptaría.

—Podría, pero la asesoría no recibirá mi donación en tal caso.

Justine Green resopló en respuesta, una muestra de irritación, supuso él. Pero no le molestó. Le importaba poco que a ella le gustara o no. Solo necesitaba su cooperación.

—Déjeme apearme aquí —dijo al tiempo que golpeaba el techo. El carruaje redujo la velocidad y se acercó a la acera.

Todavía estaban a varias manzanas de la Asesoría de Ayuda Jurídica del Lower East Side, situada más al sur.

—Aún no hemos llegado.

—Prefiero caminar.

¡Qué muchacha más testaruda! Jack se inclinó para recuperar su abanico.

—En ese caso, tal vez necesite esto.

Ella lo aceptó.

—La gala benéfica es el sábado —le informó, como si él no estuviera perfectamente al tanto.

—Sí, lo sé.

—Traje de etiqueta. Nos encontraremos en la puerta a las ocho.

No pudo evitar sonreír.

—Allí estaré.

Ella pasó por encima para abrir la puerta. Sin esperar a que nadie la ayudara, se apeó del carruaje saltando a la calle.

—Bien. Después de esto, considere la deuda saldada. No volverá usted a verme, señor Mulligan.

Cerró la portezuela de golpe y desapareció entre la multitud de gente que caminaba por la acera. Jack trató de localizarla entre el caos de carros, compradores, limpiabotas y vendedores ambulantes. Pero ya no estaba.

—¿Quieres que la siga? —le preguntó Rye desde el pescante.

—No.

—Nunca he visto a nadie tan ansioso por alejarse de ti. Normalmente, eres tú quien te alejas de las mujeres, no al contrario.

Jack tamborileó con los dedos en el lateral del carruaje. Justine Greene era letal para la confianza de un hombre. Si fuera más débil, hasta se ofendería.

Esbozó una lenta sonrisa. Menos mal que no era débil. Ni por asomo.

6

Cuando llegó a la asesoría, Justine se dirigió directamente al despacho de Frank.

—¿Se puede?

—Adelante —contestó su cuñado.

Al entrar en el despacho, se le cayó el alma a los pies. Mamie también estaba allí. Había esperado contarle a Frank lo de la donación y así evitar, de momento, las preguntas de su hermana mayor. Por desgracia, no sería así. En fin, mejor acabar con todo aquello lo antes posible.

—¿Tienes un momento?

—No mucho —contestó su cuñado al tiempo que le hacía un gesto para que se acercara—. Ven y ayúdanos a resolver esta disputa. Así podré atenderte.

—¿Qué disputa?

Mamie señaló a su marido.

—Es muy testarudo. Estamos discutiendo sobre la gala de recaudación de fondos.

—Ah, muy bien. Yo también tenía que hablar con vosotros de ella.

—De acuerdo, pero primero mi pregunta. Quiero servir Moët durante la recepción, pero Frank dice que elijamos algo más barato. ¿Qué opinas?

—Moët. Casi todos los asistentes se darán cuenta si servís champán de baja calidad. —Aunque ese seguramente no sería el caso de Jack

Mulligan, por supuesto. Solo lo había visto beber cerveza. ¿Le gustaría el champán? «Pronto lo averiguarás», se dijo.

—¡Exacto! —exclamó Mamie, que señaló a Frank—. Te lo he dicho. Si quieres donaciones importantes, debemos organizar una gala benéfica importante.

—De acuerdo, pero cada centavo que gastemos es un centavo que no podremos utilizar para la asesoría.

Mamie le dio una palmadita en la mano.

—Recaudaré lo suficiente para cubrir los gastos del Moët, abogado mío. —Miró a Justine—. Bueno, ¿qué quieres decirnos sobre la gala? Espero que no tenga nada que ver con los entremeses, porque ya están encargados.

—No, no tiene nada que ver con la comida. Quería que supierais que iré con pareja.

—Ah. —Mamie guardó silencio y la miró con asombro. Una reacción lógica, ya que su familia jamás la había visto acompañada por un hombre en los eventos a los que asistía. Ni en ninguna otra circunstancia—. ¿Lo conozco?

Justine fingió no oír la pregunta.

—Ha accedido a hacer una importante donación a la asesoría.

—Me encanta oír eso —replicó Frank, frotándose las palmas de las manos—. ¿De cuánto estamos hablando?

Justine carraspeó.

—De cincuenta mil dólares.

Los papeles que Mamie tenía en las manos revolotearon de repente hasta caer al suelo, y Frank se quedó boquiabierto.

—¿¡Cincuenta mil!? —repitió su cuñado—. ¿Lo dices en serio?

—Mucho. Ha aceptado, y no creo que falte a su palabra.

—¿¡Quién es!? —chilló Mamie mientras recuperaba los papeles—. ¿Quién es?

—Un amigo. Lo conocerás en la gala.

—Prefiero que me digas su nombre ahora —insistió su hermana.

—No te lo daré. —Ella también podía ser terca.

—Eso significa que no quieres que lo sepa. Porque crees que no lo aprobaré.

Sintió que la inundaba un repentino calor, pero no apartó la mirada de la de su hermana.

—No necesito tu aprobación. Solo es un conocido, Mamie. —Un conocido que le aceleraba el corazón.

Mamie no dijo nada y ambas se miraron en silencio durante un largo minuto. Justine estaba segura de que su hermana adivinaría la identidad de su acompañante y lo soltaría delante de Frank, pero al final acabó apartando la mirada.

—Tengo que ver a Louis Sherry para ultimar estos detalles —le dijo a su marido—. Nos vemos luego.

Él se acercó para besarla en una mejilla.

—Desde luego.

Su hermana pasó a su lado de camino hacia la puerta.

—Esta conversación no ha terminado —le dijo a ella en voz baja, tras lo cual desapareció por el pasillo.

Dispuesta a cambiar de tema, Justine le preguntó a su cuñado:

—¿Necesitas que te ayude?

—Acompáñame a ver al señor Solomon. Cree tener otra esposa abandonada para ti si te apetece.

Justine suspiró para sus adentros. Le gustaría que ese tipo de casos fueran raros, pero no lo eran. Apenas había resuelto el problema de la señora Gorcey cuando tenía otro marido desaparecido entre manos.

—Por supuesto. ¿Qué datos tienes?

Salieron al pasillo y giraron a la izquierda, donde se encontraba el resto de las oficinas.

—El marido ha desaparecido —contestó—. Puede haber abandonado a la familia o haber sido secuestrado para trabajar en un barco que haya zarpado del puerto. No estamos seguros de cuál de las dos opciones es la correcta, pero legalmente no podemos hacer nada. Tal vez tengas suerte y lo encuentres como has hecho con los otros. —Llamó a una puerta.

—Adelante —dijo una voz grave.

Al entrar, Justine vio a una mujer sentada frente al señor Solomon. Era joven, de unos veinte años, y llevaba un descolorido vestido gris de algodón. Tenía a un bebé en el regazo y otro niño pequeño no paraba de moverse en la silla de al lado. La mujer hizo ademán de levantarse, pero el señor Solomon dijo algo en alemán, y ella se relajó.

—Señorita Greene, señor Tripp, les presento a la señora Von Briesen. —Repitió la presentación en alemán para que ella lo entendiera.

Frank se excusó, ya que debía ocuparse de otros asuntos, y Justine se acercó a la señora Von Briesen.

—*Guten Tag*, Frau von Briesen.

La mujer esbozó una breve sonrisa y le devolvió el saludo. El señor Solomon le habló en alemán. Cuando terminó, ella asintió y él le explicó a Justine:

—Le he dicho que le traduciré a usted la conversación que voy a mantener con ella.

—Muy bien.

El señor Solomon empezó a hablar con la señora Von Briesen, haciendo una pausa cada dos o tres frases para traducirle a ella.

—Sabemos que su marido estuvo en el salón de billar World Poolroom en el Bowery el 19 de junio. Creemos que se encontró con un grupo de ladrones que lo drogó para robarle y que después lo dejó en la calle.

Justine hizo una mueca. Esas pandillas de ladrones organizadas echaban hidrato de cloral en las bebidas para dejar inconscientes a los clientes de las tabernas y que así sus víctimas quedaran completamente vulnerables. Era algo espantoso.

El señor Solomon se dirigió de nuevo a la mujer en alemán. Justine captó algunas palabras, pero se dedicó a observar a la señora Von Briesen en busca de pistas. Por desgracia, no había ninguna. La mujer no demostraba reacción alguna y mantuvo una expresión estoica en todo momento. El niño mayor también estaba en silencio, escuchando y observando, mientras el bebé dormía tranquilamente en el regazo de su madre.

—Sabemos que algunas de sus pertenencias aparecieron en una casa de empeño cercana —le dijo el abogado a Justine—. A partir de ahí, se pierde la pista del señor Von Briesen. Es posible que lo hayan metido en un barco que zarpaba del puerto o que esté viviendo bajo un nombre falso en otra zona de la ciudad.

La señora Von Briesen dijo algo y el señor Solomon mantuvo una larga conversación en alemán con ella. Justine esperó pacientemente mientras empezaba a planear de qué manera localizar al marido desaparecido. El salón de billar era tal vez su mejor opción, ya que podría preguntar si alguien recordaba lo que sucedió después de que dejaran al señor Von Briesen tirado en la calle. Otto Rosen, el investigador jefe de la asesoría, era minucioso, pero ella casi siempre tenía más suerte hablando con las chicas de la zona, las prostitutas y las criadas. Tenía un don para encontrar a los hombres que no querían que los encontraran.

El señor Solomon se dirigió a ella de nuevo tras disculparse.

—Pregunta que por qué no se puede dar el aviso a las autoridades para buscarlo. —Se encogió de hombros—. A mí también me gustaría saberlo.

Justine sabía por qué. Porque los hombres gobernaban el mundo. Emplear tiempo y recursos de la policía para localizar a los maridos que habían decidido abandonar a sus esposas se consideraba un desperdicio. Muchos agentes habían llegado a decirle que «probablemente había una buena razón para que quisiera abandonarla». Y siempre se encogían de hombros para acabar.

¿Qué clase de mundo impedía que las mujeres se divorciaran de los maridos espantosos, pero se encogía de hombros si los susodichos se largaban cuando les apetecía?

—¿Qué hacemos entonces?

—Me temo que no podemos hacer nada más en este momento.

Una vez que el señor Solomon le repitió esas palabras a la señora Von Briesen, la mujer empezó a temblar y se le llenaron los ojos de lágrimas. Justine alargó una mano, para ofrecerle la oportunidad de recibir algún consuelo si lo necesitaba, y ella se la apretó. Justine le devolvió el gesto, intentando ofrecerle un poco de fuerza. Debía de estar pasando por una absoluta pesadilla.

—Por favor, dígale que me gustaría ayudarla a ella y a su familia —dijo Justine, y el señor Solomon transmitió el mensaje. La mujer asintió en señal de comprensión, y ella miró al señor Solomon de nuevo—. Intentaré encontrar a su marido.

El abogado parecía aliviado.

—Sé que ha tenido éxito en el pasado, señorita Greene, y espero que pueda encontrarlo. Me rompe el corazón rechazar a alguien cuando viene a pedir ayuda.

—A mí también. Por favor, dígaselo.

El abogado informó a la señora Von Briesen de las intenciones de Justine y la mujer se volvió hacia ella, con una mirada solemne y agradecida.

—Gracias —dijo con un marcado acento alemán.

—De nada —replicó Justine, que estiró el brazo libre hacia el señor Solomon—. Su expediente, por favor. Yo me encargo desde ahora.

Jack abrió la puerta de la Cervecería de Little Water Street. Rye y Cooper, que eran sus sombras cuando se movía por el vecindario, lo siguieron al interior. Esa sería sin duda una parada más agradable que otras que habían hecho durante el día. La cervecería era su pasión, un negocio que había puesto en marcha con Patrick Murphy, el cervecero.

Se conocieron hacía siete años, cuando probó la cerveza casera de Patrick, que elaboraba y vendía en la trastienda de una droguería de Pearl Street. Jack reconocía la cerveza de calidad cuando la encontraba, ya que se había criado con esa bebida como si fuera la leche materna. Patrick tenía un don para los sabores. En cuestión de meses, estaban haciendo negocios juntos, y finalmente abrieron esa cervecería. La cerveza se vendía ya en todo el Bajo Manhattan y en Brooklyn, gracias a que era un genio para la distribución.

Jack tenía grandes planes para la cervecería. Y para él.

El intenso olor del lúpulo y del cereal se le metió en los pulmones. El aire que rodeaba los enormes alambiques de cobre donde se añadía levadura al mosto para que fermentara hasta envejecerla en su justa medida era caliente. Los asistentes anotaban las temperaturas en los libros de registro y comprobaban los niveles.

—¡Mulligan!

Jack se volvió hacia la voz y vio a su socio acercándose a él.

—Buenas tardes, Patrick. Veo que estás trabajando duro, como siempre.

Intercambiaron un apretón de manos.

—He tenido que añadir dos alambiques más esta semana para atender los nuevos pedidos. No sé cómo has conseguido que nos vendan en el Madison Square Garden, pero te lo agradezco.

—Conocí por casualidad a uno de los inversores y se lo propuse.

—Daba la casualidad de que el inversor en cuestión era adicto al opio y le había prometido no revelarle ese detalle a su esposa a cambio de sellar el acuerdo. Pero no había necesidad de ensuciar la mente de Patrick con esos sórdidos detalles—. ¿Puedes dedicarme un momento?

—Por supuesto. ¿Te gustaría probar una muestra de algo en lo que estoy trabajando?

—Eso es como preguntar si me gustaría ver pintar a Rembrandt.

El rubor se extendió por el cuello de Patrick.

—Una comparación ridícula, pero acepto el cumplido. Vamos a sentarnos a la barra.

Jack lo siguió hasta un rincón, donde una mesa alta y unos taburetes hacían las veces de bar. Solían sentarse allí a menudo para hablar del negocio o probar ingredientes. Prefería ver la sala principal donde se elaboraba la cerveza a aislarse en el despacho de su socio.

—¡Jimmy, tráenos una botella de la cerveza saaz, ¿quieres?! —le gritó Patrick a uno de sus empleados.

Se acomodaron en los taburetes.

—¿Cómo van las cosas en general? —le preguntó Jack—. ¿Necesitas más personal?

—No después de la última ronda de contrataciones. Es un buen grupo. —Patrick se remangó—. ¿Por qué? ¿Tienes a alguien en mente?

Jack pensó en la señorita Greene y en la fábrica de camisas.

—Solo quería asegurarme de que las horas y los salarios son justos. De que mantenemos a los trabajadores contentos y reducimos los accidentes.

—Los tengo en turnos de seis horas y aquí ganan más que en cualquier fábrica del barrio. Además, reciben cerveza gratis cada semana. ¡Vaya, algunos de ellos trabajarían solo por ese beneficio si lo permitiera!

—Bien, me alegro de oírlo. ¿Cómo está tu hermano?

Jimmy los interrumpió al llegar con una botella marrón de gran tamaño y dos vasos, que colocó en la mesa entre ellos. Patrick se apresuró a abrir la botella y se la acercó a Jack.

—Huele.

Jack acercó la nariz.

—Dulce. Como a hierba.

—Muy bien. —Patrick sirvió la cerveza en dos vasos, asegurándose de verterla en el centro y no en los lados, de manera que se formara una buena capa de espuma—. Ahora hazla girar.

Tal como había hecho en muchas ocasiones, Jack levantó su vaso y agitó suavemente el contenido, removiendo la cerveza. Había aprendido de Patrick que eso liberaba el sabor y realzaba el aroma. Volvió a olerla.

—Me gusta. Huele a limpio, no es fuerte.

—Espera a probarla. —A Patrick le brillaban los ojos por la emoción, como siempre que hablaba de cerveza. Señaló el vaso de Jack con un gesto de la barbilla—. Ya debería estar lista.

Jack bebió despacio y retuvo la cerveza en la boca, dejando que el líquido fluyera por toda la lengua. Era deliciosa. Suave, con mucho sabor. ¿A caramelo? Era limpia en boca. Fresca. Redonda. No se parecía a ninguna otra cerveza que hubiera probado antes.

Se quedó mirando el vaso. No había nada como esa cerveza en el mercado. Al menos, no en Nueva York.

—¿Qué demonios lleva?

—¿Te gusta?

—¿Que si me gusta? Es la perfección. Dulce y seca, pero sabrosa. Le gustará a cualquiera, ya sea habitual de la cerveza o no. ¿Cómo lo has conseguido?

—Con unas cuantas cosas. Agua de los Catskill junto con cebada de dos hileras. Y hemos importado el lúpulo de Bohemia.

Jack bebió un buen trago. ¡Por Dios, cada vez le gustaba más! ¡Cuánta innovación en un vaso tan pequeño!

—Es impresionante, Patrick. Si pudiéramos presentarnos ya a la Feria Mundial, lo haría.

Patrick resopló, demostrando la humildad que lo caracterizaba.

—Bueno, no nos adelantemos.

—Es mejor que la supuesta ganadora de la cinta azul de Pabst, te lo aseguro. Empieza a embotellarla.

—Dentro de poco. —Patrick sonrió y bebió de su propio vaso—. Me alegro de que te guste. A ver, me has preguntado por mi hermano. ¿Por eso has venido?

El hermano de Patrick era Frank Tripp, el cuñado de Justine Greene. Frank era una de las escasas personas capaces de moverse por ambos extremos de la isla de Manhattan, ya que había sido abogado tanto de la élite de la ciudad como de la clase criminal de los barrios bajos.

—En parte. Me preguntaba si Frank te había invitado a su gala benéfica para recaudar fondos.

—¿Para la Asesoría de Ayuda Jurídica del Lower East Side? —Al verlo asentir con la cabeza, Patrick contestó—: Sí, aunque no tengo ni pizca de ganas de asistir. Ese tipo de eventos son más del gusto de mi hermano que del mío.

—Me gustaría que fueras. Yo voy a asistir.

Patrick abrió los ojos de par en par, aunque se recuperó rápidamente.

—Eres consciente de que se celebra en el Metropolitan Opera House. Conociendo a mi cuñada, todos los ricachones estirados de la alta sociedad estarán allí.

—De hecho, cuento con ello. Hay un ricachón estirado en concreto que no quiere recibirme en su casa. Sin embargo, espero acorralarlo en la gala, y sería útil que tú también estuvieras presente.

—¡Ah! —Patrick se relajó mientras empezaba a comprender lo que todavía no le había dicho—. Julius Hatcher, ¿no?

Jack disimuló la sonrisa bebiendo otro sorbo de la excelente cerveza. Julius Hatcher, un genio de las finanzas, había invertido en casi todos los negocios, incluida la fábrica de cerveza en la que se encontraban en ese momento. El inversor aportó capital unos años antes, con el permiso de Jack, y animó a Patrick a llevar la cerveza al ámbito nacional. En aquel momento, no estaban preparados, pero Jack había hecho algunos cálculos. Había llegado el momento de fabricar, pasteurizar y sacar un producto nacional. Solo necesitaban el apoyo de Julius Hatcher.

Lo conseguirían, por supuesto, pero el inversor pondría como condición tomar el control de toda la empresa, y él no tenía intención de permitir que eso sucediera. Si el plan salía adelante, sería bajo su mando.

—Es el mejor amigo de tu hermano —dijo Jack a modo de respuesta.

—¿De verdad crees que podemos lograrlo? ¿Y la refrigeración?

—Vagones de tren refrigerados. Compraremos una línea de ferrocarril.

Patrick silbó.

—Eso parece una gran inversión.

—Ahí es donde entra Hatcher. —Jack apuró la cerveza y se puso en pie—. Tú sigue con lo tuyo. Mi trabajo consiste en encontrar formas de compartir tu don con el mundo. Juntos, amasaremos una puta fortuna.

—Me gusta cómo suena eso. Por cierto, ¿vas a lo de la recaudación de fondos porque te ha invitado mi hermano?

—No. Voy acompañando a su cuñada.

—¿¡A Florence!? —preguntó Patrick casi a voz en grito—. Madden te desollará vivo y luego te prenderá fuego.

—A Florence no. A Justine, la menor de las Greene.

De no haber estado preparado, la cara de Patrick le habría arrancado una carcajada. Nadie creería jamás que un hombre como él pudiera relacionarse con la angelical benefactora. Si acaso era tan angelical. Él tenía sus dudas.

Aunque estaba deseando despejarlas.

—Estás de broma —logró decir Patrick.

—En absoluto. De hecho, somos bastante amigos.

—Tú... y Justine Greene. ¿Amigos? —Se rascó el mentón—. ¿Me he perdido algo?

—No es nada del otro mundo. De vez en cuando, necesita mi ayuda con los pequeños proyectos que lleva a cabo en mi zona de la ciudad.

—Ah, entiendo. —La expresión confundida de Patrick desapareció y en sus labios apareció una sonrisa—. El negocio de los favores. Una especialidad de Mulligan.

—Son útiles, sí. Tú procura estar en la gala esa.

—¿Tú con Justine Greene en el Metropolitan Opera House delante de toda la alta sociedad neoyorquina? No me perdería ese espectáculo por nada del mundo.

Jack le dio una palmada en la espalda a Patrick.

—Pues entonces ve desempolvando tu traje de etiqueta. Vamos a enseñarles un par de cosas a esos ricachones de la alta sociedad.

Justine no recordaba haber estado nunca tan nerviosa.

Se acercó a la puerta de entrada del Metropolitan Opera House ataviada con uno de los vestidos de noche ya descartados de Mamie. El teatro estaba lleno de gente, ya que casi todas las personas relevantes habían sido invitadas. Y los verían a ella y a Jack Mulligan. Juntos.

Menos mal que sus padres estaban en Europa en ese momento. Pasarían semanas antes de que se enteraran de la asistencia del señor Mulligan a la gala benéfica. Para entonces, se habría librado por completo de él. Ya no tendrían motivos para relacionarse, y su extraña fascinación habría desaparecido.

¿Fascinación? Más bien fantasías.

De acuerdo, sí. De un tiempo a esa parte, fantaseaba bastante con Jack Mulligan. Eran pensamientos subidos de tono y muy excitantes en los que él la besaba y la tocaba por todas partes con un brillo ardiente en esos ojos azules. Con manos ansiosas y movido por el deseo.

Mientras le hacía cumplidos pecaminosos para excitarla. Esa noche se había dado placer en la bañera imaginándose la escena.

Sin embargo, la fantasía y la realidad eran dos mundos completamente distintos.

Él defendía todo aquello contra lo que ella trabajaba, como la violencia y el crimen. Ella ayudaba a la gente, pero nunca incumplía la ley. Jack Mulligan había creado sus propias leyes, cualquier cosa que favoreciera sus intereses.

Por lo tanto, debía reprimir la extraña reacción de su cuerpo cuando estaba con él, el anhelo que le recorría la piel en su presencia.

La hilera de vehículos se movió y un reluciente carruaje negro se acercó a la acera. No había nada que lo diferenciara del resto de vehículos lujosos de la calle por fuera; pero hubo algo, una sensación extraña, que le erizó el vello de la nuca.

La portezuela se abrió de repente y apareció una pierna cubierta con un pantalón de raya inmaculada. El zapato de cuero brillaba tanto que creyó ver su reflejo en la superficie. A continuación, una figura apareció en el vano despacio, con un gesto teatral y un tanto exagerado. La luz amarillenta de las farolas iluminaba ese mentón cuadrado, los rasgos cincelados de su rostro. Esbozó una sonrisa arrogante y se colocó una chistera de seda con porte orgulloso y erguido.

Elegante. Tan guapo que parecía irreal.

Jack Mulligan había llegado.

No se apresuró para avanzar hacia la entrada. En cambio, se colocó bien los puños. Se sacudió las mangas y se alisó el chaleco; al parecer, estaba acicalándose para la multitud. Justine tragó saliva porque tenía la boca seca mientras observaba la escena desde las sombras. Era Adonis, todo belleza masculina y fuerza. Un hombre por el que los dioses se pelearían. El traje de etiqueta, negro y con pajarita blanca, que todos los hombres presentes llevaban como si fuera un uniforme, lo hacía destacar entre la multitud. Era como si hubieran tejido la tela solo para él y hubieran cosido las prendas para resaltar esos anchos hombros y esa figura esbelta.

Todos los que lo rodeaban se detuvieron para mirarlo. La mujer que estaba al lado de Justine jadeó.

Ella no se movió y mantuvo la espalda pegada a la pared de ladrillo. No le gustaba llamar la atención. «Ya es demasiado tarde», se recordó. «Has aceptado que fuera tu pareja esta noche». Serían el centro de todas las miradas.

«Una noche. Para recaudar fondos. Y luego ya no tendrás nada que ver con Jack Mulligan».

A menos que decidiera pedirle ayuda para localizar al marido de la señora Von Briesen.

«No, puedes hacerlo por tu cuenta». Se acabaron las deudas con Mulligan. Se acabaron los favores, se acabó el contacto. Después de esa noche estarían en paz.

—¡Señorita Greene!

¡Ay, por Dios! La había visto. Las cabezas se volvieron hacia ella, y no tuvo más remedio que dar un paso adelante.

—Buenas noches.

Echó a andar hacia ella, con esas largas piernas devorando el pavimento que los separaba. Cuando llegó a su lado, la tomó de la mano y se la llevó a la boca para rozar el fino tejido de sus guantes con esos labios carnosos.

—Señorita Greene —repitió con una voz ronca e íntima que le provocó un escalofrío en la columna vertebral—, está preciosa esta noche.

Sintió que se le acaloraba la piel, como si hubiera estado demasiado tiempo al sol. Cientos de ojos los juzgaban en silencio, pero se obligó a obviarlos. «Una noche. Puedes hacerlo». Se agarró a su brazo y comenzó a guiarlo al interior.

—Menuda entrada —murmuró.

—Iban a mirarme hiciera lo que hiciese. Además, esperar acobardado junto a la pared de un edificio no es mi estilo.

—No estaba acobardada. —Y era cierto. Más bien había sido un intento por disfrutar de sus últimos minutos de soledad.

—Si usted lo dice...

Ella le hizo caso omiso y se concentró en la multitud que tenían por delante. El interior del teatro era un hervidero de actividad. Los invitados se apresuraban a sentarse con la ayuda de los acomodadores. Con la cabeza gacha, Justine empujó a Jack Mulligan hacia la escalera para dirigirse a la primera hilera de palcos.

—¿Podemos ir más despacio? —le preguntó él—. No sabía que esto fuera una carrera.

—Dejarán de mirarnos cuando estemos en el palco. —«Quizá», añadió para sus adentros.

—Me sorprende que esté tan ansiosa por que nos reunamos con su familia.

Justine se detuvo de repente y estuvo a punto de provocar que la pareja que los seguía se diera de bruces con ellos. ¡Ay, Dios! ¡Su familia! Estaba a punto de entrar en el palco con Jack Mulligan. ¿Sería fuerte el corazón de su abuela?

Tras ofrecerles una disculpa en voz baja a los invitados que los seguían, el señor Mulligan la apartó de la multitud y la llevó hasta una pequeña hornacina. Se inclinó hacia ella, rodeándola con su olor a tabaco y menta, y le colocó un mechón de pelo detrás de una oreja. Justine se quedó helada, mientras un cosquilleo descendía por sus piernas hasta llegarle a los dedos de los pies. La inesperada caricia fue muy suave, muy diferente de sus fantasías. Pero le gustó. Mucho.

—Respire, Justine. Lo de que está ansiosa era una broma.

—¿Está seguro de que debe estar aquí esta noche?

Lo vio esbozar una sonrisa torcida.

—Pues sí, *chérie*. Pero le prometo que saldrá ilesa. Lo juro por mi vida.

¡Ja! No tenía ni idea de lo despiadada que podía ser la alta sociedad, del efecto que todo aquello iba a tener sobre su familia. Y ella sería la más perjudicada.

—Vamos a terminar con esto.

Él la miró fijamente, con esos ojos azules que sorprendían incluso en la penumbra.

—¿Confía usted en mí?

—Por supuesto que no.

Eso hizo que echara la cabeza hacia atrás y se riera.

—Chica lista. Teniendo en cuenta los pensamientos que tengo ahora mismo en la mente, hace bien en no confiar.

—¿Qué quiere decir?

Lo vio inclinar la cabeza mientras la examinaba de arriba abajo. Hubo algo en ese lento escrutinio que le hizo sentir frío y calor al mismo tiempo.

—Pensamientos impuros —contestó con voz ronca—. Sobre usted.

«¡Ay, por Dios! Está teniendo pensamientos impuros sobre mí». La idea era vertiginosa.

Sin embargo, ese no era el momento ni el lugar para que sus fantasías cobraran vida.

Soltó el aire y se esforzó por no revelar lo mucho que la afectaba.

—Después de esta noche, no volverá a verme.

—¿Lo cree de verdad?

—Por supuesto que sí.

—Supongo que ya lo veremos. Vamos. Enfrentémonos juntos a los dragones. —Le ofreció el brazo y, después de tomar una honda bocanada de aire para armarse de valor, lo aceptó. Salieron de la hornacina y avanzaron por el pasillo hasta el palco de la familia Greene.

—Prepárese —le advirtió cuando se acercaron—. Puede que nos pidan que nos marchemos.

—Eso no es ni remotamente posible. Es una gala benéfica para recaudar fondos. Nadie deseará perder mi generosa donación.

Justine estuvo a punto de gemir. ¿Cómo se le podía haber olvidado?

—Supongo que eso garantiza que a usted no le pedirán que se marche.

—*Mon ange*, si alguien le hace daño o le falta al respeto, me enfadaré mucho. Y entonces tendrán que vérselas conmigo. —Inclinó el cuerpo hacia ella—. Yo la protegeré.

—No me llame así. —Ni era un ángel, ni era suya.

Alzó la mirada y se percató de que habían llegado. ¡Madre del amor hermoso! Él la había distraído con sus coqueteos y sus apodos, y sin que se diera cuenta habían llegado al palco de su familia... Que en esos momentos le parecía más bien la caja de Pandora, habida cuenta de todos los problemas que estaban a punto de desencadenar.

—Adelante —la alentó el diablo por encima del hombro—. Si algo tengo claro, es que usted no se rinde, señorita Greene.

Sintió un aluvión de confianza. Tenía razón. Ella jamás se rendía. Resignada, atravesó las cortinas de terciopelo de la entrada del palco.

Mamie y su abuela se encontraban en la salita bebiendo sendos cócteles cuando ella entró.

—Por fin —dijo su abuela—. Nos estábamos preguntando... —Las palabras se quedaron flotando en el aire, ya que se hizo el silencio cuando su pareja para esa noche entró detrás de ella.

Justine carraspeó.

—Os presento al señor Mulligan. Señor Mulligan, esta es mi hermana, la señora Tripp. Mi abuela, la señora Greene.

Él se adentró en la sala y las saludó con una reverencia digna de un príncipe.

—Buenas noches, señoras. Señora Tripp, es un honor participar en una causa tan digna.

—No sabía que Justine vendría acompañada esta noche —dijo su abuela—. ¿Mulligan, has dicho? ¿Es uno de los Mulligan de Boston?

—Pues no —contestó él—. Soy neoyorquino hasta la médula. De hecho, nací y me crie en la Sexta...

—En la Sexta Avenida —lo interrumpió Justine—. Cerca de Washington Square Park.

—¡Oh! Esa es una buena zona —repuso su abuela—. Nuestra familia tuvo una casa en el parque durante años. Tal vez nos relacionáramos con la suya...

—Abuela, no empecemos con aburridas conversaciones sobre el pedigrí antes de sentarnos siquiera. —Justine se volvió hacia su hermana—. ¿Qué tal el público esta noche? ¿Recaudaréis mucho dinero?

Los ojos de Mamie la miraban con una especie de fuego, con un brillo cómplice que demostraba que estaba al tanto de la identidad del señor Mulligan. Sin duda, aprovecharía la primera oportunidad que se le presentara para quedarse a solas con ella.

—El público es inesperado, y me quedo corta.

Justine no tenía réplica alguna que ofrecerle, así que señaló hacia el aparador.

—¿Nos tomamos algo antes?

—Ni hablar —dijo la abuela, que los empujó con delicadeza hacia la zona de asientos del palco—. No hace falta que os detengáis aquí con nosotras. Id y sentaos. Tripp irá a por las bebidas y no tardará nada.

Las intenciones de su abuela eran evidentes. Dado que llevaban tanto tiempo considerándola imposible de casar, su familia deseaba que toda la alta sociedad la viera por fin con un apuesto acompañante. Si la abuela supiera, insistiría en que se encerrara en casa esa noche.

—¡Oh! No hay prisa —terció Mamie—. Sentaos aquí y tomaos algo.

—Estoy de acuerdo con la señora Greene —dijo Jack con suavidad—. Al fin y al cabo, el propósito de estos eventos es dejarse ver, ¿no es así? Y usted está muy guapa esta noche, señorita Greene. Sería una pena que no la admiraran a placer.

Justine juraría que su abuela suspiró al oír el cumplido. Antes de que pudiera negarse, Jack Mulligan le levantó la mano y se la colocó en el brazo. Acto seguido, la condujo a la zona de asientos del palco.

La recibió el brillante resplandor de las luces eléctricas del teatro. Esa era la «Herradura de Diamante», la zona más deseada del Metropolitan Opera House. Todo el mundo podría verlos desde ese lugar. Sin embargo, ella era incapaz de ver de momento a la multitud que los rodeaba. Se sentía atrapada, clavada en el sitio.

Su cuñado y el hermano de este, Patrick, estaban en el palco. Cuando los ojos de Frank se posaron en la cara de Jack Mulligan, se quedó boquiabierto.

—Pero ¿qué demonios significa...?

7

Jack no dio ni dos pasos antes de que Frank Tripp lo agarrara del brazo.

—Discúlpenos —dijo el abogado antes de tirar de él como un buey hacia la salida.

—Me estás arrugando la chaqueta —murmuró Jack—. Por no hablar de que me molesta.

Frank lo soltó, pero no se detuvo. Descorrió las cortinas de un tirón e hizo un gesto.

—Sal. Quiero hablar contigo. A solas.

Bien. Jack supuso que era inevitable. Atravesó la salita con paso lento y les guiñó un ojo a las dos mujeres.

—Señoras.

Una vez en el pasillo, Tripp señaló una habitación en el lado opuesto. Dos hombres fumaban puros en el saloncito.

—Señores, necesito la estancia —anunció Tripp. Como ovejas, los dos ricachones asintieron con la cabeza, apagaron los puros y se marcharon.

—¿Cuál es tu próximo truco?—preguntó Jack mientras se sentaba en el brazo de un sofá—. ¿Hacerlos graznar como patos?

—¿Qué cojones haces aquí? ¡Y precisamente con Justine Greene!

—¿Qué significa eso de «y precisamente»? ¿Qué estás insinuando, Murphy? —Lo preguntó en voz baja y usó el apellido real de Frank para recordarle que sus situaciones eran mucho más parecidas de lo que le gustaría admitir. Se negaba a que alguien lo juzgase, mucho menos ese hombre.

—Significa que es mi cuñada y una buena persona. ¿De qué os conocéis?

—Conozco a casi todos los que trabajan y viven en la Sexta. Eso no debería sorprenderte.

—Y, sin embargo, me sorprende. ¿Cómo demonios has conseguido que acceda a que la acompañes? Y lo más importante, ¿por qué?

Jack necesitaba la ayuda de Frank esa noche, así que decidió ser sincero.

—Le hice un favor. Este ha sido el pago. Necesito ver a Julius Hatcher.

Frank enarcó mucho las cejas por la sorpresa.

—¿Lo has hecho para ver a Julius? ¿Por qué no me has pedido que lo organizara sin más?

—Porque Hatcher no lo aceptaría. Ha rechazado todos mis acercamientos.

—¿Así que estás aquí para pillarlo desprevenido? —Después de que Jack asintiera con un breve gesto de la cabeza, Frank soltó un largo suspiro—. ¡Por Dios! Si hubiera sabido que planeabas sabotear la velada, habría secuestrado a Hatcher y te lo habría llevado en persona. Mi esposa nunca se recuperará. Toda su recaudación de fondos se irá al traste.

—Pamplinas. Si consigues que Hatcher se reúna conmigo, te conseguiré más donaciones de las que tu asesoría de ayuda jurídica será capaz de manejar.

—¿Cómo?

—Eso da igual. Tú consigue que Hatcher se reúna conmigo en el primer intermedio.

—No tiene sentido esperar tanto tiempo. Iremos a verlo en cuanto empiece la función.

—Excelente. ¿Ves lo fácil que ha sido?

—Tan fácil que no necesitabas involucrar a mi cuñada en esto. —Frank lo miró fijamente a la cara un buen rato—. ¿No habrás...?

La insinuación era clara. Jack no habría mancillado a esa princesa de la alta sociedad, ¿verdad?

—No. Ella ha dejado sus sentimientos sobre ese tema dolorosamente claros. «Escoria de charco», creo que me llamó.

Eso no le había impedido pensar en dicho mancillamiento con bastante frecuencia de un tiempo a esa parte. No bromeaba cuando le dijo que le inspiraba pensamientos impuros. En esos momentos, su fantasía favorita era ella inclinada sobre su escritorio mientras él la tomaba por detrás. Cuando se corría, se imaginaba a su pequeña benefactora gritando su nombre lo bastante fuerte como para hacer temblar las vigas del club.

Ajeno a sus pensamientos, Frank parecía aliviado por la noticia.

—Bien. Procura que siga así. Detestaría tener que dispararte.

Como si pudiera...

—Debería volver. Le prometí que saldría indemne.

—Hay muy pocas probabilidades de que eso suceda. Su reputación quedará en entredicho. Por no hablar de lo que pasará cuando su padre vuelva de Europa y se entere.

—No le tengo miedo a Duncan Greene. —No podía hacer nada con respecto a la reputación de Justine, aunque sospechaba que no sufriría tanto como ella temía. Tenía algo muy claro sobre esa ciudad: a Nueva York le gustaban los espectáculos.

Y estaba preparado para darles uno.

—¡Por Dios, Mulligan! —Frank se pellizcó el puente de la nariz—. La próxima vez deja a Justine al margen y ven a verme.

¿Con quién se creía que estaba hablando? La actitud condescendiente empezaba a ofenderlo.

—No soy uno de tus clientes. Cuando necesite que me salven, te lo haré saber.

—Me doy cuenta de eso, pero... los Greene son buenas personas. No merecen que los humillen.

—Deja de retorcerte las manos, Tripp. —Jack se puso en pie y cruzó la estancia para dirigirse a la puerta. La conversación se había terminado—. Todo va a salir bien.

Tras salir al pasillo, volvieron al palco de los Greene. Frank descorrió las cortinas.

—Espero que sepas lo que haces —murmuró.

—Siempre sé lo que hago. —Un requisito en su vida, de lo contrario, acabaría muerto.

La salita se encontraba vacía en ese momento, ya que la familia se había congregado en el palco para el inminente inicio de la obra. Jack oía a la orquesta ensayando. Era mucho mejor que lo que estaba acostumbrado a oír en las tabernas y en los salones de baile de la calle Catorce. Se preguntó si servirían cerveza en ese lugar.

Frank fue el primero en entrar en el palco, aunque él lo siguió de cerca. Todas volvieron las cabezas, pero Jack solo tenía ojos para Justine, que mostraba una palidez alarmante. Se colocó a su lado al punto, con una ardiente quemazón en las costillas provocada por la preocupación. ¿Le habría dicho algo alguien? ¡Maldito fuera Tripp por sacarlo de allí y dejarla vulnerable!

—Señorita Greene. —Se inclinó hacia ella para hablarle al oído.

—Dígame. ¿Qué pasa?

Alguien carraspeó a su espalda.

Se colocó al lado de Justine y se dio media vuelta, ocultándola en parte. Descubrió que la señora Tripp lo miraba con expresión furiosa y feroz.

—Lo que pasa es que la han desairado. Nuestros vecinos, amigos de la familia, le han dado la espalda por haberlo traído esta noche. —Señaló el palco que tenían a la derecha, donde la abuela de Justine estaba hablando con una pareja mayor.

—Mamie... —protestó Justine, pero al parecer su hermana se negaba a aplacarse.

—No, Justine. Debe saberlo. Sea cual sea el motivo por el que haya asistido, debe ser consciente de las consecuencias.

Jack se metió las manos en los bolsillos del pantalón, impasible.

—Si espera que pierda el sueño por personas de mentes cerradas y odio en el corazón, va a llevarse una decepción tremenda.

—Eso es —terció Justine—. A nadie le importa, Mamie. La alta sociedad no importa en el mundo real.

—Tal vez no a ti —le soltó Mamie—. Sin embargo, le importa a la abuela y a nuestros padres. Me importa a mí, aunque solo sea por la recaudación de fondos de esta noche.

—Tendrá sus donaciones —le aseguró Jack—. Se lo prometo.

—Espero que tengas razón —dijo Frank—. Porque necesitamos el dinero.

Jack asintió una vez con la cabeza.

—Nunca me equivoco, no cuando se trata de dinero. En fin, ¿y si nos sentamos todos?

—¿De verdad eres el hombre que dirige el sindicato criminal de Manhattan?

Jack se volvió hacia la voz, que pertenecía a la abuela de Justine. Había terminado de hablar con los vecinos, que a todas luces le habían echado un buen rapapolvo, y había regresado con su familia.

No vio motivo alguno para mentir.

—Pues sí.

En lugar de repulsión, la mujer lo miró con fascinación.

—¿De verdad? Apuesto a que tienes un sinfín de anécdotas...

—Abuela —masculló Mamie—, deberíamos intentar ponerle fin a esto.

—¡Bah! He calmado los ánimos de los Stewart. Creen que ha venido como uno de los clientes de Frank, un hombre en el camino a la redención.

Jack resopló. La redención no lo mantendría con vida, habida cuenta de la ingente cantidad de enemigos que tenía. En cuanto aflojara un poco el control sobre su territorio, sería el principio del fin. Aun así, agradecía la mentira si así salvaba la reputación de Justine.

No sabía cuándo había empezado a preocuparse por su reputación. Seguramente cuando vio la palidez de su rostro un momento antes, cuando vio la vergüenza que le ensombrecía la mirada. No había esperado sentir nada esa noche, mucho menos remordimientos. Él siempre miraba hacia delante. Nunca hacia atrás.

—Has sido muy amable, abuela —dijo Justine—, pero no es necesario. Estoy preparada para lidiar con las consecuencias de esta noche.

—Tendrás que hacerlo —repuso Mamie—. La abuela no puede contarles esa patraña a todos los presentes en el teatro.

—No es el momento para hablar de esto —terció Frank en voz baja—; no cuando hay oídos por todas partes. Sentémonos y disfrutemos de la actuación.

La mayor de las hermanas Greene le dirigió una mirada sombría antes de abandonar el palco, mientras todos los demás se acomodaban en los asientos. Frank no dejaba de mirar por encima del hombro, como si él pudiera abalanzarse sobre Justine en cualquier momento y robarle su inocencia.

Pensar en la inocencia hizo que se preguntase... ¿Se habría acostado Justine con Billy Ferris el año anterior? De ser así, algo le decía que Ferris había hecho un pésimo trabajo. No habían durado ni tres meses juntos. Eso no gritaba precisamente «aventura apasionada».

En cambio, si él se hubiera acostado con Justine..., la habría mantenido desnuda, en la cama, durante días y días, adorándola. Merecía que la explorasen y trazaran su cuerpo, que la dibujaran y la pintasen. Esa mujer era una capa tras otra de contradicciones. Virginal y luchadora. Pura y feroz. Altruista y entregada. ¿Qué se sentiría cuando toda esa entrega se concentrase en el placer de un hombre? Joder, se le ponía dura solo de pensarlo.

¿Y por qué no podía dejar de pensar en ella?

«Cree que eres escoria de charco».

Sí, eso no podía olvidarlo.

—Esta noche está muy elegante —la oyó susurrar.

¿Un cumplido? Si Jack fuera una colegiala, se habría sonrojado.

—Gracias.

Mmm... Tal vez estaba reconsiderando la opinión que tenía de él. No sabía si la idea debía gustarle o aterrarlo. Si se sentía atraída por él, podría considerar la posibilidad de explorar dicho sentimiento, para ver adónde llevaría esa batalla de voluntades entre ellos.

Aunque algo le decía que no saldría victorioso.

Minutos después, las candilejas de la base del escenario se iluminaron. De un lateral salió la señora Tripp, una elegante reina, que se dirigió al centro del escenario. El público se calló, pero Jack la observó con apenas interés. Sentía más curiosidad por la mujer que estaba a su lado.

Miró de reojo a Justine Greene y la orgullosa sonrisa que esbozaba mientras observaba a su hermana. Una chispa de celos prendió en su pecho. No tenía familia cerca. Después de que absolvieran a su hermano (un acontecimiento que marcó el inicio de su relación con Frank Tripp), lo envió a Cleveland. Llevaban cuatro años sin verse.

En cuanto a sus padres, su madre murió cuando él tenía once años. Nunca le revelaron la identidad de su padre, un secreto que su madre se llevó a la tumba. La mayoría de los recuerdos que tenía de ella eran de los días en el Green Dragon Saloon, un pilar del Bowery que había visto lo peor de las peleas entre los Dead Rabbits y los Bowery B'hoy a finales de los años cincuenta.

Él había crecido entre aquellas paredes rotas, escuchando historias sobre las pandillas y su destrucción, las palizas y los insultos, cómo los hombres se peleaban entre sí en lugar de con todos los demás. Y se percató de que las mujeres del burdel se cuidaban unas a otras, uniéndose contra un cliente indisciplinado o protestando cuando el dueño promulgaba una política que no les gustaba.

Aprendió una importante lección en la infancia. Solo, se era vulnerable. Juntos, todos eran infinitamente más fuertes. Esos ideales, la camaradería y la hermandad, le habían valido un imperio.

—Damas y caballeros —dijo Mamie—, gracias por asistir esta noche. Soy la señora de Frank Tripp. Mi marido dirige la Asesoría de Ayuda Jurídica del Lower East Side. Como muchos de ustedes saben, servimos a los habitantes más necesitados y menos representados de Nueva York ofreciéndoles asistencia legal gratuita, ayudándolos a encontrar a sus familiares perdidos, presentando documentos y mucho más. Solo el año pasado...

La señora Tripp continuó, pero Jack se desentendió del discurso. Admiraba lo que los Tripp hacían en el Bajo Manhattan, pero las élites del público no vivían allí. Cada noche, se acostaban en sus lujosas mansiones de la zona alta de la ciudad, con criados y cocineros y muebles franceses. No sabían lo que era luchar, preguntarse de dónde saldría la próxima comida.

Donar a esas causas aliviaba parte de la culpa que esos miembros de la clase alta neoyorquina sentían por sus privilegios, pero no los absolvía. Porque esas personas no se atrevían a relacionarse con los irlandeses o los italianos. Se burlaban de los empresarios judíos. Habían obligado a los negros libres y a los antiguos esclavos a abandonar sus hogares, a fin de usar sus tierras para construir parques y casas de lujo. Votaron a los políticos que habían promulgado la Ley de Exclusión China.

Semejante hipocresía le revolvía el estómago.

Él se había enriquecido con los años, sí, pero se esforzaba en cuidar de su gente, de su barrio, sin importar el color de la piel o la procedencia. La violencia de las pandillas casi había desaparecido. Los sindicatos iban en aumento. Imponía castigos y mantenía las cosas organizadas; a su favor, por supuesto. No era una democracia como tal, pero tampoco era un dictador. Un rey benévolo, tal vez.

¿Y no se suponía que los reyes eran bendecidos por ángeles?

Eso hizo que volviera a centrar su atención en su pequeña benefactora. En ese momento estaba sonriendo, con una expresión satisfecha y feliz, y sintió que algo se le aflojaba en el pecho. Desde luego que era distinta del resto del público. No se limitaba a extender un cheque y seguir con su vida. Justine Greene trabaja durísimo, día tras día, con los residentes de los barrios bajos de la ciudad, entregando su tiempo y sus fuerzas hasta quedar agotada. Sus hombres se habían quejado, a gritos, de lo difícil que había sido seguirle el ritmo.

Era extraordinaria.

La multitud estalló en aplausos cuando la señora Tripp concluyó su discurso, y Frank se levantó de su asiento situado en la zona delantera del palco. Empezó a subir por el pasillo hacia él.

—Ven —dijo sin detenerse.

¿Habría organizado Tripp el encuentro con Hatcher tan rápidamente? Sería un milagro, habida cuenta de que no lo había visto abandonar su asiento ni enviar una nota a través de un asistente.

—Disculpe —le dijo a Justine en voz baja, tras lo cual le hizo un gesto a Patrick. El cervecero abandonó también su asiento y ambos siguieron a Tripp fuera del palco.

El espectáculo comenzó cuando salieron al pasillo. Los empleados del teatro salían a toda prisa de las distintas estancias, corriendo de un lado para otro para que a los adinerados clientes no les faltase de nada. Tripp los condujo al centro del teatro, donde descorrió las cortinas de terciopelo y entró en un salón.

Julius Hatcher estaba recostado en un sofá, con unos documentos en el regazo. Alzó la mirada bruscamente.

—¡Ah, Frank! ¿Has venido para...? —Cerró la boca con brusquedad al ver a Jack y Patrick—. ¡Vaya! Parece que vienes con regalos.

Frank se adentró en la estancia y se acomodó en uno de los sillones.

—Siento irrumpir sin avisar, pero creo que ya os conocéis.

—En efecto, nos conocemos. Patrick, me alegro de verte de nuevo. —Hatcher hizo una pausa—. Mulligan.

A Jack no le pasó desapercibido el frío saludo.

—¿Alguien quiere un trago? —Señaló con el pulgar el aparador bien surtido—. ¿*Brandy*? ¿*Bourbon*?

—Sírvete tú mismo —le dijo Hatcher—. ¿Patrick? ¿Frank?

—*Bourbon* —respondió Frank—. Me temo que lo necesitaré para cuando terminemos aquí.

—¿Cómo demonios has colado a Mulligan? —preguntó Hatcher mientras él se ocupaba de las bebidas.

—Es el acompañante de Justine.

—¿Justine? ¿Tu cuñada? —Hatcher silbó—. Apuesto a que Duncan tendrá un par de cosas que decir al respecto. ¿Qué tiene que ver esto conmigo?

Jack lo interpretó como una señal. Repartió los vasos de *bourbon* y se sentó en un sillón vacío.

—He venido esta noche para verte. Me temo que no me quedaba más alternativa.

—No he accedido a verte porque no hay nada que discutir, Mulligan.

—Con todo respeto, no estoy de acuerdo. Tengo una idea, una que creo que te gustará.

—Lo dudo. Y mi mujer está en nuestro palco, viendo la función. Preferiría que no volviera y nos viera juntos.

—En ese caso, seré breve.

—No, te vas a ir. —Hatcher hizo ademán de ponerse en pie, pero Frank levantó la mano.

—Por favor, escúchalo. No puedo permitir que Mulligan siga relacionándose con Justine.

—Ese no es problema mío —replicó Hatcher con brusquedad—. Y no deberías haberlo traído aquí sin preguntarme primero.

—Lo sé, y puedes gritarme después. Pero necesito a Mulligan fuera del edificio antes de que la recaudación de fondos de mi esposa acabe siendo un desastre.

Hatcher miró a Tripp.

—Tienes suerte de que tu mujer me caiga mejor que tú.

—Le pasa a todo el mundo. Venga, Mulligan, suéltalo para que podamos salir de aquí.

Jack carraspeó.

—Deseo llevar la cervecería al ámbito nacional y necesito tu ayuda para hacerlo.

La expresión de Hatcher se ensombreció aún más.

—Si no recuerdo mal, tuve esa idea hace varios años y la rechazaste.

—Tenía mis motivos. No era el momento adecuado. Pero te aceptamos como inversor, y creo que esa inversión te ha hecho ganar mucho dinero.

—Como todas mis inversiones. Pero no tengo el menor deseo de ponerme al día. Has perdido tu oportunidad mientras otras cerveceras locales como Pabst y Anheuser han prosperado y han empezado a expandirse regionalmente.

—Ya has probado las creaciones de Patrick. Sabes que todo lo que tiene supera con creces lo que se elabora en el Medio Oeste.

—Tiene un don, sin duda. Los demás también. No te ofendas, Patrick.

—Sin problema —replicó el aludido, que bebió un sorbo de *bourbon*—. Soy consciente de que no soy el único maestro cervecero del país.

Jack sabía que no hablaría con tanta frivolidad del talento de Patrick si hubiera probado la cerveza saaz que acababa de crear. Esa revelación llegaría una vez que tuviera el visto bueno de Hatcher.

—Tal vez sea así, pero ahora tenemos la oportunidad perfecta.

Hatcher arqueó una ceja con expresión aburrida.

—¿De verdad?

—La clave para enviar cerveza a todo el país es maximizar el beneficio y mantener la frescura. He resuelto ambos problemas. Primero, el beneficio. Para eso, necesitamos comprar una línea de ferrocarril. Varias de ellas tienen problemas.

—Eso es decir poco —replicó Hatcher—. Los ferrocarriles y los bancos están cayendo por todo el país. El presidente Cleveland va a mandar de cabeza al país a una depresión económica. Es un inepto integral a la hora de afrontar la crisis financiera, pese a mis mejores consejos sobre cómo proceder. —Hatcher era un mago de Wall Street, capaz de hundir o salvar empresas con una palabra dicha en el lugar adecuado.

—Sin embargo —siguió Jack—, deberíamos aprovechar la recesión actual. Si compramos un ferrocarril situado en el centro, podríamos enviar a cualquier parte del país en pocos días.

—¿Y la frescura? ¿Cómo se mantendría la cerveza fría?

Esa era la mejor parte. Jack se acomodó en el sillón y estiró las palmas de las manos como si estuviera haciendo una ofrenda.

—Vagones de tren refrigerados. He visto bocetos y he hablado con fruticultores de Georgia que los usan para los melocotones. Funcionaría para la cerveza.

—Mmm... —Hatcher se frotó la mandíbula y clavó la mirada en su *bourbon*—. Si te soy sincero, no me gusta hacer negocios contigo. El papel de inversor en las sombras es difícil para mí. Y estás hablando de mucho capital para esta empresa.

Jack percibía el interés de su interlocutor como una corriente eléctrica en la habitación.

—Soy consciente de eso y no esperaría que te mantuvieras en las sombras.

—¿Estás dispuesto a compartir el control?

—Patrick y tú tendríais voz y voto.

Tras una pausa, Hatcher dijo:

—El Ferrocarril de Transporte del Norte podría servir.

Jack contuvo una sonrisa. Si Hatcher estaba sopesando la idea y haciendo sugerencias, eso significaba que estaba de acuerdo.

—Me gusta más la de los Grandes Lagos del Norte.

—Sí, me había olvidado de esa. De todos modos, tengo que pensármelo.

Jack asintió con la cabeza. Había negociado suficientes tratos como para saber cuándo era prudente retroceder y dejar que la información se cocinara un tiempo.

—Ya sabes cómo encontrarme.

—Pues sí. Mientras tanto, haz que me envíen los planos de los vagones refrigerados. Me gustaría echarles un vistazo.

—Por supuesto.

—Parece que lo has pensado bien, Mulligan. —Hatcher soltó el vaso vacío en la mesita auxiliar—. Así que dime una cosa: si Patrick se encarga de la cerveza y yo del dinero, ¿para qué te necesito exactamente?

—El negocio es mío. Y me necesitas por mis contactos de distribución.

—¿No tienes bastante entre manos ahora mismo?

Sí, pero conseguir más dinero y más poder siempre merecía la pena. *Qui n'avance pas, recule.*

Alargó las manos con un gesto servicial.

—Estaré encantado de comprar tu parte de la cervecería.

Hatcher captó la indirecta y dejó el tema. Se puso en pie, y los demás lo imitaron.

—Hablaremos más adelante, Mulligan. Después de que revise los planos.

—Patrick, ¿esto te parece bien? —le preguntó Frank a su hermano.

—Vale la pena intentarlo. —Patrick se encogió de hombros—. Si no lo hacemos nosotros, lo hará otro. Gracias por considerar la idea, señor Hatcher. —Patrick le tendió la mano.

—Me caes bien, Patrick —repuso el susodicho mientras le estrechaba la mano—. Eres un genio con el lúpulo y la cebada. Es tu compañero el que no me convence todavía.

Jack se limitó a sonreír. Hatcher acabaría por ver las cosas a su manera.

Siempre lo hacían.

8

Justine miró por encima del hombro por enésima vez. Las cortinas del palco de la familia Greene seguían cerradas, algo que resultaba exasperante. ¿Se podía saber dónde estaba Jack Mulligan? Se había ido con Frank y con el hermano de este hacía más de veinte minutos.

¿Qué estarían haciendo?

La espera la estaba matando. Cada vez que las personas sentadas en los palcos vecinos la miraban, debía fingir indiferencia y concentrarse en la actuación. Finalmente, alguien descorrió las cortinas, y Justine contuvo la respiración. Acto seguido, soltó el aire de golpe. Se trataba de Mamie, que había regresado al palco.

Su hermana se colocó en el asiento vacío que tenía al lado en vez de sentarse delante. Justine se preparó para el sermón. Aunque quería mucho a Mamie, no le apetecía en lo más mínimo mantener una conversación sincera en ese momento.

—Así que Jack Mulligan —susurró Mamie, ocultando la parte inferior de la cara con el abanico—. No me puedo creer que lo hayas traído al teatro.

—No tuve elección.

—Siempre la hay. Lo que significa que en parte has disfrutado burlándote de todo el mundo esta noche. Y destrozando mi gala benéfica en el proceso, por cierto.

¿Eso había hecho? Ella nunca había sido descarada ni desobediente como sus dos hermanas mayores. Al contrario, se ofrecía de forma voluntaria para hacer las cosas y realizaba sus tareas con tranquilidad, en vez de ir a escondidas a tabernas y salones de baile. Si le gustara burlarse de la alta sociedad, ¿no se habría pavoneado con Billy por toda la ciudad cuando tuvo la oportunidad? Al fin y al cabo, e incluso teniendo en cuenta el espectáculo que habían organizado sus hermanas para acabar emparejadas, que la menor de las Greene estuviera con un aprendiz de fontanero habría creado un gran revuelo en la Quinta Avenida.

No, no se trataba de eso. Había llevado al señor Mulligan porque le había dado su palabra de devolverle el favor. Y por fin estaban en paz.

—Sabes que no me gusta llamar la atención —replicó—. Esto es lo que me ha exigido como pago por el favor que me hizo. Nada más. Y no destrozará tu recaudación de fondos.

—¿Sientes algo por él?

—Mamie, por favor.

—Lo digo en serio. Y tu falta de sorpresa ante la pregunta me hace dudar.

—Pues que sepas que estás perdiendo el tiempo. No hay nada entre nosotros.

Su hermana soltó una especie de gemido.

—Tina —dijo, usando el diminutivo por el que la llamaban de pequeña—. Hay elecciones inadecuadas, como Clayton Madden. Y luego hay elecciones catastróficas, como Jack Mulligan. No te confundas. Papá y mamá pueden llegar a aceptar una elección inadecuada. Sin embargo, te enviarán a un convento en Europa antes que permitirte una elección catastrófica.

Justine se ofendió y cuadró los hombros. Detestaba que la trataran como a una niña, sobre todo si lo hacían sus hermanas, habida cuenta de los escándalos que ellas habían provocado. De manera que se aferró a la verdad.

—No tienes que preocuparte por eso. Ha afirmado tajantemente que no soy su tipo.

Mamie puso los ojos como platos.

—No me lo creo. He visto cómo te mira. Cómo te trata. Está interesado. Hazme caso.

¡Qué ridiculez! Ella jamás le resultaría atractiva a un hombre como Jack Mulligan. Su hermana Florence, tan guapa y descarada, sería más de su gusto. A ella no le apetecía convertirse en el centro de atención en ningún sitio. Era más feliz en los márgenes, ayudando a la gente.

El primer acto terminó y el público aplaudió con gran educación. Mamie se puso en pie.

—Debo visitar algunos palcos. Volveré al comienzo del segundo acto. —Tras decir eso, descorrió las cortinas de terciopelo y desapareció.

Justine no se molestó en levantarse. Prefería pincharse en el muslo con un palo afilado antes que ir al tocador de señoras.

Su abuela se acercó a ella.

—¿Te apetece beber algo?

—No, gracias. Me quedaré aquí.

Su abuela se sentó y empezó a abanicarse.

—Tengo curiosidad por saber cómo es que conoces a este hombre tan peligroso.

—A través de mi trabajo en la Asesoría de Ayuda Jurídica del Lower East Side.

—¿Es cliente de la asesoría?

—No, pero yo me muevo por los distintos barrios, visito a los clientes y ayudo en lo que puedo.

—Espero que no corras peligro. ¿Tu padre sabe que te mueves por las calles sin que nadie te acompañe?

—No. No me gustaría que se preocupara. —«O que me encierre en mi dormitorio», añadió para sus adentros.

—A mí me preocupa lo que estás haciendo. Tus hermanas ya se pasaron bastante de la raya en su día. ¿Qué esperas conseguir con esta imprudencia?

—Estoy ayudando a las familias. A las mujeres y a los niños pequeños de esta ciudad. A personas que pasan hambre, que tienen dificultades. La asesoría ofrece ayuda jurídica, pero solo a corto plazo. Lo cual tiene sentido, dados sus recursos. Frank no puede servir comidas en el comedor social. Mamie no puede cuidar a los cinco niños de una mujer que debe pasarse el día entero buscando trabajo. Ese es el tipo de cosas que yo hago. Les ayudo a ir al médico, a rellenar los formularios del Ayuntamiento, a buscar un lugar donde vivir. El señor Mulligan me ayudó a localizar a un hombre que había abandonado a su mujer hace unas semanas. A cambio de que me ayudara, le prometí devolverle el favor. Su presencia aquí esta noche es ese favor.

—Admiro tu dedicación, pero podrías acabar herida cualquier día dedicándote a esas cosas. Al menos, ¿por qué no llevarte a una criada o a un lacayo? Alguien que te sirva de carabina.

—Las únicas personas que se preocupan por las carabinas viven por encima de la calle Treinta y cuatro. Durante el día, estoy la mar de bien en la zona sur de Manhattan.

El público guardó silencio de repente. Justine miró al escenario y aspiró el aire con fuerza. Jack Mulligan estaba caminando por el escenario.

¡Jack Mulligan estaba en el escenario! Atravesándolo e iluminado por las candilejas, como si fuera el dueño del teatro.

¿Se podía saber qué estaba haciendo?

Se tapó la boca con la mano, demasiado sorprendida para moverse siquiera. Su abuela se inclinó hacia ella.

—¿Ese es el señor Mulligan? ¡Por el amor de Dios! Pero ¿qué...?

Cuando llegó al centro del escenario, Jack Mulligan miró al público con una sonrisa deslumbrante.

—*Bonsoir, mesdames et messieurs*. Buenas noches. Me llamo Jack Mulligan. —Algún asistente jadeó de forma audible y él se limitó a reírse—. Parece que algunos de ustedes han oído hablar de mí. —Hizo una pausa teatral para mirar a su alrededor—. ¿No es este el Teatro del Bowery?

El público estalló en carcajadas en todas partes, salvo en el palco de la familia Greene.

Acto seguido, Jack Mulligan señaló hacia ella y su abuela.

—Gracias a la familia Greene por permitirme venir esta noche para que pueda hablar sobre la Asesoría de Ayuda Jurídica del Lower East Side y sobre la importante labor que realiza para los ciudadanos del Bajo Manhattan. Verán, a los periodistas les gusta centrarse en las historias fantásticas, porque así venden más periódicos. Quieren hacerles creer que más abajo de la calle Catorce no hay más que pecado e inmoralidad, suciedad y violencia. No hablan de las muchachas que son obligadas a trabajar en las fábricas. Ni de la mujer que cose a la luz de las velas para sacar adelante a sus hijos. Ni de los niños que trabajan sin descanso limpiando zapatos y vendiendo periódicos. Ni de los maridos que se desloman trabajando en los muelles y en los mataderos. —Hizo una pausa y miró al público—. Pero yo sí voy a hacerlo. Porque veo a esas personas todos los días. Conozco sus nombres. Son gente buena, gente decente. Muchos han venido desde lugares lejanos con la esperanza de una vida mejor. Viven en pisos de una o dos habitaciones, hacinados, y durmiendo tres y cuatro personas en cada cama. Trabajan de sol a sol, pero es posible que no conozcan nuestro idioma ni nuestras costumbres tan bien como nosotros.

Justine entendía su propósito. Era un golpe de efecto brillante. Y también descarado. ¿Quién iba a pensar que ese hombre haría algo así?

—Por eso es tan importante la labor de la Asesoría de Ayuda Jurídica del Lower East Side. El señor Tripp y su equipo de abogados pueden ayudar a los habitantes de nuestra ciudad en circunstancias que, de otro modo, les resultarían imposibles. No solo se dedican a defender en un juicio penal a los acusados de haber cometido un delito. También ayudan a las personas que sufren abusos por parte de los dueños de sus viviendas y de las empresas donde trabajan. Cumplimentan formularios de solicitud de empleo y los trámites para obtener la nacionalidad. E... —añadió al tiempo que su mirada se cruzaba con la de Justine— incluso localizan a aquellos hombres que han abandonado a sus esposas y familias. La asesoría defiende a aquellos que han sido agraviados y carecen de los medios para obtener justicia por sí mismos. Por eso, esta noche les pedimos su ayuda. La Asesoría de Ayuda Jurídica del Lower East Side debe mantenerse ajena a la política y a la poderosa mano del gobierno de la ciudad. Eso significa que depende exclusivamente de las donaciones privadas para poder funcionar.

Todo el público estaba embelesado, observando a Jack Mulligan con total atención. Los intermedios solían ser momentos ruidosos y caóticos. Aquel era tranquilo, con el señor Mulligan dominando la escena. Ejerciendo de cruzado de los desfavorecidos. Justine sabía que era un hombre magnético, con una presencia poderosa, pero verlo con sus propios ojos de forma tan directa era asombroso. ¡Y por una causa tan noble!

Sintió que se acaloraba, que una ardiente sensación la recorría despacio y se extendía por todo su cuerpo hasta abrumarla por completo. Se le aceleró la respiración, empezó a subirle y bajarle el pecho de forma visible y sintió que se le endurecían los pezones bajo el rígido corsé. Experimentaba una sensación palpitante entre los muslos y oía el latido de la sangre en los oídos. El abanico que tenía en la mano no ayudaba a contener el fuego de su interior.

Tal vez ella no fuera su tipo; pero, en ese momento, Jack Mulligan sí era el suyo.

—Y por eso les pregunto, a ustedes que son las joyas más rutilantes de la sociedad neoyorquina, ¿no están dispuestos a abrir sus corazones y sus billeteras? Yo mismo he donado cincuenta mil dólares. Me pregunto si alguno de los presentes podría igualar esa cantidad. ¿Señor Cavendish? —Señaló un palco situado en el segundo nivel—. ¿Señor Bryce? ¿Señor Irvin? ¿Señor Randolph? Espero oír de su generosidad, y de la del resto de los presentes, esta noche. Gracias por escucharme, y ahora les dejo para que sigan disfrutando de la función. —Se dirigió a un lateral del escenario con una sonrisa despreocupada, acompañado por los aplausos de todos los asistentes.

—¡Qué hombre más listo! —oyó Justine que murmuraba su abuela.

—Sí. Ha sido un gran discurso —replicó ella.

—Ha sido más que eso. Prácticamente ha chantajeado a esos cuatro caballeros para que igualen su donación o sufran las consecuencias.

Justine frunció el ceño. ¿Chantaje? Su abuela exageraba. Jack Mulligan había retado a esos hombres, pero no los había amenazado ni chantajeado.

—No, su intención no ha sido esa.

—Querida, he vivido lo bastante como para saber leer entre líneas. Un hombre como el señor Mulligan debe de tener información comprometida de casi todas las personas importantes de esta ciudad. Si le conviene, no titubeará a la hora de usarla de la manera que le parezca.

—No lo dudo. Pero ¿qué sentido tiene que lo haga esta noche? ¿Por qué amenazar a alguien aquí durante la gala benéfica? ¿Qué espera ganar?

—Está claro que espera ganar la única cosa que nunca podrá tener: a ti.

Justine sintió más palpitaciones.

—Eso es absurdo. Somos conocidos, nada más.

—Después de esta noche, será mejor que ni siquiera seáis eso. No quiero verte herida. Y tu padre jamás lo aprobará.

—No planeo volver a ver al señor Mulligan. No tienes que preocuparte por mí. No soy Mamie ni Florence.

—Eso es precisamente lo que me preocupa. Pese a sus escandalosos comportamientos, tus hermanas son capaces de manejarse en cualquier situación. Tú eres más reflexiva, más reservada, más confiada. No me gustaría que se aprovecharan de ti.

—Ser confiada y reservada no es lo mismo que ser débil, abuela.

—Eso es cierto, pero tendrás que admitir que el señor Mulligan se encuentra muy lejos del límite que tus padres estarían dispuestos a tolerar. Hay ciertos límites, Justine, y él es uno de ellos.

—No tengo el menor interés en él de esa manera. —Se sintió incómoda al pronunciar esas palabras, que le parecieron inexpresivas. Sin embargo, añadió—: Te preocupas por nada.

Su abuela le dio una palmadita en la rodilla.

—Bien. Procura que siga siendo así.

Jack caminaba de un lado para otro de su despacho, inquieto pese a lo avanzado de la hora.

Había abandonado el teatro de la ópera justo después del discurso. Las razones de dicho discurso eran complicadas. No tenía ganas de ahondar en por qué lo había considerado necesario, sobre todo cuando nadie le había pedido que lo hiciera. Al contrario, se había ofrecido voluntario como un imbécil.

Sin embargo, no soportaba el trato que había recibido Justine por haberlo llevado. Al recordar su expresión después de que la desairaran, sintió ganas de golpear la pared. ¡Por Dios, hacía años que no se sentía tan furioso! Pensaba que había enterrado la violencia bajo los trajes confeccionados a medida y los buenos modales.

En ese momento, lo único que quería era protegerla. Calmarla. Rodearla con un brazo mientras destrozaba con el otro a quienes la habían ofendido. No había experimentado esa sensación desde la muerte de su madre. Ni siquiera se había creído capaz de experimentarla hasta ese momento.

Hasta que conoció a Justine.

¿Cómo podía verle alguien algún defecto? Tal vez él había atisbado a la leona que se ocultaba bajo la seda y las perlas, pero a ojos de todo el mundo, Justine era buena, obediente y pura. Desinteresada y cariñosa. Un ángel altruista. Desde luego, era mejor que su padre, que había heredado la mayor parte de su fortuna y había conseguido el resto con negocios tanto honestos como deshonestos.

¡Ah! Pero cuando los criminales vivían al norte de la calle Cuarenta y dos, se llamaban «magnates».

Jack los había visto entre la multitud esa noche, a esos hombres que conocía tras años de hacer negocios en esa ciudad. Tal vez ellos no recordaran sus fechorías, pero él las recordaba todas. Recordaba a los que habían recurrido a su ayuda y a los que le habían pedido perdón. Tramposos y ladrones, asesinos y estafadores. Aunque cenaran con la señora Astor, no eran mejores que los hombres encarcelados en Las Tumbas. La única diferencia era que esos ricachones neoyorquinos tenían dinero para pagar mejores abogados.

Soltó un largo suspiro e intentó recuperar el control.

La ira era una emoción peligrosa que se esforzaba por reprimir. Porque nublaba la razón y le robaba a un hombre el sentido común. Él se enorgullecía de mantener la calma sin importar la situación.

Gracias a eso se había mantenido vivo más veces de las que podía contar.

Rotó los hombros. Aquello era ridículo. Se tomaría una cerveza y se pondría a trabajar. Pronto se relajaría y se olvidaría de todo lo ocurrido esa noche.

Al dirigirse a la puerta de su despacho, encontró a Cooper haciendo guardia en lo alto de la escalera.

—Tráeme unas cervezas, ¿quieres?

—Ahora mismo, Mulligan.

Cinco minutos después, Cooper regresó con un cubo lleno de hielo entre el que había varias botellas de su cerveza favorita. Lo dejó todo en el aparador.

—¿Quieres un vaso?

—¿Te parece que soy un animal? Claro que quiero un vaso.

Cooper le dejó una botella y un vaso en la mesa. Mientras Jack se servía la cerveza, le dijo:

—Brady está abajo, esperando para hablar contigo.

Brady era el hombre encargado de acompañar a Maeve y Katie a casa todas las noches. Walters, otro de sus hombres, escoltaba a las demás chicas. Le había ordenado a Brady que lo informara regularmente sobre cualquier problema o detalle sospechoso.

—Dile que suba.

Cuando Brady entró, Jack se había bebido la mitad de la cerveza de su vaso.

—Siéntate —le dijo al recién llegado—. Dime.

—No ha habido ningún problema hasta ayer por la noche —le informó Brady mientras tomaba asiento—. Siempre dejo primero a Katie y luego llevo a Maeve a la calle Primera Este. Pero anoche me di cuenta de que un hombre nos seguía a cierta distancia, manteniendo el paso. Con la cabeza gacha y el sombrero calado. Nos siguió por Bowery hasta la Segunda Avenida. Como no quería que descubriera dónde vivía Maeve, doblamos por Houston. Y nos siguió.

¡Maldición!

—¿Intentaste atraparlo?

Brady asintió con la cabeza.

—Dejé a Maeve en el salón de Stevie el Grande —contestó, refiriéndose a uno de los salones de billar de Jack— y lo perseguí a la carrera. Pero fue rápido y me esquivó en algún lugar cerca de la taberna de McGurk.

—Jamás lo encontrarías en ese tugurio si es que entró. ¡Mierda! —Golpeó la mesa con la palma de la mano—. Primero sigue a Katie, ahora a Maeve. ¿Y tu presencia no lo asusta? ¿Tan imbécil es ese malnacido?

—No podría decirte, pero esto descarta que sea un antiguo pretendiente de Katie. O está armándose de valor o intenta asustarnos.

—No me gusta ninguna de las dos posibilidades. —Tamborileó con los dedos sobre la mesa—. Llévate a más hombres. Quiero que lo atrapéis si vuelve a aparecer. Si Maeve protesta, dile que la otra opción es que todas duerman aquí.

—Lo haré. ¿Crees que es uno de los hombres de O'Shaughnessy?

—No sabría decirte. Pero si lo atrapas la próxima vez, te garantizo que lo averiguaremos.

La puerta se abrió y Cooper asomó la cabeza.

—Una visita.

¡Señor Bendito! Esa noche no estaba de humor para eso. ¿Acaso no podían dejarlo trabajar en paz?

—¿Quién?

Los labios de Cooper temblaron como si estuviera conteniendo una sonrisa.

—La benefactora.

Jack se enderezó en el sillón. Justine estaba allí. En los barrios bajos de la ciudad. ¿A esa hora?

—Que suba.

Cooper se fue y Brady se puso en pie.

—Te avisaré si vemos algo más.

—Aunque sea lo más mínimo, Brady. Aunque parezca insignificante. No dejaré que nadie intimide a mi gente. Debemos atraparlo.

Brady asintió con la cabeza y se marchó. Jack apuró la cerveza del vaso y abrió otra botella. No se había cambiado de ropa, aunque se había quitado la chaqueta. Llevaba la pajarita deshecha y el cuello de la camisa, desabrochado. Un caballero se vestiría de nuevo para estar en presencia de una dama.

Claro que él no era un maldito caballero.

La anticipación se arremolinó en sus entrañas, provocándole una sensación inquietante. Nervios. No imaginaba qué quería Justine Greene, ya que su relación había terminado hacía varias horas.

«Esta noche está muy elegante».

El cumplido, hecho casi a regañadientes y con timidez, no fue un falso cumplido ni un intento de adulación. Justine era incapaz de mentir. Atisbó algo en su mirada cuando lo vio acercarse por primera vez en el exterior del teatro, un brillo de admiración. Interés femenino. Yesca seca que esperaba la cerilla adecuada para convertirse en llama.

Que Dios lo ayudara, porque era un hombre terrible, el peor de los hombres, y nada le gustaría más que verla arder.

La puerta se abrió hacia dentro y sus músculos se tensaron en preparación. Apareció envuelta en una larga capa negra. Entró y vio que todavía llevaba el vestido de noche de la gala benéfica. No había mentido cuando le dijo que estaba preciosa. El vestido plateado le otorgaba un aire regio, como si fuera una princesa etérea. Delicada, aunque él sabía que era todo lo contrario.

No, esa chica era más fuerte que el lecho de roca que sostenía la isla de Manhattan.

Atravesó el despacho sin darse cuenta siquiera. Siguió andando hasta rozarle el bajo del vestido con la punta de los zapatos y llenarse los pulmones con ese aroma que la rodeaba, floral y limpio. Era lo mejor que había olido nunca.

Vio las pecas que le salpicaban la nariz, el movimiento de esas pestañas oscuras. Se percató de la suave curva de su labio superior. ¿Cómo era posible que sus ojos le hubieran parecido aburridos alguna vez? En ese momento, lo miraban con un brillo ardiente, y las motitas doradas relucían a la luz de la lámpara de gas.

Para no tocarla, se metió las manos en los bolsillos del pantalón. No tenía intención de ponérselo fácil. Se limitó a quedarse de pie y a esperar. Ambos sabían que no tenía ninguna razón de peso para estar allí a esa hora, y quería que ella lo reconociera.

Vio asomar la punta de su lengua entre los labios para humedecérselos y sintió esa caricia en su miembro. «¿Se imaginará siquiera la de cosas pecaminosas y depravadas que deseas hacerle?», se preguntó.

—Siento interrumpirlo —dijo ella—. Se ha ido de forma tan abrupta que no he tenido la oportunidad de darle las gracias.

Esas palabras lo ayudaron a desviar la mirada de su boca.

—¿Darme las gracias?

—Sí, por su discurso. —Otra pasada de esa lengua rosa sobre sus labios—. Mamie me ha dicho que han batido el récord de donaciones. La mayor cantidad que han recibido nunca en una recaudación de fondos.

Bien. Su no tan sutil empujón a algunos caballeros en particular debía de haber dado resultado. Esos malnacidos bien podían permitírselo.

—¿Y?

—Y nadie me ha dado la espalda. De hecho, me he convertido en toda una heroína por haberlo llevado para que hablara.

—Me refiero a su opinión sobre el discurso.

—Ha sido tremendo —dijo con la respiración acelerada—. No imaginaba que pudiera hacer algo semejante, así que me pilló desprevenida. Pero usted estuvo... asombroso.

¿Elegante y, además, asombroso?

Empezaba a pensar que lo deseaba tanto como la deseaba él.

Imposible.

—¿Cuál es la verdadera razón de esta visita? —le preguntó, bajando la voz.

Sus ojos se abrieron de par en par. La pregunta la había sobresaltado. Bien.

—Ya se lo he dicho. Tenía que darle las gracias.

—Para eso están las cartas y los telegramas. Contésteme con sinceridad. ¿Por qué ha venido hasta esta zona de la ciudad, a mi club?

Justine Green parpadeó un par de veces, pero no bajó la mirada.

—Quiere que diga que lo he hecho para verlo de nuevo en persona. ¿Es eso?

—No creo que eso sea mentira.

—En ese caso, ha interpretado muy mal la situación.

—¿Ah, sí? —Sin llegar a tocarla, se inclinó hacia ella y acercó la boca a una de sus orejas. Lo bastante como para que ella sintiera el roce cálido de su aliento en la piel—. Creo que he interpretado bien la situación. Quieres estar aquí. Conmigo.

La oyó contener el aliento y vio que se le ponía la piel de gallina. Estaba a escasos centímetros de ella, tan cerca que podía ver el pulso que le latía en la garganta. Esa prueba de su excitación aumentó la suya, y ansió clavarle los dientes en la suave carne donde el cuello se unía al hombro. Hacía semanas que no se tiraba a una mujer, y Justine sería tan buena como cualquier otra.

«Mentiroso», se dijo.

Ella sería mejor. Era feroz y pura, ¡decente! Un ángel audaz que él no merecía. Quería conquistarla y seducirla. Para complacerla más allá de la razón. Para hacerla pedazos.

Él no se movió y ella no se apartó. Se oía el siseo de la lámpara de gas del techo y los débiles ruidos procedentes del club. Los hombros de Justine subían y bajaban con la fuerza de su rápida respiración, y su erección aumentaba por segundos bajo los pantalones. Estaba medio empalmado y todavía no la había besado.

—Dijo que no era su tipo —replicó ella con un hilo de voz.

—Mentí. ¿Quieres que te lo demuestre?

9

Justine tragó saliva. Con fuerza. Jack Mulligan era intenso y su cuerpo irradiaba calor en oleadas, como si fuera un horno. No llevaba chaqueta y el cuello desabrochado de la camisa dejaba a la vista su garganta. Estaba petrificada sin poder moverse. Congelada por lo que fuera que estuviese sucediendo entre ellos.

¿Por qué había ido a su club? No había una buena respuesta para esa pregunta. Después de la gala benéfica, se había ido con Mamie a casa, de la que se escabulló con un propósito en mente: ver a Jack Mulligan.

Experimentaba un hormigueo bajo la piel desde que lo vio apearse de su carruaje en la acera. Un hormigueo que se había agravado cuando abandonó el escenario del teatro. La impulsaba el innegable deseo de hablar con él, de verlo. Pero eso no significaba nada más. ¿O sí?

Volvió a lamerse los labios resecos, y esos ojos azules brillaron mientras observaba su boca. Era como si entre ellos existiese una corriente eléctrica, un anhelo sensual que casi podía saborear. Nunca lo había experimentado antes, ese deseo urgente, como si su cuerpo le perteneciera a otra persona. A otra cosa. A un animal en celo, privado de sentido común. A una criatura de carne, hueso y deseo sexual.

Acababa de burlarse de ella. «¿Quieres que te lo demuestre?».

¡Oh, sí! Nada le gustaría más en ese momento. Atacar y ser atacada. Sentir por fin lo que los poetas y escritores describían cuando hablaban de la pasión. ¡Sentirse viva!

Su vida había girado en torno a los demás durante tanto tiempo que había olvidado lo que se sentía al vivir solo para sí misma. Tomar en lugar de dar, dar y dar todo el tiempo. La idea de ser mala y egoísta la emocionaba, porque estaba allí mismo, en el chisporroteo de la mirada de ese hombre.

«Peligro. Estás en peligro, Justine», se dijo.

Él no le haría daño, no en el sentido físico. Sin embargo, nadie creería que Jack Mulligan podía ser bueno para ella. Era mundano y simpático. Astuto. Un hombre que vestía como un duque, pero que comerciaba con la violencia y el crimen. Una elegante espada recubierta de veneno.

En ese caso, ¿por qué había ido a verlo?

—Quédate —susurró él mientras se acercaba a ella, y Justine contuvo la respiración—. Quédate y haré realidad tus sueños prohibidos.

La lujuria se apoderó de ella, provocándole un palpitante y abrasador deseo entre los muslos. En su interior, se libraba una batalla similar a las dos caras de una moneda. La cara era el pecado y el desenfreno, el hombre pecaminoso que tenía delante. La cruz era la vida al otro lado de esas paredes, el mundo real en el que vivía con responsabilidades y convenciones sociales. En ese momento, no estaba segura de qué lado prefería.

Sintió el roce cálido de su aliento en la piel un segundo antes de que le acariciara la sensible zona de detrás de una oreja con la húmeda punta de la lengua. Jadeó y se tambaleó hacia atrás, sorprendida.

¡Por Dios! ¡La había lamido! Sus miradas se encontraron, y esperó ver en sus ojos una arrogancia petulante.

En cambio, solo descubrió un crudo y flagrante deseo.

Tanteó a su espalda con torpeza en busca del pomo de la puerta, que agarró y giró. Sin pérdida de tiempo, salió al pasillo y prácticamente echó a correr hacia la escalera. En el rellano, vio a un hombre al que no reconoció. Se limitó a levantarse las faldas para bajar los escalones a la carrera. Para llegar a la calle. Para encontrar la seguridad. No le importaba si alguien la seguía. Su único pensamiento era escapar.

«¡Pero te ha gustado! Vuelve para que pueda continuar».

«No», le dijo a su voz interior. Era imposible. Su lugar no estaba junto a Jack Mulligan. Era como si Caperucita Roja eligiera al lobo antes que a su abuela. No tenía sentido. Como pareja no tenían sentido.

En el cuadrilátero, se libraba un combate de boxeo mientras atravesaba la sala principal del club. Por suerte, nadie le prestó atención. Una vez que salió por la puerta principal, trató de esquivar a los dos jóvenes que custodiaban la entrada.

—¡Eh! —exclamó uno de ellos al tiempo que la agarraba del brazo.

—Suéltame.

El muchacho la obedeció al instante, pero el otro guardia se puso delante de ella, impidiéndole el paso.

—Disculpe, señorita Greene, pero no puede andar sola por las calles del barrio a estas horas.

—Buscaré un carruaje de alquiler. No me pasará nada.

El chico que la había agarrado del brazo señaló con el pulgar hacia el carruaje que aguardaba junto a la acera.

—Le diremos a Rye que la lleve adonde necesite ir.

—Eso no es necesario...

—Señorita, si la dejamos salir sola de aquí, Mulligan nos colgará de los dedos gordos de los pies. Por favor, suba al carruaje.

Ambos parecían jóvenes y sinceros, y no quería causarles problemas con su jefe.

—De acuerdo.

Satisfecho, uno de los guardias corrió al interior, supuestamente en busca del señor Rye. Justine intentó controlar los nervios mientras esperaba. Observó el combate de boxeo a través de las ventanas de la fachada del club. Los movimientos de los puños y de los pies eran vertiginosos, una lucha tan primitiva que resultaba hermosa. Los torsos desnudos de los púgiles, uno claro y otro oscuro, estaban cubiertos de sudor mientras concentraban su atención el uno en el otro. Los espectadores rodeaban el cuadrilátero, animando y gritando, algunos incluso empujándose entre sí. Ese era el mundo de Jack Mulligan, donde los hombres luchaban con los puños por hacerse con el control.

¿Qué estaba haciendo allí? ¿Y por qué la fascinaba tanto, por el amor de Dios?

—Hola, señorita Green —la saludó Rye mientras se acercaba—. Dígame su dirección y la llevaré a casa sana y salva.

Sana y salva. Un aburrimiento, en resumidas cuentas.

¿Así era como la veía todo el mundo? ¿Así era como la veía él?

Alzó la mirada y parpadeó mientras contemplaba las ventanas iluminadas de la planta superior. Allí estaba Jack Mulligan, con el rostro inexpresivo y apoyado en la ventana, con un vaso de cerveza en la mano mientras la observaba. No hizo ademán alguno por apartar la mirada.

¿Cuánto tiempo llevaba allí?

No pareció sorprenderse cuando ella huyó de su despacho. Tampoco había ido tras ella. Tal vez la había lamido para asustarla. Para demostrar que no era lo bastante fuerte como para lidiar con lo que había entre ellos.

Si así era, la subestimaba.

Porque ella era mucho más fuerte de lo que parecía. La había pillado con la guardia baja, nada más.

Y aunque él podía ser un lobo con piel de cordero, ella no era el corderito inocente que buscaba que lo sacrificasen. Podía cuidar de sí misma. Eso significaba que debía mantenerse alejada de Great Jones Street y de Jack Mulligan.

Le hizo un alegre gesto de despedida y echó a andar hacia el carruaje. «Buena suerte, lobo. Encuentra otro cordero con el que jugar».

El Broome Street Hall era un clásico antro del Bowery. Tenía una fachada sencilla, con una puerta de doble hoja flanqueada por dos grandes ventanas. A lo largo de la fachada, un cartel anunciaba que se vendía cerveza rubia, aunque muchos de los clientes de ese local preferían un ponche que contenía restos de cocaína, bencina, alcanfor, ron caliente y *whisky*. Jack había visto el efecto que provocaba. Con suerte, uno o dos días de olvido inútil. Los más desafortunados nunca se despertaban.

Miró a Cooper.

—¿Está aquí?

—Sí. En la taberna.

La noche anterior habían robado en una de las salas de apuestas de Jack. El lugar en concreto limitaba con el territorio de Trevor O'Shaughnessy al este. Aunque no habían pillado a nadie, no hacía falta ser un genio para saber quién estaba detrás del robo.

Jack quería enviar un mensaje. Un mensaje que nadie pudiera malinterpretar.

Iba acompañado por dos de sus hombres. De haber llegado con treinta, se podría pensar que tenía miedo de O'Shaughnessy, lo cual era risible. De haber llegado con diez, se habría tildado de táctica inteligente, o simplemente de medida de precaución a fin de asegurarse de que no pasara nada. Dos hombres era un insulto, porque quería que al irlandés le escociera.

Jack no estaba preocupado. El irlandés no se atrevería a hacerle daño. De lo contrario, provocaría un infierno en el Lower East Side y destruiría todo aquello por lo que había trabajado. Como hacía años, cuando la normalidad en los barrios bajos de la ciudad era la guerra de pandillas. Una época en la que se perdieron cientos de vidas inocentes.

Eso lo hizo pensar en su pequeña benefactora. Tal vez la noche de la gala benéfica había logrado asustarla para siempre. Salió corriendo del club como si la persiguiera una manada de perros rabiosos... o un hombre muy excitado.

¡Por Dios, cómo la había deseado!

Sin embargo, la había presionado a propósito para ponerla a prueba. Sus palabras y su contacto la habían asustado, demostrando que no podía ser lo que ella necesitaba: un hombre cortés que follaba con las luces apagadas cada dos sábados por la noche. Él no era así. Aunque llevaba trajes a medida y se peinaba con pomada, se había criado en un burdel y en las calles. Justine podía tener una gran fuerza de voluntad, pero él también la tenía y llevaba en las manos la sangre que lo demostraba.

Solo conseguiría horrorizarla. No, estaba mejor lejos de él.

Descartó esos pensamientos y se concentró en la tarea que tenía entre manos.

—Vamos.

Cruzó la calle y se dirigió a la puerta del Broome Street Hall. Hacía horas que había oscurecido y las luces de las farolas de gas proyectaban una penumbra amarilla sobre la suciedad, los orines y los excrementos de animales que cubrían la calle. Cooper abrió la puerta y cuando entró él, la taberna se quedó en silencio. Hasta el pianista del rincón se quedó petrificado y las notas, suspendidas en el aire hasta desvanecerse.

Bien.

El local estaba repleto de hombres, jóvenes y mayores, reunidos en torno a pequeñas mesas de madera sobre el suelo de baldosas desgastadas. En un rincón, se había dispuesto una mesa con comida, junto a la larga barra de madera emplazada en la pared del fondo.

Sentado a la barra estaba Trevor O'Shaughnessy.

Llevaba una gorra negra calada hasta los ojos, pero Jack vio el odio de su mirada reflejado en el espejo de la pared de detrás de la barra mientras lo observaba acercarse.

Tras quitarse el bombín, Jack echó a andar hacia la barra, haciendo caso omiso de los clientes que lo miraban asombrados. Dos hombres sentados a las mesas más cercanas a la barra se pusieron en pie, pero Cooper y Rye, que lo flanqueaban como soldados de infantería, les bloquearon el paso.

Una vez en la barra, Jack se interpuso directamente entre Trevor O'Shaughnessy y otro hombre.

—Una cerveza —le dijo al camarero, que miró de reojo al irlandés.

O'Shaughnessy hizo un disimulado asentimiento de cabeza y, al cabo de unos segundos, el camarero le dejó una cerveza delante. Jack hizo ademán de sacarse una moneda del bolsillo, pero el camarero lo detuvo con un gesto.

—Invita la casa —dijo.

Jack levantó el vaso en señal de agradecimiento y bebió un largo sorbo. Era terrible, orina aguada. Se dio media vuelta con el vaso en la mano, apoyó la espalda en la barra y examinó a la multitud. Los matones de aspecto rudo lo miraban fijamente, en una estancia llena de hombres sin ambición ni empuje. Tenían las manos sucias y llevaban ropa harapienta. No tenían la menor intención de distinguirse de los carniceros y los pandilleros del pasado. Era una lástima, la verdad. Esa gente no pensaba a largo plazo, saltaba a la vista.

No hizo ningún esfuerzo por hablar. Se limitó a quedarse allí en la barra, ocupando espacio, mientras se bebía la cerveza. Los años de experiencia le habían enseñado que el silencio era a menudo lo más amenazante que podía hacer un hombre.

Trevor O'Shaughnessy era bajo y fornido. Tenía el pelo negro, el cuello grueso y las orejas deformadas por los años de boxeo. Según se decía, tenía un temperamento volátil.

Efectivamente, no tuvo que esperar mucho.

—¿Qué cojones quieres, Mulligan?

Así que O'Shaughnessy podía hablar, después de todo.

Jack no se volvió.

—Deberías saber por qué he venido, Trevor.

—Pues no lo sé. ¿Por qué no lo sueltas y te largas?

—¡Qué hospitalidad! —replicó Jack con tono sarcástico—. Cuidado, o puedo llegar a pensar que no soy bienvenido.

Trevor soltó su vaso con un golpe.

—Ve al grano. No tengo tiempo para ti ni para tus juegos.

Jack se dio media vuelta de repente y arrojó su vaso de cerveza contra el espejo de la barra, que estalló con un gran estruendo. Los fragmentos cayeron al suelo junto con la cerveza derramada. Trevor O'Shaughnessy se puso rígido, y se oyó que los parroquianos se levantaban arrastrando las sillas a sus espaldas.

Jack se inclinó hacia él y dijo en voz baja:

—¿Ahora sí tienes tiempo para hablar conmigo?

Vio que el irlandés tensaba el mentón, pero no se movió.

—¿Nada que decir? —se burló Jack—. Bien. Ya hablo yo por los dos. —Se enderezó, se tiró de los puños de la chaqueta y se alisó el chaleco. El estilo era importante en situaciones como esa—. Sé que eres responsable de lo que pasó anoche en mi sala de apuestas. Me da igual que dieras tú la orden o que fuera uno de tus hombres por su cuenta. Espero que me devuelvas el dinero. Antes de que acabe la semana, quiero de vuelta hasta el último centavo robado.

—Eso es ridículo. No tiene pruebas de que alguno de mis hombres o yo seamos responsables.

—No necesito pruebas. Esto no es un tribunal de justicia. Yo soy el que decide el destino por aquí.

—Tal vez se esté corriendo la voz de que te tambaleas, Mulligan. No puedes culparme de todos los males.

«¿Que me tambaleo?». Jack enterró la furia y miró al irlandés con una sonrisa.

—Antes de tener pelos en las pelotas, ya estaba curtido peleando con gentuza como tú. Me los cargué y estaré encantado de acabar también contigo.

—No hemos salido de nuestro barrio. No molestamos tus negocios. No tienes derecho a venir y amenazarme.

—¿Me estás llamando mentiroso? Porque alguien está siguiendo a mis coristas y alguien ha robado en una de mis salas de apuestas. Nadie más que tú se atrevería.

—Tienes muchos enemigos, Mulligan. Más de los que te imaginas.

¿Acaso pensaba que eso era una novedad?

—Es lo que conlleva estar en la cúspide, algo que sería prudente que recordaras. —El irlandés guardó silencio y se limitó a mirarlo con ardiente resentimiento. Jack dejó un billete de cien dólares en la barra—. Por los daños —le dijo al camarero.

—No necesitamos tu dinero —masculló O'Shaughnessy.

—Al parecer, sí lo necesitáis, o no robaríais en mis salas de apuestas. Una semana, Trevor. Hasta el último centavo. Y deja de seguir a mis coristas.

—¿O qué?

—O desataré el infierno sobre ti y sobre todos los que te siguen. —Hacía mucho tiempo que nadie lo desafiaba de esa manera. Sinceramente, lo echaba de menos. Como si fueran viejos amigos, le dio una palmada en un hombro a Trevor O'Shaughnessy—. Aunque una parte de mí espera que no lo devuelvas. Hace tiempo que no aniquilo a un hombre por completo.

—Un par de semanas por lo menos —terció Rye.

Jack se rio y echó a andar hacia la puerta.

—Siento haber interrumpido la velada, amigos —le dijo a la multitud—. La próxima ronda la pago yo.

El silencio los acompañó mientras salían de la taberna a la calle. Jack comenzó a silbar de camino hacia el carruaje.

—Ha ido bien.

—Ha reaccionado tal como predijiste —señaló Cooper.

—Es lo que yo habría hecho en su lugar.

—¿Y qué crees que hará ahora?

—Devolver el dinero y planear mi inminente desaparición. —Eso habría hecho él en las mismas circunstancias.

Cooper le abrió la portezuela del carruaje para que entrara.

—No esperaba que soltaras cien dólares.

—Es un billete falso. —Tenía acceso a bastante dinero falso, gracias a un hombre que había conocido unos años antes. Un hombre que le debía un favor, naturalmente—. Si O'Shaughnessy intenta usarlo, el Servicio Secreto llamará a su puerta.

Rye y Cooper se echaron a reír.

—¡Qué astuto eres, Mulligan!

—Sí, joder. Es la única manera de tener éxito en esta ciudad.

Justine caminaba con rapidez por Rivington Street, y esquivó a un grupo de niños que jugaban a la pelota. El Lower East Side estaba compuesto por un crisol de culturas, aunque la mayoría de la población procedía del este de Europa, de Alemania, de Polonia y de Rusia. Era un barrio siempre cambiante, que crecía y se extendía hacia el norte para dar cabida a los que fijaban su residencia en él. Al otro lado de la calle, se estaba construyendo una sinagoga, y al final de la manzana, habían abierto un periódico alemán. Le encantaba observar la transición a medida que los inmigrantes hacían que esa ciudad fuera más dinámica, más diversa.

Además, ese barrio en particular no estaba asociado directamente con Jack Mulligan. Las posibilidades de encontrárselo allí eran escasas.

¿Lo estaba evitando? Por supuesto.

Habían pasado tres días desde que fue al club New Belfast Athletic para verlo. Desde entonces, se había mantenido ocupada, como siempre, pero se había esmerado para no pisar las zonas que formaban parte de su territorio. Podría haberse olvidado de él casi por completo de no ser por las incesantes preguntas de Mamie y Frank.

Y por los sueños que la asaltaban todas las noches. Jack Mulligan había protagonizado más de uno, con sus caricias ardientes y expertas, de manera que se levantaba sudorosa y agitada por la mañana. Era mortificante. Casi tenía miedo de dormirse cuando anochecía.

Atisbó una figura conocida junto a un edificio de cinco pisos, situado al final de la manzana, jugando a lanzarle una pelota de béisbol a un niño pequeño.

—Gracias por reunirse conmigo —le dijo mientras trataba de recuperar el aliento—. ¿Lleva mucho tiempo esperando?

El detective Ellison le dio una palmadita en la cabeza al niño, le devolvió la pelota y se volvió hacia ella.

—No mucho. Solo unos minutos.

—En fin, le agradezco que me los dedique. Su caso, el del hijo del político, ¿está cerrado?

—Sí. Hemos hecho un arresto, así que hoy cuento con un poco de tiempo libre.

—¿Quién fue el responsable?

—Un amigo del fallecido. Nada sórdido, dos idiotas borrachos que se pelearon y uno acabó muerto. Así que esta es la fábrica de camisas de la que me ha hablado. —Miró el edificio que se alzaba tras ella.

—Sí, en el quinto piso. Le enseñaré el camino.

El oscuro interior fue como un bálsamo fresco después del calor reinante en la calle. Se secó el sudor de la frente con un pañuelo. Andar por la ciudad en verano no era para los débiles de corazón. Lo que probablemente explicaba por qué la mayor parte de la alta sociedad se iba a Newport en junio y no regresaba hasta después del Día del Trabajo, el primer lunes de septiembre.

Sin embargo, ella no lo hacía. Se quedaba en la ciudad. La playa era aburrida y tediosa.

—¿El plan de ataque habitual? —le preguntó el detective Ellison mientras subían.

—Sí, creo que sí. Ya he visto las condiciones. El propietario, el señor Bay, es todo suyo. —Uno de los clientes de la asesoría había mencionado esa fábrica de camisas, quejándose de las crueles condiciones y de la larga jornada laboral, de manera que había ido en persona para ver los horrores. Le había sido fácil acceder al piso después de decirle a la secretaria que había ido a fin de hacer una entrevista para un puesto. El señor Bay le había pedido que se marchara, por supuesto, pero no antes de que viera lo que ocurría en el interior.

Luego esperó fuera, horas y horas, y se acercó a algunas de las trabajadoras. La gente acostumbraba a hablar largo y tendido cuando el jefe no estaba cerca, sobre los horarios y las condiciones laborales, sobre los salarios y los requisitos para mantener sus puestos. Conseguida la información, llevaba al detective Ellison para que le hiciera una visita al propietario. Al detective se le daba bastante bien intimidar a esos hombres. Los ponía en evidencia a fin de que mejoraran las condiciones laborales de sus empleados. La placa ayudaba, por supuesto.

Al llegar al último peldaño del quinto tramo de escalera, Justine se agachó y se llevó una mano al costado. Era la tercera vez que subía ese día más de cuatro plantas y ya tenía las piernas cansadas.

—La puerta está justo ahí.

El detective Ellison fue el primero en entrar, sin molestarse siquiera en llamar antes de hacerlo. Llevaba la placa de detective en la solapa, visible para todos. Ella lo siguió y cerró la puerta. Una secretaria levantó la mirada de su mesa en la zona de recepción.

—¿Puedo ayudarlo en algo?

—Sí —contestó el detective—. Nos gustaría ver al propietario.

La mujer se fijó en su placa y después lo miró de nuevo a la cara.

—El señor Bay no está disponible ahora mismo. ¿Quizá pueda volver en otro momento?

—¿Cuándo regresará? —le preguntó Justine.

—No sabría decirle —respondió la mujer.

—¿Hay alguien más con quien podamos hablar? ¿Un gerente o supervisor?

—Me temo que no.

El detective Ellison frunció el ceño e intercambió una mirada con Justine. Sin decir nada más, rodeó la mesa en dirección a la fábrica en sí. La secretaria se levantó y trató de detenerlo, pero él ya había atravesado la puerta. Justine lo siguió, rodeando a la muchacha, y enfiló el pasillo. El lugar de trabajo era una estancia alargada y oscura situada en la parte posterior del edificio, cuyas ventanas habían tapiado en algún momento. Los propietarios lo hacían a menudo, alegando que así evitaban los robos de los empleados. Lo que realmente impedía era la circulación del aire, deteriorando la salud de los trabajadores.

Sin embargo, cuando llegaron, se encontró una escena totalmente distinta.

Atrás habían quedado las ventanas tapiadas y el interior a oscuras. Ese día, las ventanas estaban abiertas de par en par, dejando que entrara una ligera brisa, y las bombillas del techo estaban encendidas. El aterrador silencio de su anterior visita también había desaparecido. Las trabajadoras charlaban y reían, cosían mientras se relacionaban las unas con las otras. Algunas incluso se levantaban, para estirar los brazos y rotar los hombros, antes de dirigirse a los lavabos de la parte trasera, que estaban cerrados la última vez que estuvo allí.

¿Lo más impactante de todo? No había ni un niño a la vista.

Se quedó boquiabierta. ¿Qué había pasado allí? Definitivamente era la dirección correcta, la misma fábrica de camisas. Incluso reconoció a algunas de las trabajadoras de la anterior visita.

—Esto no es exactamente lo que esperaba —murmuró el detective Ellison.

—Era muy distinto. No había luz. Ni aire fresco. Y había niños y niñas aquí encerrados.

—En fin, pues ahora no están.

Confundida, Justine se dirigió a las mesas donde las trabajadoras se afanaban cosiendo con sus máquinas mientras charlaban. Se acercó a una de ellas.

—Buenas tardes, señora.

La mirada de la mujer se posó con nerviosismo en el detective antes de clavarse en ella.

—Hola, señorita.

—Estuve aquí hace una semana más o menos y todo era distinto. ¿Qué ha pasado?

—Es un milagro. —La mujer sonrió—. El otro día entraron unos hombres y se llevaron al señor Bay a la parte de atrás. No le dimos importancia hasta que empezaron los golpes.

—¿Golpes?

—Ruidos fuertes. Como una pelea.

¿Una pelea? Justine miró al detective Ellison, que puso los brazos en jarras, tras lo cual le preguntó a la mujer:

—¿Y qué pasó después?

—Los hombres se fueron al rato. El señor Bay salió... —dijo e hizo un gesto con una mano por delante de su cara— con la cara enrojecida y sangrando. Se fue y no ha vuelto desde entonces.

—¿Quiénes eran esos hombres?

—No sabría decirle, señorita. Uno era guapo, bien vestido. Parecía el líder. Oí decir que era un hombre importante de la zona de Five Points, pero ya sabe cómo chismorrean las chicas.

Justine parpadeó varias veces. Un hombre importante de la zona de Five Points... ¿Guapo y bien vestido? Era imposible.

¡Era imposible!

Claro que ¿quién si no? ¿Qué otro hombre guapo de Five Points iría a esa fábrica a darle una paliza al dueño? No podía ser otro.

Durante el almuerzo, le mencionó a Jack Mulligan la existencia de esa fábrica, incluyendo su ubicación. Y él debió de decidir intimidar al señor Bay para que tratara bien a sus empleadas.

Pero ¿por qué?

Las palabras de su abuela acudieron a su mente: «Está claro que espera ganar la única cosa que nunca podrá tener: a ti».

No tenía sentido. Nada de aquello tenía sentido. Había huido de él hacía tres noches. No había ninguna razón para que volvieran a cruzarse.

Entonces, ¿por qué se había tomado él esa molestia?

—Sabe de quién se trata, ¿verdad? —le preguntó el detective Ellison, mientras la miraba fijamente.

—Es posible —respondió ella, tras lo cual se dirigió de nuevo a la empleada—. Si hay algún otro problema cuando regrese el señor Bay, por favor busque al detective Ellison en la jefatura de policía.

La mujer asintió con la cabeza.

—Quienquiera que fuese ese hombre, fue como nuestro ángel de la guarda.

Justine no estaba tan segura, pero no podía negar que Jack Mulligan había hecho una buena acción por esas trabajadoras. El detective Ellison y ella se marcharon, dejando atrás la mirada desdeñosa de la enfurecida secretaria.

—Muy bien, desembuche —le dijo el detective, acompañado por el ruido de sus botas sobre los peldaños de madera—. ¿Cómo es posible que conozca a Jack Mulligan?

10

Justine se concentró en bajar los peldaños con cuidado en la penumbra de la escalera.

—No podemos estar seguros de que haya sido el señor Mulligan.

—¿Un hombre importante y guapo de la zona de Five Points? No hay muchos que encajen en esa descripción, y solo uno tiene el poder de asustar al dueño de la fábrica hasta el punto de que cambie su modelo de negocio. Ese es Mulligan. Así que dígame cómo ha conseguido que vaya por ahí haciéndole favores.

Esperó a estar en la acera para decir:

—No le pedí en ningún momento que interviniera. Almorzamos juntos un día y le hablé de esta fábrica. El día que usted rehusó ayudarme.

—¿Mulligan y usted... almorzaron juntos? —Ellison soltó una especie de gemido ahogado—. ¿Me está tomando el pelo?

—No. Prácticamente me obligó a acompañarlo, porque yo no había comido. —Al decirlo en voz alta, parecía ridículo.

—¿Y usted cedió? ¿Sabe quién es? ¿La vida que lleva? Dirige la mayor parte de las actividades ilegales al sur de la calle Catorce.

El tono de voz del detective, que le hablaba como si fuera tonta además de ingenua, no le hizo gracia.

—Soy muy consciente de todo eso, detective. Conozco la reputación del señor Mulligan.

—¿La conoce? ¿De verdad? Porque si ese fuera el caso, no creo que se acercara a menos de tres metros de ese hombre, ni mucho menos que almorzara con él.

—Sé que dirige algunas tabernas y algunos salones de billar. Que supervisa la mayoría de los juegos de azar y de las apuestas de los barrios bajos.

—Y el alcohol y el contrabando. ¡Ah! Y no olvidemos el chantaje. Solo con los combates de boxeo que organiza podría acabar en Las Tumbas. El crimen lo rodea por todas partes. —El detective se pasó una mano por el pelo—. No es un buen hombre. Me atrevo a decir que en el club New Belfast Athletic no hay ni un solo caballero.

—Nadie me ha hecho daño en el club.

—¿¡Ha entrado en él!? —Ellison echó a andar y trazó un círculo cerrado mientras murmuraba lo que Justine sospechaba que eran improperios—. ¿¡Está loca!?

Aquello era ridículo. Aunque agradecía que el detective se preocupara por ella, no era su padre ni su marido. Era un detective de la policía que la había ayudado en algunas ocasiones. Como tal, eso no le daba derecho a hacerla sentir minúscula e indefensa.

—Tendré en cuenta sus palabras, detective. Sin embargo, soy perfectamente capaz de moverme por el Distrito Sexto o por cualquier otro lugar.

—¿Usted cree? ¿Y qué me dice de las violaciones y de los asesinatos que se cometen allí? De las mujeres secuestradas y obligadas a trabajar en burdeles, algo que a usted no le ocurrirá porque es la hija de Duncan Greene, ¿cierto? —Se inclinó hacia ella con una expresión hosca mientras alzaba la voz—. Espabile, señorita Greene. Todas esas cosas suceden en esta ciudad y le suceden a todo tipo de mujeres. Su dirección de la Quinta Avenida no la salvará. De hecho, la convierte en un objetivo mayor, porque saben que su padre pagará el rescate de un rey para recuperarla.

No quería contagiarse de su arrebato de histeria, pero estaba empezando a ponerla nerviosa. «Relájate. Siempre tienes cuidado cuando te mueves sola por la ciudad», se recordó. Por no hablar de que llevaba una pistola en las raras ocasiones en las que salía de noche. Así que no estaba completamente indefensa.

—¿Está diciendo que el señor Mulligan me secuestrará para pedir un rescate? Porque tiene suficiente dinero.

—Nunca hay suficiente dinero para un matón como Mulligan. Debe mantenerse lo más lejos posible de él. Sé que le gusta venir a los barrios bajos y salvar a la gente, pero ese hombre no tiene redención.

¿Por eso la atraía Jack Mulligan, porque pensaba en salvarlo? No se le había ocurrido esa posibilidad antes de que Ellison la mencionara. Se había sentido atraída por él, pero no por motivos altruistas; al menos, que ella supiera. Era guapo y simpático. Vestía como un ricachón y hablaba como un aristócrata. Una mujer tendría que estar muerta para no sentirse atraída por ese tipo de hombre.

—Tomo nota.

El detective Ellison soltó un largo suspiro. Nunca había visto tan alterado a ese hombre tan tranquilo.

—Me disculpo por haberle levantado la voz. Es que... las cosas que he visto en estos barrios... No me gustaría nada que le pasaran a una mujer como usted.

¿Qué significaba eso, una mujer como ella? ¿Una heredera de la alta sociedad? No le gustaba que su estatus y su fondo fiduciario la hicieran más valiosa. ¿Significaba eso que las mujeres que carecían de ambas cosas podían ser violadas, asesinadas y secuestradas?

—Gracias, detective. De verdad que le agradezco su preocupación. Para que conste, no planeo seguir relacionándome con el señor Mulligan.

Si acaso su voz fue un poco fría, él no lo notó. En cambio, señaló hacia la acera.

—Muy bien. Y ahora acompáñeme. La llevaré hasta las vías del elevado. Mi esposa está preparando un asado, y es posible que llegue a casa a tiempo para disfrutar de una comida caliente.

Echaron a andar hacia las vías del tren y, mientras tanto, Justine decidió plantearle la idea que había estado sopesando.

—Me dijo en una ocasión que las cosas serían más fáciles si tuviera mi propia placa. Empiezo a pensar que tiene razón. ¿Con quién debo hablar para conseguir una?

El detective Ellison gruñó mientras esquivaba a un niño que subía corriendo por la acera.

—No es tan fácil. No hay mujeres en el cuerpo que lleven una placa y tengan el poder de arrestar a alguien.

—En ese caso, seré la primera.

—No lo entiende. Esto no es como solicitar una invitación a un baile. No hay mujeres detectives.

—En Chicago hay una.

—Chicago es así. Un hatajo de provincianos. Prácticamente el Salvaje Oeste.

—Me parece injusto. Son los anfitriones de la Exposición Universal Colombina, que es un evento con fama mundial. ¿Ha visitado alguna vez la ciudad?

El detective la miró con el ceño fruncido.

—No, pero no necesito visitar un lugar para saber cómo es.

¿No era precisamente por ese motivo por el que se viajaba, para tener una imagen real de los lugares? El detective Ellison no dejaba de sorprenderla ese día, con su paternalismo y su ignorancia. Siempre había estado tan dispuesto a ayudarla que lo había considerado un progresista. Un defensor de los derechos de las mujeres y de los trabajadores. ¿Lo habría juzgado mal?

—Si me dice con quién hablar, trataré de convencerlo. Ni siquiera diré que fue idea suya para empezar.

—Es que no fue idea mía. Solo se trató de un comentario fortuito que hice en un momento de sobrecarga de trabajo.

—Piénselo —insistió ella—. Podría encargarme de los tipos de casos de los que no pueden encargarse los hombres.

—¿Como los maridos que abandonan a sus esposas y el trabajo infantil? —Se detuvo en la acera y puso los brazos en jarras. Justo cuando abría la boca para hablar, lo golpearon por la espalda.

—Apártate, poli.

Ellison siguió con la mirada al agresor y luego la miró a ella.

—¿Ha visto? Si eso es lo que nos hacen a nosotros, imagínese lo que harían con las mujeres. La idea es absurda.

—Eso no es lo que he preguntado. Dígame con quién tengo que hablar. Yo me encargaré del resto.

—Muy bien, si le sobra el tiempo... Vaya a ver a Richard Croker.

—¿El dirigente de Tammany Hall?

En los labios del detective Ellison apareció una sonrisa burlona.

—La maquinaria política del partido demócrata se encarga de casi todas las recomendaciones para nombramientos y ascensos. Y el hecho de que no lo sepa demuestra que no está preparada para trabajar en el departamento de policía.

Pues no, ella no lo sabía. Suponía que la policía funcionaba por meritocracia, pero a esas alturas le parecía ridículo. Debería haberlo imaginado. La corrupción corría por la ciudad de Nueva York más rápido que el agua.

—¿Así fue como lo nombraron detective a usted?

—Para detective, sí. Llevaba cuatro años como agente. Una noche, durante las elecciones del año noventa, ayudé a mantener a salvo a un jefe de zona, que me devolvió el favor haciendo que me ascendieran.

Se le cayó el alma a los pies y debió de notársele en la cara, porque el detective Ellison añadió:

—Así es como funciona la ciudad, señorita Greene. Se está engañando a sí misma si cree lo contrario.

—De todas formas, debo intentarlo. Quizá mi padre pueda ayudar.

—O quizá podría hablar con Mulligan.

Ella frunció el ceño al detectar el tono sarcástico del comentario.

—Eso sobraba, detective.

—Lo siento. —Torció el gesto, al parecer sinceramente arrepentido. Habría retirado las palabras si pudiera—. Admito que me molesta un poco su relación con él. La estaba ayudando porque creía que no tenía usted alternativa, y resulta que es íntima de uno de los mayores criminales de la ciudad.

—Ni que estuviera usted celoso...

—Tal vez lo esté.

¡Por Dios! Lo había dicho a modo de broma, pero la réplica del detective no podía ser más seria. Se quedó boquiabierta y dio un paso atrás, poniendo distancia entre ellos. El arrepentimiento no tardó en aparecer en la cara del detective Ellison, que levantó las manos.

—No, no ese sentido. No desde el punto de vista romántico. Pero sí en el sentido profesional. Creía que usted me necesitaba.

Confundida, Justine trató de entender lo que decía. ¿Quería que dependiera de él y solo de él? No iba a ayudarla a conseguir un puesto en el departamento y le había dicho que se alejara de Jack Mulligan. ¿Aquello era lo que los hombres consideraban como un «avance» profesional para las mujeres? Hasta ese momento, creía que su sexo había ido ganando terreno, accediendo a nuevos trabajos y a nuevas posibilidades. Las mujeres pronto conseguirían el voto. Sin embargo...

¿Siempre habría un hombre que las frenara?

La idea resultaba deprimente.

—Hablaré con el señor Croker. Gracias por el consejo. He cambiado de opinión sobre el elevado. Me apetece caminar un poco. Cuídese, detective. —Echó a correr para cruzar la calle antes de la alcanzara un ómnibus y luego siguió hacia el oeste. Ella sola.

Sin que nadie le dijera lo que tenía que hacer.

A la tarde siguiente, Justine fue de nuevo a los barrios bajos. Llevaba veinte minutos en la acera, mirando la fachada de un edificio en concreto y vigilando su entorno con atención.

Era pleno día, pero sin importar la hora, el salón de billar World Poolroom era uno de los lugares más peligrosos del Bowery. Ladrones, estafadores, contrabandistas..., el lugar rebosaba de todo tipo de maleantes, que iban a beber y a apostar. Había decidido esperar en la acera en vez de arriesgar la vida entrando. En algún momento, saldría alguien a quien podría preguntarle por el señor Von Briesen sin necesidad de entrar.

Al cabo de unos minutos, la espera tuvo su recompensa cuando una mujer pelirroja salió a trompicones por la puerta del establecimiento y se detuvo en la acera. La mujer entrecerró los ojos por la luz del sol e hizo una mueca de dolor. Llevaba la ropa arrugada y sucia, y hacía eses al andar. ¿Estaba ebria o lo había estado y se estaba recuperando de la borrachera? A saber.

—Discúlpeme —le dijo Justine—. ¿Puedo hablar con usted un momento?

La mujer trastabilló sobre sus propios sus pies y puso los brazos en cruz para mantener el equilibrio.

—¿Y quién lo pregunta?

—Me llamo Justine. Me gustaría hacerle unas preguntas.

—No tengo tiempo para interrogatorios. El tabernero me ha echado el ojo porque no he pagado la cuenta. —Empezó a andar por la calle, con pasos vacilantes pero rápidos.

En ese momento, la puerta se abrió de nuevo y salió un hombre. Llevaba un delantal blanco atado a la cintura y tenía un rictus furioso en los labios, rodeados por un enorme mostacho y sus correspondientes patillas. Al ver que la pelirroja se iba, corrió tras ella. Tras alcanzarla al instante, la llevó a la fuerza de nuevo al salón de billar.

—Tendrás que trabajar para saldar la deuda, Bess. Arriba, en una de las habitaciones.

—Vete a la mierda —masculló la pelirroja mientras intentaba zafarse de su mano—. No soy puta.

Justine no pudo evitar intervenir.

—Un momento, ¿cuánto le debe?

El hombre la miró con los ojos entrecerrados.

—Treinta y cinco dólares.

¡Treinta y cinco dólares! ¡Qué barbaridad!

—¿A estas horas de la mañana debe eso en una taberna?

—Lleva cuatro días anotando las consumiciones en cuenta. Ya me he cansado de fiarle. Así que va a pagar de una manera u otra.

—¿Cómo?

—No creo que eso le importe, señorita. —El tabernero abrió la puerta e hizo ademán de llevar a rastras a Bess al interior.

—¡Espere! Pagaré su cuenta si la suelta.

—¿Por qué?

La pregunta tenía sentido. Ella era una desconocida que de repente se había ofrecido a pagar la abultada cuenta que debía esa mujer.

Sin embargo, no entendía que se pudiera obligar a una persona a realizar un acto ilícito en contra de su voluntad simplemente porque carecía de dinero. Además, si Bess llevaba cuatro días consumiendo en ese lugar, tal vez estuviera al tanto de los tejemanejes del establecimiento. Podría ser una fuente de información, podría darle algún detalle que pudiera ayudarla a localizar al señor Von Briesen.

—Eso, ¿por qué? —repitió Bess como un loro—. Puedes quedarte con cualquier panfleto religioso que vayas repartiendo, cariño. No me interesa.

—No, no estoy aquí para salvar tu alma. Solo quiero hacerte unas preguntas, nada más.

El tabernero encogió un hombro.

—Como quiera. Si le sobran treinta y cinco dólares, los aceptaré y podrá llevarse a esta arpía bocazas de mi bar.

Justine rebuscó en su ridículo los billetes para pagar la cuenta de Bess. Tras contar el dinero con cuidado, se lo entregó al hombre.

—Aquí tiene. Ya puede soltarla.

El hombre le asestó un brusco empujón a Bess que la hizo trastabillar, tras lo cual desapareció por la puerta del establecimiento. Justine alargó una mano para sujetar a la mujer y la ayudó a caminar hacia la sombra que proyectaba el edificio. Se sentaron en el umbral de la pensión de al lado.

—Vamos, ya puedes preguntarme —dijo Bess con un tono burlón en la voz, aunque Justine lo pasó por alto. No estaban allí para hacerse amigas, y no esperaba gratitud por haber pagado la cuenta del bar. Solo lo había hecho porque era lo correcto.

Tras rebuscar en el ridículo, sacó el boceto del señor Von Briesen. Lo había hecho un dibujante contratado por la asesoría, basándose en la descripción de su esposa.

—¿Reconoce a este hombre?

—No. ¿Debería?

—Ha desaparecido. El 19 de junio, para ser exactos. El último lugar donde se lo vio fue aquí, en el salón de billar World Poolroom.

Bess echó otro vistazo al dibujo.

—No lo he visto nunca.

—Tengo entendido que por la zona hay ladrones que drogan a sus víctimas y es posible que este hombre haya sido una de ellas. ¿Hay alguien que pueda saber qué pasó después de que lo dejaran en la calle?

—Elije a quien quieras —respondió Bess al tiempo que agitaba una mano a su alrededor para abarcar el Bowery—. Cualquiera pudo verlo.

—¿Hay chicas trabajando en el salón de billar? ¿Mozas de taberna o... de otra clase?

—¿Prostitutas, quieres decir? Están en los pisos superiores.

—Me gustaría hablar con algunas de ellas. ¿Crees que podrías ayudarme...?

Bess se apartó del umbral de piedra y se puso en pie.

—Si quieres verlas, tendrás que pagar la tarifa de una hora como todo el mundo. Ya he terminado de hablar. Me vuelvo adentro.

—¿Vas a volver a entrar? ¿Después de que te echaran?

—Claro. He conseguido que una amable señorita pague mi cuenta. Ahora puedo volver a consumir. —Bess echó a andar hacia la puerta del establecimiento y desapareció en el interior.

Debido a la brillante luz del sol, Justine no podía mirar a través del cristal para asegurarse de que la mujer estaba bien. Supuso que el tabernero le serviría de nuevo o volvería a echarla.

Suspiró, decepcionada, pero no desanimada. Hacía falta algo más que una borracha malhumorada para que se rindiera. El tipo de investigaciones que ella realizaba consistía en hablar con la gente y ganarse su confianza. No esperaba resolver la desaparición del señor Von Briesen a la primera.

Lo ideal sería llegar al piso superior para hablar con las chicas que había allí. Si el señor Von Briesen contrató a una acompañante aquella noche, tal vez alguna lo recordara.

Tras protegerse los ojos de la brillante luz del sol, echó la cabeza hacia atrás para mirar los pisos superiores del edificio. ¿Habría otra forma de subir, que no fuera a través del salón de billar?

La distrajo un ruido. Un carruaje negro se detuvo frente a la puerta del establecimiento, y el cochero tiró con fuerza de las riendas. El hombre le resultaba familiar y, pese al calor, sintió que un escalofrío le recorría la columna vertebral.

«Jack Mulligan», pensó.

Antes de que pudiese siquiera parpadear, él se apeó del carruaje y echó a andar hacia ella. La expresión de su rostro distaba mucho de ser agradable. De hecho, parecía enfurecido. El rictus de sus labios, esos que habían estado a punto de besarla, era desagradable.

«Me lamió».

Casi podía sentir todavía ese breve y cálido lametón húmedo sobre la piel. Saboreándola. ¿Qué sería capaz de hacerle esa lengua en otros lugares, en otras partes del cuerpo? Tragó saliva y guardó todos esos pensamientos para más tarde. O mejor para nunca.

En fin, ¿qué estaba haciendo Jack Mulligan allí?

—¿Qué hace aquí? —le preguntó él.

Justine se protegió los ojos del sol con una mano.

—Lo mismo me preguntaba yo sobre usted. ¿Ha venido para apostar en las carreras de caballos? —No se le ocurría ninguna otra razón por la que estuviera allí, fulminándola con la mirada en la acera del World Poolroom. Y, en ese momento, cayó en la cuenta de algo espantoso—. ¿Este establecimiento es uno de los suyos?

—No, mis salones de billar son salones de billar. No drogamos a los clientes ni les robamos como práctica habitual. Y ya que hemos dejado eso claro, dígame por qué ha venido a este establecimiento en particular.

—Estoy buscando a una persona. Lo vieron por última vez aquí el 19 de junio.

—¿A quién?

—A un alemán. Von Briesen. Creemos que un grupo de ladrones lo drogó, le robó y lo dejó en la calle. Su familia está muy preocupada.

—¿Su cuñado y Otto Rosen saben que está usted investigando aquí, en este lugar concreto?

—No lo sé. ¿Por qué?

—Porque ambos responderán ante mí si la respuesta es afirmativa. No debería pisar este tramo del Bowery. Es peligroso.

—¿Por eso ha venido? ¿Por mí?

—He venido lo antes posible, en cuanto me dijeron que se encontraba usted aquí.

Una parte de ella se sintió halagada de que se preocupara por su seguridad, pero otra parte, mayor que la anterior, se sintió molesta por que pensara que estaba en peligro.

—No hacía falta. No corro el menor peligro.

—Nadie está seguro aquí, y mucho menos una mujer sola.

—Es pleno día y no tengo intención de entrar. Mi plan es interrogar a los clientes aquí fuera, cosa que ya he empezado a hacer. —Dado que parecía confundido, añadió a modo de explicación—: Hace un rato salió una mujer bastante borracha. El tabernero corrió tras ella, porque le debía dinero, así que la ayudé. A cambio, ella ha respondido unas cuantas preguntas.

—¿Cómo la ayudó?

—He pagado su cuenta a cambio de respuestas. Le enseñé el boceto de Von Briesen. Por desgracia, no lo había visto y volvió a entrar.

El señor Mulligan negó con la cabeza y murmuró una serie de improperios en francés.

—Vamos a recuperar su dinero.

—¿Cómo? ¿Adónde?

—Adentro. Vamos.

Lo vio echar a andar hacia la puerta del salón de billar, así que lo agarró del brazo para detenerlo.

—Espere. No necesito que me devuelvan el dinero. Ofrecí mi ayuda de forma altruista. Ese hombre iba a obligarla a hacer cosas terribles para saldar su deuda.

La expresión de Jack Mulligan se suavizó; su mirada se volvió cálida, casi afectuosa. Justine sintió que se le agitaba el pecho ante esa mirada, una que seguramente conseguía que las mujeres se desmayaran a sus pies. Los peatones seguían caminando a su lado, pero ese hombre acaparaba toda su atención con esos brillantes ojos azules y ese rostro cincelado. En ese momento, él levantó una mano y le pasó suavemente los nudillos por una mejilla. Sintió que le temblaban las rodillas, y su cuerpo quedó atrapado bajo el hechizo. ¿Acabaría derretida en la acera, convertida en un charco?

—Tiene un buen corazón y la admiro por ello —dijo él—. Pero la han estafado, *chérie*, y pienso arreglarlo ahora mismo.

11

Jack se dio cuenta por su expresión de que no lo creía. Que Dios lo librara de las herederas benefactoras de la alta sociedad.

Justine parpadeó y él soltó la mano, extrañando ya el tacto de su suave piel.

—No, señor Mulligan. Se equivoca. Ella estaba ebria, y lo maldijo y le escupió. El tabernero adujo que ella había dejado a deber la cuenta de cuatro días.

—Justine, esto entra más en mi área de experiencia que en la suya. La han estafado. Seguramente la vieron aquí plantada en la acera y decidieron hacerlo.

Obstinada hasta el final, ella negó con la cabeza.

—No.

—¿Quiere que apostemos algo?

¡Ah! Allí estaba el asomo de la duda. La vio morderse el labio varias veces mientras fruncía el ceño, lo que resaltó sus preciosas cejas, presa de la indecisión. Jack esperó, y poco a poco el miedo que le provocaba que vagase sola por ese barrio fue desapareciendo. Había jurado olvidarse de ella después de que huyera despavorida de su club. Pero en cuanto se enteró de que estaba en la acera del World Poolroom, corrió en su busca. ¿Alguna vez había llegado tan deprisa a algún sitio? La noticia lo había aterrorizado.

«Está aquí. Está a salvo».

Tripp y Rosen tendrían que explicarse por eso.

Aunque eso sería otro día. En ese preciso instante, tenía que demostrar que llevaba la razón y tal vez conseguir otro favor de la señorita Greene. La posibilidad le daba vértigo.

Ese favor no sería tan inocente como pedirle acompañarla a una gala benéfica para recaudar fondos.

Tal vez ella captó sus intenciones en su cara, porque le preguntó:

—¿En qué consistiría la apuesta?

—Si tengo razón, me debe un favor. Y si se demuestra que estoy equivocado, se lo deberé yo.

—Entonces, si tengo razón, me debe un favor.

—Sí.

—No se me ocurre nada que quiera de usted —repuso ella al tiempo que hacía un mohín con la nariz.

—¿No se le ocurre? —murmuró—. ¡Qué pena!

Había muchísimas cosas que él querría de Justine, aunque no todas eran apropiadas para una conversación educada. La mayoría de ellas estaban relacionadas con saborearla... muy a fondo.

En ese momento, ella sonrió. Una sonrisa ladina y reservada que hizo que casi le flaqueasen las rodillas y que se le pusiera la piel de gallina. ¡Por Dios, qué mirada! Como si se le hubiera ocurrido un pensamiento perverso. No, más bien un pensamiento indecente e ilícito. Y estaba casi seguro de que moriría si no lo averiguaba.

Aunque dudaba de que su pensamiento fuera tan indecente como los suyos.

—Se me ha ocurrido algo —dijo ella con los ojos brillantes—. Necesito un favor relacionado con Tammany Hall.

La decepción le atravesó el estómago al oírla. En efecto, ¿qué esperaba? Justine Greene no era depravada ni degenerada como sí lo era él. Nunca lo sería.

Se dirigió a la entrada del World Poolroom y le hizo un gesto para que lo siguiera.

—En fin, no estropee la sorpresa diciéndomelo, por favor. Acompáñeme.

Abrió con fuerza la pesada puerta. El olor a sudor, a sangre y a *whisky* le inundó la nariz; era un aroma tan familiar como respirar. El interior estaba lo bastante iluminado como para que pudiera inspeccionar el interior, saber cuántas personas había y dónde se encontraban. El sitio era todo lo seguro que podía esperarse, así que se dirigió a la larga barra de madera. Varios clientes estaban allí de pie, de espaldas a él.

Se apoyó en el borde de la barra, justo al lado de una pelirroja que reconocería en cualquier parte.

—¡Bess! ¿Qué tal te va, cariño?

La aludida se dio media vuelta con expresión sorprendida antes de que se convirtiera en otra de verdadero placer.

—¡Demonios, Mulligan! Ha pasado mucho tiempo.

—Pues sí. Pero tienes buen aspecto. Paul, me alegro de verte —le dijo al tabernero—. Me gusta tu nuevo aspecto. —Señaló las enormes patillas, pulcramente arregladas.

Paul le dirigió una miradita cautelosa a Justine antes de mirarlo a él de nuevo.

—Hola, Mulligan. No te vemos a menudo por estos lares. ¿Has venido a tomar algo o a hacer una apuesta?

—No, para eso ya tengo mis locales. En realidad, he venido en calidad de amigo. —Señaló con el pulgar hacia Justine—. Tengo entendido que le habéis timado treinta y cinco dólares. Quiero que se los devolváis.

Paul y Bess se miraron.

—Vamos, Mulligan, no queremos líos —dijo Paul.

—Por eso vais a devolverle el dinero a mi amiga y le vais a pedir disculpas.

—¡Ay, joder! —protestó Bess—. No puedes culpar a una chica por intentarlo. ¿Ves cómo va vestida? Se lo puede permitir.

—No estamos hablando de eso y lo sabes. —Jack golpeó la barra con los nudillos—. Treinta y cinco. Ahora mismo.

Bess se metió la mano en el corpiño mientras Paul hurgaba en su delantal. En cuestión de segundos, Jack tenía treinta y cinco dólares.

—Ahora, las disculpas.

Ambos se disculparon entre dientes con Justine, que se había acercado durante la conversación.

—No hay mal que por bien no venga —dijo ella sin un ápice de mala voluntad antes de agarrar el dinero—. Os perdono.

—Bien. Asunto arreglado. ¿Conocéis a un hombre llamado Von Briesen?

—De ascendencia alemana —dijo Justine—. Visto por última vez aquí el 19 de junio.

Bess y Paul negaron conocer al hombre.

—Pregúntele a Mac. Él se encarga de los libros en la parte de atrás. Puede que se acuerde.

Jack condujo a Justine al salón de billar, que estaba repleto de gente. Hombres de todos los colores y procedencias se agrupaban alrededor de pequeñas mesas de madera donde miraban los resultados de las carreras, que se anotaban en la pared. Un biombo en un rincón escondía una máquina de telégrafo que transmitía constantemente los resultados del hipódromo. Todo el mundo a lo largo de la cadena hacía una fortuna con los salones de billar de la ciudad, incluida la Western Union.

Los pagos se realizaban como en un banco, con un mostrador rodeado de barrotes. También había guardias. Si a alguien se le ocurriera asaltar el lugar, no recorrería ni tres metros antes de ser destripado.

Jack se acercó al mostrador y apoyó un codo en la madera.

—Buenos días. Tú debes de ser Mac.

—Sí, señor.

—Me llamo Mulligan. Necesito información.

El hombre puso los ojos como platos.

—Mulligan, el que...

Había cien maneras de terminar esa frase. En vez de molestarse, Jack miró al hombre con una sonrisa agradable.

—Oye, ¿conoces a un hombre llamado Von Briesen? Un alemán.

Justine deslizó el boceto de papel a través de los barrotes.

—No. —Mac le devolvió el papel—. Lo siento.

—Subiremos a preguntar a las mujeres a continuación si te parece bien.

—Claro. —Mac señaló con una mano—. Polly es la encargada. Por esa puerta de ahí.

Jack se dirigió hacia la puerta que Mac le había indicado, pero se dio cuenta de que Justine no lo seguía. En cambio, estaba absorta por la acción de la sala de apuestas. Los chicos llevaban trozos de papel desde un lado del biombo del rincón hasta la pared. Eran los resultados de las carreras, que luego se escribían en la pizarra. Las apuestas mínimas allí eran baratas, no como en sus salas, lo que hacía que el World Poolroom fuera más asequible para el residente medio del Bowery.

—¿Tiene muchos salones de billar? —preguntó ella.

En realidad, dirigía un sindicato de dieciocho salones de billar que servían como salas de apuestas en la zona centro de Manhattan, que se extendía hasta la calle Veintitrés. Era un negocio lucrativo.

—Pues sí.

—¿Son así?

—Los míos son un poco más elegantes. —Sus salones de billar estaban enmoquetados y contaban con bebidas gratis y una cena bufé. Eso atraía a una clientela de clase social más alta y más rica, que solía quedarse un buen rato. Y eso significaba más dinero.

—¿Ha apostado alguna vez en las carreras?

—Pues no. Eso es más del gusto de Florence que del mío.

—¿Cómo lo sabe si nunca lo ha probado?

Ella encogió un delicado hombro.

—No le veo el atractivo. A ver, que un caballo llega primero, segundo o tercero. ¿A qué viene tanto alboroto?

Jack levantó una mano y le hizo una señal a uno de los muchachos. Sacó cinco dólares.

—La señorita desea hacer una apuesta en la próxima carrera. —Se volvió hacia Justine y señaló la pizarra. Se aceptaban apuestas para la quinta carrera en Sheepshead Bay—. Elija un caballo.

—¿De verdad tenemos tiempo para esto?

—Tenemos todo el tiempo que necesite usted. Elija un caballo.

—El número tres. Es mi número favorito.

El chico escribió en un papelito y luego entregó el recibo de la apuesta a Justine.

—La carrera se anunciará dentro de unos minutos.

Ella siguió observando a la multitud, así que Jack miró con disimulo por encima del hombro y llamó la atención del guardia que estaba detrás del mostrador. Dejó caer un billete de veinte dólares sobre la madera y acto seguido levantó tres dedos a la espalda de Justine, arqueando las cejas de forma elocuente. El guardia aceptó el dinero y salió de detrás del mostrador para dirigirse a toda prisa hacia el biombo del rincón.

—¿Fue usted a hablar con el dueño de la fábrica de camisas de Rivington Street?

A Jack le temblaron los labios por la risa contenida. «Hablar» desde luego que era una palabra interesante para lo que hizo con el señor Bay.

—Así que volvió.

—Pues sí. Al detective Ellison y a mí nos sorprendieron el aire fresco y las ventanas abiertas. Las mujeres reían y charlaban. Menuda diferencia.

Bien. Siempre y cuando el señor Bay respetara el acuerdo, él no tendría que regresar.

—Me complace oírlo.

—No lo entiendo. Normalmente el detective Ellison necesita dos o tres visitas, en las que enseña la placa y lanza amenazas, para obtener resultados. Y, sin embargo, usted lo ha conseguido en una.

—¿No ha descubierto todavía quién ostenta el verdadero poder en esta ciudad?

—¿Qué significa eso?

—Significa que soy el hombre que hace las cosas en Nueva York.

No era un alarde. Solo la constatación de un hecho. También era cierto que había trabajado muy duro para lograrlo.

—¿Le pegó?

—No. —Era cierto. Él no había golpeado a Bay. Por lo general, no le gustaba mancharse el traje con sangre si podía evitarlo.

—¿Eso quiere decir que le pegó otra persona?

—*Mon ange*, no pregunte cómo se hace la sopa si le gusta su sabor. Limítese a disfrutarla.

Ella resopló al oírlo.

—Menuda ridiculez. No habría libros de recetas si eso fuera cierto.

—Es una analogía. Relájese, no se preocupe por el señor Bay. Piense en las trabajadoras felices que no morirán si se produce un incendio en esa planta.

—Es un pensamiento sombrío.

—La vida es sombría. Ya debería saberlo, habida cuenta de todo lo que ha visto.

—¡Las apuestas para la quinta carrera están cerradas! —gritó el hombre de la pizarra. Eso significaba que la carrera estaba a punto de comenzar.

—Sobre lo de la planta superior —empezó él—, ¿prefiere que suba yo solo y pregunte...?

—No me insulte —Justine volvió la cabeza para mirarlo, con el ceño fruncido—. No me asusta ver a esas mujeres. No será la primera vez, ni la última.

De esa pasta estaba hecha. Tan angelical y feroz al mismo tiempo. Carraspeó e intentó no babear.

—Se lo preguntaré de nuevo: ¿sabe su cuñado en lo que está metida?

Ella agitó una mano.

—Estamos perdiendo el tiempo. Vamos a hablar con la tal Polly.

—¿No le gustaría averiguar si ha ganado?

—Supongo. ¿Tardará mucho?

Él contuvo una sonrisa. Era adorable.

—Solo unos segundos.

—¡Y el número tres es el ganador! —anunció el hombre de la pizarra unos segundos después—. Seguido por los números uno y ocho. Recojan sus ganancias en la ventanilla.

Justine se agarró a su brazo.

—No puedo creerlo. He ganado. Nunca he ganado nada.

—¿Lo ve? —La miró con una sonrisa, y la felicidad que vio en su cara hizo que el corazón le diera un vuelco—. Vaya a por sus ganancias. —Señaló a Mac y la ventanilla con un gesto de la cabeza.

Ella le enseñó el boleto a Mac.

—Parece que he ganado.

—En efecto, lo ha hecho, señorita. Aquí tiene. —El hombre deslizó por el mostrador un billete de cincuenta dólares hacia ella.

—¡Ay, no! Esto no puede ser. —Se volvió hacia Jack—. ¿Cincuenta dólares?

—Supongo que el número tres tenía muy pocas probabilidades de ganar. —Alargó la mano, se hizo con el billete y se lo ofreció—. Enhorabuena. Gracias, amigos —les dijo a los hombres que estaban detrás del mostrador y la condujo hacia una puerta lateral.

Era el momento de subir.

«Cincuenta dólares», pensó Justine. Era increíble.

—¿Qué voy a hacer con este dinero? —Al comedor benéfico de la Misión del Bowery le iría bien la ayuda, desde luego. O podría donarlo a una de las escuelas cercanas. A la asesoría. A una de las nuevas casas de acogida...

—Seguro que hay algún vestido o algún sombrero bonito al que ya le tiene echado el ojo —repuso el señor Mulligan por encima del hombro mientras se abrían paso por el atestado salón.

Ella clavó la mirada en su espalda con el ceño fruncido, aunque él no podía verla. ¿Acaso no la conocía en absoluto? Tal vez a su madre le importaran los vestidos y los complementos nuevos, pero a ella no.

—No me gastaría el dinero en eso.

Lo vio detenerse junto a la puerta, tras lo cual ladeó la cabeza mientras la miraba fijamente.

—¿Y si le ordeno que se gaste ese dinero en sí misma, en algo egoísta? No para nadie más. ¿Qué compraría?

Se le quedó la mente en blanco. Solo obtuvo un vacío enorme y pensamientos fragmentados. No había nada que deseara. Además, procedía de una familia privilegiada. Si deseaba ropa o joyas, su familia podía permitírselo.

—No lo sé.

—¿Nada en absoluto? ¿Una comida o un viaje? ¿Unos pendientes? ¿Un corsé o unas medias nuevas? —Él le clavó la mirada en los pechos, provocándole un cosquilleo bajo la piel. ¿Pensaba en sus senos?

—Sería incapaz de desperdiciar el dinero en mí cuando sé que otros lo necesitan más. —Su voz sonaba extraña, ronca y grave. ¿Se habría dado cuenta él?

Esa forma de mirarla tan fijamente, con un ardor y una intensidad que ella sentía en todo el cuerpo, incluso en la punta de los dedos de los pies, indicaba que sí lo había hecho, sin duda.

Se quedaron allí plantados, suspendidos en el tiempo, mirándose el uno al otro, mientras el momento se alargaba. Estaba a escasos centímetros de ella, mucho más cerca de lo que cualquier hombre decente se atrevería a acercarse en público. Esas espesas pestañas, esas cejas afiladas, esos labios carnosos..., todo lo bastante cerca como para tocarlo. Para besarlo. Sintió que el corazón intentaba salírsele del pecho. Deseó saber qué pasaba por su cabeza.

«Quédate y haré realidad tus sueños prohibidos».

¿Se estaría acordando también de eso? Apenas podía dejar de pensar en esa promesa y en todas las pecaminosas posibilidades que podría conllevar.

—Tan pura... —murmuró él—. Tanta decencia es la peor tentación para un hombre como yo.

—¿Por qué? —consiguió decir con voz entrecortada.

Lo vio doblarse por la cintura para inclinarse hacia ella, tras lo cual le pegó los labios a una oreja.

—Porque quiero zambullirme, bañarme en ella, y luego destruirla.

Aspiró con fuerza al oírlo. Sus palabras, crudas y eróticas, la atravesaron como una corriente eléctrica. Se le endurecieron los pezones por debajo del corsé al instante. ¡Por Dios! ¿Cómo podía decir esas cosas en voz alta, a plena luz del día?

De todas formas, no saldría huyendo. Era más fuerte de lo que él creía.

—Tal vez tendría el efecto contrario. Tal vez podría salvarlo.

Él se enderezó y en sus labios apareció un rictus que parecía indicar un poco de arrepentimiento.

—Ya no puedo salvarme, *cara*. —Antes de que ella pudiera replicar que todo el mundo estaba a tiempo de salvarse, él abrió de golpe la puerta que llevaba al primer piso—. Suba.

Justine soltó el aire y empezó a subir la escalera. Nunca la había afectado tanto un hombre. Jack Mulligan se las apañaba para colarse bajo su piel y ponerla del revés. También demostraba ser muy eficiente a la hora de resolver sus problemas. No estaba segura de cómo sentirse al respecto.

«¿No ha descubierto todavía quién ostenta el verdadero poder en esta ciudad?».

Sin embargo, no podía confiar en él. No la ayudaba por la bondad de su corazón.

Lo que le recordó que, en ese momento, le debía otro favor. Que Dios la ayudara.

Una mujer apareció en lo alto de la escalera y torció el gesto al verla a ella.

—Quieta ahí —dijo—. No tienes permiso para estar aquí arriba... —Esbozó una sonrisa al ver a su acompañante—. ¡Vaya! Hola, señor. Bienvenido a Polly's.

La mujer se acercó a él en el rellano y le pasó una mano por la solapa.

—Me suena su cara. ¿Nos conocemos?

—Lo dudo —contestó él con una voz apagada muy inusual. Normalmente, rezumaba encanto—. Soy Jack Mulligan.

—¡Señor Mulligan! ¡Por Dios! Es nuestro día de suerte. Soy Polly, la encargada del magnífico entretenimiento en este piso. Ahora, cariño, dígame: ¿qué le apetece? Tengo chicas de todo tipo y procedencia. Jóvenes y mayores, experimentadas y no tanto. Puede tener dos o incluso tres si lo desea. He oído los rumores.

¿Rumores? El cerebro se le atascó a Justine en esa palabra mientras intentaba encontrarle sentido. ¿Jack Mulligan se acostaba con varias mujeres... a la vez? ¿Cómo funcionaba eso?

—Tentador —replicó él con lo que parecía un educado desinterés—. Sin embargo, estamos aquí para preguntarte a ti y a tus chicas sobre alguien. Un hombre. Lleva desaparecido varias semanas.

La mirada de Polly se clavó en ella.

—¿Qué eres, de los Pinkerton?

—No, señora. Trabajo para la Asesoría de Ayuda Jurídica del Lower East Side. Intentamos encontrar al señor Von Briesen. ¿Le suena ese nombre?

—No oímos muchos nombres reales por aquí. —Se concentró de nuevo en el señor Mulligan—. Mis chicas están muy ocupadas. No tenemos tiempo para este tipo de cosas.

—Tenemos dinero —dijo Justine, que necesitaba que la atención de la mujer recayera en ella. Por alguna razón, no podía permitir que Polly siguiera adulando a Jack Mulligan. Mejor no analizar el motivo.

—En fin, eso espero, desde luego. ¿Cuánto?

—Cincuenta dólares.

Mulligan soltó un sonido estrangulado.

—*Chérie*, ¿es que no le he enseñado nada?

Pues no, la verdad. No le había enseñado nada. Sacó el recién adquirido billete de cincuenta dólares del bolso y lo levantó. Polly hizo ademán de agarrarlo, pero Justine lo alejó para que quedase fuera de su alcance.

—Después de que hablemos con las chicas.

Polly abandonó la coquetería en un abrir y cerrar de ojos. Al punto, se mostró firme y seria.

—Por aquí.

Iba a acabar con él.

Lo encontrarían enterrado bajo los montones de la confianza ciega y de la fe en la humanidad de Justine Greene. No se trataba de ingenuidad exactamente; no, la muchacha había visto demasiadas cosas como para que fuera eso. Pero se fiaba de la palabra de la gente. Creía en lo mejor de los demás.

Incluido él.

Ni una sola vez le había preguntado por qué la ayudaba. No había puesto en duda qué lo motivaba a ayudarla con esa misión. Porque creía que era bueno. Como ella.

Pronto descubriría sus verdaderos motivos. Porque el «bien» no tenía nada que ver. Ni por asomo.

Polly los condujo a la parte posterior, seguramente al salón. A la estancia donde se congregaban los potenciales clientes y miraban a las chicas antes de escoger a una. «Vete, Jack. Mamá va a entretener a su amigo un rato». ¿Cuántas veces lo había oído de niño? Los hombres ni siquiera lo habían mirado.

Los sonidos dentro de la casa habían sido lo peor; los gruñidos y el golpeteo de los cuerpos. El traqueteo de las camas. Después, los hombres se marchaban y las mujeres se remojaban las partes íntimas en las bañeras o se limpiaban con jeringuillas llenas de vinagre. De vez en cuando, acudían al médico para una cura o un remedio. No tenían más alternativa que soportarlo, aguantar. A la policía tampoco le importaba. De hecho, muchos agentes iban para echar un polvo gratis o para recibir sobornos.

Para su mente de diez años, era como si el mundo entero quisiera ganar dinero con lo que había entre las piernas de las mujeres... y luego castigarlas por ello.

Su madre le dijo que se equivocaba, que su vida era mejor que la de la mayoría. Muchas mujeres andaban por las calles sin protección ni atención médica alguna. O acababan atrapadas en un matrimonio desdichado con un hombre cruel, del que era casi imposible escapar. Ella estaba ahorrando dinero para que los dos pudieran mudarse a Omaha. Su madre tenía primos allí y hablaba durante horas de aquella ciudad limpia con oportunidades de trabajo. Donde vivirían con flores frescas y vallas blancas.

Más adelante murió de lo que habían dicho que era cáncer. Antes de cumplir los doce años, lo habían echado a la calle. Acabó en los brazos de las pandillas que un día controlaría, con un hermano al que cuidar.

Desterró esos lúgubres recuerdos cuando llegaron al salón.

—¿Está bien? —le preguntó Justine por lo bajo.

—Sí.

Ella se detuvo y clavó la mirada en su rostro para observarlo con detenimiento.

—¿Prefiere esperar abajo?

—¿Y dejarla aquí sola? De ninguna de las maneras.

Una vez en la estancia, Justine se cubrió la boca con una mano y habló en voz más baja.

—Es una habitación llena de mujeres, señor Mulligan. Creo que estaré a salvo.

Jack había oído numerosas historias a lo largo de los años que podrían indicar lo contrario, pero no lo mencionó. En cambio, se maravilló por la preocupación que demostraba Justine. Por él. ¿Cuándo fue la última vez que alguien se había preocupado por él? Se le hizo un nudo en la garganta y carraspeó, eliminando toda esa irritante ternura.

—Deje de mimarme y empiece a hacer preguntas.

—Que sepa que si no estuviera sonriendo ahora mismo, tal vez me ofendería que me diera órdenes.

—Chicas —dijo Polly—, este es el señor Mulligan y su amiga. Desean haceros unas preguntas.

Jack observó con detenimiento la estancia. Las mujeres no eran jóvenes, pero parecían bien cuidadas. No había moratones a la vista. Sonreían y tenían los ojos despejados; sus vestidos eran viejos, pero estaban limpios. La tensión que sentía entre los omóplatos se alivió un poco. Seguía sin gustarle, pero no tendría que intervenir.

Justine les enseñó el boceto a las chicas que había en la parte izquierda.

—Señoras, estoy buscando a un tal Von Briesen. En este dibujo pueden ver su aspecto. Por favor, vayan pasándolo si quieren. Es alemán. Tiene esposa y dos hijos pequeños. Están muy preocupados por él desde su desaparición.

Cada chica miró la foto, sacudió la cabeza y la pasó. Solo la penúltima tuvo una reacción.

—¡Ay! Lo conozco —dijo al tiempo que sacudía la cabeza—. Es el zapatero. Todos los jueves como un reloj.

—¿Cuándo dejó de venir a verte? —preguntó Jack.

—No ha dejado de venir. Estuvo aquí la semana pasada.

—Nos dijeron que un grupo de ladrones lo drogó y le robó en la planta baja, y después lo dejó tirado en la calle.

—No que yo sepa. —La chica intercambió una mirada con Polly—. A ver, aquí no tenemos ladrones de esos.

Jack estuvo a punto de resoplar por el descaro.

—¿Puedes decirnos algo sobre él? ¿Dónde vive, por ejemplo?

—Sé que le gusta que le metan un dedo por el culo mientras se la chupan.

Todas las chicas se rieron y aplaudieron, y Justine se puso colorada. Jack contuvo la sonrisa.

—¿Algo que pueda ayudarnos a localizarlo? —preguntó Justine—. ¿Un barrio o un familiar del que hable?

La chica se encogió de hombros.

—Ninguno que yo recuerde.

Jack se dio cuenta del cariz que estaba tomando la situación. Ya era martes.

—¿A qué hora suele llegar los jueves?

—A las nueve —contestó la chica—. Puede que se adelante unos minutos, pero nunca llega tarde.

—Estaré aquí para charlar con él. No digas nada que lo ponga sobre aviso o le dé pie a desaparecer hasta que yo llegue. ¿Está claro? —Miró fijamente tanto a Polly como a la chica para que no hubiera malentendidos.

—Yo también vendré —dijo Justine.

Jack no la contradijo, pero en ninguna circunstancia le permitiría volver a ese sitio de noche. Él mismo se encargaría de Von Briesen.

—Tendrá que pagar por el tiempo —dijo Polly.

Jack asintió con la cabeza una sola vez.

—Lo aprovecharé al máximo.

—Apuesto a que siempre lo haces, cariño —comentó una de las mujeres.

Todo el mundo se rio, incluida Justine, y lo asaltó el repentino deseo de quedarse a solas con ella. Quería besar sus sonrisas y tragarse su risa. La quería solo para él. Señaló la salida con un gesto de la barbilla.

—Deberíamos irnos.

—Gracias, señoras —dijo Justine al tiempo que sacaba el billete de cincuenta dólares de su bolso—. Han sido de gran ayuda.

Antes de que pudiera entregarle el billete a Polly, Jack se lo arrebató.

—Procura que se distribuya a partes iguales —le dijo a la encargada del prostíbulo—. De forma justa y equitativa.

Aunque perdió el color, Polly asintió con un gesto brioso de la cabeza. Jack le puso el dinero en la palma de la mano.

—Señoras, este dinero es para todas. El jueves me aseguraré de que todas hayan recibido lo mismo. —Hizo una pausa para que sus palabras calaran—. Y como no sea así, como una sola haya sido engañada, habrá consecuencias —añadió, dirigiéndose en concreto a Polly.

Convencido de que había logrado su objetivo, condujo a Justine fuera de la habitación y hacia la escalera. Había llegado el momento de cobrarse su buena acción.

12

Justine percibía el sombrío estado de ánimo de Jack Mulligan. Algo había cambiado en él desde que subieron a la planta superior. Ya no era el mismo hombre, encantador y simpático. Al contrario, su mirada carecía de expresión y tenía los hombros tensos. La ira y el resentimiento lo envolvían como si fueran un gabán.

Cuando llegaron a la calle, señaló hacia el carruaje que aguardaba junto a la acera.

—Vamos —le dijo—. La llevaremos adonde quiera.

No discutió. Un paseo en carruaje hasta la parada del tren sería más rápido que caminar. Además, tenía curiosidad por saber qué había provocado ese cambio en su personalidad. Tal vez podría sonsacarle alguna información durante el trayecto.

—Buenas tardes, señorita —dijo Rye, que se quitó el sombrero mientras se acercaban—. ¿Adónde se dirige?

—Supongo que he terminado por hoy. Puede dejarme en la parada del elevado.

—Eso es ridículo —replicó Jack Mulligan mientras la ayudaba a subir—. La llevaremos a la zona alta de la ciudad, Rye.

—No puedo permitirlo —protestó Justine mientras se acomodaba en el asiento y observaba cómo adaptaba él ese cuerpo esbelto al reducido interior—. Seguro que tiene otras cosas más urgentes que hacer que llevarme a casa.

—Por supuesto, pero esa es la mejor parte de ser quien soy. Puedo hacer lo que quiera, cuando quiera.

Justine rio entre dientes al oírlo recuperar parte de su antigua chispa. Lo vio quitarse el bombín, tras lo cual golpeó el lateral del carruaje. Las ruedas empezaron a girar, alejándolos del salón de billar World Poolroom.

Él guardó silencio, lo que no hizo más que confirmar sus sospechas de que algo andaba mal. Pero ella también estaba distraída. Tenía ese fornido muslo pegado al suyo, al igual que sucedía con sus hombros. Allí donde sus cuerpos se rozaban, sentía un hormigueo, como si le corrieran insectos por la piel. ¿Por qué no había aire en ese carruaje?

Abrió el abanico y trató de refrescarse.

—Dígame por qué estaba tan incómodo.

—¿A qué se refiere?

—Al principio, creía que le preocupaba mi seguridad o mi reputación. Pero según pasaba el tiempo, me di cuenta de que había algo más.

—Está imaginando cosas.

—No. Lo conozco lo bastante como para percatarme de la diferencia en su estado de ánimo.

Él volvió el torso y se inclinó hacia ella, acorralándola de una forma maravillosa.

—No me había dado cuenta de que éramos tan íntimos, *mon ange*.

—Está intentando eludir mi pregunta con el coqueteo. —El corazón le latía desaforado en el pecho y los cordones del corsé le apretaban cada vez más. Intentó respirar hondo a fin de que la sangre siguiera llegándole al cerebro.

—¿Funciona?

—No —mintió ella, que le empujó el pecho con las palmas de las manos—. Vuelva a su lado, señor Mulligan.

Él soltó un suspiro exagerado, pero aceptó poner la distancia adecuada entre ellos.

—Pero este lado es muy aburrido. ¿Está segura de que no puedo acercarme al suyo?

¡Por Dios, qué seductor era! Siempre sabía lo que decir para arrancarle una sonrisa. Claro que no se dejaría distraer.

—Contésteme. Por favor.

—¿No he hecho suficientes cosas hoy por usted? ¿También debo desnudar mi alma? Ni siquiera hemos hablado del pago de la deuda.

¡Ah, eso! Casi se había olvidado de la apuesta. Habían conformado un equipo formidable esa tarde, investigando codo con codo para encontrar al señor Von Briesen. Había sido agradable. Por un breve instante, incluso creyó que él actuaba por la responsabilidad que sentía hacia ella. Tal vez incluso por afecto.

«Soy un hombre que comercia con favores».

¡Qué tonta era! ¿Cómo había podido creer que sus actos eran otra cosa que una forma de obtener control sobre ella? Ese era el *modus operandi* de Mulligan. No hacía nada movido por la bondad de su corazón.

Y eso hizo que se diera cuenta de algo más.

—En realidad, no gané los cincuenta dólares, ¿verdad?

Su cara delató la sorpresa que lo invadía antes de poder disimularla.

—Su caballo llegó primero, ¿no es así?

Su reacción lo confirmaba. De alguna manera, Jack Mulligan había amañado esa carrera.

—¿La escena fuera del salón de billar también fue obra suya? —Al fin y al cabo, había llegado bastante rápido.

—¿Por qué iba a hacer algo así?

—Para conseguir que le deba otro favor. Me pareció muy ansioso por sugerir la apuesta.

—Porque era imposible que perdiese. Y me gusta que esté en deuda conmigo.

—¿Por qué?

Su expresión se volvió voraz, como si estuviera dispuesto a devorarla. Justine se estremeció bajo esos ardientes ojos azules, incapaz de apartar la mirada.

—¿No es obvio? —replicó él—. Eres una mujer hermosa y carismática. ¿Qué hombre no desearía tenerte a su merced? —añadió, tuteándola.

El recuerdo de su lengua sobre ella le puso la piel de gallina por todo el cuerpo. Experimentó una sensación vertiginosa, como si la hubieran lanzado a la parte profunda del lago sin haber aprendido a nadar primero. No había ningún panfleto ni guía para lo que estaba sucediendo. No había mapa ni informe. Solo las potentes e imposibles sensaciones que experimentaba en su interior, demasiado grandes para que su cuerpo las pudiera contener.

No estaba preparada. Sin importar lo que fuera todo aquello, sucedía demasiado deprisa.

En un intento por recuperar el control de la situación, dijo:

—Cuénteme lo que ha pasado en la planta superior del salón de billar. Después hablaremos del pago del favor.

—Eres muy tenaz cuando quieres algo, *cara*. Casi compadezco a esos maridos que abandonan a sus esposas. No tienen la menor posibilidad.

—Muy bien. —Se volvió hacia la ventanilla, ya que había terminado con esa desquiciante conversación. Si no confiaba en ella lo suficiente como para ser sincero, no había motivo alguno para tratar de sonsacarle información. Que se quedara con sus ceños fruncidos y sus secretos. Le importaba un bledo.

El carruaje atravesó Houston Street. ¿Tendría que seguir en silencio hasta la zona alta de la Quinta Avenida?

Lo oyó suspirar.

—¡Por Dios, me sacas de quicio! —exclamó él de repente, golpeando el cristal que Rye tenía a la espalda—. Ve hacia Bond Street.

El cochero lo miró por encima del hombro y Justine atisbó su expresión sorprendida.

—¿Estás seguro? —preguntó—. Porque creo que...

—Haz lo que te digo —lo interrumpió él con voz serena—. Y vigila la calle.

Ella frunció el ceño, sin saber qué pensar sobre el cambio de dirección.

—¿Qué hay en Bond Street? ¿Vamos de compras?

—¿Sabes jugar a los bolos?

Abrió la boca para contestar y la cerró enseguida. ¿A los bolos? ¿Hablaba en serio?

—Eh... Sí. Bueno, fui una vez a una bolera. Con mis hermanas. Cuando éramos pequeñas.

Lo vio esbozar una sonrisa satisfecha.

—Bien. Ya he decidido cómo cobrarme el favor.

—Ah. ¿Vamos a jugar a los bolos algún día?

—No. Vamos a jugar a los bolos ahora.

—¿Ahora?

—Me he ganado este favor con creces, Justine. Y he decidido que el pago sea una partida de bolos. Ahora mismo.

—¿En Bond Street?

—Sí.

¿Había una bolera en Bond Street? No estaba segura. La zona se encontraba en el corazón del reino de Jack Mulligan. Volver allí tan tarde no era precisamente prudente, aunque lo tuviera a su lado. Claro que él era igual de peligroso, pero por diferentes motivos.

«Quédate y haré realidad tus sueños prohibidos».

¡Por el amor de Dios! Casi se había desplomado a sus pies, derretida por la lujuria.

Tras una sacudida mental para cambiar el rumbo de sus pensamientos, se relajó en el mullido asiento. Estaba exagerando. Solo se trataba de una partida de bolos. Con otras personas haciendo lo mismo en las pistas contiguas. Jack Mulligan no podría seducirla en ese escenario.

Experimentó una punzada dolorosa y agachó la cabeza, mortificada. ¡Por Dios! ¿Se sentía decepcionada?

Enfilaron Bond Street y se asomó por la ventanilla.

—¿Hay una bolera en esta manzana?

—No.

El carruaje empezó a reducir la velocidad. Aquello no tenía sentido.

—¿Nos estamos parando?

Lo vio mirar por la ventanilla, con la mano en el pestillo de la portezuela.

—¿Siempre haces tantas preguntas?

—Solo cuando los demás son evasivos a propósito.

El carruaje se detuvo con una sacudida. Jack Mulligan abrió la portezuela y se apeó de un salto. Una vez en la acera, le tendió una mano. Aquella manzana era residencial. Allí no había negocios ni mucho menos una bolera.

—No lo entiendo.

—Ven, benefactora.

Justine aceptó su ayuda con un resoplido. Él la acompañó mientras subían los escalones de entrada de una de las casas más grandes de la manzana. Una preciosa estructura de piedra caliza con grandes ventanas y elegantes cornisas. Definitivamente, no era una bolera. Al verlo sacarse una llave del bolsillo, frunció el ceño.

—Un momento, ¿quién vive aquí?

Oyó el chasquido metálico de la cerradura, tras lo cual él giró el pomo de latón.

—Yo.

Jack nunca había llevado a una mujer allí. ¡Por todos los demonios, no llevaba a nadie!

Nadie conocía su casa, excepto Rye y Cooper. Todos los demás creían que vivía en la última planta del club, porque estaba vetada para casi todo el mundo salvo para él. Allí había una cama, que usaba a menudo, pero no para dormir.

En cambio, residía a una manzana de distancia, en Bond Street, en la antigua mansión de un rico comerciante que se había mudado a la zona alta de la ciudad hacía más de una década. Se decidió a comprarla porque había descubierto un túnel que pasaba por debajo de su club y que conducía a esa propiedad a una manzana de distancia. Desde entonces, habían reforzado el túnel, que le permitía ir de un lado a otro a voluntad. Ese tipo de túneles eran habituales en todo Five Points y el Bajo Manhattan, pero él nunca le había hablado a nadie del suyo.

Así que era difícil explicar por qué había llevado a Justine allí esa noche. Salvo que deseaba pasar más tiempo con ella, lejos de las miradas indiscretas. En algún lugar donde pudieran estar totalmente solos.

Además, su mundo, sus reglas. Todo lo que quería lo conseguía.

—Un momento. —Justine entró en su casa, moviendo la cabeza para observarlo todo—. Aquí es donde vive. Mulligan, el hombre del saco de Manhattan, ¿vive usted aquí?

—Sí, aunque no estoy seguro de que «hombre del saco» sea adecuado para describirme.

—¿Qué prefiere, entonces?

—El rey.

Ella se rio y la alegría le iluminó el rostro. Era tan guapa que se le secó la boca.

—No hay reyes en Estados Unidos.

—Espera y verás. —Todo el país lo conocería cuando llevara la cervecería al ámbito nacional. Las únicas dos cosas que les importaban a los estadounidenses eran el alcohol y el dinero. Pronto tendría un montón de ambos.

En ese momento, Justine se puso seria, mientras observaba la cavernosa entrada y las oscuras estancias.

—¿Tiene personal de servicio?

—No. Las criadas vienen una vez a la semana, pero eso es todo. ¿Tienes miedo de quedarte a solas conmigo?

—¿Debería tenerlo?

—*Ma belle*, nunca te haría daño ni te pediría que hicieras algo que te asustara. Rye vendrá después de ocuparse de los caballos. Sin embargo, si quieres marcharte, él te llevará a casa.

—Pero no podré ver la suya.

—Eso es cierto. Tampoco podrás jugar a los bolos conmigo.

—¿Tiene una bolera aquí? —Al verlo asentir con la cabeza, añadió—: ¿De verdad juega a los bolos?

—En efecto, y si se lo dice a alguien, lo negaré hasta mi último aliento.

Eso le arrancó una risilla y pensó que nunca la había visto tan contenta. El corazón le latía con fuerza, estaba hechizado por completo. Deslumbrado. No podía dejar de mirarla. El niño que nunca había sido deseaba recoger flores para regalárselas o meterle las trenzas en el tintero.

El hombre que era anhelaba arrodillarse y chuparle el clítoris hasta que pusiera los ojos en blanco.

Joder, tenía que parar. Tenía que mantener las distancias, mantener sus impulsos bajo control. No asustarla ni intimidarla. No era una viuda ni una moza de taberna. Justine era una princesa de la alta sociedad con una vena altruista. No podía olvidarlo.

—Bueno, ¿qué has decidido? —le preguntó.

—No lo sé. —Se mordió el labio inferior, esa costumbre tan adorable que tenía—. Debería volver a casa. Se hace tarde.

—No es tan tarde. Además, creía que tus padres estaban fuera.

—Sí, están en Europa. Pero mi hermana... —Él le dirigió una mirada incrédula y Justine sonrió—. Tiene razón. No me cabe duda de que Florence también está fuera y de que la abuela tenía otros planes.

—En ese caso, no hay razón para que te vayas. —Al ver que no acababa de convencerla, dio otra vuelta de tuerca—: ¿Cuándo fue la última vez que hiciste algo hedonista? ¿Algo solo para ti misma?

«Quédate aquí. Acompáñame. Déjame enseñarte lo bien que podemos pasarlo juntos», pensó.

—De acuerdo. Una partida y luego me iré.

Jack sintió que una poderosa emoción le corría por las venas, el dulce sabor de la victoria, semejante al efecto de una droga en su cuerpo.

—Una partida y luego te vas. Sígueme.

La casa estaba a oscuras, pero conocía bien los pasillos. Pulsó interruptores para iluminar el camino mientras doblaban una esquina en dirección a la escalera de acceso al sótano. Una vez abajo, encendió las luces que rodeaban las dos pistas de bolos.

Eran preciosas, con suelo de roble brillante y bolos de madera blanca en el extremo más alejado. Cada pista estaba flanqueada por un surco y además había un banco alto, donde podía sentarse el encargado de colocar los bolos después de cada lanzamiento. Solía jugar a los bolos a solas con frecuencia, para relajarse.

—Esto es impresionante —dijo ella—. ¡Qué divertido!

—Pensé que te gustaría. ¿Recuerdas cómo se juega?

—Hay que lanzar la bola y derribar los bolos, ¿verdad?

—Básicamente, sí. Empecemos. —Se encogió de hombros para quitarse la chaqueta, que arrojó al respaldo de una silla.

Ella lo observaba con los párpados entornados, como si no quisiera mirar, pero no pudiera evitarlo. «Interesante», pensó Jack, que aprovechó (¿cómo iba a resistirse?) para quitarse los gemelos, metérselos en un bolsillo y subirse despacio las mangas de la camisa. «Mira todo lo que quieras, pequeña benefactora».

De repente, ella se colocó de espaldas y procedió a quitarse el sombrero, tras desprender el alfiler. Fue su turno de contemplarla embobado. La luz se reflejaba en su lustroso pelo, formado por una fascinante mezcla de tonos, desde el rubio miel, pasando por el trigueño, hasta el castaño con reflejos cobrizos. ¿Era un truco de la luz o su pelo era tan complicado como ella misma?

Y lo más importante: ¿qué aspecto tendría esa gloriosa melena cuando cayera sobre sus blancos hombros?

Ella se alisó las faldas y evitó su mirada.

—¿Cuál es el primer paso?

—Elegir la bola. —Había ocho entre las que escoger, todas con diferente peso—. Una que puedas levantar con facilidad.

Justine se tomó su tiempo, de manera que él se sentó en la silla de la mesa de puntuación y disfrutó observándola, allí en su casa. Debería ponerlo nervioso que hubiera alguien más en su hogar. Cientos de personas de esa ciudad pagarían una buena cantidad para saber dónde dormía. Sin embargo, no le preocupaba que su secreto estuviera en las eficientes manos de esa mujer. Porque ella siempre hacía lo correcto. Era más noble que una monja. Si le pedía que no le dijera a nadie su dirección, estaba completamente seguro de que mantendría su palabra.

Su polisón se agitaba con cada movimiento, y esa cintura estaba pidiendo a gritos que un hombre la abarcara con las manos. Al verla inclinarse, estuvo a punto de soltar un gemido. «¡Por el amor de Dios!», pensó. El gesto le recordó sus más recientes fantasías, protagonizadas por sus manos y ese culo.

Necesitaba acelerar las cosas antes de que una erección le impidiera jugar a los bolos.

—Prueba con la marrón oscura —le aconsejó con voz ronca y áspera.

—No me apresure.

Su descarada réplica hizo bien poco para aliviar la lujuria que se cocía a fuego lento bajo su piel. Tal vez tuviera la decencia de una monja, pero poseía el fuego de un teniente general. ¡Que lo colgaran, pero esa contradicción lo excitaba!

—Ya.

La vio levantar la bola marrón oscura, aunque evitó comentar que había escogido la que él había sugerido. Pulsó un interruptor para encender las luces, que iluminaron las pistas y los bolos, haciendo que todo fuera más fácil de ver.

Rye entró en ese momento, y supuso que su lugarteniente había estado al acecho en el sótano hasta ese preciso momento. Jack inclinó la barbilla.

—Cuando quieras colocarte.

—Ahora mismo —replicó Rye con un breve saludo, tras lo cual enfiló la pista, rodeó los bolos y se subió al banco para esperar.

Jack estiró un brazo.

—Tú primero.

13

«¡Por el amor de Dios!», pensó Justine. Solo se había quitado la chaqueta, y ella se había puesto a sudar de repente. ¿Acaso la temperatura de la estancia había subido diez grados de golpe?

Jack Mulligan tenía una bolera. ¡En su lujosa casa! Jamás lo habría imaginado. Era mucho más de lo que parecía. Peligroso, sí, pero también era inteligente y culto. Amable, como lo había demostrado su discurso en la gala de recaudación de fondos. Y había algo en él que le provocaba una ardiente sensación en el estómago cada vez que entraba en una habitación.

Respiró hondo y decidió concentrarse en la partida. Cuando volviera a casa..., ¿qué haría? ¿Encontrarse sola? Tal vez él tenía razón. Tal vez se beneficiaría de un poco de hedonismo.

Sin embargo, y para ser sincera, los bolos no eran lo primero en lo que pensaba cuando se planteaba un paseo por la Avenida del Hedonismo. Se imaginaba cuerpos sudorosos y besos apasionados. Una cama grande y unos ojos azules con los párpados entornados. Los bolos le parecían más bien un paseo por el Callejón de las Solteronas.

«Deja de quejarte. ¿Acaso deseas que te tome en la pista?».

Más o menos, eso era lo que deseaba.

Aunque sabía que no era el tipo de mujer que inspiraba pasión en un hombre, le encantaría dejarse llevar por el deseo, aunque fuera una sola vez. Billy la había besado un par de veces, pero fueron besos tibios, casi de cortesía. Mecánicos. Aburridos. No había anhelado sus caricias ni sus besos como se suponía que debían hacerlo las mujeres. Florence y Mamie hablaban de esas cosas todo el tiempo cuando pensaban que ella no las oía, así que sabía que las mujeres experimentaban un deseo tan feroz como el de los hombres.

Sin embargo, el momento en el que más deseo había experimentado a lo largo de su vida fue la noche que Jack Mulligan la lamió detrás de la oreja. Un fugaz lametón, y estuvo a punto de estallar en llamas. Por eso huyó.

Debió de pensar que era tonta de remate.

Soltó el aire y dejó de lado todas esas preocupaciones. Al fin y al cabo, era imposible cambiar el pasado.

Así que mejor concentrarse en los bolos. Solo había jugado en una ocasión, hacía años. Claro que ¿tan difícil iba a ser? Lanzar la bola, golpear los bolos. Hizo además de pisar la pista.

—¡Ah, no! Ni hablar.

La voz ronca de Jack Mulligan la sobresaltó.

—¿He hecho algo malo?

Él le hizo un gesto con un dedo para indicarle que se acercara, con una expresión taimada en la cara.

—No vas a pisar la pista con esas botas.

¿Sus botas negras de tacón bajo? Era un calzado práctico para el día a día. En absoluto elegante.

—¿Por qué no?

—Porque destrozarán la madera, *cara*. Acércate.

Confundida, acortó la distancia entre ellos. ¿Iba a quedarse sin jugar? ¿Qué estaba pasando?

Lo vio darle unas palmaditas al asiento que tenía al lado.

—Siéntate.

¡Oh! La decepción se apoderó de su pecho, tal como le había sucedido en las numerosas ocasiones durante las cuales sus hermanas la excluían de la diversión en el pasado. Ellas pensaban que no se había dado cuenta o que no le había importado, pero se equivocaban.

Se dejó caer en el asiento y le ofreció la bola.

—Aquí tiene. Me limitaré a verlo jugar.

—No, no me refería a eso —repuso él, que le quitó la bola de las manos y la dejó en el suelo.

Al cabo de un instante, unos dedos fuertes le rodearon un tobillo. Justine chilló y trató de apartarse.

—Quieta —dijo él—. Solo voy a quitarte la bota.

—No puede quitarme la bota. Es... indecente.

Él se enderezó, le levantó el pie y se lo colocó sobre una rodilla. Justine clavó la mirada en la bota... apoyada en su pierna. El corazón se le desbocó en el pecho con un ritmo salvaje mientras se internaba en ese territorio desconocido. Cuando se encontró con su mirada, se sorprendió al ver que la observaba con una expresión intensa en esas facciones cinceladas. Aunque sus ojos no revelaban nada, ella se estremeció de todas formas.

Esas manos grandes le mantuvieron el pie firme.

—No haré nada en contra de tus deseos, pero no puedes jugar a los bolos con este calzado. Si no te tuerces un tobillo, seguro que dañas la madera.

Tragó saliva, insegura. Miró a Rye por encima del hombro y se sintió aliviada al ver que el cochero estaba leyendo un libro, sin prestarles a ellos la menor atención. ¿Qué tenía de malo descalzarse? ¿De verdad quería negarse y acortar la velada?

«No», contestó para sus adentros.

—Tiene razón. —Quitarse los zapatos mientras estaba completamente vestida era una tarea casi imposible, pero tenía que intentarlo. Se estiró hacia delante todo lo que le permitía el corsé y metió tripa para alcanzar los cordones.

—Un momento —dijo él con un gesto para que se enderezara—. ¿Me permites?

Justine apartó los brazos. Aquello era ridículo. Le estaba pidiendo permiso para quitarle las botas, no los calzones. Intentó relajarse.

—Sí, por favor.

Él le apartó las faldas para dejar al descubierto la bota, sin revelar el resto de la pierna. Esos elegantes dedos tiraron del lazo de la parte superior, deshaciéndolo. Acto seguido, empezó a desatar los cordones. Los músculos de su antebrazo se tensaban y destensaban mientras trabajaba, y ella no podía apartar los ojos de ese trozo de piel. Las venas y los tendones se movían bajo esa piel salpicada de vello oscuro. Para ser un hombre curtido en los bajos fondos de la ciudad, tenía unos dedos largos y habilidosos de tacto sorprendentemente suave.

Sacó el cordón de los ojales, de izquierda a derecha, de izquierda a derecha, hasta aflojar la bota sin dejar de sostenerle el pie con la otra mano. ¡Era tan... íntimo! Sintió una oleada de calor que comenzó detrás del esternón, descendió hacia el estómago y siguió bajando hasta acumularse entre sus muslos. Sentía el cuerpo entero en tensión; tenía los nervios de punta. Cuanto más le desataba la bota, ¡más se desataba ella!

Clavó la mirada en ese fuerte muslo cubierto por el pantalón azul oscuro. La tela se amoldaba a su pierna, de manera que pudo ver que no era ni delgado ni débil. No, era sólido. Poderoso. Impresionante.

¡Por Dios Bendito! ¿Por qué le resultaba tan excitante aquello?

Una vez aflojados los cordones, le quitó la bota poco a poco, como si no quisiera precipitarse. ¿También estaba disfrutando de la situación? El tobillo cubierto por la media quedó a la vista, seguido del empeine y, por último, los dedos. Ambos se quedaron inmóviles, en silencio, mientras la bota caía al suelo.

Ninguno de los dos se movió. No debería sentir algo tan extraordinario (¡solo era un pie, por el amor de Dios!) y, sin embargo, así era. Las transparentes medias de seda no ocultaban nada, y podía sentir el calor que irradiaba su pierna. Experimentó el desquiciado deseo de deslizar los dedos de los pies cubiertos por la seda por la parte interna de su muslo. E ir ascendiendo...

¡Ay, por Dios!

Aquello no debería parecerle tan delicioso.

Cerró los ojos en un intento por recomponerse. Sin previo aviso, sintió que él le rozaba el empeine con los nudillos. Contuvo el aliento y abrió los ojos, consciente del cosquilleo que le provocaba la caricia.

Jack Mulligan se quedó petrificado, con la mano en el aire.

—¿Te he hecho daño?

—No. —Intentó parecer despreocupada, aunque seguramente fracasó.

—Lo siento. —Le levantó el pie y se lo dejó en el suelo—. Me he dejado llevar. No debería haberte tocado.

Algún impulso salvaje la llevó a replicar:

—No me ha molestado.

«No te detengas. Tócame. Lámeme otra vez».

Los pensamientos atravesaron su mente a la velocidad del rayo mientras la recorría un torrente de deseo.

Él le levantó el otro pie y se lo colocó sobre la rodilla.

—No deberías alentar a un hombre como yo.

—¿Qué quiere decir «un hombre como yo»?

—Un hombre que puede ser despiadado cuando ve algo que desea.

No se le ocurría nada que decir. ¿Estaba insinuando que la deseaba? ¿O que podría desearla? Era una locura.

«¿Qué hombre no desearía tenerte a su merced?».

Tardó poco en quitarle la segunda bota, tras lo cual le dejó el pie en el suelo y se enderezó. Justine movió los dedos del pie sobre el suelo de madera y lo observó con los párpados entornados. Lo vio quitarse los zapatos, y después se acercó al estante para escoger su bola. Llevaba unos calcetines de seda azules a juego con el color de sus pantalones. Tenía unos pies largos y estrechos. ¡Qué... fascinante!

Después de volverse, colocó ambas bolas en el soporte de madera de la pista y estiró el brazo.

—Las damas primero.

Ocho bolos cayeron en el extremo de la pista. Rye se apresuró a recogerlos mientras Justine saltaba y aplaudía. Acto seguido, se volvió y lo señaló mientras decía:

—¡Chúpese esa, señor Mulligan!

Jack no pudo evitar sonreírle. No recordaba la última vez que se había divertido tanto.

Lo que le faltaba de experiencia jugando a los bolos, Justine lo compensaba con una dedicación absoluta. Pedía consejos y se afanaba por ponerlos en práctica. Se reía de sí misma con facilidad cuando fallaba y se daba ánimos cuando tenía éxito. Lo tenía absolutamente hipnotizado.

Lo mejor de todo era que hacía horas que no pensaba en el club ni en los libros de cuentas ni en Trevor O'Shaughnessy. El ruido que siempre tenía en la cabeza, las preocupaciones que lo perseguían a diario, se había silenciado esa noche. Era fácil estar con ella. Relajante. Era divertida y simpática, parecía estar la mar de a gusto con él.

Incluso después de haber hecho el ridículo al quitarle la bota. ¡Qué desastre!

Había quitado muchas prendas femeninas a lo largo de los años. ¡Qué demonios, podía desnudar y vestir a una mujer en la oscuridad con guantes si era necesario! Pero había algo tan tentador en el delicado pie de Justine con esas elegantes medias de seda que casi lo había llevado al límite.

Lo cual era ridículo. Se trataba de un pie, nada diferente al de cualquier otra mujer. Y, sin embargo, había sido diferente. Porque el pie pertenecía a Justine. De alguna manera, esa imagen hizo que el deseo se adueñara de él.

Empezaba a temer la reacción que le provocaba. Daba la impresión de que perdía la cabeza cada vez que estaba en su presencia. Sin importar cuántas veces se dijera a sí mismo que no era para él, su cuerpo tenía otras ideas. Que Dios lo ayudara si esa mujer decidía que le gustaría pasar una noche en su cama. Seguramente se correría en los pantalones.

Justine se dejó caer en la silla junto a él, con la piel sudorosa por el esfuerzo. ¿Cómo demonios había podido pensar que era pasable sin más?

—Bien hecho. Estás mejorando.

—No ganaré, por supuesto, pero al menos ya no se salen de la pista.

—Sus cinco primeras bolas habían acabado en el lateral.

—Progreso, *chérie*. Progreso.

Jack se puso en pie, levantó la bola y, tras apuntar, dio un paso y la lanzó. Los diez bolos del fondo de la pista cayeron al suelo, haciendo que Rye diera un respingo.

—¡Tranquilo, Mulligan! —exclamó—. ¡No me apetece acabar en manos del matasanos para que me coloque los huesos!

Justine también lo aplaudió.

—Asombroso —dijo cuando él volvió a su asiento—. ¿Cómo aprendió a hacerlo?

Encogió un hombro.

—Preguntando.

—¿A quién? ¿Al mejor jugador de bolos de la ciudad?

—Sí —contestó, completamente serio—. Me debía un favor, y a cambio le pedí unas clases.

—No me cuente más. No me apetece saber nada más sobre sus favores.

—Le conseguí a su esposa un trabajo en el Ayuntamiento. No todos mis favores son de índole criminal.

—Solo la mayoría.

Se rio, a pesar de que se estaba burlando de él. ¿Cuándo fue la última vez que alguien se había atrevido a hacerlo? Justine no le daba tregua, desde luego.

La observó acercarse a la pista, desde donde lo miró por encima del hombro.

—¿Me enseñará?

—¿A jugar a los bolos?

—Sí. Enséñeme todos sus trucos, señor Mulligan.

«¡Ay, *cara*. Ojalá!». La mantendría en la cama durante semanas.

Se puso en pie despacio.

—Solo nos queda un cuadro. ¿Estás segura de que no quieres terminar la partida? —«¿E irte después?», pensó. No lo dijo en voz alta, pero ella no había parecido muy entusiasmada con la idea de quedarse esa noche. No tenía sentido presionarla y asustarla. Prefería usar la paciencia y la astucia para conquistarla. Y la conquistaría. Era solo cuestión de tiempo que se la llevara a la cama. Lo había decidido uno o dos cuadrados antes—. Más razón para terminar a lo grande la última jugada. Vamos. —Jack se colocó en la línea de tiro, con las manos en los bolsillos del pantalón—. Tu primer error es que intentas que la bola ruede directamente por el centro. Los bolos son una cuestión de ángulos, velocidad y rotación. La mejor manera de derribarlos todos es golpearlos con la bola ligeramente descentrada.

Ella frunció el ceño mientras pensaba.

—Por eso su bola se dirige primero hacia la derecha y luego se curva de nuevo.

—Correcto. Para conseguirlo, tienes que girar la mano mientras sueltas la bola. Mover la muñeca sobre el pulgar.

—Eso no tiene el menor sentido —protestó mientras contemplaba su bola.

—A ver, permíteme enseñártelo. —Levantó la bola de Justine e introdujo dos dedos en los agujeros. El ajuste era muy estrecho, pero no importaba para demostrarle lo que trataba de explicarle, que era cómo crear la rotación adecuada para que la bola describiera una trayectoria curva—. Cuando la sueltes, muévete así.

—Permítame intentarlo. —Tras arrebatarle la bola, giró la mano hacia un lado—. ¿Así?

Como si fuera lo más natural del mundo, Jack se colocó detrás de ella e hizo ademán de cubrirle las manos. Sin embargo, se detuvo.

—¿Me permites demostrártelo?

—Por favor.

Cubrió las manos de Justine con las suyas sobre la bola, tras rodearla con los brazos.

—Casi lo tienes. Haz esto. —Le demostró el mejor movimiento para conseguir tanto el giro como la rotación—. ¿Lo sientes?

En vez de responder, ella se limitó a asentir con la cabeza. Tenía la espalda pegada a su torso, atrapada entre sus brazos. Jack se quedó inmóvil, clavado en el sitio. No quería separarse de ella. La envolvía un olor limpio y brillante, floral y fresco. El olor de alguien a quien todo lo sórdido y frío de esa ciudad ni siquiera le había rozado. Ansiaba respirarla, inhalar hasta que sus pulmones estuvieran llenos de su aroma, para no olvidarlo nunca.

En ese momento, recordó que huyó despavorida del club cuando él le lamió el cuello.

No podía apresurarla. Ni coaccionarla. Todo lo que ocurriera entre ellos debía ser consensuado, con su plena participación. O mejor si cabía, prefería que ella lo iniciara.

Tras aflojar la fuerza de sus brazos, empezó a retroceder.

—Ahora tienes...

—Un momento. —Ella le agarró el brazo con la mano libre—. Demuéstremelo otra vez.

Lo invadió la satisfacción. La estrechó con más fuerza entre sus brazos, se pegó más a ella y le susurró al oído:

—Así.

Antes de que pudiera parpadear siquiera, ella dejó la bola en la palma de sus manos y se volvió hacia él. Le colocó las manos en los hombros y dejó la boca a escasos centímetros de la suya. Un ardiente deseo se apoderó de él, arrollador y ardiente. Jamás había deseado tanto a una mujer. Esa princesa virginal de la alta sociedad (ese ángel, esa perpetua benefactora) lo había desconcertado por completo. No sabía si en el fondo esperaba que se le pegara un poco su bondad... o si rezaba para contagiarle algo de su maldad a ella.

Tal vez ambas cosas.

Observó su cara arrebolada y el pulso que le latía en el cuello.

—Vas a perderte la clase.

—Preferiría tener una clase diferente ahora mismo.

—¿Qué tipo de clase, *cara*?

—Una en la que no hable —contestó. Sin esperar réplica, se puso de puntillas y pegó la boca a la suya. Lo hizo con torpeza, pero el efecto fue como recibir un golpe en el pecho con un puño de latón. Le robó el aliento.

¡Por Dios, lo había besado! ¡Todavía lo estaba besando!

Y era mejor de lo que había imaginado. Justine se mostraba exultante, dulce y receptiva. De la misma manera que sus labios se mostraban suaves y decididos mientras se movían sobre los suyos, explorándolo. ¿La había creído inexperta? En ese caso, había sido un tonto. Porque su forma de besarlo le había provocado una dolorosa erección en cuestión de segundos.

Dejó caer la bola, que golpeó el suelo con un estruendo. Seguramente había dañado la madera, pero ¿a quién cojones le importaba? Tras colocarle las manos en la cara, inclinó la cabeza y se lanzó a por ella con el ansia de un moribundo. La besó con ardor y luego cambió el ángulo de su cabeza, para seguir besándola un poco más. Toda su atención estaba concentrada en ese momento, en Justine. No quería parar nunca.

De alguna manera, sus bocas se abrieron, y le buscó la lengua con la suya. O tal vez fuera al contrario. No lo sabía, pero estaba muy agradecido. Le acarició la lengua, deslizándola sobre la suya y frotándola, mientras Justine le clavaba las uñas en los hombros. Sentía el movimiento convulso de su propio pecho, era consciente de que los pulmones le pedían aire a gritos, pero no podía parar. Al parecer, llevaba muchos años esperando eso y quería seguir haciéndolo el mayor tiempo posible. Dado que era un malnacido codicioso, ansiaba todo lo que ella tenía para ofrecer.

Tal vez más.

Y en ese momento, ella se separó, poniendo espacio entre ellos, y se le cayó el alma a los pies. Iba a decirle que se iba. Otra vez huía de él, dejándolo mientras contemplaba lo que podría haber sido.

Guardó silencio mientras trataba de recuperar el aliento. Vio que ella miraba a un punto situado detrás de él.

—¿Hay...? ¿Podríamos sentarnos en algún sitio? Tengo las piernas un poco flojas.

¿No estaba intentando irse? Jack parpadeó mientras ataba cabos. Estaba pidiéndole que se sentaran para poder quedarse más tiempo.

—Por supuesto —se apresuró a contestar.

—Me he olvidado de Rye —dijo ella a la vez que estiraba el cuello para mirar hacia el otro extremo de la pista—. ¿Sigue ahí?

Rye había sido lo bastante listo como para irse cuando empezó a besarla.

—No. Se fue hace un rato. —La tomó de la mano, la llevó hasta un sillón orejero situado en la pared del fondo. Tras dejarse caer en el asiento y, antes de que ella pudiera protestar, la atrajo hacia su regazo—. ¿Así está mejor?

—Mucho. ¿Significa esto que le interesa seguir?

14

Justine contuvo la respiración mientras esperaba su respuesta. Le parecía un momento crucial y enorme, el comienzo de algo trascendental. Lo único que tenía claro era que necesitaba desesperadamente más besos de Jack Mulligan. Aunque si él se negaba, no se quejaría. Al fin y al cabo, había atacado al pobre hombre.

Él le pasó el pulgar de la mano libre por los labios, por las mejillas y por el mentón. Parecía que estaba trazando un mapa de su cara con las yemas de los dedos.

—Eres preciosa —dijo, con una voz ronca y descarnada que se alejaba mucho de su habitual dicción, tan culta.

Estaba siendo amable, y se lo agradecía.

—Gracias. Sé que no soy...

—Calla. Si estás a punto de subestimarte, no quiero oírlo. Ni ahora, ni nunca, *mon ange.*

El corazón le dio un vuelco en el pecho, y después tuvo la impresión de que se le expandía y se solidificaba. No le sorprendería que él pudiera verlo latir a través de las capas de ropa.

—Señor Mulligan —susurró, incapaz de decir nada más. Esperaba que él entendiera lo que le estaba haciendo.

—Jack.

—¿Cómo?

Él se acercó para frotarle el cuello con la nariz y lo oyó inhalar. ¿La estaba oliendo?

—Llámame por mi nombre de pila cuando susurres así.

Se mordió el labio, intentando no sonreír, y lo miró a los ojos por debajo de los párpados, que había entornado.

—Jack.

—Perfecto. —Le dio un beso fugaz—. ¡Dios! Eres absolutamente perfecta.

Volvió a apoderarse de su boca y usó los labios, los dientes y la lengua para entumecerle el cerebro. El temor a ser incapaz de sentir pasión había desaparecido. Jack la tenía jadeante, excitada y ¡muriéndose de ganas de más! Sentía los pezones duros contra el corsé mientras la pegaba a él. Experimentaba un deseo húmedo y palpitante entre los muslos, en ese lugar que reclamaba su atención con insistencia. Exigiendo satisfacción.

Jack le colocó la mano en la cadera, y casi se estremeció por el anhelo de que la tocara en algún sitio. En cualquiera.

¡En todas partes!

Llevaba pensando en que la besara desde que le quitó la primera bota. Durante un breve y espeluznante minuto, le había parecido que la noche acabaría con una partida de bolos. Menos mal que no había sido así. Cualquier bochorno sufrido por haberse abalanzado sobre él merecía la pena si el resultado era ese.

Porque Jack Mulligan sabía besar muy bien. La presión justa, la humedad y la lengua exactas. Seductor, pero no abrumador. Cualquier mujer estaría dispuesta a andar sobre ascuas ardientes con tal de pasar unos momentos de imprudencia con ese hombre. Sin importar lo que pasara entre ellos después de esa noche, jamás se arrepentiría de lo que estaba haciendo.

El beso se trasladó a su mentón y de allí a la sensible piel del cuello. Sintió el roce de sus dientes entre beso y beso, todos ardientes y húmedos. La mano de Jack ascendió desde su cadera hasta las costillas, y le colocó la frente sobre el hombro mientras respiraba de forma tan agitada como lo hacía ella.

—¿Qué deseas esta noche?

La lista era bastante larga, la verdad.

—¿Debo decirlo en voz alta?

—Sí, debes hacerlo. No puedo leerte el pensamiento y prefiero no adivinar. Y aunque soy capaz de intimidar a otros para que hagan lo que deseo, contigo jamás lo haría.

—¿Qué deseas tú esta noche? —replicó al tiempo que le mordisqueaba el lóbulo de la oreja, tras lo cual lo sintió estremecerse. Era bueno saber que ella también podía afectarlo.

La besó en el hombro.

—No me gustaría asustarte. Es mejor que me lo digas tú.

—No puedes asustarme. ¿No te has dado cuenta?

—*Chérie*, te lamí el cuello y saliste corriendo del club como si te persiguiera el diablo.

—Me pillaste desprevenida, pero no me asustaste. Además, esta noche has hecho muchas más cosas con la lengua y no he huido dando alaridos.

—Todavía.

—Jack, vamos. —Le dio un golpecito en el hombro—. Soy más valiente de lo que parezco.

—¿De verdad?

La pregunta rezumaba sarcasmo, y no sabía si se estaba burlando de ella.

—Pues sí.

—Sé que eres valiente, lo supe a los pocos segundos de conocerte, pero una cosa es la valentía y otra, el atrevimiento. Este último requiere intrepidez con una chispa de sentido de la aventura.

—¿Crees que me falta sentido de la aventura?

—Creo que eres una mujer que entrega mucho de sí misma a los demás sin tener en cuenta lo que más desea.

Su acertado juicio le resultó irritante. Sin embargo, tener en cuenta sus deseos y sus anhelos le parecía casi egoísta. Nadie, salvo Jack, la había animado a intentarlo.

—Pues lo que deseo ahora es que me digas lo que te gustaría hacer, sin importar si me asusta o no.

—Luego no digas que no te lo he advertido. —La lamió en el punto exacto donde lo hizo aquella noche, quizá para ponerla a prueba. En esa ocasión, no huyó y se limitó a pegarse más a él, de manera que gruñó por lo bajo, haciendo que le retumbara el pecho mientras le clavaba los dedos en los costados y trasladaba la boca hasta la oreja—. Empezaría por llevarte a mi dormitorio. Nunca he llevado a ninguna mujer allí y me apetece verte tendida en mi cama. Te desnudaría, por supuesto, hasta dejarte solo con las medias. Porque me gustaría sentir tus pies cubiertos por la seda en la espalda mientras te lo como enterito...

Justine tomó una brusca bocanada de aire y cerró los ojos con fuerza por la intensa oleada de lujuria que la recorrió y que la dejó al borde de un gemido. Nunca había oído a nadie hablar así. Seguramente debería sentirse espantada o avergonzada. Horrorizada como poco. Sin embargo, ¡le encantaba!

El diablo siguió hablando.

—Quiero chuparte el clítoris hasta que te corras en mi lengua. Quiero saborear tu humedad y disfrutar de tu olor hasta ahogarme.

¡Por Dios Bendito! Casi podía imaginárselo. Había visto las cartas que Florence guardaba debajo de la cama, así que sabía que los adultos fornicaban en muchas posturas diferentes. Sin embargo, jamás había considerado la posibilidad de que él la besara entre los muslos. ¿Era algo que hacían todas las parejas?

Aunque unos minutos antes lo ignoraba por completo, su cuerpo lo anhelaba en ese momento. Con Billy, solo había habido algunos besos y toqueteos fortuitos. Los orgasmos habían tenido lugar en su cama por la noche, a solas. ¿Qué se sentiría si otra persona la complaciera? ¿Sería mejor?

Algo le decía que a Jack se le daría de maravilla.

Se estremeció y suspiró, mientras su cuerpo se derretía contra él.

—Yo también lo deseo.

Jack se enderezó y estuvo a punto de tirarla de su regazo al suelo.

—Que tú... ¿Cómo dices?

—¡Ah! ¿Es egoísta por mi parte pedirlo? ¿Debería ofrecer...?

—¡No! Joder, permitirme complacerte sería el mayor regalo que he recibido en la vida. —Le pasó el brazo libre por debajo de las rodillas y se levantó con agilidad, tras lo cual se dirigió a la escalera con ella en brazos—. Pedir lo que deseas no es egoísta. Esto no tiene nada que ver con ganar o perder. No hay cuenta alguna que llevar. Si algún hombre intenta decirte lo contrario, merece una paliza.

—¿De verdad me vas a llevar a tu dormitorio? —le preguntó al tiempo que le echaba los brazos al cuello—. ¿Estoy a punto de ver dónde duerme el legendario Jack Mulligan?

Empezó a subir la escalinata.

—Salvo por las criadas y por mí, serás la única persona que lo vea.

—Y luego dicen que no eres romántico...

Su carcajada reverberó en los altos techos con sus molduras de yeso.

—*Cara*, estoy a punto de mostrarte más romanticismo del que tu cuerpecito puede soportar.

—¿Más romanticismo del que puedo soportar? ¡Por Dios! Esta noche te estás pasando de la raya con las hipérboles.

Jack sonrió mientras subía el resto de los peldaños. ¡Por Dios! Su pequeña benefactora tenía carácter. Pero se lo demostraría. Él nunca amenazaba en vano. Aunque eso le ocasionara la muerte, esa noche Justine se arrepentiría de haberse reído de él. «Sin compasión».

Una vez en el distribuidor, enfiló el pasillo de acceso al dormitorio principal, situado en la parte trasera de la casa. La estancia estaba a oscuras, plagada de las sombras que él prefería. Esa noche, sin embargo, necesitaba ver, captar cada momento de placer de Justine. No quería perderse ni un solo segundo.

De manera que la colocó en la cama y se dirigió a las ventanas para descorrer las cortinas. La luz de la luna se filtró por los cristales, iluminando el espacio lo suficiente como para que él atesorara recuerdos y ella se sintiera cómoda.

Una vez en la cama, la atrapó entre sus brazos, la pegó a él y la besó. Al principio, con suavidad, hasta que ella se rindió y sus labios se volvieron ardientes y ansiosos, momento en el que le introdujo la lengua en la boca, desesperado por saborearla. El beso se prolongó, sus cuerpos se fundieron y tuvo que apartarse un poco para evitar rozarle un muslo con su erección. No recordaba la última vez que se había excitado tanto.

Justine estaba allí de verdad. En su habitación. Donde tantas veces se había excitado solo de pensar en ella. Era demasiado fantástico para creerlo.

Ella le frotó las espinillas con los dedos de los pies de la manera más exquisita. Estaba deseando sentir el roce de esas medias de seda en la espalda y en los hombros. Se detuvo, jadeando sobre su boca, para preguntarle:

—¿Puedo desnudarte? —Al verla titubear, añadió—: No pasa nada por cambiar de opinión, que lo sepas.

—No he cambiado de opinión. Llevo un tiempo pensando en esto.

¡Uf! Quería oír esos pensamientos. Con todo lujo de detalles.

—¿Ah, sí? ¿Y en qué has pensado exactamente?

—Me dijiste que harías realidad mis sueños prohibidos —contestó, tras lo cual le pasó los dientes por el labio inferior—. Así que me he pasado mucho tiempo imaginando lo que eso supondría.

Jack le acarició el pecho a través de la ropa y se alegró al comprobar que ella arqueaba la espalda por el contacto.

—¿Y también te tocabas mientras imaginabas qué sucedería?

—Por supuesto.

Cerró los ojos y se esforzó por mantener la cordura. La idea de que se diera placer acariciándose con los dedos era una imagen que reviviría más tarde cuando estuviera solo. Masturbándose.

—Así que no has cambiado de opinión —reiteró él. Al verla negar con la cabeza, le preguntó—: ¿Prefieres dejarte la ropa puesta?

—Pero antes dijiste que...

—En realidad, no necesito desnudarte. Eso solo es una fantasía.

—Quiero que disfrutes de esto, así que si esa es tu fantasía, sí.

—*Cara*, voy a disfrutar de esto pase lo que pase. Y para que tú disfrutes necesitas estar cómoda. —Inclinó la cabeza y la besó, intentando decirle sin palabras cuánto lo emocionaba. Cuánto la deseaba. Cuánto importaba lo que ella deseaba.

Tal vez sería mejor demostrárselo.

Tras deslizarse por el colchón, le apartó las faldas y se colocó entre sus piernas. Justine lo observaba en silencio, con los ojos como platos y la piel sonrojada por la excitación.

—Allá vamos —le dijo—. ¿Lista?

Ella asintió con la cabeza, tras lo cual empezó a levantarle más las faldas sin dejar de mirarla. Al menor indicio de incomodidad por su parte, se detendría. Siempre podrían volver a intentarlo otra noche.

Sin embargo, ella no lo detuvo ni se mostró cohibida. Se le aceleró respiración cuando expuso la mitad inferior de su cuerpo, pero no por el pánico. Esos ojos oscuros que lo miraban con los párpados entornados le decían otra cosa muy distinta, y Jack no se atrevió a apartar la mirada. Cuando la ropa le llegó a la cintura, ella ya estaba jadeando. Esperó pacientemente, casi petrificado, observándola en busca de alguna señal de incomodidad.

—Me estás mimando demasiado.

—Estoy siendo delicado contigo.

Ella parpadeó un par de veces y después sacudió la cabeza, de manera que el pelo se le escapó de las horquillas.

—No hace falta que seas tan delicado. No voy a cambiar de opinión.

—En ese caso, ábrete de piernas y separa la abertura de los calzones.

La vio tragar saliva y supo que la había acorralado. Necesitaba su plena participación. Despacio, ella separó las piernas, dejándole espacio para que colocara los hombros entre ellas. Olía el fuerte aroma de su excitación y estuvo a punto de frotarse contra el colchón para aliviar el deseo. ¡Por Dios, ansiaba introducirse en su interior con desesperación! Al cabo de un momento, la vio recorrer los metros y metros de tela con las manos hasta llegar a los calzones, que tanteó en busca de la abertura para separar la tela.

Y entonces la vio por primera vez, toda esa piel rosada y brillante. Se le hizo la boca agua. Tenía el clítoris hinchado, suplicándole que se lo lamiera.

—Detenme en cualquier momento. Aunque espero sinceramente que no lo hagas.

Se inclinó hacia delante y deslizó la lengua por esos pliegues femeninos cuyo sabor fue como una explosión en la boca, de manera que le arrancó un gemido. Estaba empapada. La humedad la cubría por completo y se acumulaba en la entrada de su cuerpo. Tuvo la impresión de que acababa de recibir en uno solo todos los regalos de cumpleaños y de Navidad que nunca había recibido.

—Joder —susurró—. Podría quedarme aquí durante horas.

Se propuso ir despacio y recorrió sus pliegues con la punta de la lengua, tras lo cual le chupó los carnosos labios, en un intento por conocerla a fondo. ¿Qué le gustaría más? A algunas mujeres les gustaba que las penetrara con la lengua; a otras, les gustaba que les acariciara el clítoris con los dientes. ¿Dedos sí o dedos no? Tenía que descubrir exactamente lo que prefería esa mujer en particular, porque pensaba hacerlo tantas veces como pudiera en los próximos meses.

Justine le metió las manos en el pelo y lo acercó más a ella. Le estaba señalando de forma inconsciente que estaba preparada para avanzar. De manera que buscó el clítoris con los labios y empezó a acariciárselo con delicadeza antes de apartarse, un proceso que repitió varias veces. La estaba tentando. Al cabo de unos minutos, ella empezó a elevar las caderas, buscándolo, mientras emitía unos gemiditos adorables al tiempo que se mordía el labio inferior.

Dado que quería prolongar el momento, descendió para lamerle la entrada y la penetró con la lengua. La oyó jadear, de modo que lo repitió un par de veces antes de volver al clítoris, que en ese momento estaba todavía más hinchado. Excelente. Se lo besó con suavidad.

—Por favor —susurró Justine—. Voy a morir.

Apiadándose de ella, lo rodeó con los labios y lo succionó. Sintió que empezaban a temblarle los muslos alrededor de sus hombros, y sus gemidos reverberaron en el dormitorio. En ese momento, la penetró con un dedo, y Justine se incorporó al instante sobre el colchón.

—¡Por Dios! —Parecía desconcertada, aturdida por la fuerza de lo que estaba sucediendo.

La penetró con un segundo dedo, y ella gritó mientras sus músculos internos lo aprisionaban y empezaba a estremecerse. El orgasmo se prolongó, y Justine siguió moviendo las caderas al tiempo que lo agarraba con más fuerza del pelo. Le encantaba la intensidad de su reacción. Porque hacía que se sintiera el hombre más poderoso del mundo.

Cuando se percató de que empezaba a relajarse, suavizó sus caricias. Le encantaba ese momento, cuando la mujer estaba débil y empapada. Con cualquier otra compañera de cama, podría ponerse en posición y metérsela directamente. Con Justine, sin embargo, tenía otros planes.

Siguió penetrándola con los dedos, acomodándola a la invasión. Ella jadeó y movió las caderas para sentirlo aún más adentro, lo que le arrancó una sonrisa. Mantuvo los besos suaves y breves, a la espera del momento apropiado. La sentía estrecha a su alrededor, pero estaba empapada y dispuesta. Habría sido el paraíso poder metérsela esa noche si hubiera estado dispuesto a hacerlo.

Sin embargo, no lo haría todavía. Cuando por fin la hiciera suya, quería que le suplicara. Que estuviera absolutamente segura y no hubiese margen para el arrepentimiento.

En esa ocasión, el propósito era demostrarle lo bien que podían pasárselo juntos y ganarse su confianza. Lograr que se sintiera adorada y apreciada. Complacerla hasta que no pudiera soportarlo.

—Ha sido increíble —la oyó decir. Tenía los ojos cerrados y una sonrisa satisfecha en los labios.

—Me alegro de que pienses así, *chérie*. Pero si todavía eres capaz de completar frases, significa que aún no he terminado contigo.

Y repitió el proceso desde el principio.

15

Temblorosa como un potrillo recién nacido, Justine se coló en la cocina de los Greene, poniendo mucho cuidado en cada movimiento. Aunque era plena noche y sus padres se encontraban fuera, no quería despertar a ningún criado. No fue fácil. Su coordinación y agilidad se habían quedado en la cama de Jack Mulligan hacía una hora.

Se había corrido tres veces antes de que él finalmente la metiera en el carruaje que conducía Rye y la despachara. Apenas si se percató de la despedida de lo aturdida que estaba. Recordaba que él la había besado con dulzura, que su boca y su lengua sabían a ella, y que le dijo que esperaba que hubiera disfrutado.

¿Que esperaba que hubiera disfrutado? De haber disfrutado más, estaría muerta.

Al final, le había suplicado tocarlo. Él se limitó a reírse y a decirle que esa noche no, pero que pronto. ¿Cómo de pronto? ¿A la noche siguiente? Necesitaba verlo igual de desatado, complacido por las caricias de su mano. O de su boca... O por otra parte de su cuerpo.

Sus doloridas partes íntimas se tensaron por la anticipación.

Subió la escalera despacio. Sentía las piernas como si fueran de plomo. Llevaba los calzones empapados y seguramente no tuvieran remedio. Un precio muy bajo que pagar que nunca, jamás, olvidaría.

Aunque estaba cansada, la idea de un baño se le antojaba maravillosa en ese momento.

La casa estaba a oscuras y en silencio, pero se conocía bien esos pasillos. No hizo ni un solo ruido al pasar con sigilo por delante de la habitación de Florence de camino a la suya, aunque probablemente fuera en vano. Sin sus padres, Florence había pasado cada momento libre con Clayton Madden. No podía culparla, aunque echaba de menos la presencia de su hermana en la mansión.

Tras girar el pomo de la puerta, se deslizó hacia el interior y casi se tropezó cuando la luz se encendió de repente.

Sus dos hermanas la esperaban sentadas en su cama. Ambas habían cruzado los brazos por delante del pecho y la miraban ceñudas y serias.

La preocupación le corrió por la columna vertebral al verlas.

—¿Qué pasa? —¿Les habría sucedido algo a sus padres? ¿A la abuela?—. ¿Ha muerto alguien?

—¿Dónde has estado? —le preguntó Florence.

¿Que dónde había...?

¡Oh!

—Un momento, ¿qué hacéis las dos aquí?

—Llevamos esperándote desde las diez —dijo Mamie—. Ahora son... —siguió y miró el reloj de la repisa de la chimenea— las tres y media.

—¿Me habéis estado esperando? ¿Por qué?

Florence entrecerró los ojos verdosos.

—No te has presentado a la cena y hemos esperado para enseñarte el telegrama de papá que ha llegado esta noche.

¿Cena? Eso le recordó que estaba hambrienta.

—¿Qué decía?

—No has respondido a mi pregunta. ¿Dónde has estado, Justine?

Miró a sus hermanas, primero a una y después a la otra.

—¿Os habéis enfadado conmigo por salir a hurtadillas? Porque sería muy hipócrita de vuestra parte.

—No, no es eso exactamente —respondió Mamie—. Nos interesa más saber a quién ves cuando sales a hurtadillas.

—No creo que sea asunto tuyo. —Miró a Florence a los ojos—. Ni tuyo.

—Si estás haciendo algo peligroso, es de nuestra incumbencia.

Justine soltó una carcajada.

—No recuerdo haberme inmiscuido en vuestros asuntos mientras os descocabais hace un par de años. Casinos, salones de baile, salas de apuestas..., ninguna de las dos se preocupaba mucho por la seguridad ni por el decoro.

—Esto es distinto —señaló Mamie.

—¿En qué sentido?

—En el sentido de que sabemos que has estado con Mulligan. —Florence le señaló el pelo—. Íntimamente.

Justine se llevó las manos al pelo revuelto y empezó a quitarse horquillas.

—¿Y qué?

Mamie se quedó boquiabierta.

—¿Cómo es posible que no veas el problema? Mulligan es el peor criminal de la ciudad. Es peligroso, Justine. No puedes tener una relación con él.

—No tenemos una relación. Somos... —Pensó en la gala de recaudación de fondos y en la fábrica de camisas. En la señora Gorcey. En la ayuda brindada a la señora Von Briesen. Nadie se había reído ni se había burlado de ella en su club, que era más de lo que podía decir de la comisaría de policía—. Somos amigos.

—No, ni hablar —dijo Mamie—. No puedes ser amiga de Mulligan.

Florence levantó una mano para silenciar a Mamie.

—Justine, conozco a Mulligan porque pasé un tiempo con él en su club. Es encantador e inteligente, lo sé. Es la personificación del carisma vestido como un duque inglés. Entiendo la atracción que sientes por él. Pero esto no te llevará a ningún sitio que te beneficie. Te arruinará.

—¿De la misma manera que Clay te arruinó a ti? —Después señaló a Mamie—. ¿O como Frank te arruinó a ti?

—No puedes... —Mamie miró a Florence antes de mirarla a ella de nuevo—. No puedes estar pensando en casarte con él.

—¡Nadie ha hablado de matrimonio! —Justine cruzó la habitación y se dejó caer en la banqueta del tocador—. Me refería a mantener una relación física con él. A perder la virginidad.

—¿Lo has hecho? —preguntó Florence con un suspiro.

—No, aunque de todas formas no os lo diría a ninguna. —El cansancio que sentía se evaporó como el humo. Se levantó de la banqueta y empezó a pasearse de un lado para otro—. Menuda desfachatez la vuestra si me sermoneáis. No os reservasteis para el matrimonio. No seguisteis ni las reglas ni las convenciones de la alta sociedad. Hicisteis lo que os dio la gana, y no recuerdo que me consultarais para pedirme opinión.

—Justine, eres la más pequeña —le recordó Mamie, usando su tono de hermana mayor—. Nuestro trabajo es cuidar de ti. Ayudarte.

—¿Aunque no lo necesite?

Florence soltó una carcajada seca.

—¿Crees que puedes manejar a Mulligan? ¿No crees que te viene un poco grande, Justine?

Las palabras le provocaron una opresión en el pecho y le cerraron las vías respiratorias. Hicieron que se sintiera pequeña. Por mucho que lograra, por más casos de abandono familiar que resolviera localizando a los hombres que huían, por más personas a las que hubiera ayudado, siempre sería la inexperta e ingenua Justine para sus hermanas.

«Eres demasiado joven para acompañarnos al centro de Manhattan, Justine».

«Estamos hablando de cosas que no entenderías, Justine».

«Quédate y dile a mamá que no me siento bien, Justine».

Sus hermanas no tenían ni idea de la mujer en la que se había convertido. Ni de las cosas que había hecho ni de las que esperaba hacer. Sus hermanas apostaban, bebían y se besaban por toda la ciudad..., pero no le permitían que hiciera lo mismo.

Y ya se había cansado.

Se irguió de hombros, negándose a que la intimidaran.

—Si me viene grande o no, es algo que tengo que averiguar yo. No vosotras. ¿Sabéis cuándo empecé a ir a los barrios bajos de la ciudad? —Sus hermanas la miraron fijamente, de modo que siguió—. Cuando tenía trece años. Ninguna de vosotras tenía ni idea, pero los sábados iba a la misión de Madison Square a repartir pan. Pagaba a nuestra institutriz para que me llevara y no se lo dijera a nadie. Así que, por favor, no me deis lecciones sobre lo que puedo o no puedo manejar.

—Justine —dijo Mamie con calma como si ella estuviera histérica—, repartir pan en una iglesia difícilmente equivale a seguirle el ritmo a Mulligan. No nos gustaría ver que acabas herida.

—Mulligan no me hará daño.

Florence puso los ojos en blanco.

—Es imposible que lo sepas con seguridad. No es un caballero. Ni por asomo.

Frustradísima, agarró el cepillo y empezó a cepillarse el pelo.

—No olvidemos que Chauncey, que es un caballero, atacó a Mamie en el cenador. Así que, por favor, no me alabes las virtudes de los caballeros.

—No nos está escuchando —le dijo Florence a Mamie—. Estamos perdiendo el tiempo.

—Pues sí —convino ella—. Así que marchaos.

—Justine, por favor, haznos caso. Sé que eres terca e independiente, pero esto va demasiado lejos. Si sigues viéndolo, tendré que decírselo a mamá y a papá.

El cepillo se le cayó de la mano al suelo.

—¿Cómo?

Mamie levantó la barbilla.

—Ya me has oído. No me obligues a decírselo. Deja de ver a Mulligan.

—Fuera.

Florence frunció el ceño.

—Solo intentamos ayudar...

—No, de eso nada —la interrumpió—. Os estáis comportando como unas hipócritas. Suponéis que sabéis lo que es mejor para mí, pero no es verdad. Así que fuera. Necesito dormir.

Florence negó con la cabeza mientras Mamie suspiraba.

—Muy bien —dijo—. Nos iremos. Pero se lo contaré a mamá y a papá si creo que estás en peligro. Eres muy importante para nosotros, Justine.

Semejante muestra de sentimiento llegó demasiado tarde. Justine estaba demasiado enfadada como para apreciarla, ya que el resentimiento que sentía era tan grande que le había provocado un nudo en la garganta. Se limitó a señalar la puerta.

Sus hermanas se fueron, ambas con cara de preocupación, y Justine se dirigió al cuarto de baño. Ya que estaba bien despierta, podría bañarse. En ese momento, cayó en la cuenta de que no les había preguntado por el contenido del telegrama de su padre.

Pensó en seguirlas para preguntar, pero decidió no hacerlo. De momento, cuanto menos viera a sus hermanas, mejor.

Jack silbó al tiempo que le hacía un gesto a Cooper, que levantó la barbilla para indicarle que lo había entendido y se dispuso a cruzar la sala principal del club. Una vez que Cooper llegó a su lado, Jack le explicó:

—Rye y tú venís conmigo. Vamos al burdel del World Poolroom a ver a un hombre.

Cooper enarcó las cejas, pero no dijo nada, se limitó a asentir con la cabeza. Salieron del club y encontraron a Rye esperando en la acera con el carruaje. El trayecto fue corto, ya que las calles estaban casi despejadas tras caer la noche. Jack se apeó y esperó a que Rye asegurara los caballos. Cooper se apeó también y se quedó mirando el salón de billar, cuyo interior ya estaba abarrotado.

—¿Algo que deba saber? —preguntó Cooper.

—Hay un hombre arriba. Cliente regular de una de las chicas. Ha abandonado a su mujer. Vamos a convencerlo de que vuelva con ella.

—Entendido.

Rye se unió a ellos y Jack dio un paso hacia el World Poolroom..., pero se detuvo.

Justine estaba de pie a unos metros, con la cara y el pelo ocultos por una gruesa capa negra.

—No ibas a entrar sin mí, ¿verdad?

—¿Qué haces aquí? —masculló al tiempo que echaba un vistazo a un lado y a otro de la calle en busca de problemas—. ¿Has perdido la cabeza?

—Te dije que iba a venir. —Echó a andar hacia ellos y sonrió a su lugarteniente—. Hola, Rye.

El aludido sonrió y la saludó llevándose una mano al ala del bombín.

—Señorita.

Rye se había encariñado de Justine después de la partida de bolos. Los dos días posteriores que se pasó alabándola acabaron irritando a Jack.

—Yo soy Cooper —oyó que decía su segundo acompañante y tuvo que contener el impulso de abofetear a sus dos hombres.

—Hola, señor Cooper. Soy Justine.

—Disculpadnos, amigos. —Jack la agarró de una mano y la alejó de ellos—. *Chérie*, este es un lugar peligroso cuando oscurece. No me gusta la idea de que esperes aquí sola.

—No estaba sola. Me he quedado en un carruaje al otro lado de la calle hasta que te he visto llegar.

Suspiró. No lo estaba entendiendo.

—Tienes que dejar que Rye te lleve a tu casa. O a la mía. A cualquier lugar menos este.

—Jack —repuso ella en voz baja y suave, una voz que proyectaba intimidad y afecto, y el sonido fue como una caricia en las pelotas—, ya he sufrido suficientes sermones esta semana. Estoy perfectamente a salvo contigo. Así que vamos a ocuparnos del señor Von Briesen. Después quizá podamos buscar un poco de intimidad y ocuparnos de otras cosas más delicadas.

¡Dios Todopoderoso! Se le secó la boca. Ni siquiera le importaba si ella lo estaba manipulando. «Buscar un poco de intimidad». Joder, le gustaba cómo sonaba eso. La sangre comenzó a bombearle hacia cierta parte de su anatomía y, en ese momento, habría hecho casi cualquier cosa que ella le pidiera.

Se acercó a Justine, se inclinó hacia delante y le pegó los labios a la oreja.

—Terminaremos con esto tan rápido como pueda. Después será mejor que estés mojada y lista para encargarte de esas cosas más delicadas porque me la has puesto tan dura que hasta me duele.

Oyó su jadeo entrecortado y sonrió. Disfrutaba mucho corrompiendo a su pequeña benefactora.

Estiró un brazo y dijo:

—No te alejes. Mataré a cualquier hombre que te mire mal.

—No, no lo harás. Además, nadie me hará daño mientras esté a tu lado.

Era cierto, pero esa muchedumbre era impredecible.

—No bebas nada mientras estemos dentro. Y no te des media vuelta ni te alejes.

—No lo haré. Lo prometo. —Ella se mordió el labio mientras en sus ojos aparecía un brillo que él supuso que era de triunfo.

Resignado, la llevó hasta donde esperaban Rye y Cooper, aunque sus sombras no se molestaron ni en apartar la mirada ni en fingir que habían estado aguzando el oído.

—No le quitéis el ojo de encima —les dijo—. Ni un segundo.

Echaron a andar hacia la puerta. Rye se acercó a él y murmuró:

—Veo que bailas al son que ella toca. Ahora me cae todavía mejor.

—Vete a la mierda —replicó al tiempo que le daba un empujón, tras lo cual abrió la puerta del establecimiento—. Yo entraré primero —le dijo a Justine—. No os separéis.

Ella unió las manos y esperó; la viva estampa de la obediencia. Claro que no lo engañaba. Justine era tan obediente como un zorro salvaje.

En el interior, había una aglomeración de maleantes y viciosos. La taberna apestaba a tabaco, a orina y a sudor. ¡Por Dios! ¿Acaso no se bañaban? Justine se mantuvo cerca de ellos, que formaron un triángulo protector a su alrededor mientras se abrían paso entre la multitud.

El salón de billar seguía atestado, aunque los hipódromos ya habían cerrado. En ese momento, los clientes hacían carreras de ratas en las mesas de billar, con palos colocados a modo de calles. Los hombres tiraban el dinero, deseosos de apostar a cualquier cosa, incluso con las alimañas.

Jack siguió adelante, dirigiendo a su grupo hacia la puerta del burdel. No tardaron en subir todos la escalera, momento en el que por fin tomó una honda bocanada de aire desde que vio a Justine en la acera.

Polly apareció en el rellano. Su expresión era poco amistosa.

—Esperaba que se le hubiera olvidado.

Jack le ofreció a la encargada del prostíbulo un fajo de billetes, que ella se guardó en el corpiño.

—No tardaremos mucho. Dinos qué habitación es.

—Tercera puerta a la izquierda. —Señaló el pasillo—. Lleva aquí un cuarto de hora más o menos.

Excelente. Eso significaba que las cosas debían de estar bien encaminadas. Miró de reojo a Justine y le dijo:

—Espera en el salón.

Ella frunció el ceño.

—¿Por qué?

La verdad, que deseaba hablar con Von Briesen a solas, solo conseguiría que ella se mantuviera en sus trece. De modo que le contestó con una verdad a medias:

—Porque es probable que esté desvestido. Y ocupado. Dejemos que se adecente, y luego puedes entrar y hablar con él.

Justine hizo ademán de protestar, pero Rye dijo:

—Tiene razón, señorita. No es necesario que vea sus partes. Deje que lo arreglemos y la llamaremos después.

—Bien. —No parecía contenta, pero al menos se abstuvo de discutir.

—Recuerda lo que te he dicho —le advirtió Jack. Confiaba en Polly tanto como en los hombres de abajo.

—Daos prisa.

Seguido de Rye y Cooper, Jack se dirigió a la habitación donde Von Briesen estaba en ese momento... relajándose. No se molestó en llamar a la puerta. La abrió y entraron los tres. El hombre estaba en la cama, vestido solo con la ropa interior, con la cabeza de su compañera entre las piernas. La interrupción hizo que pusiera los ojos como platos y la mujer se apartó a toda prisa y dejó que Von Briesen se tapara.

—¿Qué hacen aquí? —preguntó con un marcado acento alemán—. Es una habitación privada.

Rye cerró la puerta con ellos dentro y Jack le entregó a la mujer un montón de billetes.

—Danos unos minutos, ¿quieres? —Una vez que se fue, se metió las manos en los bolsillos—. ¿Es usted el señor Von Briesen?

El hombre miró a Rye, luego a Cooper y por último lo miró a él.

—Sí. ¿Por qué?

—Ha abandonado a su mujer hace poco.

Von Briesen tragó saliva.

—No entiendo qué tiene usted que ver con eso.

Jack se acercó y se sentó a un lado de la cama, con una postura relajada. Se tomó un momento para alisarse los pantalones.

—Me llamo Mulligan. Tengo un pequeño club no muy lejos de aquí llamado New Belfast Athletic Club. Tal vez haya oído hablar de mí.

El alemán no dijo nada, pero se puso blanco. Empezaron a temblarle las manos sobre las sábanas.

—Veo que sí. Bien, así ahorraremos tiempo. Vamos a tener una charlita rápida, los cuatro, sobre su familia. Luego voy a llamar a una amiga mía y le va a contar cómo va a volver usted con dicha familia.

—Pero... —El señor Von Briesen miró a Cooper y a Rye antes de mirarlo a él de nuevo—. No pienso volver.

—Lo hará. Hágame caso.

—No. Mi mujer no deja de darme la tabarra por el dinero y no deja de atosigarme para que ayude con los niños. No quiero volver.

—Bueno, pues a ver qué podemos hacer para convencerlo.

16

—Entonces, ¿no ha protestado en absoluto?

En ese momento estaban en el carruaje, y a Justine le costaba asimilar lo fácil que había sido todo. Von Briesen había accedido con entusiasmo a volver con su esposa, e incluso había llorado por el remordimiento. Jack, Cooper y Rye habían prometido vigilar a la esposa del señor Von Briesen para asegurarse de que el hombre cumpliera su promesa. Después de eso, todos habían salido del salón de billar World Poolroom.

Había sido muy fácil.

Casi demasiado.

Cooper se había marchado por otro camino para volver a casa, de modo que viajaban Jack y ella solos, con Rye en el pescante. Jack se inclinó hacia ella y le recorrió el contorno de una oreja con un dedo.

—Puede que haya protestado un poco.

—Así que lo has intimidado. —En ese momento, recordó al dueño de la fábrica de camisas—. No le habrás pegado, ¿verdad?

—No ha habido golpes. Hemos sido un poquito más creativos. Pero se dio cuenta enseguida de que teníamos razón.

—Jack —dijo ella con un suspiro—, no quería que le hicieras daño.

—Se ha ido ileso, *cara*.

—¿De verdad?

La tomó de una mano enguantada y entrelazó sus dedos. Después le besó los nudillos.

—Nunca te mentiré. Puede que no te cuente todos los detalles, pero nunca te mentiré.

—Pues gracias. Su esposa se sentirá aliviada de tenerlo en casa, aunque me atrevo a decir que estaría mejor sin él. No me había dado cuenta de eso cuando acepté encontrarlo.

—Ese es el riesgo que se corre cuando se busca a los hombres que abandonan a sus esposas.

Cierto.

—Pero creo que ella lo ama. Su ausencia la angustiaba mucho.

—Al menos, el apoyo financiero será un alivio. —Volvió a besarle los nudillos y las chispas le recorrieron la piel—. Sea como sea, has resuelto el asunto de la mejor manera posible.

—Porque me has ayudado.

—Lo habrías resuelto sin mi ayuda de haber sido necesario.

—Pero habría tardado semanas, quizá meses, en hacer lo que tú has logrado en tres días. —Sería más fácil si tuviera una placa y el poder de arrestar, por supuesto. Tenía las manos atadas debido a su sexo. Ser mujer significaba que no podía entrar en el cuerpo de policía de Nueva York. Al menos, no de momento. Aunque todavía le gustaba la idea de ser la primera.

—Como ya te he dicho —repuso él—, en esta ciudad, el poder está en manos de los fuertes y de los ricos. Resulta que yo soy ambas cosas.

Algo que lo convertía en un hombre con un poder considerable. Al menos, usaba su influencia para el bien. La fábrica de camisas, la gala de recaudación de fondos. El señor Von Briesen. Tal vez le estuviera contagiando algo de lo que ella hacía.

Y, la verdad, si los resultados finales eran los mismos, ¿por qué cuestionaba los métodos? La señora Von Briesen recuperaría a su marido antes, y ella podría pasar a otro caso o asunto. Podría ayudar a otra persona que lo necesitara. Todos salían ganando.

—Desde luego que las personas son más serviciales cuando tú te involucras —dijo.

—Cierto. Por eso deberías permitir que te ayudara en todas tus misiones.

—¿Incluso en las aburridas?

—Sospecho que nada es aburrido contigo, *chérie.* —Le dio la vuelta a la mano y le desabrochó el guante. Después empezó a quitárselo despacio, dedo a dedo—. Ahora, vamos a discutir esas otras cosas más delicadas que requieren nuestra atención.

Se acomodó para verlo mejor en la penumbra. Esos ojos azules tan luminosos se habían oscurecido y la observaban con una mirada casi hipnótica. Era tan guapo que le dio un vuelco el corazón.

—Sospecho que tienes algo en mente.

—Por supuesto. Al fin y al cabo, soy un pervertido de primera categoría. —Tiró el guante en el asiento y empezó con la otra mano—. Pero tú también puedes opinar. ¿Habías pensado en algo en concreto?

Cuando hizo el comentario, su intención solo fue la de bromear y aligerar el ambiente antes de entrar en el salón de billar. La verdad, no esperaba que la presionase para que se explicara. Sobre todo cuando tenía muchísima menos experiencia que él.

Aunque no podía negar que le había estado dando vueltas al asunto. Muchas. En los últimos dos días, había pensado en todas las cosas que Jack y ella podrían hacer juntos, incluso en las que nunca había hecho.

En especial en las que nunca había hecho.

Con la piel ardiendo, susurró:

—Algo parecido a lo de la otra noche. Salvo que sería mutuo.

—Lo siento, no te he oído. Tendrás que repetirlo más fuerte.

Casi puso los ojos en blanco al oírlo. El muy sinvergüenza había escuchado cada palabra.

—Te estás mostrando difícil e intentas avergonzarme.

—Eres la mujer más inteligente y valiente que he conocido. Cuando quieres algo, vas a por ello. Así que, ¿qué quieres?

El cumplido la derritió por dentro, y se grabó a fuego las palabras en la memoria para la próxima vez que una de sus hermanas la llamara ingenua o privilegiada. También le dio valor para expresar sus deseos, algo que no habría sido capaz de hacer unos días antes.

—Quiero explorarte. Complacerte como tú me complaciste la otra noche.

Él la inmovilizó contra el asiento del carruaje, y la envolvió su olor familiar y limpio. Acto seguido, pegó la cara a su cuello y le deslizó la nariz por el mentón, derramándole el cálido aliento sobre la piel.

—Tienes ganas de metértela en la boca. ¿Es eso?

Ya conocía el funcionamiento básico del asunto gracias a las cartas eróticas de Florence. Se humedeció los labios.

—Sí, quiero... chupártela.

Jack echó la cabeza hacia atrás y gimió.

—Joder, me la estás poniendo durísima. Oírte pronunciar esa palabra es como lograr que todas mis fantasías más salvajes se hagan realidad.

¿De verdad? No tenía ni idea de que pudiera afectarlo de esa manera. Ella, Justine Greene. La hermana aburrida. A la que todos los caballeros pasaban por alto en los bailes y las veladas.

Sorprendida e intrigada por el poder que ejercía sobre él, se acercó más, y en esa ocasión se pegó a su cuerpo. Le deslizó la mano por el muslo y se la subió, muy despacio, hasta llegar al bulto que tenía debajo de los pantalones. Jack se quedó inmóvil, con la mirada fija en sus dedos, cuando lo tocó tímidamente a través de la ropa.

—*Mon ange* —susurró—. Me estás matando.

—No creo si todavía eres capaz de completar frases.

—Ya veo que me repites lo que te dije. Muy bien, si quieres jugar, estoy encantado de complacerte. —Se volvió para mirar por la ventanilla—. Todavía nos quedan varias manzanas.

Quería que se retorciera por el éxtasis, como ella. Y el carruaje estaba oscuro. Era íntimo. No estaba segura de poder mostrarse tan atrevida en su dormitorio.

—¿Y si quiero hacer algo más que jugar?

—¿Y eso significa...?

Se la acarició con las uñas y vio que se quedaba boquiabierto por la sorpresa al tiempo que se le escapaba un gemido. Acto seguido parpadeó e hizo una mueca.

—Ah, entiendo. Así son las cosas. ¿Tu intención es que me corra, benefactora?

Su tono, áspero, autoritario y totalmente novedoso, hizo que un deseo palpitante se apoderara de su sexo. Había desaparecido el hombre encantador; ese era el hombre que se ocultaba tras los trajes elegantes y el francés sofisticado. Se imaginó que esa era la voz que utilizaba para darles órdenes a su legión de seguidores a fin de que cumplieran sus designios. El tono debería haberla irritado..., pero tuvo el efecto contrario. Cada célula de su cuerpo intentaba acercarse a él.

—Pues sí.

—Entonces, sácamela.

—Yo... ¿Qué?

La miró fijamente y en silencio, y Justine empezó a sospechar que la estaba poniendo a prueba. Que la estaba presionando para comprobar si cumplía con lo que decía. «Eres la mujer más inteligente y valiente que he conocido». En efecto, lo era. ¡Maldición!

Y ella lo deseaba. Con desesperación.

Le buscó la pretina de los pantalones, pero él le cubrió la mano con la suya para detenerla.

—Mírame, Justine. —Ella lo miró, sin saber qué quería—. Puedo burlarme de ti y presionarte —continuó—, pero no tienes por qué hacerlo. Puedes parar en cualquier momento.

Decirlo fue muy considerado de su parte. Innecesario, pero considerado. Decidió burlarse de él.

—¿Estás diciendo que no lo deseas?

—Claro que lo deseo. —Apartó las manos—. Más de lo que te puedas imaginar.

Jack contuvo la respiración mientras la expectación le recorría la piel como un millón de pequeños insectos. ¿De verdad iba a chupársela en el carruaje? La idea era vertiginosa. Increíble. Y erótica a más no poder.

Aunque estaba claro que no tenía experiencia con la ropa de hombre, Justine consiguió desabrocharle los pantalones y la ropa interior en cuestión de minutos. Contuvo la respiración y a punto estuvo de salirse de su propio cuerpo por el deseo. Acto seguido, se la rodeó con los dedos, se la agarró con fuerza y seguridad. Se inclinó y le dio un casto beso en la punta, una caricia tan ligera como una pluma.

—¿Cómo puede ser tan dura y tan suave a la vez?

—Uno de sus muchos trucos. Sigue chupando y lamiendo, y pronto verás otro.

Ella lo miró con los párpados entornados y una sonrisa seductora.

—No veo la hora de que llegue —replicó y después colocó la lengua de modo que quedase plana y le dio un largo lametón.

Jack sintió un ramalazo de placer y tomó una honda bocanada de aire. Ver su boca en su miembro casi consiguió llevarlo al borde del abismo.

—Más.

Tras lamerle la punta, siguió acariciándole con la lengua la sensible piel de alrededor antes de descender. Acto seguido, se humedeció los labios y se la metió en la boca. Un intenso calor lo envolvió y se golpeó la parte posterior de la cabeza con la pared del carruaje.

—¡Por Dios! No tienes ni idea de lo maravilloso que es.

Ella murmuró algo, y la vibración le recorrió la piel y le llegó hasta las pelotas. Gimió y se agarró al borde del asiento para resistir el impulso de metérsela en la boca hasta el fondo. En ese momento, Justine empezó a moverse, arriba y abajo mientras se la chupaba. ¡Por Dios! Deseaba verle la cara, ver cómo se le estiraban los labios alrededor de su miembro. Sin embargo, solo atinaba a verle la coronilla y a sentir esa boca a su alrededor. Ella mantuvo un ritmo constante, usando la lengua para acariciar ese punto sensible en la parte inferior. Joder, eso le gustaba.

¡A la benefactora de la ciudad se le daba de vicio chuparla!

No debería sorprenderlo. Fuera cual fuese la tarea, Justine se entregaba por completo. Se entregaba desinteresadamente en cuerpo y alma. Y él era tan cabronazo como para aceptarlo.

—Me gusta tu sabor —susurró ella, casi con timidez.

El deseo le crepitó en las venas al oír semejante confesión y se le tensaron las pelotas. Daría cualquier cosa por alargar el momento, por deambular durante horas por la ciudad mientras ella seguía chupándosela. Pero la sensación era demasiado buena y tenía planes más ambiciosos para la noche. Además, solo estaban a unas cuantas manzanas de Bond Street.

Recordó que se le habían oscurecido los ojos al hablarle. Parecía que le gustaba.

—Cierra la mano en la base —le ordenó—. Aprieta. —Ella usó la mano que tenía apoyada en su muslo para obedecerlo—. Más fuerte, *cara*.

Justine apretó los dedos, y él a punto estuvo de poner los ojos en blanco.

—¡Por Dios! Perfecto. Ahora mueve la cabeza. Usa la lengua para... —Dejó la frase en el aire porque ella le leyó el pensamiento a la perfección. Le acarició con la punta de la lengua ese lugar tan sensible, y sintió que el orgasmo se acercaba, que tomaba impulso desde los dedos de los pies—. Me voy a correr como sigas haciendo eso.

Ella se apartó un instante para decir:

—La idea general es esa, ¿no? —Acto seguido, se concentró de nuevo en lo que estaba haciendo, con la mezcla perfecta de entusiasmo y fuerza.

Fue demasiado.

Jack soltó una maldición y clavó los dedos en el asiento de terciopelo. Se le agitó el pecho y entornó los párpados. El placer cobró fuerza, aumentando en su interior para irradiar hacia el exterior. Un placer palpitante que se apoderó de su miembro, provocándole la necesidad. Un segundo después, se le tensaron los músculos. Era demasiado, demasiado fuerte, y sería incapaz de detenerlo aunque lo intentara.

—Ya. Me corro —le advirtió con un gruñido.

En vez de apartarse, Justine lo sujetó con más fuerza, y él empezó a estremecerse, abrumado por una oleada de placer tras otra mientras se corría en su boca. Se le quedó la mente en blanco mientras su cuerpo se estremecía. Tal vez incluso gritó.

Terminó enseguida, pero no podía moverse. Antes de apartarse, Justine le dio un último beso en la punta, muy sensible en ese momento, que le habría provocado otro estremecimiento de haber podido moverse. La oyó reír.

—¿Debo preocuparme si te duermes?

—No, pero necesito un minuto antes de poder pensar de nuevo.

Ella se acomodó en el asiento a su lado.

—Ha sido divertido.

—Mmm... Divertido, ya lo creo. —Tal vez no se recuperara nunca—. No me he corrido tan deprisa desde que era un muchacho.

—¿De verdad?

Asintió con la cabeza.

—Eres una caja de sorpresas.

—En el buen sentido, espero.

Abrió los ojos, se inclinó hacia ella y la besó en los labios, suaves e hinchados.

—En el mejor de los sentidos. —Se percató de las luces del exterior y reconoció los chapiteles de Grace Church—. ¿Qué demonios...?

Se la guardó tan rápido como pudo, se abrochó los pantalones y, después, golpeó el lateral del carruaje.

—¿¡Adónde vas!? ¿¡Por qué estamos en Broadway!? —le gritó a Rye.

—No te enfades con él —le pidió Justine—. Le dije que me llevara de vuelta a la zona alta de la ciudad. Tengo que volver a casa.

—¿A casa? ¿Por qué?

—Resulta que mis hermanas me vigilan con más atención de lo que pensaba. Prefiero no tener que responder preguntas si vuelvo tarde.

—¡Maldita sea! Tenía planes para ti esta noche.

—Tendrás que reservarlos para una tarde.

Se imaginó echándole un polvo en su dormitorio mientras por las ventanas entraba la luz del sol y una ligera brisa..., y su decepción disminuyó un poco.

—Dime lo que te han dicho.

—No vale la pena hablar del tema.

Estiró los brazos y se la colocó en el regazo. Justine encajaba a la perfección contra su cuerpo. Le gustaba abrazarla, seguramente más de la cuenta.

—Vale la pena si te ha molestado.

Ella le apoyó la cabeza en un hombro.

—Creen que me vienes muy grande. Que me harás daño.

Tal vez la señora Tripp lo creyera, pero Florence debería conocerlo lo suficiente como para no pensar algo así.

—Nunca te haría daño, *cara*. Antes me corto el brazo con una sierra oxidada.

—Les dije que estoy a salvo, pero no me creen. Mamie me dijo que se lo contaría a nuestros padres si no dejo de verte.

Jack apretó los dientes, pero se obligó a hablar con voz despreocupada.

—Un poco hipócrita por su parte, ¿no? Frank Tripp no era precisamente trigo limpio cuando se conocieron.

—Eso mismo le dije. Y Clay tampoco era un ángel. Es ridículo.

Un eufemismo en toda regla. Clayton Madden era como él, solo que sin su carisma, su encanto y su buena presencia. Claro que Clay había renunciado a sus negocios por Florence Greene.

—No me asusta tu padre si eso te preocupa.

—A mí tampoco. Lo peor que puede pasar es que me manden a un convento en Europa. —Se encogió de hombros—. Eso no sería tan malo.

—¿No? —A él le parecía el infierno en la tierra.

—Hacen muchas obras de caridad. Sin mencionar que los conventos son tranquilos y bonitos. Ya estuve sopesando la idea.

—¿Sopesaste la idea de unirte a un convento? ¿De tomar los hábitos, del celibato?

—¿Por qué te sorprende tanto? Hasta hace poco no sabía lo que me iba a perder.

No criticaría a ninguna mujer por responder a una vocación más elevada, pero ¿Manhattan sin esa inteligente benefactora que intentaba salvarlo? Impensable. Empezó a subirle las faldas con una mano, descubriéndole las piernas.

—¿Qué haces? —Ella intentó bajar la tela, de modo que se detuvo para explicarse.

—Pienso hacer que te corras al menos una vez durante este trayecto. Como ejemplo de lo que te estarías perdiendo, por supuesto.

—¡Oh! —Justine apartó la mano—. Pues adelante.

Jack se pasó el resto del trayecto con la mano entre sus piernas, mientras en sus oídos resonaba la alegría de que no se hubiera consagrado al celibato.

17

Justine llamó a la puerta del salón número veinticinco del hotel Hoffman House. En el interior, se oían voces masculinas discutiendo. Al cabo de unos segundos, volvió a llamar, más fuerte. La puerta se abrió, y apareció un hombre que la miró con el ceño fruncido.

—¿Quiénes son?

—Deseamos hablar con el señor Keller.

—Pregunto de nuevo: ¿quiénes son?

—La señorita Greene y la señora de Frank Tripp.

El hombre la miró con detenimiento y después miró a Mamie.

—Esperen aquí. —Cerró la puerta con sequedad.

—Me debes diez favores a cambio de esta conversación —susurró Mamie.

—De acuerdo —replicó Justine, que puso los ojos en blanco—. Tú quédate callada. Deja que sea yo quien hable.

El hotel Hoffman House era uno de los mejores de la ciudad, donde se alojaban actores famosos y duques ingleses. También era el lugar donde los hombres de Tammany Hall se reunían para conspirar y planear su dominio sobre la política y los negocios de Nueva York.

Justine se había enterado, a través de uno de los abogados de la asesoría de ayuda jurídica, de que el señor Keller, el segundo al mando de Tammany Hall, se encargaba de los nombramientos del departamento de policía. También se había enterado de que el señor Keller se reunía todas las tardes en un salón del hotel Hoffman House para celebrar un largo almuerzo de negocios.

No se había molestado siquiera en intentar conseguir una cita. El señor Keller no habría accedido a reunirse, y pillarlo desprevenido, antes de que tuviera tiempo de pensar argumentos en contra, le parecía un plan más sensato.

—No me gusta lo reservada que te muestras con esto —masculló Mamie.

No le había contado nada a su hermana sobre sus intenciones de ese día. En primer lugar, porque habría intentado disuadirla. En segundo lugar, porque se lo habría dicho a Florence, que habría intentado disuadirla también.

Sin embargo, no había querido ir sola. El señor Keller podría haberse hecho una idea equivocada al ver llegar a una mujer soltera y sola, muy equivocada. Aunque se saltara el decoro para llevar a cabo sus propósitos en la zona baja de la ciudad, había momentos en los que era importante ceñirse a él.

Ese día quería presentar a la señorita Justine Greene, hija del señor Duncan Greene, como firme candidata al Departamento de Policía Metropolitana de Nueva York.

Había sopesado la idea de pedirle a Jack que la acompañase, pero la descartó al punto. Podía hacerlo sola. Llevaba años cuidándose sola. El mero hecho de que él la besara de vez en cuando no significaba que pudiera molestarlo con cada problemilla que se le presentara. Seguro que él tenía un millar de problemas al día. Se negaba a echarle encima los suyos.

Todavía no habían discutido la situación entre ellos. A ella le gustaba (mucho, en realidad), pero solo era un amigo. Aunque él no le había pedido nada más, no estaba preparada para nada serio. Quizá dentro de unos años. Sus encuentros eran divertidos y satisfactorios..., y eso era todo lo que se permitía pensar por el momento. Ya se ocuparía de las preocupaciones en otro momento.

Clavó la mirada en su hermana.

—Relájate, no es nada peligroso.

—¿Está relacionado con algún caso de la asesoría de ayuda jurídica?

—No directamente.

—Recuérdame que te estrangule cuando nos vayamos. Te juro que no volveré a acompañarte a menos que sepa...

La puerta se abrió una vez más, y apareció el mismo hombre.

—Pasen.

Justine entró en el salón, donde descubrió a un grupo de seis hombres reunidos. Vio que estaban apagando los puros y que apartaban los vasos de *whisky*. Todos se pusieron en pie, pero solo uno se adelantó. Era de baja estatura, con una barba que resaltaba sus ojos oscuros.

—Señorita Greene, señora Tripp. Soy el señor Keller.

—Señor Keller. —Justine se adelantó con la mano estirada, que el hombre le estrechó—. Gracias por recibirnos.

—No es frecuente que mujeres como ustedes soliciten verme. Por favor, tomen asiento.

Los demás hombres presentes se marcharon, salvo el que había abierto la puerta. Mamie y ella se sentaron, al igual que el señor Keller, que les preguntó:

—¿En qué puedo ayudarlas?

—Trabajo con mi hermana, la señora Tripp, y mi cuñado en la Asesoría de Ayuda Jurídica del Lower East Side —comenzó Justine.

—Soy consciente —repuso él—. Se han labrado una buena reputación en su campo. Conozco al señor Tripp desde hace mucho tiempo.

Mamie no pareció sorprenderse lo más mínimo al oírlo. Todo el mundo conocía a Frank Tripp.

—Incluso antes de ese trabajo —siguió Justine—, pasé bastante tiempo en la zona sur de la ciudad, ayudando a las personas a través de diversas organizaciones y entidades benéficas. Aunque he tenido cierto éxito, en muchas ocasiones ha sido difícil obtener resultados duraderos sin una autoridad que me respalde.

—Esa no es la impresión que tengo. Hablan de usted como si fuera capaz de obrar milagros.

—Una visión generosa en el mejor de los casos. Podría conseguir mucho más si la ciudad me otorgara cierta autoridad.

—¿Cómo?

—Deseo unirme al cuerpo de policía. No como gobernanta. Me gustaría llevar una placa e investigar casos. Con plenos poderes para hacer arrestos.

Mamie se quedó inmóvil; pero, por suerte, no dijo nada. El señor Keller se limitó a acariciarse la barba y a mirarla fijamente.

—No lo entiendo. He oído que trabajaba con Mulligan.

Justine abrió la boca y la volvió a cerrar. ¿Cómo había llegado esa información hasta ese hombre?

—Yo no... Quiero decir que no trabajamos juntos. El señor Mulligan y yo somos amigos, y hemos colaborado recientemente en algunos proyectos. Sin embargo, dichos proyectos ya se han terminado.

—Ah. ¿Lo sabe Mulligan?

Frunció el ceño al oírlo, ya que no sabía qué importancia tenía eso.

—Creo que sí. Y es un tema que no tiene nada que ver con lo que le estoy pidiendo.

—Sí que tiene algo que ver, pero vamos a dejarlo de momento. Es usted consciente de que no hay mujeres agentes de policía en el departamento.

—Pues sí. Sin embargo, hay muchos casos de los que las mujeres podrían encargarse en exclusiva.

—Lo que sugiere les quitaría puestos de trabajo a los hombres, unos hombres que tienen familias a las que mantener. ¿A quién tiene usted que mantener exactamente?

—Esa no es la cuestión.

El señor Keller negó con la cabeza, como si fuera una niña incapaz de entender a los adultos que la rodeaban.

—Esa es justo la cuestión. Usted desea ocupar el lugar de un hombre, de un hombre sin los recursos y privilegios de su familia, y dejarlo sin trabajo.

—Pero hay casos que no se investigan porque el departamento no tiene los recursos o la capacidad para hacerles un seguimiento.

—¿Cuáles?

—Maridos que abandonan a sus esposas. Cuestiones laborales relacionadas con las mujeres y los niños.

Keller torció el gesto.

—¿Acaso cree saber más que yo sobre cuestiones laborales, señorita Greene? Nosotros supervisamos los sindicatos de esta ciudad. ¿Le parece que no hacemos un trabajo lo bastante bueno?

La situación empeoraba por momentos. Era evidente que el señor Keller no entendía lo que le estaba planteando.

—¿Y qué pasa con los maridos que abandonan a sus esposas?

—Un asunto familiar en el que la policía no debería interferir.

Justine sintió que le ardía la piel y que la frustración le corría por las venas. En circunstancias normales, no tenía problemas para mantener la calma, pero ese hombre le provocaba deseos de ponerse en pie de un salto y gritar.

Mamie debió de percibir su estado de ánimo, porque intervino diciendo:

—Señor Keller, mi hermana no está sugiriendo que reemplace a un hombre en el departamento. Está pidiendo que la añadan, que le permitan unirse a ellos, no sustituir a nadie.

—Señora Tripp, con todo el respeto para usted y para su marido, pero no nos estamos refiriendo a la clase de hombres que desean trabajar codo con codo con una mujer. Su trabajo a menudo es peligroso. ¿Cómo vamos a garantizar la seguridad de todos si están preocupados por tener entre ellos a una mujer histérica?

—Es posible que Justine sea capaz de cuidarse a sí misma. La he visto en muchas situaciones, en todo tipo de barrios, y ni una sola vez ha sucumbido a la histeria ni de lejos.

—Servir sopa y repartir panfletos difícilmente puede calificarse como la clase de trabajo que haría como agente de policía.

Mamie entrecerró los ojos al oír el tono condescendiente de su voz.

—Sí, aceptar sobornos y mirar hacia otro lado ante el crimen requiere de una habilidad especial.

La temperatura de la habitación cayó en picado. La expresión del señor Keller se endureció; sus ojos adoptaron una expresión fría.

—Estoy seguro de que a nuestros agentes no les haría gracia enterarse de esa opinión de su trabajo.

Justine se apresuró a calmar las aguas con otra táctica.

—Señor Keller, las mujeres suponen casi la mitad de la población de la ciudad. Deberíamos tener algún tipo de representación en el cuerpo de policía.

—Sí que la tienen. Hay gobernantas, y eso sin mencionar que muchos de los agentes están casados.

—¿Que están casados? ¿Y eso en qué ayuda exactamente?

El señor Keller agitó una mano.

—Ya sabe, de la misma manera que la señora Tripp ayuda a su marido en la asesoría. Un apoyo que ofrece sugerencias cuando él lo requiere, un hombro reconfortante en casa.

—¿Un apoyo? —repitió Mamie casi a voz en grito—. Soy más que un apoyo que le ofrece sugerencias a mi marido.

—Nada más lejos de mi intención que ofenderla, señora Tripp. Pero, señorita Greene, seguro que ahora puede ver que la naturaleza excesivamente emocional de una mujer no tiene cabida en el cuerpo de policía. Los policías se basan en la ciencia y la lógica, materias por las que los hombres sienten una inclinación más natural. —Se puso en pie y se metió las manos en los bolsillos del pantalón—. Con el tiempo, llegará a ver que es lo mejor.

Justine se levantó, con los hombros encorvados por la sensación de derrota. Mamie parecía estar en un tris de arrancarle la barba a ese hombre. Justine le dirigió una mirada de advertencia antes de encarar al señor Keller una vez más.

—Le imploro que hable con el detective Ellison en la jefatura de policía. Él y yo hemos colaborado en varios casos, y le puede hablar de mi relevante experiencia.

La expresión del señor Keller no cambió.

—Eso no será necesario. No puedo recomendarla para el departamento. Ni Tammany Hall ni yo sacaríamos nada, salvo tener que aguantar el descontento del resto de agentes de policía.

—Ha sido una pérdida de tiempo —le dijo Mamie a Justine—. Vámonos.

Justine soltó el aire y clavó la mirada en el suelo mientras la cabeza le daba vueltas. ¿Cómo iba a luchar contra esas ideas anticuadas sobre las mujeres y el trabajo? ¿Su sexo quedaría para siempre reducido al trabajo como secretaria y como dependienta en unos grandes almacenes?

—Se equivoca, señor Keller. Las mujeres y los niños están sufriendo en esta ciudad, los están abandonando porque nadie vela por ellos. Algún día, y espero que sea pronto, las mujeres conseguiremos el voto, y entonces los hombres tendrán que responder ante nosotras.

—No se ofenda, pero espero que antes se congele el infierno. —Hizo una reverencia—. Señora Tripp, salude a su marido de mi parte. Y, señorita Greene, dele recuerdos a Mulligan.

Justine se dirigió a la puerta, sin la menor intención de darle recuerdos a Jack. Aunque pensaba verlo de inmediato... y al señor Keller no le iban a gustar los resultados.

Jack miró al hombre de O'Shaughnessy con los ojos entrecerrados.

—No te importa que lo cuente, ¿verdad?

Whip, que así se llamaba el recadero, no dijo nada, pero lo miraba con los ojos llenos de resentimiento. Jack casi suspiró. «La juventud de hoy en día no sabe lo que es el respeto...».

Separó las asas del maletín que le había entregado Whip. En su interior había un buen montón de billetes. ¿Bastaría? Si O'Shaughnessy creía que iba a aceptar un solo centavo menos de lo que le habían robado, estaba muy equivocado.

—Siéntate, Whip. Cooper te preparará una copa. Debería acabar con esto en poco tiempo. —Nadie contaba dinero más rápido que él.

Cooper no le ofreció opciones para elegir, se limitó a llenar un vaso con *whisky* y a colocarlo sobre su mesa, mientras Jack contaba el dinero con Rye a su espalda, apoyado en la pared. Nadie habló. Salvo él, nadie se movió. La tensión flotaba en el ambiente y todos se preparaban para que sucediera un desastre en cualquier momento. Intentó no pensar en eso mientras contaba.

La verdad, no quería una guerra con el irlandés. La habría si lo provocaba o lo presionaba, pero no disfrutaría la situación. No como hacía unos años; en fin, más bien unos meses antes sí habría disfrutado del desafío. Pero entrar en guerra con O'Shaughnessy pondría en peligro todo lo que había construido, por no hablar de todos los que formaban parte de su vida. Eso incluía a una hermosa y cautivadora benefactora.

O'Shaughnessy no dudaría en utilizar a Justine para hacerle daño, y solo Dios sabía lo que sufriría en malas manos. Sería incapaz de vivir consigo mismo si le sucedía algo. La mera idea le provocaba un pánico atroz.

De modo que debía mantenerla a salvo. Pasara lo que pasase. Si las cosas con el irlandés se ponían serias, la sacaría de la ciudad una temporada. A ella no le haría gracia, pero tampoco le daría alternativa. Tal vez una corta estancia en un convento tranquilo, donde la fealdad de su vida no pudiera rozarla. ¿Cómo podría oponerse a eso?

Si Trevor O'Shaughnessy se parecía en algo a él, seguramente ya había empezado a planear para hacerse con el control. Tendría que poner a todos sus hombres en alerta, y también tendría que mandar a sus informantes por si podían averiguar algo. Con Justine correteando por los barrios bajos, no podía poner en peligro su seguridad esperando a ver qué hacía Trevor. Necesitaba atajar la amenaza antes de que fuera a mayores.

«¿Por qué todas tus decisiones giran en torno a Justine de un tiempo a esta parte?».

Se desentendió de la voz de su cabeza. Le hizo caso omiso. No podía negar su necesidad de mantenerla a salvo. Era vital para su paz mental. Como la casa que tenía en Bond Street y las cuentas bancarias que nadie conocía. Esas cosas le permitían dormir por la noche.

Terminó con el último montón.

—Está todo. —Se puso en pie—. Y con esto se acaba la visita, Whip. Ojalá que la hayas disfrutado tanto como yo.

El muchacho se levantó sin mediar palabra y se dirigió a la puerta. Jack levantó una mano y Cooper le cortó el paso de inmediato. Jack se levantó y se acercó al muchacho hasta quedar casi pegado a él. Lo agarró de un hombro y dijo en voz baja:

—Dile a O'Shaughnessy que será mejor que esto no vuelva a ocurrir.

Whip se tensó, pero no respondió. Justo cuando Jack lo soltó, la puerta se abrió de golpe y golpeó a Cooper en la espalda. Se oyó decir a una voz femenina:

—¡Ay, por Dios! Perdón. No sabía que había alguien.

¡Justine!

¿Qué hacía ella allí? Y lo más importante, ¿cómo había llegado a su despacho sin que la anunciaran?

Cooper se apartó y Justine entró, momento en el que echó un vistazo por la estancia.

—Buenas tardes —saludó con gesto amable a Whip. En vez de responder, el muchacho se escabulló por la puerta entreabierta y se perdió por el pasillo. Después de que Jack le dirigiera una miradita, Cooper lo siguió. No les convenía que el enemigo se entretuviera, mucho menos con Justine en el club.

—Averigua quién está en la puerta principal —le dijo Jack a Rye con una mirada elocuente.

—¿Es por mí? —Justine los miró—. Porque si ese es el caso, he entrado por la cocina.

Jack frunció el ceño. Eso era peor.

—Me ocuparé de ello —dijo Rye al percatarse de su expresión, tras lo cual salió a toda prisa.

Una vez solos, Jack se concentró en ella por completo. La falda marrón y la camisa blanca eran insulsas y prácticas, pero ella seguía pareciendo maravillosa a sus ojos.

—No es que me disguste verte, pero ¿por qué por la cocina? ¿Creías que te iban a rechazar en la puerta?

—No quería que todo el mundo supiera que estaba aquí. —Clavó la mirada en el suelo, negándose a mirarlo a los ojos. El cuello se le había teñido de un delicioso rubor.

¿Qué estaba pasando?

Si no la conociera, diría que estaba avergonzada. Y ¿por qué quería mantener en secreto su presencia en el club?

En ese momento, lo comprendió. ¿Había ido para mantener el encuentro vespertino del que habían hablado? La lujuria lo abrumó y se le clavó en las entrañas. No había esperado que fuera tan pronto, pero estaba dispuestísimo.

Se acercó a ella, le colocó una mano en la cadera y la pegó a su cuerpo. Justine encajaba a la perfección, toda ella dulce y suave, llena de curvas femeninas. Su interior se calmó por completo, encontró su lugar. Su mente también se tranquilizó, ya no funcionaba a toda velocidad por las preocupaciones, el dinero y las cosas que tenía que hacer. Se concentró solo en ella, desde el pulso que le latía frenético en la base del cuello hasta los sedosos mechones que enmarcaban ese bello rostro. Pegó la boca a la suya y susurró:

—¿Vamos a Bond Street, *cara*? Allí puedo tenderte en mi cama y darme un festín contigo hasta que caiga el sol.

—Sí —susurró ella, aunque después pareció recuperar el control—. Quiero decir que no.

—¿No?

—No, no he venido por eso. —Se apartó de él—. Quiero decir que tal vez haya venido por eso, pero más tarde. Después de que hablemos.

—¿De qué tenemos que hablar?

—¿Nos sentamos o...?

Era una nueva faceta suya, la indecisión. Era evidente que algo se le escapaba.

—Por supuesto. ¿Te apetece una copa?

—Lo mismo que tú te sirvas. —Se sentó en un sillón y empezó a juguetear con las faldas.

Aquello también era inusual. Por regla general, se mostraba confiada y le decía lo que iba a hacer y cuándo. Sirvió dos cervezas y colocó los vasos fríos en su mesa.

—Aquí tienes. —Se dejó caer en el sillón a su lado—. Pruébala. Es una de las cervezas que espero vender en todo el país.

Justine se llevó el vaso a la boca. Después de beber, la espuma le cubrió la delicada curva del labio superior, que se lamió con la punta de la lengua. «¡Ay, esa lengua! ¡Cómo la he echado de menos!».

—Está buena —dijo ella—. Normalmente no me gusta la cerveza.

Jack sonrió y bebió un sorbo de la suya. Su reacción era justo la que le indicaba que esa cerveza los haría muy ricos a todos.

—Ahora, dime, ¿a qué debo el placer de tu compañía esta tarde?

Justine soltó el vaso y entrelazó con fuerza las manos en el regazo.

—Necesito un favor.

«¡Madre del amor hermoso!», pensó al oír esas palabras. El placer tan increíble que experimentó al oírlas brotar de su boca debería avergonzarlo. En el pasado, la había engatusado y había regateado con ella. En ese momento, Justine le pedía ayuda sin más. Su relación había dado un vuelco, y la victoria era satisfactoria a más no poder.

Se esforzó por mantener el rostro completamente impasible.

—¿Y de qué se trata, *mon ange*?

—Quiero convertirme en la primera mujer detective de la policía de Nueva York.

—No, no quieres. —Hizo ademán de levantarse—. Podemos usar el túnel para ir a mi casa o...

Ella le colocó una mano en un brazo para detenerlo.

—Sí que quiero.

Jack se sentó de nuevo y bebió otro sorbo de cerveza mientras buscaba las palabras para expresarse lo mejor posible.

—Sé cómo suena esto viniendo de mí, pero todos los policías son criminales, y encima malos. No te conviene unirte a sus filas corrompidas e inmorales.

—No todos son criminales. Y aunque así fuera, yo no sería una criminal. Podría hacerles mucho bien a las mujeres y a los niños de esta ciudad.

—Ya les haces mucho bien a las mujeres y a los niños de esta ciudad. De hecho, casi nunca dejas de hacer el bien.

—¿No te das cuenta? Si tuviera una placa y autoridad real, no necesitaría...

Cerró de golpe la boca cuando por fin lo entendió. La decepción le quemó el pecho y la revelación fue como un atizador candente. Se obligó a decirlo en voz alta.

—No me necesitarías.

—No me refiero a eso. No necesitaría a nadie. Ni al detective Ellison ni a mi padre. Ni siquiera a mi cuñado. Podría cambiar las cosas de verdad en esta ciudad.

No la creyó, pero lo dejó pasar. Además, ¿no había pasado suficiente tiempo con él para ver cómo funcionaban en realidad las cosas en Nueva York?

—No dejo de repetirte que los policías no son quienes cambian esta ciudad.

—Pero no siempre será así. ¿No se beneficiaría el cuerpo si las mujeres investigaran los tipos de delitos que los hombres se niegan a tocar?

—¿El tipo de casos que ya estás investigando? —Pensó en el dueño de la fábrica, el señor Bay. En Von Briesen y en Gorcey—. ¿Te refieres a eso?

—Sí.

—Si crees que una placa impone respeto y te puede facilitar las cosas, detesto tener que decepcionarte al contarte la verdad.

—No me lo creo. He visto cómo responde la gente al ver al detective Ellison, porque él puede respaldar sus palabras con la amenaza de la cárcel.

—Pero tú no eres el detective Ellison.

—Lo sé, pero sería mejor que lo que tengo ahora. Que no es nada.

«No —quería decirle—. Me tienes a mí».

Aunque no podía decírselo. Desde luego, Justine no deseaba que lo hiciera, no después de haber declarado su deseo de librarse de él. Además, O'Shaughnessy seguramente estaba planeando hacerlo desaparecer en ese preciso momento. Lo mejor para ella era irse de allí y no volver jamás.

Claro que no pensaba dejarla marchar. Al menos, no de momento. Todavía no habían terminado con lo que fuera que había entre ellos.

Se puso en pie de repente y se dirigió a la mesa, con las manos metidas en los bolsillos. Todo su ser le decía que se negara. Que la mantuviera atada a él con fuerza. Sin embargo, ¿cómo no darle todo lo que quería, aunque eso la alejase de él?

En los ojos de Justine brillaba la esperanza; lo miraba como si él pudiera hacer cualquier cosa. Como si pudiera solucionar cualquier problema. Eso hacía que se sintiera el hombre más poderoso del mundo, un dios entre los hombres. Daría toda su fortuna con tal de no decepcionarla.

Contuvo un suspiro y asintió con un gesto de cabeza.

—Hablaré con un tal Keller. Él se encarga de estas cosas.

—Vengo de reunirme con él.

Intentó que no se le notara la sorpresa que sentía.

—¿Te has reunido con Keller?

Ella tragó saliva con fuerza.

—Me dijo que no. Que le quitaría el trabajo a un hombre que necesitaba mantener a su familia. Ha sido...

—¿El qué?

La ira le demudó el semblante, y en sus labios apareció un rictus duro y furioso.

—Condescendiente y horrible. Y muy engreído.

Keller era todas esas cosas, desde luego.

Y añadió:

—Me dijo que te diera recuerdos.

Interesante. Eso significaba que su asociación con Justine no había pasado desapercibida para los chicos de Tammany Hall. Aunque no sabía por qué les importaba. Lo que sí sabía era que Keller respondería por irritar a esa gloriosa criatura. A su benefactora.

—¿Lo quieres de verdad?

—Sí.

—Pues considéralo hecho.

Ella movió los labios, pero no brotó sonido alguno de su boca. Finalmente, dijo:

—¿Así sin más? ¿No tienes que hablar antes con Keller?

—¿De verdad crees que me va a rechazar?

—No. —Ella torció el gesto mientras lo miraba con una sonrisa juguetona—. ¿Ahora es cuando me dices que debería haber acudido a ti en primer lugar?

Jack se acercó y la ayudó a levantarse del sillón. Aunque estaban cerca, no se apartó de ella. En cambio, le acarició la suave piel de la garganta con la yema del pulgar.

—No voy a negar que me gusta cuando necesitas mi ayuda, pero detesto regodearme en lo que ya ha pasado. Hiciste lo que creías correcto en ese momento. —Le pegó los labios a una mejilla y dejó un reguero de besos por su frente, por la comisura de los labios... Besos fugaces con los que familiarizarse de nuevo con el sabor y el tacto de su piel—. Y hay cosas mejores de las que discutir, como que me gustaría llevarte a mi dormitorio, donde haré que te corras muchas veces.

Justine se agarró a él y le clavó los dedos en el pecho.

—Estoy a favor de mantener esa discusión.

—Pues sígueme.

18

La cálida luz de la tarde entraba por las ventanas del dormitorio mientras la desnudaba. Lo hizo despacio, prolongando el momento, con la clara intención de enloquecerla. Como si cada centímetro de piel que quedaba expuesto fuera un territorio nuevo que debía ser explorado por sus manos, su boca y sus labios. Justine se sentía arder por culpa de un anhelo tan intenso y feroz que apenas podía mantenerse en pie. Cuando Jack le quitó el corsé, estaba jadeando y sentía los latidos del corazón retumbándole en los oídos.

Él, en cambio, siguió vestido; algo de lo más irritante. Porque ansiaba tocarlo, investigar los músculos y los contornos que escondía ese elegante traje. Por no mencionar que también quería enloquecerlo. Dejarlo tan alelado como lo estuvo en el carruaje, cuando se corrió en su boca. Apretó los muslos al pensarlo, en un intento por aliviar el doloroso deseo que la embargaba.

Su camisola acabó en el suelo, seguida poco después por los calzones. Antes de que pudiera preocuparse por su desnudez, Jack la tumbó en la cama y se colocó a su lado. Deslizó uno de esos poderosos muslos entre sus piernas e hizo presión en sus zonas más íntimas, que reaccionaron con el roce de la tela. Acto seguido, esos luminosos ojos azules la recorrieron de arriba abajo.

—Eres preciosa —murmuró él mientras le acariciaba un pecho—. Creo que he muerto y he ido al cielo.

Justine se incorporó un poco y se apoderó de sus labios. Él se quedó inmóvil durante medio segundo antes de devolverle el beso, al tiempo que le ponía una mano en la nuca para colocarle la cabeza en el ángulo perfecto a fin de introducirle la lengua en la boca. Tenía la impresión de que no podía pegarse a él todo lo que necesitaba hacerlo mientras sus lenguas se enzarzaban en un duelo y sus jadeos resonaban en el silencioso dormitorio. Estar unida a él le parecía esencial para sobrevivir. No había reflexión alguna ni pensamiento consciente más allá del necesario para decir «más» y «sí».

El deseo palpitante que sentía entre los muslos se volvió más exigente, de modo que alzó las caderas. El movimiento hizo que se frotara con la tela del pantalón donde más lo deseaba mientras el peso de esa pierna la mantenía anclada en su sitio. ¡Por Dios! Vio estrellitas detrás de los párpados al tiempo que el placer se expandía por su interior. Repitió el movimiento y jadeó, momento en el que se separó de sus labios para tomar aire.

—Sigue —le susurró él contra el cuello—. Córrete con mi pierna.

Le colocó una mano en la cadera para alentarla a seguir y después se inclinó para lamerle y chuparle un pezón. Cada chupetón le provocaba una especie de onda que se extendía por todo el cuerpo. Sin reflexionar siquiera, empezó a moverse, a alzar las caderas, para seguir frotándose, lo que aumentó el placer. Tenía que seguir haciéndolo para satisfacer el intenso deseo que la corroía.

Cuando perdió el ritmo, Jack tomó el relevo y empezó a mover la pierna hasta que ella comenzó a estremecerse sin control. Gimió, presa de los espasmos de un clímax que no parecía tener fin. Una vez que se recuperó, se asombró al darse cuenta de lo rápido que había sucedido todo. Jack casi ni la había tocado.

—Ha sido lo más excitante que he visto en la vida —le dijo él, tras lo cual la besó como si no pudiera saciarse de ella. Como si fuera el aire que necesitaba respirar—. Estoy deseando verte hacer eso de nuevo.

Esa reacción alivió cualquier vergüenza que Justine pudiera haber sentido.

—Eso será en otro momento. Ahora mismo quiero explorarte —replicó al tiempo que trataba de quitárselo de encima para desnudarlo.

—Todavía no. —Jack le acarició el lóbulo de una oreja con los dientes y después descendió por el cuello—. Quiero probarte primero. Hacer que te corras con mi lengua.

¡Por Dios, ella también quería que lo hiciera! Mucho. Jack era un portento con la boca. Pero, en ese momento, le interesaba otra cosa, algo más importante.

Algo en lo que llevaba pensando bastante tiempo.

—Jack, desnúdate. Por favor. Quiero... sentirte dentro de mí.

Esos ojos hipnóticos la miraron sin parpadear.

—¿Estás segura? Hay muchas otras formas de darse placer mutuamente. No tenemos por qué...

—Quiero hacerlo. Con desesperación. A menos que no quieras, claro. —No había considerado esa posibilidad, pero era posible que él no quisiese—. ¿Hay alguien más?

—Justine, no. Desde luego que no, y claro que quiero follarte. Solo necesito que estés segura.

Con Jack no había bonitos eufemismos. Aunque tenía un piquito de oro, en esos asuntos se mostraba de lo más deslenguado. Y a ella le gustaba. Era real y rudo, un hombre al que media ciudad temía. Para ella, sin embargo, era su caballero andante, con una armadura abollada, pero impenetrable.

Confiaba en él. Para mantenerla a salvo, para cuidarla. Para que matara a sus dragones. Sin importar lo que pasara entre ellos en el futuro, no se arrepentiría de haber compartido su cama.

Le cubrió una mejilla con la palma de una mano, sin intentar ocultar sus emociones.

—¿Alguna vez me has visto insegura de algo?

Jack se rio, y le pareció tan guapo y despreocupado que empezó a sentir palpitaciones.

—Cierto. Eres una mujer que sabe lo que quiere. —Su sonrisa desapareció—. Esto no será una especie de pago por hablar con Keller, ¿verdad?

La idea ni siquiera se le había ocurrido.

—No, desde luego no. Yo jamás... —«Jamás me acostaría contigo como forma de pago por un favor». Ni siquiera pudo completar en voz alta la repulsiva idea.

—No me lo parecía, pero hay quienes lo han intentado. Lo siento.
—Esbozó una sonrisa torcida—. Por un breve segundo, se me ha olvidado que tengo en la cama a la mujer más noble y honesta de la ciudad. Ábrete de piernas para mí, *chérie*.

Lo obedeció, tratando de no pensar en las otras mujeres de su pasado. Hasta que sintió que le acariciaba los pliegues con los dedos, la húmeda entrada de su cuerpo, y todas las preocupaciones desaparecieron de su mente. La penetró con un dedo, y sintió la invasión en las paredes internas. El placer que le provocaba el contacto en esa zona tan erógena hizo que echara la cabeza hacia atrás.

—¿Qué pasa con tu ropa? —le preguntó cuando recuperó la capacidad de hablar.

—Pronto —respondió él antes de chuparle un pezón, sin dejar de penetrarla con el dedo una y otra vez—. Antes debemos prepararte.

Las sensaciones que le provocaban su boca y sus manos eran increíbles. Más que increíbles, en realidad.

—Ya estoy preparada —murmuró, tensando los músculos internos en torno a su dedo.

Lo sintió sonreír contra su piel.

—No del todo. No me gustaría hacerte daño.

«Deprisa, deprisa, deprisa», quería decirle. En cambio, sus manos se afanaron con los botones del chaleco para desabrochárselo. Una vez que le resultó imposible seguir, Jack se desabrochó los últimos y se quitó la prenda. A continuación, les llegó el turno a la corbata, al alfiler y al cuello de la camisa. Jack era capaz de concentrarse en varias cosas a la vez, de manera que fue desnudándose sin dejar de tocarla y de lamerla. Si no estuviera tan desesperada, hasta la habría impresionado.

Solo sacó el dedo de su interior para pasarse la camisa por encima de la cabeza, y luego volvió a complacerla. La presión aumentó, porque añadió un segundo dedo.

—Empapada, ardiendo y tan estrecha... Nunca he deseado nada como te deseo a ti.

—Ya —le dijo entre resuellos, ya que apenas si podía tomar aire lo bastante rápido—. Por favor, Jack.

Él no le hizo caso. Le mordisqueó con suavidad un pezón que después procedió a lamerle. Justine gimió, impotente.

Un tercer dedo la hizo elevar las caderas de nuevo, persiguiendo esa dicha que seguía fuera de su alcance. Cuando Jack le acarició el clítoris con el pulgar, arqueó la espalda al tiempo que cerraba los ojos y tensaba todo el cuerpo.

—¡Por Dios!

Cerca. Estaba muy cerca.

Los dedos desaparecieron, porque él se movió para desabrocharse los pantalones y quitárselos con rapidez. Acto seguido, se colocó entre sus piernas, y esos poderosos muslos separaron los suyos aún más mientras se desabrochaba los botoncitos de la ropa interior. La tela se tensaba en torno a su cuerpo, y a Justine se le estaba haciendo la boca agua. Se moría de ganas de probar y tocar toda esa piel.

Una vez que desabrochó la prenda, Jack se la agarró con una mano. Tenía los ojos abiertos de par en par mientras la miraba, allí totalmente expuesta. Se inclinó hacia delante y le colocó la punta en la entrada, aunque en ese momento la miró a los ojos y se detuvo.

—Sabes que puedes cambiar de opinión.

—No lo haré. No lo haré. Por favor, Jack.

Vio que se le movía la nuez al tragar saliva, tras lo cual la penetró. No hubo dolor, solo la plenitud de la invasión. Jack siguió con la mirada clavada allí donde sus cuerpos estaban unidos mientras ella lo observaba. La piel sonrojada, esos abultados músculos... Era un hombre guapísimo.

Y quería verlo desnudo por completo.

Estiró los brazos para desabrocharle los botoncitos de la ropa interior con la intención de quitársela del todo. Sin embargo, él la miró a los ojos y la detuvo con una de sus grandes manos.

—Ahora no.

¿Por qué prefería seguir vestido?

—Quiero tocarte.

—Prefiero ver cómo te tocas.

—¿Cómo? ¿Dónde?

Un brillo picarón iluminó esos ojos azules justo antes de que le agarrara la mano.

—Justo aquí —contestó al tiempo que dejaba sus dedos sobre el clítoris—. Acaríciate para mí.

Sintió la piel en llamas. ¿¡Que se tocara allí... mientras él miraba!?

—Conmigo no existe el concepto de lo que está bien y lo que está mal. Solo lo que te guste. Y esto te ayudará a mantenerte mojada para tu primera vez. —Señaló con la barbilla hacia el lugar donde apenas la había penetrado.

—Ah.

Si eso la ayudaba, ¿cómo iba a negarse? Deslizó la yema de un dedo sobre la tensa protuberancia, y el placer hizo que moviera las caderas, lo que a su vez logró que él la penetrara un poco más.

—Joder —masculló Jack, que cerró los ojos mientras se agarraba con fuerza a sus muslos—. Estoy intentando ir despacio.

Ella no necesitaba que fuera despacio ni que tuviera cuidado. No iba a romperse.

Sus hermanas la consideraban ingenua y débil, pero no lo era. Era valiente y fuerte, una mujer que sabía lo que quería.

Pronto sería la primera mujer con una placa de detective de la policía.

Levantó las caderas una vez más, y Jack se introdujo más en ella. Otra vez y lo sintió hasta el fondo. Sus caderas se tocaron, y él empezó a respirar con dificultad al tiempo que aparecía en su cara un rictus de doloroso placer.

—¡Por Dios! Me estás matando.

De acuerdo. Ya estaba hecho. Jack la había penetrado por completo... y era mejor de lo que había imaginado. Cerró los ojos, dejando que la sensación la inundara. Jack formaba parte de ella. No había dolor, solo la maravillosa plenitud de su invasión que se extendía hacia el resto de su cuerpo.

—¿Estás bien? —le preguntó—. Porque tengo que salir o empezar a moverme.

Ella asintió con la cabeza, incapaz de hacer otra cosa. Jack se apoyó en los brazos y comenzó a moverse en su interior, primero despacio y luego acelerando el ritmo.

—Muévete conmigo —le dijo— mientras te tocas.

Justine introdujo la mano entre los dos y empezó a acariciarse el clítoris mientras él se movía. Se esforzaron a la par, con los cuerpos sudorosos y tensos. Esos ojos azules que la miraban con los párpados entornados no la abandonaron en ningún momento, atentos a sus reacciones. Si ella jadeaba, él gemía, como si su placer intensificara el propio. Sentía que estaban unidos a un nivel que trascendía lo físico, que lo llevaba en lo más hondo del cerebro. Alrededor del corazón. Una parte de ella que en cierto modo jamás había compartido con nadie.

Se estaba enamorando de ese hombre.

La tensión le llegó hasta los dedos de los pies, momento en el que echó la cabeza hacia atrás y el ardiente placer la arrastró a un lugar donde el pensamiento y la preocupación no tenían cabida. Se estremeció y lo abrazó, porque no existía nada más, solo ese hombre fuerte y cariñoso.

—Así —dijo él. Sus embestidas se tornaron bruscas y rápidas, prolongando el orgasmo—. Sí, córrete así. Joder, eres preciosa. No quiero que esto termine —dijo, aunque la frase concluyó con un grito mientras salía rápidamente de ella y se sentaba sobre los talones.

Justine vio que empezaba a acariciarse y, acto seguido, su semen salió disparado, cayéndole sobre el abdomen. Esos grandes hombros se estremecieron, y su expresión se relajó tras el orgasmo mientras ella intentaba recuperarse.

Segundos más tarde, todo había terminado y los únicos sonidos en la habitación eran sus jadeos. Justo cuando estaba a punto de ponerle fin al silencio, Jack la miró.

—Creo que no me había corrido así en la vida.

Ella se mordió el labio, y el cumplido se le coló en el pecho, arropándola como si fuera una cálida manta.

—¿Cuándo podemos volver a hacerlo?

Esa mujer era increíble.

Unos minutos antes se había corrido con tanta fuerza que había estado al borde del desmayo... ¿y quería hacerlo de nuevo? No se lo esperaba. Claro que ¿en qué momento había hecho o dicho Justine algo predecible?

Se cubrió con la ropa interior mientras sonreía y se bajó de la cama. Ella se quedó tendida en el colchón, con el pelo oscuro revuelto y su semen sobre esa piel tan preciosa. Ciertamente, podía llegar a acostumbrarse a esa imagen. Un hombre que fuera mejor que él podría haber sentido remordimientos o culpa por haberle arrebatado la inocencia, pero ese no era su caso. La virginidad no era un trofeo ni una insignia de honor que un hombre tuviera que ganarse. Estaba agradecidísimo de tenerla en su cama, sin importar su nivel de experiencia.

—Creo que es mejor asearte primero. Luego podemos hablar de una segunda ronda. —Echó a andar hacia el cuarto de baño—. No te muevas, gloriosa criatura —le dijo mientras cerraba. Una vez dentro, abrió el grifo y tomó una toalla. El agua estaba helada, así que se desabrochó rápidamente la ropa interior y se lavó en cuestión de segundos, tras lo cual se vistió de nuevo. Con el agua ya caliente, humedeció una toalla y salió para asear a Justine.

Ella no se había movido, y su mirada lo siguió mientras atravesaba el dormitorio. Hincó una rodilla en la cama y le limpió el abdomen con la toalla húmeda.

—Gracias —le dijo Justine.

Jack levantó la cabeza para mirarla a los ojos.

—¿Por qué?

—Por haberte salido. No lo habíamos hablado, lo de evitar un embarazo, pero te agradezco que conservaras la cordura suficiente para acabar fuera.

Jack terminó de limpiarla y arrojó la toalla en dirección al cuarto de baño. Acto seguido, se tumbó a su lado.

—Nunca te dejaría con la carga de un niño no planeado, ni a ti ni a ninguna otra mujer —dijo sin pensar—. Me crie en un burdel y he visto las consecuencias de primera mano.

Justine lo miró fijamente a la cara, pero no atisbó lástima en su expresión. Solo comprensión.

—Por eso no diriges ninguno.

—Exacto. —Siguió la línea de su mentón con el dedo pulgar—. Mi madre era puta.

La vio fruncir un poco el ceño.

—Tu madre se ganaba la vida de la mejor manera a su alcance. Pero ese era su trabajo, no lo que ella era.

Pensó en su madre mientras le leía por la noche. Aunque no tendría más de cinco o seis años, recordaba con claridad el sonido de su voz. Durante el día, lo llevaba al puerto para ver los barcos o al mercado de pescado. O a visitar a los vecinos, para que aprendiera a hablar alemán e italiano. Cualquier actividad que se le ocurriera para «estimular su mente». Fue una mujer inteligente y amable, pero no tuvo muchas opciones para ganarse la vida.

—Tienes razón —le dijo a Justine—. Fue una madre estupenda.

—No lo dudo. Mira cómo has salido. Además, no hay que avergonzar a las mujeres que se dedican a vender favores sexuales. Muchas lo disfrutan. Muchas incluso lo prefieren. Si no me crees, puedo presentarte a algunas de ellas.

—¡Ah! Te creo. Mi madre me lo dijo cuando le pregunté por qué trabajaba en un burdel.

—Parece una mujer inteligente —dijo Justine, que se acercó más a él tras ponerse de costado, de manera que la pegó a su cuerpo.

Nunca se había acurrucado con una mujer en la cama, pero no estaba listo para que aquello terminase. Ella le pasó una pierna por encima de las suyas y le apoyó la cabeza en el hombro.

—¿Qué le pasó?

—Murió. No había nadie que nos cuidara, así que mi hermano y yo nos fuimos. Todavía no había cumplido los doce años.

—Lo siento, Jack. Debió de ser duro perderla a una edad tan temprana. ¿Adónde fuisteis?

—De un lado para otro. En realidad, a ninguna parte. Nos limitábamos a movernos y a luchar. Los muchachos que acaban tan jóvenes en la calle deben dormir con un ojo abierto. Vivía con el miedo constante de que me mataran, me secuestraran o me violaran.

—¿Qué pasó después?

—Que entré en la pandilla de Five Points.

—Y el resto es historia de Nueva York.

Eso le arrancó una carcajada.

—No del todo. Me costó años abrirme camino. Tuve que ganarme la confianza suficiente para convencer a varias pandillas de los barrios bajos de la ciudad de que colaborasen.

—Lo dices como si fuera fácil.

—No lo fue. La gente se resistió al principio. Hubo peleas e intentos de rebelión por el camino. —Pero sobrevivió. A duras penas.

—¿Alguna vez te preocupa lo que pasará dentro de unos años?

«A todas horas», pensó.

—No. ¿Por qué habría de hacerlo? —dijo, en cambio.

—Porque lo que haces es peligroso.

Chica lista.

—Tengo planes para el futuro. —*Qui n'avance pas, recule.*

—Eso es una evasiva.

La besó en la frente con una sonrisa.

—Sí, en efecto. Este no es el momento ni el lugar para hablar de mi futuro. Deberíamos hablar de nuestro presente. Por ejemplo, ¿hasta qué hora puedes quedarte?

—Otra hora, por lo menos. —Le acarició el abdomen y el torso antes de empezar a juguetear con los botoncitos de su ropa interior. Cuando empezó a desabrochárselos, Jack le detuvo la mano y le cubrió el cuerpo con el suyo.

—Permíteme encargarme de ti. —Se inclinó para besarla, pero ella le colocó una mano en un hombro y lo empujó con delicadeza.

—¿Por qué no quieres desnudarte conmigo?

Eso lo sorprendió. ¿Había sido tan obvio?

—Eso es rid...

—Ni se te ocurra decir que es ridículo. Me dijiste que no me mentirías, Jack.

Intentó engatusarla con una sonrisa afable.

—Es tu primera vez y no quiero asustarte.

—¿Qué podría asustarme?

—¿Has visto alguna vez a un hombre completamente desnudo?

—Pues sí —contestó Justine, sorprendiéndolo con la inesperada respuesta, y después se mordió el labio—. No en persona, pero he visto estatuas y Florence tiene unas cartas... La cuestión es que de todos modos no me asustarás.

«Sí que lo haré».

Trazó un camino descendente con una mano, dejando atrás su cintura, y le acarició el suave montículo de vello que tenía entre los muslos. La expresión de Justine se tornó relajada y entornó los párpados. ¡Por Dios, cómo le gustaba verla así! Con los labios hinchados por sus besos y la piel brillante por el sudor. Con los músculos relajados por el placer. Quería mantenerla en su cama durante eones.

—Estás tratando de distraerme.

El comentario lo sobresaltó hasta el punto de apartarse de ella y tumbarse de espaldas sobre el colchón. Justine se colocó sobre él y lo miró fijamente como si intentara desvelar todos sus secretos.

—Contéstame.

El calor le subió por el cuello. La vergüenza. No se había permitido experimentarla desde hacía años.

—Tengo cicatrices, *cara*. Solo parezco perfecto del cuello para arriba.

Al parecer, a ella no le gustó su intento de frivolidad, porque frunció el ceño.

—No he pedido la perfección, ni tampoco la espero. Solo te quiero a ti.

Jack tragó saliva. La vida que había vivido, peligrosa y precaria, se reflejaba en su piel desnuda. Evitaba mirarla siempre que podía.

—Me tienes.

Justine parpadeó varias veces sin dejar de mirarlo a los ojos.

—No, en realidad no es así. —Inclinó el torso hacia delante para colocarle una mano en una mejilla y apoyar la frente en la suya. Guardaron silencio un instante, mientras sus alientos se mezclaban—. Confía en mí, Jack.

La indecisión se agitó en su interior mientras cerraba los ojos. Hacía muchísimo tiempo que no confiaba en nadie, no de esa manera. Sin embargo, Justine no era cualquiera. Era la bondad y la generosidad, el desinterés y la luz. No lo había juzgado en ningún momento por la vida que llevaba. Le había mostrado partes de sí mismo que no le había revelado a ninguna otra persona. ¿Qué importancia tenía revelar un secreto más?

¿Y si la horrorizaba?

En ese caso, lo que fuera que existía entre ellos acabaría más pronto que tarde.

Sin embargo, la idea de decepcionarla le resultaba intolerable. Haría cualquier cosa para complacerla. Punto.

Tras cambiar de posición, se deslizó para salir de debajo del cuerpo de Justine y se sentó en la cama.

—Cuidado con lo que deseas —dijo mientras empezaba a desabrocharse la ropa interior.

Justine no dijo nada, pero sintió su mirada, observándolo. Siguió adelante, tratando de no pensar en lo que ella iba a ver. Los navajazos convertidos en cicatrices irregulares. Las heridas de bala. Los cortes. Empezaban en sus rodillas y se extendían hasta las clavículas.

Se puso en pie y se despojó de la fina prenda. Una vez desnudo frente a ella, clavó la mirada en la pared, justo por encima de su cabeza.

La oyó moverse. Tensó los músculos y se preparó. Ese era el momento en el que ella trataría de decirle que las marcas no eran tan horribles y luego se excusaría para irse. «Es lo mejor», pensó.

Sintió que una caricia tan ligera como una pluma recorría la peor de las cicatrices, la del pecho. Contuvo la respiración y se mantuvo totalmente inmóvil. Luego sintió otra suave caricia sobre el abdomen. Y en una cadera. Hasta el hombro. Unos dedos audaces que exploraban su piel sin rehuir la fealdad.

Sintió una opresión en el pecho, una emoción más fuerte que cualquier otra que hubiera experimentado en la vida. Abrumadora y desconcertante. ¿Cómo era posible que no estuviese horrorizada?

Los labios de Justine siguieron el camino de sus manos, y sintió que le flaqueaban las rodillas. Se le aceleró el corazón mientras ella le dejaba una delicada lluvia de besos por todo el cuerpo, como si estuviera aliviando las viejas heridas.

—Eres un guerrero —la oyó susurrar—. Un superviviente. Nunca te avergüences de eso, Jack.

Sus pulmones eran incapaces de hacer pasar el aire para superar el nudo que tenía en la garganta. Justine hacía que se sintiera normal, como si no hubiera vivido una vida de crueldad y violencia. Como si no mereciera cada una de esas cicatrices para expiar sus pecados. La ternura que experimentó en ese momento fue más grande que él y que el dormitorio donde estaban. Un sentimiento que amenazaba con consumirlo. Ya tenía una erección completa, solo necesitaba sus caricias y su cercanía para que se le pusiera dura, pero no buscaba solo aliviar el deseo. Quería devorarla. Arrastrarse hasta su interior y no salir nunca.

Tras agarrarle el pelo, le echó la cabeza hacia atrás y se apoderó de su boca. Fue un beso frenético y brutal. Sus labios no dejaron de moverse con desesperación. Justine se lo devolvió con entusiasmo y con el mismo frenesí. Y menos mal. Porque la necesitaba. En ese preciso momento.

Le tomó un pecho con una mano y le apretó el pezón con delicadeza.

—¿Te duele?

—No. —Justine jadeó y arqueó la espalda para facilitarle la labor—. Por favor, Jack.

La llevó hasta la cama, la dejó en el borde del colchón y se colocó entre sus muslos. Ella observó con los párpados entornados cómo la penetraba. Estaba tan mojada que no hubo resistencia. Su ardiente estrechez lo rodeó mientras se introducía en ella hasta el fondo, y el placer aumentó porque era ella. Justine. Su pequeña benefactora de corazón puro. Una mujer que no merecía, pero que lucharía hasta la muerte por mantener a su lado.

—¡Por Dios Bendito! —susurró ella mientras se agarraba a las sábanas con las manos.

—¿Te estoy haciendo daño?

—¡No! Es mejor que antes, y me parecía imposible.

Se inclinó sobre ella, desesperado por sentir su piel contra la suya.

—Rodéame con las piernas —le dijo y, cuando lo obedeció, la cubrió con su cuerpo, apoyándose en las manos—. Está a punto de mejorar todavía más.

Sin decir nada más, procedió a demostrarle exactamente lo que quería decir.

19

Justine entró en la Asesoría de Ayuda Jurídica del Lower East Side sobre las diez. Tenía la intención de levantarse antes, pero las enérgicas horas que compartía con Jack empezaban a pasarle factura. Durante esa última semana, habían estado juntos todas las tardes y regresaba a casa a la hora de la cena. Sus hermanas no habían vuelto a mencionarlo, y ella no les había dado la menor información. No era de su incumbencia.

De todos modos, no lo aprobarían. La creían ingenua, tonta e incapaz de lidiar con un hombre como Jack. Una idea de lo más ridícula. El día anterior, él mismo se había quejado de que apenas era capaz de seguirle el ritmo, y no al revés.

Sonrió para sí misma mientras atravesaba la sala de espera. Encajaban muy bien, y nunca se había sentido más cerca de otra persona. Le encantaban las horas que pasaban en su casa de Bond Street, completamente aislados del resto del mundo. Era atento y dulce, una fuerza de la naturaleza cuando deseaba algo..., normalmente a ella.

¿Cómo iba a quejarse?

—¡Señorita Greene!

Se giró al oír la voz y observó las caras de los clientes que aguardaban en la estancia. Una mujer que reconoció se acercó a ella.

—Señora Gorcey, buenos días. —Su sonrisa se desvaneció al instante cuando vio la expresión de la mujer—. ¿Qué ocurre?

—Es mi marido —contestó.

Justine le agarró una mano.

—Venga conmigo. Iremos a un lugar privado para hablar. —Tras hacerle un gesto con la cabeza a la señora Rand, la secretaria, Justine llevó a la señora Gorcey al interior. Justo cuando estaba a punto de entrar en un despacho vacío, su cuñado apareció por el otro extremo del pasillo.

Frank frunció el ceño mientras las miraba.

—Señora Gorcey. Creía que las cosas estaban resueltas.

—No —lo contradijo la mujer, que unió las manos—. La señora de la entrada me ha dicho que no tiene dinero para mí.

Frank estiró el brazo para señalar el despacho vacío.

—Por favor, siéntese.

Los tres se sentaron.

—Cuénteme qué ha pasado —le pidió Justine a la mujer.

—Bueno, tal y como dispusieron usted y el señor Mulligan, el dinero de mi esposo debía llegar aquí todas las semanas. Al principio, no hubo problema. Pero la semana pasada, nada. Y esta semana otra vez nada. —Se le llenaron los ojos de lágrimas—. No sé qué hacer, señorita Greene. Necesito ese dinero para comprar comida. Para pagar el alquiler.

—¿Por qué no me lo dijo la semana pasada?

—No quería molestarla. El señor Mulligan y usted ya han hecho mucho por mí.

Los dedos de Frank tamborileaban sobre la mesa, pero se había sumido en un elocuente silencio. Justine le hizo caso omiso y se acercó a la señora Gorcey para estrecharle la mano.

—Esta misma tarde, obtendré respuestas. Sé dónde encontrarlo. Tendrá su dinero pronto, se lo prometo.

—¡Ay, gracias, señorita Greene! No quería molestarla, pero no sabía a quién más recurrir. Y no me parecía bien visitar al señor Mulligan yo sola.

—No, desde luego que no. Ha hecho usted lo correcto. Esta misma tarde iré a llevarle su dinero.

La señora Gorcey pareció aliviada por la noticia.

—Gracias por su ayuda. Que Dios la bendiga, señorita Greene.

Frank se puso en pie y le retiró la silla.

—Gracias por venir, señora Gorcey. Me alegro de que la Asesoría de Ayuda Jurídica del Lower East Side pueda ayudarla.

La mujer asintió con la cabeza y se despidió de ellos. Justine se dirigió a la puerta, dispuesta a zanjar lo que iba a hacer en la asesoría lo antes posible para ir a ver a Jack. ¿Cómo se atrevía el señor Gorcey a no pagarle a su mujer?

—Espera un momento, por favor.

Se volvió hacia su cuñado.

—Necesito ver al señor Rosen —le dijo ella. Tenía que hacerle unas preguntas sobre el departamento de policía.

—Eso tendrá que esperar. Siéntate.

—¿Por qué?

En vez de responder, Frank se acercó a la puerta y le dijo a alguien que estaba en el pasillo:

—¿Puedes decirle a mi mujer que venga?

Justine sintió que los nervios le recorrían la columna vertebral.

—¿Por qué necesitas que venga Mamie?

Frank se limitó a guardar silencio, con los brazos cruzados por delante del pecho, mientras la miraba con el ceño fruncido.

Se oyó el frufrú de unas faldas procedente del pasillo.

—Frank, estoy ocupada. ¿Qué quieres? —Mamie entró en el despacho con el mismo porte regio y resuelto de siempre. Hasta que la vio a ella y se detuvo—. ¡Ah, hola, Tina! —Miró a su marido y ladeó la cabeza—. ¿Qué pasa?

—No tengo ni idea. No me deja salir —contestó Justine, que se dejó caer en una silla.

—Cierra la puerta — le dijo Frank a Mamie.

Mamie lo obedeció pero no se sentó.

—¿Qué pasa?

—¿Lo sabías? —le preguntó Frank.

—¿El qué?

—¿Que ha estado trabajando con Mulligan en nuestros casos?

Mamie apretó los labios y la miró con expresión contrita.

—Sí.

Frank soltó una especie de bufido provocado por el enfado.

—¡Maldición, Mamie! ¿Por qué no me lo has dicho antes?

—Bueno, lo viste en la gala para recaudar fondos con ella. No creo que esto te haya sorprendido.

—Me dijo que le había hecho un favor. No tenía ni idea de que estaba relacionado con nuestros casos. Llevó a la señora Gorcey a verlo, ¡por el amor de Dios!

—Porque el señor Gorcey trabaja para Jack.

Frank le dirigió a Justine una mirada fulminante.

—¡Oh! ¿Ahora es Jack?

—Ya basta —le soltó Mamie—. Enfádate conmigo, pero no te desquites con mi hermana. Ella no ha hecho nada malo.

—¿Lo dices en serio? —Frank se pasó las manos por el pelo—. ¿En cuántos casos te ha ayudado, Justine?

Ella carraspeó y sopesó qué responder.

—¿Te refieres a mi labor individual o a los casos de la asesoría?

Frank se pellizcó el puente de la nariz.

—Joder —murmuró.

Mamie le dio un golpe en un hombro.

—Modera el lenguaje, por favor. Además, todo eso es agua pasada. Ya no te relacionas con él, ¿verdad, Justine?

—Jack y yo somos amigos —contestó ella, sin ofrecerle una respuesta directa—. Además, eso no le incumbe a nadie.

—Esta es mi empresa —repuso Frank, al tiempo que hacía un gesto para abarcar la estancia—. Mía, literalmente. Y si estás involucrando en ella a Jack Mulligan, tengo derecho a decir lo que opino al respecto.

—No voy a involucrarlo en temas de la asesoría jurídica.

—Entonces, ¿qué ha sido eso? —Señaló la puerta por la que había salido la señora Gorcey—. Porque a mí me ha parecido que lo has involucrado. Planeas ir a verlo, ¿no? Para averiguar por qué el tal Gorcey no ha estado entregando el dinero.

—Sí. Estoy obligada a ofrecerle una respuesta a esa mujer, y Jack puede conseguirlas por mí.

—¿Eres consciente de lo que estás diciendo? —Frank puso los brazos en jarra—. Jack Mulligan es como una araña, Justine. Has caído en su tela, y cuanto más se lo permitas, más te arrastrará hacia el centro.

—Eso es absurdo.

—Estoy de acuerdo con Frank —terció Mamie—. Mulligan comercia con favores y sobornos. Cuanta más ayuda le pidas, más te exigirá a cambio.

«Ya se lo he dado todo», pensó ella.

Aunque no se lo dijo a su hermana. Si Mamie descubría la verdadera profundidad de sus sentimientos por Jack, iría directamente a decírselo a sus padres. Eso provocaría una serie de conversaciones incómodas que, de momento, preferiría no tener. No cuando las cosas eran tan perfectas con Jack.

—Te equivocas. A Jack no le importa ayudarme.

—Por supuesto que no —repuso Frank—. Está intentando corromperte. Para que tu familia y tú estéis en deuda con él.

—No me ayuda por eso.

Frank intercambió una mirada con Mamie, y Justine supo exactamente lo que estaban pensando. Que Jack se estaba aprovechando de ella, en concreto desde el punto de vista sexual. Y que ella parecía una boba por haber caído en la trampa.

Estaba muy cansada de que la menospreciaran y la desestimaran.

Se puso en pie y los miró fijamente a ambos.

—Si puedo ayudar a la gente, incluidos los clientes de la asesoría, ¿qué más da cómo lo haga? Hasta ahora, nunca habíais cuestionado mis métodos.

Mamie negó con la cabeza.

—Esto es distinto, Justine. Y lo sabes.

—No, no es distinto. Y lo que sí sé es que ninguno de vosotros me cree capaz de apañármelas por mi cuenta. Creéis que he seguido el camino de Jack Mulligan, que me llevará a la perdición y a la ruina.

—Tenemos razón en estar preocupados —adujo Frank, con un poco más de suavidad en esa ocasión—. Conozco a Mulligan desde hace mucho tiempo, estoy al tanto del tipo de negocios en los que está involucrado. No estáis cortados por el mismo patrón.

Justine echó a andar hacia la puerta. Esa conversación no llevaba a ninguna parte y solo servía para alterarla.

—Tal vez, pero no creo que eso importe. Las personas cambian.

Al salir al pasillo, le pareció que Frank decía:

—Sí, desde luego.

Jack estaba en su despacho, haciéndose la manicura semanal, cuando la puerta se abrió de golpe y apareció Frank Tripp, con una expresión tan amenazadora como la de un nubarrón de tormenta. Pero el abogado no llegaba solo. Lo seguía Clayton Madden, antiguo propietario de un casino y su mayor rival hasta que apareció Florence Greene en escena.

¡Por Dios! ¿Qué estaba pasando? Se alegró de ver a Cooper detrás de los recién llegados. La señora Jenkins ni siquiera alzó la mirada y siguió sentada en la silla, junto a su mesa, concentrada en el trabajo que tenía entre manos.

—Buenas tardes, Mulligan —lo saludó Frank mientras se quitaba el bombín—. Espero que no te moleste la interrupción.

Pues sí, lo molestaba. Una vez que acabara con la manicura, disponía de una hora para revisar una pila de informes y de cuentas antes de encontrarse con Justine en su casa de Bond Street.

—En absoluto —mintió mientras la señora Jenkins empezaba a limarle las uñas—. Siempre me alegro de veros. A uno más que a otro, claro.

—Las groserías no te librarán de mí —replicó Clayton.

«Lástima», pensó.

—Tienes buen aspecto, Madden. ¿Cómo está la encantadora Florence?

Los ojos del aludido lo miraron con un brillo violento. Florence Greene era un tema sensible entre ellos. Saltaba a la vista que Madden no había olvidado que Florence buscó su ayuda cuando cometió la estupidez de echarla de su lado.

—Está muy bien, gracias.

—Me alegra oírlo. Por favor, salúdala de mi parte. Y si puedo ayudarla con el casino de alguna manera...

—No necesita tu ayuda —le soltó Clayton.

—Es posible, pero mi puerta está siempre abierta para ella.

—Si no estás demasiado ocupado acicalándote, claro —replicó Madden al tiempo que gesticulaba con la barbilla en dirección a sus manos.

—Parad el carro, los dos —terció Frank—. No hemos venido por eso. Hemos venido para hablar de mi otra cuñada.

¿De Justine? Jack apretó los dientes, luchando para no demostrar reacción externa alguna. Detestaba que lo pillaran desprevenido. Debía mantenerse alerta en todo momento. La ignorancia equivalía a un descuido, que a su vez equivalía a la muerte en su mundo.

—Señora Jenkins, ¿le importaría disculparnos un momento? —le dijo en voz baja a la manicurista.

La mujer asintió con la cabeza y soltó la lima. Cooper la acompañó al pasillo y cerró la puerta tras ella. Jack miró a sus dos invitados y preguntó:

—¿Qué pasa con la señorita Greene?

Clayton se acercó al aparador para servir unas bebidas.

—Con la señorita Justine Greene y contigo —clarificó mientras repartía tres vasos de *bourbon*—. No imaginaba que tu *raison d'etrê* era atraer a las señoritas de la alta sociedad para provocarles la ruina, pero aquí nos tienes.

Jack dejó el vaso a un lado.

—Amasar una fortuna es mi razón de ser, un rasgo que ambos compartimos. Y no logro entender quién te ha dado vela para este entierro. ¿No hay ningún pasillo lúgubre que necesites contemplar en este momento?

—Dejaos de lanzaros pullitas —terció Frank—. Mulligan, mi esposa está preocupada por tu relación con su hermana.

—La señorita Greene es una mujer adulta que toma sus propias decisiones. No la estoy obligando a hacer nada en contra de su voluntad.

—¡No me vengas con milongas! —exclamó Clayton mientras se apoyaba en la pared, con la bebida en la mano—. La estás seduciendo para que confíe en ti.

—Me pintas con una imagen de lo más maquiavélica.

—Porque no se aleja de la realidad —replicó Frank—. Te ruego que la dejes en paz. Esto acabará mal sí o sí, y no podré ayudarte. Su padre vendrá a por ti.

—Por favor. —Aquello ya rayaba en el insulto. Jack negó con la cabeza—. Teniendo en cuenta lo que he vivido a lo largo de mis treinta y dos años, ¿de verdad crees que tengo miedo de Duncan Greene?

Frank apretó los labios, y Jack supuso que estaba luchando contra el impulso de seguir hablando del tema *ad nauseam*.

—Quiero que dejes de involucrarte en los casos de mis clientes.

—Apenas me involucro. Tu cuñada me pide ayuda de vez en cuando, y no veo razón para negársela.

—Te pido que te niegues. No quiero que te metas en mis asuntos.

—Salvo para hacer donaciones.

Frank hizo una mueca.

—Soy consciente de lo mal que suena, pero sí. Prefiero ayudar a mis clientes legalmente, no mediante sobornos e intimidaciones. Y la asesoría sigue funcionando gracias a las generosas donaciones.

Al menos, era sincero.

—¿Puedo preguntar qué ha pasado para que reaccionéis así?

—La señora Gorcey apareció esta mañana diciendo que su marido no ha cumplido con los dos últimos pagos. Al parecer, Justine y tú llegasteis a un acuerdo con el matrimonio.

¡Maldito fuera ese idiota de Gorcey! Jack le hizo un gesto a Cooper para llamar su atención.

—Ve a por él.

Cooper asintió con la cabeza y desapareció por la puerta.

—Descubriré qué ha pasado —le dijo Jack a Frank—. Gorcey es uno de mis hombres.

—Debería haberlo denunciado y que pasara por un tribunal. Si esto se hubiera llevado ante un juez, la señora Gorcey tendría una manutención legal.

—Pero prefiero encargarme yo, ya que Gorcey está a mis órdenes.

—Lo que hace que la señora Gorcey dependa de ti.

—Supongo, aunque no tiene motivos para dudar de mi palabra de que las cosas se arreglarán.

—Pero es imposible anticipar todo lo que puede ocurrir. ¿Y si te pasa algo? ¿Y si Gorcey sube a un tren y se va al oeste? Su mujer carece de una sentencia legal para recibir la manutención.

—En ese caso, estás en un aprieto, porque yo no entrego a mis hombres a la poli. Prefiero ocuparme de mis propios problemas.

El gesto ceñudo de Frank reveló su frustración, pero Jack no se amilanó.

—¿Y los otros casos? —le preguntó el abogado—. ¿Involucran también a tus hombres?

—No veo qué importancia tiene eso —contestó al tiempo que levantaba las palmas de las manos—. Si me pide ayuda, se la daré. Con sumo gusto.

—No lo entiendo. ¿Sientes algo por ella? —le preguntó Frank, que parecía exasperado—. ¿O estás hurgando en el avispero solo por diversión?

Aquello empezaba a ser tedioso.

—La señorita Greene es perfectamente capaz de cuidar de sí misma. Os preocupáis por nada.

—Te equivocas. Ella es amable y considerada, un alma bondadosa. Todo lo contrario a ti en todos los sentidos. Debes ser consciente de que una relación contigo empañará su reputación.

Sí, era consciente. Y, si fuera un buen hombre, haría caso a las palabras de Tripp. Pero él no era ese hombre. Al contrario, él era un hombre que había salido de una alcantarilla inmunda y había logrado dirigir la mayor organización criminal de la ciudad, una organización que manejaba encantado. Con gran éxito. Y ese hombre hacía lo que quería, cuando quería.

Y no seguiría tolerando que le echaran un sermón como si fuera un maldito escolar descarriado.

—Tripp, el agradecimiento por lo que hiciste por mi hermano hace unos años es lo único que ahora mismo me impide echarte de una patada en el culo. Pero no te equivoques, no acepto consejos de nadie más que de mí mismo. Si a Duncan Greene, o a quien sea, no le gusta, dile de mi parte que lo he mandado a la mierda no muy educadamente.

—Te dije que no te escucharía —terció Clayton, con una irritante sonrisa en los labios.

Jack lo fulminó con la mirada, un gesto que había acobardado a muchos hombres a lo largo de los años.

—No olvides quién te ayudó en tu momento de necesidad, cuando viniste suplicando para recuperar a Florence.

Clayton cerró el pico de golpe, así que Jack volvió a mirar a Frank.

—¿Hemos terminado?

—Sí, hemos terminado. Por ahora.

—En ese caso, no te demores en salir por la puerta.

Clayton apuró el *bourbon*, dejó el vaso y se fue. Frank no lo siguió de inmediato. En cambio, miró a Jack con los ojos entrecerrados y una expresión seria en la cara.

—Todos tenemos un momento de necesidad, Jack. Ojalá te queden amigos cuando llegue el tuyo.

Jack seguía reflexionando sobre esas palabras cuando Cooper regresó, unos minutos después.

—¿Cómo es que todo el mundo viene sin avisar? Tripp y Madden acaban de irrumpir en mi despacho como si fueran un par de aristócratas franceses.

Cooper se rascó el mentón, notablemente confundido.

—Tripp dijo que lo estabas esperando.

Ese malnacido mentiroso...

—Olvídalo. Quiero la puerta vigilada a todas horas. O'Shaughnessy tomará represalias en algún momento, y prefiero tener la oportunidad de luchar cuando suceda.

—Entendido.

—¿Has localizado a Gorcey?

—No. Al parecer, hace una semana que no viene por aquí.

Jack suspiró, mientras movía una pierna por la irritación.

—Encontradlo, joder. Búscalo por todo Manhattan. Mientras tanto, envíale a su esposa los pagos que le faltan con mis disculpas.

—Yo me encargo. Por cierto, Rye quiere saber si esta noche irás a las peleas o si te vas a Bond Street esta tarde.

—A Bond Street. —Vio que a Cooper le temblaban los labios como si su respuesta le hiciera gracia, de manera que le soltó—. ¿Algo que decir antes de que vayas en busca de la señora Jenkins?

—Solo que me parece muy tierno, nada más. A Rye y a mí nos gusta la muchacha.

Antes de que Jack pudiera replicar, Cooper se escabulló por la puerta y salió al pasillo, dejándolo solo con sus pensamientos. «Sí, a mí también me gusta», replicó para sus adentros.

Más de lo que jamás había creído posible..., y no estaba muy seguro de qué hacer al respecto.

20

Justine soltó el telegrama mientras se ponía en pie y llamó a su doncella. Detestaba tener que cancelar la cita con Jack de esa tarde, pero su presencia era necesaria en otro lugar. Él lo entendería. Después de todo, se habían visto casi todos los días durante la última semana.

La señora Grant, su amiga de la Misión de Mulberry, acababa de enviarle un telegrama solicitándole ayuda en el comedor social. Ella siempre estaba dispuesta a echar una mano cuando era necesario, y ese día no era una excepción. Aunque anhelara las caricias de Jack.

Se apresuró a enviar su propio telegrama.

NO PUEDO REUNIRME CONTIGO. ME NECESITAN EN LA
MISIÓN PARA SERVIR LA CENA. INTENTA NO ECHARME
DE MENOS.

Acto seguido, mandó a su doncella, con cuya discreción contaba, para que lo enviase. Media hora más tarde, cuando se disponía a salir de casa, llegó un mensajero de Western Union en bicicleta, que le entregó un papel y esperó por si había respuesta. El mensaje decía:

IMPOSIBLE. SIEMPRE TE ECHO DE MENOS CUANDO NO
ESTÁS. ¿QUÉ MISIÓN?

Justine se mordió el labio inferior. ¡Qué encanto de hombre!

—¿Tienes un lápiz? —le preguntó al mensajero—. Me gustaría enviar una respuesta.

El muchacho le entregó papel y lápiz, y ella se apresuró a escribir.

MULBERRY. TE LLEVO EN MIS PENSAMIENTOS.

Le devolvió al mensajero el papel, el lápiz y una moneda.

—Gracias —le dijo.

El muchacho se llevó una mano a la gorra y se marchó a toda velocidad, con las piernas pedaleando sin cesar mientras desaparecía en el tráfico de la ciudad. Justine llamó a un carruaje de alquiler y puso rumbo al sur.

La misión ya estaba abarrotada cuando llegó. Hombres, mujeres y niños hacían cola fuera del edificio de ladrillo para recibir la cena. Sonrió y los saludó cortésmente al pasar. ¡Cuánta gente necesitaba ayuda en esa ciudad! ¿Cómo podía alguien hacer la vista gorda ante todo el sufrimiento que había?

Atravesó la pesada puerta de madera de doble hoja y se apresuró hacia las cocinas. La señora Grant la encontró enseguida.

—¡Gracias a Dios! —dijo la mujer de mediana edad mientras la abrazaba—. Esta semana tenemos cuatro trabajadores de baja por enfermedad. Estoy al límite de mis fuerzas.

—Dígame qué hago.

Esa fue la última conversación que recordaba Justine. A partir de ese momento, se encontró demasiado ocupada como para pensar con claridad. Los trabajadores y ella se apresuraron a preparar y cocinar la cena, pusieron los cubiertos, los platos y los vasos en las mesas, y colocaron las sillas para que los comensales se sentaran a comer. Fue casi un alivio ver que las puertas se abrían, porque a partir de ese momento podía concentrarse simplemente en servir la comida en los platos.

Dado que contaban con menos personal, estaban tardando más en servir las raciones, pero hizo lo que pudo y se movió lo más rápido posible. El sudor le caía por la espalda, pero siguió adelante.

Con el rabillo del ojo, vio que alguien se acercaba por su derecha.

—Deja eso.

Levantó la cabeza al oír esa voz familiar, segura de que había escuchado mal. Segura de que lo había echado tanto de menos que conjuraba su voz a cada momento.

No, estaba allí. Jack estaba allí. En la misión.

Vestido con su elegancia habitual y peinado a la perfección. La miraba con un brillo alegre en los ojos y con una sonrisa satisfecha en los labios, lo que dejaba claro que estaba disfrutando por haberla sorprendido. De manera que le soltó:

—¿Qué estás haciendo?

—Ayudar, si me dejas. —Le hizo un gesto con los dedos para indicarle que se apartara—. Pásame el cazo.

Justine le dio el cazo de la sopa y se cambió a las patatas.

—No lo entiendo.

—No hay nada que entender. Quería verte y estás aquí.

El calor le inundó la piel mientras servía patatas asadas en un plato. La mujer que sostenía el plato le guiñó un ojo.

—Querida, es de los buenos. No lo deje escapar.

Sí, eso creía ella también.

—¿No tienes mejores cosas que hacer? —le preguntó en voz baja.

—Aunque te sorprenda, no. Y cuanta más ayuda haya, antes terminarás.

En ese momento, vio a Cooper y a Rye entre la multitud, ayudando a limpiar los platos y charlando con los comensales. ¡Ay, por Dios! Se le derritieron las entrañas y le dio un vuelco el corazón.

—Gracias.

—De nada. Más tarde dejaré que me lo agradezcas como es debido.

Estaba segura de que alguien había escuchado ese comentario, pero parecía que nadie lo había hecho. No podía dejar de sonreír.

Jack tenía un talento natural para hacer que la gente se sintiera a gusto. Eso no debería haberla sorprendido, pero así fue. Habló con muchos de los presentes en su lengua materna, desde el alemán y el italiano, hasta algunas frases en polaco y ruso. Los hizo reír, conquistó a las mujeres y bromeó con los hombres. Algunos lo reconocieron y expresaron su asombro de que Jack Mulligan estuviera allí, en un comedor social, sirviendo comidas. Él les aseguró que amaba ese barrio y a sus habitantes, tanto si trabajaban para él como si no.

Cuando la comida estuvo servida, se paseó por las mesas, sentándose para charlar con la gente. Tenía los puños manchados de sopa, pero no pareció darse cuenta. Mientras ayudaba a limpiar, Justine no paraba de mirarlo de reojo. Sentía que el corazón le iba a estallar.

—¿Y quién es su amigo? —le preguntó la señora Grant en voz baja—. Es guapísimo, sin duda.

—Es el señor Mulligan.

—Bueno, parece que muchos de nuestros comensales ya lo conocen. ¿Es un político? ¿O un elegante magnate del ferrocarril?

—Es... —Titubeó—. Un empresario. —Se sintió mal al llamarlo así, pero tampoco podía decirse que fuera mentira.

—¡Qué va a ser un empresario! —comentó uno de los comensales al pasar—. Ese es Jack Mulligan. Los que viven más al sur de la calle Catorce saben que es el mismísimo diablo.

A la señora Grant le cambió la cara y adoptó una expresión cautelosa.

—¡Ah, no me había dado cuenta de que era ese señor Mulligan!

—No es tan malo —terció Justine—. Es bastante generoso.

—Pero también es peligroso. —La señora Grant miró a Jack, que estaba estrechando las manos de los hombres sentados a una mesa—. He oído historias. ¿Debería usted relacionarse con un hombre así, señorita Greene?

Justine enderezó la espalda con los músculos tensos por el impulso de defenderlo. Deseaba que el mundo lo conociera como lo conocía ella: un hombre tierno, gracioso y amable. ¿Quién sino él se habría apresurado a ayudar esa noche, simplemente porque deseaba pasar tiempo con ella? ¿Quién más habría pronunciado un discurso en el Metropolitan Opera House a fin de salvar su reputación? ¿Y quién le habría enseñado a jugar a los bolos y le habría prometido que la ayudaría a entrar en el departamento de policía? Él había hecho todo eso y mucho más desde que lo conoció.

—Solo es un amigo.

—Si usted lo dice... Por favor, dígale que le agradecemos su ayuda esta noche. —La señora Grant se marchó con una bandeja a la cocina para lavarla.

Saltaba a la vista que la mujer no estaba convencida. Algún día. Algún día toda la ciudad lo vería como lo veía ella.

El comedor principal estaba vacío cuando Justine se fue. No había visto salir a Jack, pero ¿por qué iba a quedarse? Debía de haber otras cien cosas que requerían su atención. Buscaría un carruaje de alquiler y se reuniría con su familia en casa para cenar.

Salió a la calle tras empujar la pesada puerta de madera. El aire fresco de la noche la rodeó justo cuando veía el elegante carruaje negro que esperaba junto a la acera. El corazón le dio un vuelco. Un hombre apuesto estaba apoyado en el lateral, con las manos metidas en los bolsillos del pantalón. Su aspecto era delicioso, como un cucurucho de helado, una mazorca de maíz asada y un bombón de chocolate, todo en uno.

Lo vio esbozar una sonrisa mientras se acercaba a él, y un brillo cálido iluminó esos sorprendentes ojos azules.

—¿Un paseo, señorita?

—Estoy buscando al hombre apuesto y de gran corazón que estaba ahí dentro hace un rato. ¿Lo ha visto?

—Tal vez. ¿Se ofrece algún tipo de recompensa?

Se acercó y se detuvo a escasos centímetros de él.

—Desde luego. Una gran recompensa solo para él.

Lo vio tragar saliva, lo que hizo que se le moviera la nuez.

—En ese caso, suba. La ayudaremos a encontrarlo.

Le tendió una mano para ayudarla a subir, y Justine se acomodó en el asiento de terciopelo. Lo besó antes de que las ruedas empezaran a moverse. En cuanto sus labios se rozaron, la invadió una oleada de calor y experimentó una sensación de bienestar que la había eludido durante todo el día. Estaba casi sentada en su regazo cuando se detuvieron para respirar.

—Ha estado usted impresionante esta noche, señor Mulligan.

—¿Ah, sí? —Le chupó el labio inferior, dándole un tironcito con los dientes que le arrancó un gemido—. No sabía que las obras de caridad te afectaban de esta manera.

—Yo tampoco lo sabía. Pero, al parecer, verte ayudar a la gente, hablar con ella, despierta mi voracidad.

Él le rodeó la cintura con las manos, que fueron ascendiendo hasta detenerse debajo de sus pechos.

—¿Cuánto tiempo te tengo esta noche?

—Me temo que no más de una hora.

—En ese caso, será mejor que la aproveche.

Jack estaba sentado en el interior de la cervecería, con un vaso de cerveza cubierto de gotitas provocadas por la condensación en la mesa que tenía delante. No paraba de tamborilear con los dedos, sin apartar los ojos de la puerta principal. Los trabajadores se movían alrededor de los alambiques de cobre. La producción de cerveza era incesante gracias a la demanda de las creaciones de Patrick. Esa semana, habían añadido dos pedidos muy voluminosos. Pronto tendrían que ampliar sus instalaciones. Tal vez debería empezar a buscar edificios en New Jersey o en Pensilvania.

—Solo llega unos minutos tarde —le recordó Patrick—. Te veo demasiado nervioso.

—No creeré que viene hasta que lo vea entrar por la puerta.

Julius Hatcher había convocado esa reunión, y Jack rezaba para que el inversor estuviera dispuesto a entrar de lleno en el proyecto de la cervecería. Expandir al ámbito nacional la Cervecería de Little Water Street estaba tan cerca que prácticamente podía saborearlo.

Esa reunión era lo único que lo había alejado de Bond Street y de ver a Justine. Había pospuesto su cita de la tarde porque quería oír la respuesta de Hatcher sobre la cervecería. A lo mejor le enviaba un telegrama cuando terminasen de hablar. A esas alturas, añoraba el tiempo que pasaban juntos. Era una mujer entusiasta y aventurera en la cama, tierna y amable fuera de ella. Hablaban de todo, desde su infancia en el burdel, pasando por las obras de caridad de Justine, hasta sus familias y sus aspiraciones. No había límites. Nunca se había sentido tan cerca de otra persona en la vida, ni siquiera de su madre.

Le gustaba tanto que había ido a un comedor social a ayudar solo para estar cerca de ella.

No se trataba de que estuviera en contra de la caridad. Todo lo contrario. Donaba a varias asociaciones benéficas de la ciudad, pero de forma anónima. No sería bueno para su reputación que la gente lo supiera. Un hombre como él tenía que ser duro e impenetrable para los enemigos. No un benefactor de corazón blando.

Y eso lo hizo pensar en el bondadoso corazón de Justine y en lo mucho que la echaba de menos. ¿Dónde cojones estaba Hatcher?

—Apura ese vaso —le ordenó Patrick—. Detesto ver que se desperdicia la buena cerveza.

Aunque no aceptaba órdenes de nadie, ni siquiera de un genio de la cerveza, dejó de lado su impaciencia y bebió un sorbo.

—Joder, es estupenda.

—Lo sé.

La puerta se abrió y Jack tensó el cuerpo. Efectivamente, allí estaba Hatcher. Venía solo, sin abogados ni socios. Esperaba que eso no fuera señal de malas noticias.

La mirada de Hatcher recorrió el interior hasta que se posó en Patrick y en él, que se encontraban al fondo de la gran estancia. Ambos se levantaron para estrecharle la mano.

—Me alegro de que hayas podido venir —dijo Jack.

—Hola, Mulligan. Patrick.

Una vez que todos se acomodaron, Jack le hizo un gesto a Cooper para que llevara otra cerveza, que colocó frente a Hatcher.

—No es necesario —dijo el inversor—. No me voy a quedar mucho tiempo.

Jack trató de contener la creciente decepción.

—Entonces supongo que será mejor que vayamos al grano. ¿Has tomado una decisión?

—Pues sí —respondió Hatcher mientras echaba un vistazo hacia los alambiques de cobre y los trabajadores que se movían de un lado para otro, probando y anotando mediciones—. Estáis ocupados. Más que la última vez que vine.

—Nos hemos expandido —adujo Patrick—. Estamos produciendo casi cien barriles a la semana.

Hatcher silbó.

—Impresionante. Espero que eso no te impida hacer más.

Patrick fue el primero en reaccionar.

—¿Eso significa que...?

—Eso significa que he decidido invertir mucho dinero en esta idea. Vamos a llevar esta cerveza a todo el país.

Jack dio una palmada y la euforia se disparó en sus venas.

—¡Dios, qué buena noticia!

—En efecto, lo es —repuso Patrick, que le tendió la mano a Hatcher—. Gracias, señor Hatcher. No se arrepentirá de esto.

—Espero que no —dijo el susodicho—. Tengo mis reservas sobre este pequeño trío nuestro, pero tú no eres el problema, Patrick.

—Eres bienvenido a venderme tus acciones —terció Jack—. Y encontraré otro inversor que no sea tan aprensivo.

Hatcher lo miró fijamente, con una expresión impenetrable.

—Quiero mis propios contables en esto, Mulligan, a cada paso del camino. Quiero que este negocio esté completamente separado de todo lo demás en lo que estás involucrado. Que no se cruce con nada, ¿nos entendemos?

—Por supuesto. Mi organización no está involucrada en la cervecería. Solo nosotros.

—Será mejor que siga así —sentenció Hatcher al tiempo que se levantaba de la mesa—. He analizado a fondo el Ferrocarril de los Grandes Lagos del Norte. Está maduro para una adquisición. Puedo conseguirlo mañana si lo deseamos.

—Pronto —replicó Jack, que también se puso en pie—. ¿Te ha gustado el diseño del vagón?

—Sí. No le he encontrado ningún fallo, ni tampoco los han encontrado los cuatro ingenieros que consulté. Deberíamos empezar a producir los vagones ya.

—Estoy listo. Solo tienes que decirlo.

—Envía el contrato a dos o tres empresas siderúrgicas y que me manden propuestas. Lo pondré todo en marcha.

—Excelente. —Patrick se frotó las manos—. Así que ¿va a suceder de verdad? ¿La pequeña Cervecería de Water Street va a lanzarse al ámbito nacional?

Hatcher le dio una palmada en la espalda a Patrick.

—Va a suceder de verdad. Prepárate. Si esto sale bien, puede traer grandes cambios para ti y para tu familia.

—Efectivamente —repuso Jack—. Dentro de poco, quizá tu hermano no sea el único famoso de la familia.

—Acompáñame a la puerta, ¿quieres, Mulligan? —dijo Hatcher.

Jack asintió con la cabeza y echó a andar junto al inversor en dirección a las ventanas de la fachada de la cervecería.

—Ahora es cuando me recuerdas que lo que me has dicho antes iba muy en serio.

Hatcher hizo una pausa y se metió las manos en los bolsillos del pantalón.

—Así es. No quiero que nadie pierda dinero porque dirijas esto como una casa de apuestas y no como un negocio legítimo.

—Todo será legal. Tienes mi palabra.

—No procedo de un mundo donde la palabra de un hombre sea la ley. Esto no va a ser un acuerdo rubricado con un simple apretón de manos. No, vas a firmar documentos legales que establezcan claramente las sanciones si no cumples con nuestro acuerdo. Y te advierto que serán duras.

—Firmaré lo que quieras, Hatcher. Estoy preparado para hacer esto bien.

—Me alivia escucharlo. Puede que Patrick confíe en ti, pero yo no. Y he visto fracasar demasiados negocios por haber confiado en quien no se debía. No permitiré que este proyecto sea una de esas víctimas.

Si no ansiara tanto ese acuerdo, habría mandado a Hatcher a la mierda. Ese sermón, tratándolo como un patán o un ladrón, empezaba a irritarlo.

—Estoy tan interesado en esto como tú, tal vez más. Y me esforzaré al máximo para que tenga éxito...

Los cristales estallaron de repente con un estruendo ensordecedor. Algo lo golpeó en un costado, un guijarro o una piedra. Por instinto, agarró a Hatcher y juntos cayeron al suelo de madera. El costado le dolía horrores, pero no sabía por qué. Luchó para evitar el mareo que amenazaba con consumirlo mientras Cooper salía por la puerta principal para investigar. Rye se arrastró hasta llegar a su lado.

—¿Estás bien?

—¿Qué ha sido eso? —masculló Hatcher, que se movió un poco en el suelo para ver mejor la ventana.

—No te muevas, idiota —le dijo Jack, mientras lo agarraba y hacía una mueca de dolor. Le ardía todo el cuerpo, como si el fuego le consumiera todas las células.

—Déjame ver si estás herido —le dijo Rye a Jack—. Estás sudando.

Jack no quería responder todavía. Sabía lo que significaba esa horrible quemazón en todo el cuerpo.

—Hatcher, ¿estás herido?

—Solo dolorido por el golpe contra el suelo. ¿Eso ha sido un puñetero disparo?

Jack se encontró con la mirada preocupada de Rye.

—Asegúrate de que todos se pongan a cubierto.

—¿Tú estás herido? —le preguntó Rye al tiempo que lo recorría con la mirada, en dirección a las piernas—. ¡Por Dios! ¿Eso es sangre?

Y, en ese momento, fue cuando todo se volvió negro.

21

Justine subió corriendo los escalones de la casa de Bond Street mientras la cabeza le daba vueltas sin parar. No era de las personas que se ponían en lo peor, pero el pánico había anulado su capacidad de pensar con calma.

Un disparo.

A Jack le habían disparado.

Rye no le había contado mucho cuando fue a buscarla, solo que a Jack le habían disparado y que debía acompañarlo de inmediato. El hombre parecía haber envejecido una década desde la última vez que lo vio, lo que demostraba lo mucho que se preocupaba por la situación de Jack. La había llevado hasta allí a toda velocidad, y durante el trayecto casi se había arrancado cuatro uñas. La falta de información era un abismo espantoso en su pecho. Jack podría estar malherido o muerto, no lo sabía.

«Por favor, que sobreviva».

No era un hombre terrible. Debajo de sus elegantes trajes, latía el corazón de un alma bondadosa y gentil. Un hombre que amaba y que vivía ferozmente.

Un hombre del que se había enamorado.

Era la única explicación para el terror que le producía la idea de perderlo. En muy poco tiempo, él se había convertido en lo más importante para ella. Sus sonrisas ladinas, el tono ronco que utilizaba cuando perdía el control. Su forma de verla como ninguna otra persona lo hacía.

«Creo que eres una mujer que entrega mucho de sí misma a los demás sin tener en cuenta lo que más desea».

«Eres la mujer más inteligente y valiente que he conocido».

«Mataré a cualquier hombre que te mire mal».

«Me voy a correr como sigas haciendo eso».

Por su cabeza pasaban fragmentos de sus momentos compartidos, cada palabra obscena y dulce que él le había dicho. No quería perderlo, no cuando acababa de encontrarlo.

No se detuvo en el rellano. En cambio, corrió hacia el dormitorio de Jack con la intención de verlo. El señor Cooper estaba de pie frente a la puerta cerrada, con la camisa manchada de sangre. Intentó no mirar la mancha ni pensar en lo que significaba esa sangre. Él se movió para cortarle el paso.

—Señorita, el cirujano está ahí dentro. No puede entrar.

Un cirujano que podría estar usando sanguijuelas o tener las manos sucias mientras curaba a Jack.

—Debo entrar. He visto sangre de sobra como para no asustarme y necesito asegurarme de que todo está limpio y esterilizado. Por favor.

El señor Cooper negó con la cabeza.

—Se trata del doctor Moore. Es el cirujano jefe de Bellevue.

Justine se quedó muda por el asombro. Quien atendía a Jack no era un matasanos cualquiera. Hacía poco que Moore había recibido alabanzas por extirparle el apéndice a la esposa del alcalde, en una peligrosa operación a la que la mujer había sobrevivido sin problemas. ¿Cómo se las había arreglado Jack para que lo atendiera el doctor Moore sin previo aviso? Dejó la pregunta para más adelante.

—¿Qué ha pasado? ¿Jack está bien?

—Le han disparado en la cervecería. La bala le alcanzó en el costado derecho. Ha perdido mucha sangre. Todavía no sabemos cómo está. Se desmayó antes de llegar aquí.

«Ha perdido mucha sangre». Las palabras se apoderaron de todo su cerebro, impidiéndole pensar en otra cosa. Oía los latidos de su propio corazón, un eco espeluznante de puro terror que nunca había experimentado. «Se desmayó». Ese hombre encantador e invencible se había desmayado.

—Tenga. ¿Por qué no se toma un momento, señorita? —Rye llegó a su lado con un sillón y le hizo un gesto para que se sentara.

Se estremeció. ¿Qué estaba haciendo, retorciéndose las manos como un personaje histérico de ficción? Estaban en la vida real y, aunque no era una profesional de la medicina, había presenciado varias operaciones y había atendido a muchos pacientes. Había cosas que preparar, utensilios que buscar. El cirujano era solo el primer paso.

—¿Cuánto tiempo lleva el cirujano trabajando con él?

—Casi dos horas —contestó Rye—. Fui a buscarla en cuanto él llegó.

—Gracias, Rye. ¿Podrías hacer una lista de artículos que vamos a necesitar durante los próximos días? Tal vez Cooper y tú podríais buscarlos por mí.

La cara de Rye se iluminó, y el hombre esbozó una sonrisa cansada.

—Sabía que traerla aquí era justo lo que había que hacer.

¡Por Dios! Eso esperaba. Desde luego que lucharía con uñas y dientes para mantenerlo vivo.

—Él tal vez no esté de acuerdo cuando se despierte.

—La necesita —dijo Rye—. No deje que la convenza de lo contrario.

La puerta se abrió, impidiéndole replicar. Todos se volvieron para ver al hombre con barba y gafas que salía del dormitorio de Jack. El doctor Moore. El médico no pareció sorprenderse al verlos congregados en el pasillo. Dejó el maletín negro en el suelo y empezó a colocarse bien las mangas de la camisa. Justine atisbó marcas oscuras y cicatrices en la cara interna del antebrazo.

—He terminado —dijo Moore sin mucho entusiasmo—. La bala lo ha rozado, así que he cosido la herida y he retirado el cristal. Tiene algunos puntos de sutura que habrá que quitar dentro de una semana más o menos. Denle láudano para el dolor si es necesario. Oblíguenlo a que permanezca en cama el mayor tiempo posible si pueden.

—¿Eso quiere decir que va a vivir? —Justine contuvo la respiración, abrumada por la esperanza de tal manera que no podía soltar el aire.

—Desde luego que sí, señorita. No se preocupe por Mulligan. Vivirá para seguir estafando y chantajeando durante mucho tiempo.

—¡Gracias a Dios! —murmuró Rye, e incluso Cooper sonrió.

El alivio la invadió hasta que recordó cuántos pacientes morían después de una operación.

—¿Qué me dice de una posible infección?

Moore endureció la mirada mientras la observaba fijamente.

—Me he lavado las manos, y todo mi equipo ha sido esterilizado con antiséptico. Esta no es mi primera cirugía, señorita. Tal vez quiera revisar mis puntos de sutura.

Iba a hacer justo eso, pero no se molestó en decirlo.

—Le pido disculpas, doctor Moore. Claro que no todos los médicos llegan a tales extremos.

Moore se desentendió de ella y miró a Rye.

—Dile que con esto estamos en paz. Si la herida empieza a supurar o tiene mucha fiebre, ven a buscarme. Si no, será mejor que no nos veamos nunca más.

—Se lo agradezco, doctor. ¿Quiere que lo lleve...?

—¡Por Dios, no! Ya me vuelvo yo solo a casa. —Se abrió paso entre ellos y desapareció por el pasillo.

Justine no esperó. Se apresuró a entrar en la habitación de Jack. Estaba pálido, boca arriba, y había gotas de sangre en el suelo. Sin embargo, respiraba, su pecho subía y bajaba despacio. Con eso tendría que bastar de momento.

Moore había arrojado tiras de tela ensangrentada y la ropa arruinada de Jack a un rincón del dormitorio.

—Deshazte de eso —le dijo a Cooper—. Quémalo todo. Luego lávate las manos con jabón. —A Rye le dijo—: Tenemos que ponerle sábanas limpias. ¿Sabes dónde se guardan?

—Sí. Vuelvo enseguida.

Había una enorme palangana con agua ensangrentada sobre la cómoda, a todas luces el lugar donde Moore se había lavado. La sangre nunca la había molestado, pero se trataba de la sangre de Jack. Al verla, se le revolvió el estómago y empezó a sudar por la nuca. Alguien le había disparado. Se acercó a su lado y le puso una mano en la cabeza. El calor de su piel le calentó los dedos, tranquilizándola, y cerró los ojos para dejar que el resto de su preocupación desapareciera. Aunque sus hermanas la creían ingenua, no lo era. Era muy consciente del peligro que rodeaba a Jack y de su posición en la ciudad. Sin embargo, no esperaba que recibiera un disparo a plena luz del día.

Rye volvió con sábanas limpias, que colocaron con rapidez en la cama, debajo de Jack. A continuación, limpió la habitación con la ayuda de Rye y de Cooper, fregando el suelo y la palangana ensangrentada. Acto seguido, hizo una lista de cosas necesarias para la convalecencia de Jack a fin de que Cooper las comprara. También avisó a Florence de que esa noche iba a cuidar a un amigo enfermo. No era algo inaudito, así que no debería levantar demasiadas sospechas.

Luego, se sentó junto a su cama. Solo restaba esperar.

Jack tardó tres días en poder levantarse de la cama. Le dolía el cuerpo, le dolía todo, pero aguantó el dolor. Rechazó el láudano, incluso cuando no podía dormir. No podía parecer débil. La fuerza y la astucia lo eran todo en su mundo.

El día anterior había enviado a Justine a casa para que descansara, aunque ella se había opuesto. Durante dos días había estado junto a su cama, cuidándolo como el ángel con el que la comparaba. No quería admitirlo, pero estaba cansada. Él no era un buen paciente.

Quedarse en la cama era una tortura absoluta. Había demasiadas cosas que hacer, entre ellas averiguar la identidad del tirador. Tenía sus sospechas, por supuesto. El instinto le decía que era Trevor O'Shaughnessy, y tenía que encontrar la manera de confirmarlo. Deprisa.

También tenía que comprobar cómo estaba Julius Hatcher. Rye le aseguró que Hatcher había salido ileso de la cervecería, por suerte. Y cuanto antes se pusieran en marcha sus planes, mejor.

Cooper lo estaba cubriendo en el club, dando la impresión de que él se encontraba en el edificio, pero que estaba demasiado ocupado como para recibir visitas. Eso solo funcionaría durante un tiempo. Los hombres se inquietarían y sospecharían cuanto más durase su ausencia.

Así que ese día se obligó a caminar un poco por la casa, aunque Rye tuviera que sostenerlo.

—Despacio —dijo Rye cuando doblaron la esquina—. No me gustaría tener que explicarle a la señorita Greene cómo se te han saltado los puntos.

Rye y Justine se llevaban como viejos amigos. Aunque Jack refunfuñaba en voz alta delante de ellos por el hecho de que se confabularan contra él, en secreto le gustaba que dos de las personas más importantes de su vida se tuvieran cariño.

—Ella se enfadará conmigo, no contigo. Ha sido idea mía, ¿recuerdas?

—Estoy seguro de que se enfadará con los dos. Tiene miedo de que desarrolles una infección.

Eso no era nada nuevo. Justine no había dejado de hablar del tema desde que él abrió los ojos después de recibir el disparo.

—No sucederá. No me pasará nada.

—Que sepas que te quiere.

Jack frunció el ceño y usó un brazo para apoyarse en el marco de la puerta.

—Estás loco.

—No le viste la cara cuando se enteró de que habías recibido un balazo.

Sintió un nudo enorme en la garganta. No le gustaba la idea de causarle dolor o preocupación. Con todo lo que asumía en la asesoría de ayuda jurídica más sus diversas actividades benéficas, ya cargaba con peso de sobra y no quería aumentarlo. Ese era uno de los motivos por los que nunca se había encariñado de una mujer. Su vida era peligrosa, complicada. Nadie merecía que se le impusiera todo eso.

Y sin embargo...

La esperanza se le coló en el pecho como el agua a través de las grietas de una pared. ¿Justine se preocupaba por él? Que lo quisiera parecía un poco exagerado, pero se conformaría con un cariño fuerte. Al fin y al cabo, ella era joven y de una clase social completamente diferente. Era todo lo que él no era, y el hecho de no renunciar a ella lo convertía en un malnacido egoísta.

Aunque no lo haría, no cuando acababa de encontrarla. No cuando ella llevaba alegría y vida a un mundo oscuro y desolado, y sus caricias eran a la vez relajantes y necesarias para su bienestar. No cuando no estaba seguro de cómo podría sobrevivir sin ella.

En efecto, un malnacido egoísta.

Rye se echó a reír.

—Deberías haberla visto enfrentándose al doctor Moore. Queriendo asegurarse de que había limpiado y esterilizado todo.

Con la adicción a la cocaína de Moore, todas las precauciones eran pocas.

—Bien. Pero me gustaría que no la hubieras molestado. Dos días es demasiado tiempo para que se quedara aquí. Su familia debe de estar preocupada.

—No, les dijo que estaba atendiendo a un amigo enfermo. Algo que supongo que eres, así que no es mentira.

—¿Cooper ha averiguado algo del tirador?

—Nada. ¿Sigues pensando en O'Shaughnessy?

—Por supuesto. Es lo que yo haría en su lugar.

Rye resopló.

—Tú no habrías disparado a través de una ventana a plena luz del día. Te habrías acercado a él cuando menos se lo esperase.

—Cierto, pero O'Shaughnessy no tiene mi estilo.

—Pero ¿¡qué estás haciendo!?

El grito agudo sobresaltó a Jack, que casi tropezó. Se desplomó contra la pared, donde tuvo que apoyarse.

—¡Por Dios, Justine! —Seguro que había entrado usando la llave que le había dado Rye, algo que había hecho sin pedirle permiso a él antes, por cierto, y se había acercado sigilosamente a ellos—. ¿Cómo es posible que te muevas sin hacer ruido?

Ella se acercó, recorriéndole la cara con la mirada, comprobando su estado.

—Pensé que estarías dormido. ¿Cómo iba a saber que estabas paseando por el pasillo?

—Estoy estirando las piernas.

—Pareces a punto de desmayarte. —Miró a Rye con expresión hosca—. Necesita estar en la cama.

Rye levantó las manos, la viva imagen de la inocencia.

—Me limito a seguir órdenes, señorita. No es de los que me escuchan, no como a usted.

—Sabía que debía quedarme. —Colocó un hombro debajo del brazo de Jack, aceptando parte de su peso—. Te vuelves a la cama.

—No puedes quedarte aquí todo el tiempo —dijo Jack—. Y Rye es perfectamente capaz de...

—De dejar que lo avasalles, al parecer. Aunque te ha afeitado, así que no puedo quejarme demasiado de él.

Entraron cojeando en el dormitorio de Jack.

—Así que te gusta mi cara sin barba, ¿verdad?

—Sabes que sí, so presumido.

Se acostó en el colchón despacio, mientras Justine lo sujetaba de uno de los brazos. Cuando ya estaba tumbado de espaldas, ella dijo:

—Quiero revisar la sutura.

—Se acabaron las exploraciones, *cara*. Estoy bien.

—No estás bien, y lo voy a comprobar. No tengo inconveniente en que Rye te sujete mientras lo hago si es necesario.

¡Por Dios! ¿Había admirado antes su terquedad?

—Lo permitiré con una condición.

Ella enarcó una ceja castaña y cruzó los brazos por delante del pecho.

—¿Negociando, Jack? ¿De verdad?

—Si no deseas revisar la sutura...

Ella sonrió y sacudió la cabeza con lo que él supuso que era una exasperación extrema.

—¿Cuál es tu condición?

—Que te metas en la cama conmigo cuando termines.

—No es una buena idea. Cualquier tipo de actividad vigorosa podría reabrir esa herida.

—No es para una actividad vigorosa. Solo quiero abrazarte. En mi lado bueno, te lo juro.

La expresión de Justine se suavizó hasta volverse tierna y cariñosa. Jack sintió que el pecho se le henchía por esa mirada y lo que podría significar, los sentimientos que podría transmitir. Alargó la mano, desesperado por su contacto.

—Echo de menos tocarte.

—De acuerdo. —Justine aceptó su mano y le dio un apretón—. En tu lado bueno.

Después, lo soltó y fue a lavarse las manos en el lavabo. Cuando regresó, le abrió la bata, le desabrochó la ropa interior enteriza y le levantó el vendaje. Él se quedó quieto y le permitió satisfacer su curiosidad, aunque sabía que no encontraría ningún signo de infección. Aunque no tocó la herida, le rozó la piel mientras trabajaba, y sus fríos dedos le acariciaron el abdomen mientras le ajustaba la ropa. Su aroma floral y limpio lo envolvió, y tomó una honda bocanada de aire, guardándose ese recordatorio suyo en los pulmones. Estar allí, olerla y tocarla casi hacía que mereciese la pena que lo hubieran herido.

—Ya está. He terminado. ¿Ves como no ha sido tan terrible?

—En ningún momento he pensado que lo fuera. Solo quería que te acostaras conmigo.

Ella se rio y se recogió las faldas a fin de prepararse para subir a la cama.

—Eres un hombre astuto. —Oyó que se le arrugaba un papel en el bolsillo—. ¡Ay! Casi se me olvida. Cooper me pidió que te diera esto. Lo he visto fuera.

¿Cooper había estado fuera?

—¿Qué es?

—Mensajes del club, creo. —Le entregó un fajo de papeles. Jack comenzó a hojear las notas y cartas. La mayoría podía esperar.

Un telegrama casi al final le llamó la atención. Lo abrió.

NO HAY TRATO. TU IMPLICACIÓN DEMASIADO ARRIES-
GADA.

HATCHER

Joder.

Apretó el papel con la mano, arrugándolo. Era evidente que el disparo había asustado a Hatcher. Lo entendía, aunque detestaba la situación. Claro que nadie había disparado al inversor y solo harían negocios juntos, no iban a socializar de forma habitual. En lo que a él respectaba, no tendrían que volver a coincidir en una estancia durante lo que les quedase de vida.

—¿Malas noticias?

Parpadeó y miró a Justine, que lo observaba con atención.

—Nada que no pueda arreglar, o eso espero.

Ella le quitó los mensajes y las cartas de las manos.

—Puedes mirar todo esto más tarde. —Acto seguido, Justine se acomodó en el colchón y se acurrucó con cautela contra su lado bueno.

Su calor corporal lo caló hasta los huesos. Se sintió un poco avergonzado por el placer que le producía estar con ella.

—¿Quieres hablar de ello? —la oyó decir.

Estuvo a punto de negarse de forma automática, pero se contuvo. Tal vez debido a su proximidad y a lo mucho que lo relajaba, pero sí quería hablar del tema con ella. No recordaba la última vez que había hablado de sus asuntos con alguien que no fueran Rye o Cooper. Sin embargo, Justine era inteligente y ecuánime. Lógica. Ella podría ofrecer una solución a algunos de los problemas que lo acuciaban.

—¿Recuerdas al hombre con el que tenía que reunirme en la gala de recaudación de fondos?

—Pues sí.

—Se llama Julius Hatcher. Es un inversor de la Cervecería de Little Water Street.

—Conozco al señor Hatcher. Su esposa es amiga de mi hermana mayor.

—Estoy en proceso de llevar la cervecería al ámbito nacional. Produciremos y enviaremos cerveza a todo el país. Y necesito el apoyo de Hatcher para hacerlo.

—¡Qué gran idea! —Ella le acarició el torso—. Eres muy inteligente.

—Gracias. Sé que es una gran idea y pensé que había convencido a Hatcher.

—Pero...

—Pero entonces me dispararon. Durante nuestra reunión en la cervecería.

—¿Estabas reunido con Hatcher cuando te dispararon?

—Sí.

Ella soltó el aire despacio.

—¿Y ahora está reconsiderando la inversión?

Le apoyó los labios en la coronilla al oírla. ¡Qué inteligente era esa mujer!

—Exacto. Dice que mi implicación hace que todo sea demasiado arriesgado.

—No se le puede culpar. El pobre hombre seguramente siga conmocionado. Es un notorio ermitaño y ver que te disparaban delante de sus ojos sin duda le ha dejado una impresión duradera.

—Yo no tengo la culpa de nada de eso. Por no mencionar que soy yo quien recibió el disparo, no él.

—Yo diría que algo de culpa sí tienes. Llevas la vida que has elegido y es una vida peligrosa. Nunca has puesto excusas, pero debes de ser consciente de los riesgos.

Los conocía, demasiado bien. La prueba era el dolor abrasador que tenía en el costado en ese momento.

—No le estoy pidiendo que comparta oficina conmigo. Ni siquiera tenemos que volver a vernos en persona. No hay riesgo físico para él.

—Es cierto, pero sí que hay riesgo físico para ti. ¿Qué pasa con el negocio si te matan? Estoy suponiendo, ya que la idea es tuya, que tú te encargas del grueso de la distribución y del transporte de la cerveza.

Hatcher podría contratar a alguien para sustituirte, pero ¿tendría tu ambición o tus contactos? ¿Tu encanto o tu perspicacia para los negocios? Mi opinión es que Hatcher sabe que nadie más que tú puede llevar a cabo semejante hazaña.

Jack clavó la mirada en el techo y sopesó sus palabras. ¿Era ese el motivo por el que Hatcher se había asustado después del ataque? De ser así, podría disponer qué hacer en caso de que le ocurriera algo a uno de los tres socios. Si cubría los imprevistos, podría aliviar las preocupaciones del inversor lo suficiente como para que cambiara de opinión.

La estrechó con fuerza contra él.

—Puede que tengas razón. Por lo tanto, tengo la imperiosa necesidad de besarte ahora mismo. Ven aquí.

—De ninguna manera. Necesitas descansar, no excitarte.

—Prometo no excitarme. Solo quiero un beso.

Con cuidado, Justine se apoyó en un codo y pegó los labios a los suyos. Intentó que fuera un beso casto, pero él se apoderó de su boca y le rodeó la espalda con un brazo para evitar que se apartase al instante. La deseaba con locura, era un anhelo profundo que ni siquiera una terrible herida podría eliminar. Le introdujo la lengua en la boca y la saboreó, acariciándola, hasta que ambos se quedaron sin aliento.

Pegó la cara a esos sedosos mechones de pelo.

—Te suplicaría follarte de no ser porque te preocuparías por mi herida.

—No tendrías que suplicar si estuvieras curado.

—En ese caso, supongo que será mejor que me cure deprisa.

22

Aunque era por la tarde, el club hervía de actividad. Justine no había estado allí desde que hirieron a Jack, hacía casi una semana. Él había insistido en retomar sus tareas al día siguiente de recibir el telegrama de Hatcher, decidido a hacer realidad la cervecería nacional. La herida se estaba curando, y ya empezaba a convertirse en lo que acabaría siendo otra cicatriz en su maltrecho cuerpo.

Esperaba volver a ver ese cuerpo pronto. Tal vez esa misma noche.

Por suerte, sus hermanas habían dejado de lado el tema de Jack. El hecho de quedarse todas las noches había debido de tranquilizarlas al entender que no pasaba nada entre su hermana menor y Jack Mulligan. De un tiempo a esa parte, Florence estaba en casa con más frecuencia y entraba en su dormitorio a horas intempestivas para «hacer una pregunta». Todo el mundo creía que Florence era muy buena mintiendo, pero ella sabía lo que estaba haciendo su hermana. Solo quería asegurarse de que estaba en casa, de que no se escabullía para ver a Jack.

Se sentía un pelín culpable por engañarlas. Por regla general, no le gustaba mentir. Sin embargo, aquello era distinto. No tenían por qué meterse en sus asuntos, sobre todo cuando ambas habían hecho justo lo mismo hacía poco tiempo. Ella nunca se había entrometido en sus relaciones amorosas, nunca les había prohibido ver a un hombre de otra clase social.

Y Jack era un buen hombre. Tal vez un poco tosco en algunos aspectos, pero era decente y amable.

Por sorprendente que fuera, ese día le había pedido que fuera al club en vez de a la casa de Bond Street. Desconocía el motivo de dicho cambio. Él no había mencionado nada el día anterior durante el tiempo que pasaron juntos.

Se cruzó con Cooper mientras subía la escalera.

—Hola. ¿Qué tal estás hoy, Cooper?

—Bien. Gracias, señorita. Ha dicho que la haga pasar enseguida.

Justine no se molestó en llamar a la puerta. Giró el pomo y entró. Jack la vio y se levantó de su mesa, y el hombre sentado frente a él se dio media vuelta.

Era el señor Keller, el hombre de Tammany Hall que había rechazado su petición para entrar en el departamento de policía.

Empezó a acelerársele el corazón mientras la recorría la expectación. ¿El motivo de su presencia era esa petición?

El señor Keller también se puso en pie. No parecía tan arreglado como la última vez que lo vio. Estaba sudoroso y sonrojado. Agarraba con tanta fuerza el bombín negro entre las manos que había arrugado la cinta del sombrero.

—Señorita Greene, gracias por venir. —La estruendosa voz de Jack resonó en la estancia—. ¿Le importa cerrar la puerta, por favor?

Justine cerró la puerta tras ella y se acercó a la mesa.

—Hola. Espero no interrumpir.

—En absoluto. Estábamos hablando de usted. —Jack se adelantó y le hizo una reverencia digna de un vizconde—. Venga a tomar asiento. Me han dicho que conoce al señor Keller.

—Buenas tardes, señor Keller. —Se acomodó en el sillón libre que había frente a la mesa.

El aludido la saludó con una inclinación de cabeza.

—Señorita Greene.

Jack se relajó en su sillón y entrelazó los dedos.

—Creo que el señor Keller tiene buenas noticias para usted, señorita Greene.

—En efecto, así es. —Miró de reojo a Jack antes de clavar la mirada en los ojos de Justine—. Sería un honor nombrarla la primera mujer integrante de la Jefatura de Policía de Nueva York.

Jack se lo había prometido, pero ella no había creído que fueran a aceptarla hasta que oyó las palabras. Entrelazó las manos sobre el regazo en un intento por controlar la emoción. Si el despacho estuviera vacío, se pondría a dar saltos de alegría. En cambio, intentó aparentar tranquilidad y madurez.

—Es una excelente noticia, señor Keller. No se arrepentirá. Trabajaré con ahínco.

—Sabemos que lo hará.

—Es muy amable de su parte. Espero ganarme la placa de detective dentro de dos o tres años.

Keller frunció el ceño y pareció más nervioso si cabía.

—No lo entiende, señorita Greene. No necesita ganarse la placa de detective. Voy a hacer que la nombren detective, no agente.

¿No necesitaba ganársela?

—Pues supongo que no lo entiendo, no. Todos los detectives empiezan como agentes. Y una vez que demuestran su capacidad, ascienden a detectives.

—Ya ha demostrado sus habilidades. —Jack la miró con una sonrisa paciente y cariñosa—. No hay necesidad de que se esfuerce en ascender por el escalafón. ¿Verdad, Keller?

El susodicho tragó saliva y asintió con la cabeza con un gesto más enfático de la cuenta.

—Desde luego. De hecho, no hay la menor necesidad.

—Pero me dijo que le quitaría el trabajo a un hombre con una familia que mantener.

—Ya no tenemos que preocuparnos de eso.

¿No tenían que preocuparse de eso? La inquietud la invadió y se le revolvió el estómago. Allí pasaba algo. Le estaban dando un puesto que no merecía. Un puesto que deseaba, pero solo después de habérselo ganado.

Y sabía por qué estaba sucediendo.

«Tú le pediste ayuda. Esta es la ayuda de Jack Mulligan».

Había supuesto que Jack lograría hacerla entrar en el departamento, no que la pusiera directamente a dirigir el cotarro. Los demás nunca la respetarían si entraba como detective. Ni siquiera la respetarían después de demostrar su valía, pero de esa manera sería un logro. Sin embargo, entrar con un rango superior solo le granjearía enemigos.

—Me gustaría empezar como todos los demás. Después me ganaré mi puesto como detective.

El señor Keller le dirigió una mirada a Jack; una mirada muy elocuente. Que dejaba claro que no tenía ni idea de cómo responder y que se remitía a Jack en ese asunto.

«¿De verdad crees que me va a rechazar?».

—Eso es innecesario —dijo Jack—. Ya eres detective. La placa solo lo hará oficial.

¿Era eso lo que quería? ¿Que se le concedieran favores basados en el poder de persuasión de Jack? O peor, ¿a través de la intimidación o del chantaje? ¿Cómo podría vivir consigo misma si aceptaba el nombramiento de detective sin trabajar para lograrlo?

«Aceptaste su ayuda en todo lo demás. ¿Por qué parar ahora?».

Tal vez, pero no había sido tan descarado, tan evidente.

«Mentirosa. Pudiste justificarlo porque era por una buena causa».

Se le cayó el alma a los pies y la vergüenza le corrió por las venas. Lo había justificado en todo momento. La ayuda con Gorcey y con Von Briesen. La gala de recaudación de fondos. Se dijo a sí misma que el método no importaba mientras se lograra el resultado deseado.

«Jack Mulligan es como una araña, Justine. Has caído en su tela, y cuanto más se lo permitas, más te arrastrará hacia el centro».

Y allí estaba ella, atrapada en su telaraña. A punto de llevar una placa de detective de la policía que no se había ganado. Muchísima gente había intentado decírselo, pero ella no había prestado atención. Lo había defendido porque le tenía aprecio.

«Te equivocas, lo quieres».

Sí, lo quería, más que a nada en el mundo. Pero no podía convertirse en esa persona. Ella no era así, una persona que comerciaba con tratos y favores. Ella creía en la honestidad y en la justicia, en defender a los que no tenían voz. En hacer lo correcto, sin importar qué.

Y aquello no estaba bien. En absoluto.

Se hizo el silencio y percibió el desconcierto de Jack mientras la miraba fijamente. Le dolía ver su hermoso rostro, esos penetrantes ojos azules capaces de robarle el alma a una mujer.

Como casi se la habían robado a ella.

Solo podía hacer una cosa.

—Lo siento, pero debo rechazar el puesto.

Ambos hombres se quedaron boquiabiertos, aunque Jack se recuperó primero.

—¿Rechazarlo? Pero esto es lo que quería.

De ninguna de las maneras deseaba mantener esa conversación delante del señor Keller. Se levantó y le tendió la mano.

—Señor Keller, gracias por su tiempo. Siento que haya sido en vano.

El hombre se levantó despacio y miró a Jack un breve segundo antes de estrechar la mano que ella le tendía.

—¡Ah! En fin. Lo entiendo. Por favor, si cambia de opinión, venga a verme.

—No lo haré, pero le agradezco el ofrecimiento.

Jack suspiró con fuerza y se puso en pie.

—Keller, gracias por venir.

—Cuando quieras, Mulligan. —Se puso el bombín y se llevó una mano al ala—. Señorita Greene. —Y desapareció por la puerta sin mirar atrás.

Se hizo el silencio y Justine decidió ser valiente.

Tras tomar una honda bocanada de aire, miró a Jack.

—No puedo seguir viéndote.

Jack se quedó paralizado, convencido de que la había oído mal.

—¿Que no puedes seguir viéndome?

—Efectivamente.

¿Se encontraba bien? Acababa de rechazar un nombramiento de detective de la policía, lo único que había deseado de verdad, y en ese momento estaba cortando su relación con él. ¿Qué se había perdido?

—No lo entiendo. ¿Estás enfadada conmigo por haberme reunido con Keller?

—No. Yo misma te pedí que lo hicieras. Estoy enfadada conmigo misma por no haber considerado lo que dicha petición significaba.

—¿Y qué significaba?

—Que intimidarías o chantajearías al señor Keller para que me diera lo que quería.

—La verdad, no he hecho ninguna de las dos cosas. —Se había limitado a pedirlo, porque Keller era lo bastante inteligente como para saber qué pasaría si se negaba.

—Porque eres Jack Mulligan. La intimidación y el chantaje van implícitos.

La irritación y el desconcierto confluyeron en su mente, pero se esforzó por mantener la calma.

—Algo de lo que eras perfectamente consciente cuando me pediste que hablara con él en tu nombre.

—Es posible y por eso estoy muy decepcionada conmigo misma.

—¿Así que te decepciona que le haya hablado a Keller?

—No, Jack. ¿No lo ves? Me decepciona haberte pedido que intervengas. Haber enfilado este camino de favores y sobornos contigo, con la firme convicción de que no me afecta. Aunque sí lo hace. Hasta ahora, he conseguido justificar tu ayuda porque beneficiaba a otras personas.

Lo invadió la vergüenza, pero se sobrepuso. No le pediría disculpas por la vida que llevaba, por su imperio. Fue un niño que nació sin nada, al que arrojaron a la calle como si fuera basura antes de que le cambiara la voz. A partir de ahí se convirtió en uno de los hombres más poderosos y ricos de la ciudad. Con casi dos mil personas bajo su mando, con prácticamente media ciudad bajo su control. Y lo había construido todo a su manera, de la única forma que sabía.

Si Justine deseaba que se arrepintiera, se iba a llevar una decepción.

Cruzó los brazos por delante del pecho.

—Este camino de favores y sobornos, como tú lo llamas, ha hecho mucho bien a lo largo de los años. Incluso a ti.

—Me doy cuenta de lo que has hecho hasta ahora y te lo agradezco. Sin embargo, una vez me dijiste que no preguntara cómo se hacía la sopa si me gustaba su sabor. Ya no puedo hacer eso, aun consiguiendo lo que quiero.

«Se está alejando. Di algo. Haz algo. Vas a perderla».

Rodeó la mesa y se acercó a ella.

—*Mon ange* —dijo en voz baja—, solo quiero facilitarte las cosas. No pretendía corromperte ni quitarte tus opciones. Pero si he ido demasiado lejos, dejaré de hacerlo. No interferiré más en tus casos.

Justine empezó a sacudir la cabeza antes de que acabara de hablar, alejándose de él como si tuviera una enfermedad contagiosa.

—No puedo seguir haciendo esto. La tentación siempre estará ahí. No podré dejar de hablar de mis problemas, y tú no podrás dejar de resolverlos. No puedo seguir disfrutando de la sopa. En algún momento me cambiará, si acaso no lo ha hecho ya.

La ira creció en su pecho, una potente marea que le había costado mucho controlar durante los últimos años. Estuvo muy enfadado aquellos primeros días en las calles. Luchar fue como respirar, una forma de sobrevivir, pero también de purgar las emociones que se agolpaban en su interior. Hacía años que no se sentía tan furioso, tan impotente. Hasta ese momento.

—No dices más que tonterías —le soltó—. Yo no he cambiado ni he hecho nada distinto. Solo te he dejado entrar. Has visto mi casa, me has visto la piel. He confiado en ti. ¿Y esto es lo que piensas de mí, que te voy a envenenar con mi presencia?

—No creo que me envenene. Es que llegaré a ver el veneno como algo normal. Lo aceptaré, lo beberé de buena gana.

—Estás diciendo que acabaré corrompiéndote.

—Sí. Ya he traspasado varias líneas desde que te conocí. ¿Hasta dónde estoy dispuesta a llegar? —Justine apretó los labios—. No puedo hacerlo. No puedo darle la espalda a mis principios, a todo lo que soy, solo porque tú me facilites las cosas.

No sabía qué decir. Utilizar las palabras para conseguir lo que quería era su especialidad, pero sus intentos de convencerla estaban fracasando. Era como si alguien lo hubiera tirado por un acantilado y se estuviera agarrando al borde solo con las uñas. La desesperación y el pánico hicieron acto de presencia.

—Estamos bien juntos. Dime, ¿tan ansiosa estás por echarlo todo a perder?

El dolor asomó a la cara de Justine, y casi retiró las palabras. En cambio, guardó silencio y dejó que ella pensara en lo que significaba marcharse.

Significaba que se acababan las partidas de bolos y las tardes en Bond Street.

Significaba que no habría más besos ni paseos en carruaje.

Significaba que ya no se reirían, ni follarían ni respirarían juntos.

Y si ella le quitaba todo eso, jamás sería el mismo.

—Jack —la oyó decir con un suspiro, como si estuviera a punto de cambiar de opinión.

Esperanzado, se acercó despacio, decidido a defender su caso por última vez. Antes de tomar una decisión, debía entender lo que sentía por ella.

—Justine, nunca he conocido a nadie como tú. Nunca ha habido otra mujer en mi vida, no de esta manera. Alguien que me importara y en quien confiara, como me pasa contigo. ¿Quién sabe qué habría pasado después de que me dispararan si no hubieras cuidado de mí? Lo que sientes no es unilateral. Yo me siento igual de desequilibrado e inseguro de mí mismo a tu lado. Pero no quiero renunciar a ti. Por favor, *cara*, no me dejes.

Justine respiraba con dificultad, y vio que también tenía los ojos llenos de lágrimas.

—No quiero hacerte llorar —susurró y le acarició la suave piel que le cubría el mentón con los nudillos—. *Je ne peux pas vivre sans toi.*

Ella sorbió por la nariz y se llevó una mano a la boca.

—No digas eso.

—Es verdad. No puedo vivir sin ti. —Una lágrima resbaló por su mejilla, y fue como un puñetazo en el estómago—. Me estás matando. Di que te quedarás.

El silencio se prolongó. No podía descifrar su expresión, de modo que su ansiedad iba en aumento. El ruido procedente del club de la planta baja se oía perfectamente; los sonidos familiares de su vida solían ser tranquilizadores. En ese momento, solo servían para acentuar el silencio de esa estancia, la decisión trascendental que se estaba tomando sin que él tuviera voz ni voto.

Después de lo que pareció una década, Justine se movió para colocarle una mano en la mejilla.

—No puedo. Este no es mi mundo, es el tuyo. Y no me gusta en lo que me estoy convirtiendo al vivir en él. Gracias por todo lo que has hecho, por cada minuto que hemos pasado juntos. Nunca te olvidaré.

Las palabras lo dejaron sin aire en los pulmones; el dolor fue tan rápido y punzante que casi se le aflojaron las rodillas. Fue como recibir un millar de cortes de navaja en el interior del pecho. Pero no mostraría debilidad. Ya había suplicado una vez. No iba a suplicar más, ni ese día ni nunca, y se acabó lo de intentar evitar lo inevitable.

«Deberías haberlo visto venir. Deberías haberte preparado para esto».

Sí, debería haberlo hecho. Era el puñetero Jack Mulligan. Nunca era vulnerable. La rabia surgió en su interior como una bestia, feroz y salvaje, con garras, lista para arremeter.

Aunque no dejaría que se liberase. Todavía no.

Retrocedió un paso atrás y dejó caer el brazo. Se metió las manos en los bolsillos y dijo:

—Es una pena, porque yo haré todo lo posible por olvidarme de ti.

Vio que le temblaba el labio inferior al tiempo que se le llenaban los ojos de lágrimas justo antes de darse media vuelta en dirección a la puerta, que abrió de golpe para salir corriendo al pasillo. Oyó el frufrú de sus faldas mientras huía de él.

«La has hecho llorar. Le has hecho daño, monstruo».

Al cuerno con su conciencia. Ese era su mundo, tal como ella había dicho, y diría y haría lo que le diera la gana. No había consecuencias, ninguna que le importara ya. Que volviera a la zona alta de la ciudad con sus aburridas fiestas y sus pretendientes insulsos.

Si no le gustaba estar allí, no la quería a su lado.

Se había ido. ¡Se había ido! Justine creía que él era veneno y se había ido para siempre, incluso después de haberle suplicado que se quedase. Le había suplicado, como un idiota enamorado.

Y se había quedado solo.

La rabia le corría por las venas, hiriéndolo por dentro. Le zumbaban los oídos por ella, estaba ardiendo por dentro, todo su cuerpo se estremecía. No podía controlarla. Los sentimientos se acumulaban y expandían, se duplicaban y triplicaban, el dolor estallaba en su cráneo... hasta que agarró el borde de la mesa, levantó el pesado mueble de roble y, con un rugido, lo volcó en el suelo. Salieron volando papeles y vasos, y el golpe sacudió todo el edificio.

Segundos después, apareció Rye.

—¡Por los clavos de Cristo!

Jack señaló con un dedo a su lugarteniente.

—Tiene prohibida la entrada tanto a Bond Street como al club. Nadie la deja entrar, ni los chicos de la entrada ni el personal de la cocina. Como consiga colarse por una dichosa ratonera, rodarán cabezas. ¿Entendido?

—Sí, diría que sí. ¿Qué ha pasado entre vosotros?

—Eso da igual. Ten muy claro que, en lo que a mí respecta, Justine Greene nunca ha existido.

23

La puerta se abrió, pero Justine no se molestó en levantar la mirada de donde se encontraba sentada, junto a la ventana.

—Justine, ¿has visto ese collar que...? —Florence dejó la frase en el aire—. ¿Sigues tejiendo? ¿Piensas hacer jerséis para toda la ciudad?

Sí, seguía tejiendo. De momento, había terminado tres mantas. El sueño la había eludido y no había hecho mucho más que tejer desde que dejó el club de Jack. La verdad, daba pena. Al fin y al cabo, era ella la que se había ido. No había razón para la melancolía. Fue decisión suya cortar con él. Y, en el fondo de su corazón, sabía que era la decisión correcta. Todo lo que le había dicho era cierto.

«Yo haré todo lo posible por olvidarme de ti».

¡Por Dios, cómo dolía el comentario! Mucho más que caerse de un caballo, algo que le sucedió en una ocasión. Ese dolor era como si la hubieran apuñalado en el corazón. Con algo romo y grueso. Como una aguja de tejer.

—¿Justine? ¿Me has oído? —Florence apareció delante de su línea de visión y puso los ojos como platos—. ¡Madre del amor hermoso! ¿Se puede saber qué te ha pasado?

—Estoy bien. —Se le quebró la voz por falta de uso. Carraspeó—. Vete, Florence.

—No estás bien. —Florence le puso la palma de la mano en la frente—. No tienes fiebre. ¿Sufres de escalofríos o dispepsia?

—¡Ay, por el amor de Dios! —Le apartó la mano con poca delicadeza—. No soy una niña. No me pasa nada.

—¿Cuándo fue la última vez que comiste?

¿Por qué no se iba su hermana? Lo único que quería era que la dejaran en paz para tejer hasta que el horrible dolor desapareciera. Después podría retomar su vida tal como había sido antes de que Jack Mulligan lo pusiera todo patas arriba.

«Me estás matando. Di que te quedarás».

—Vamos. —Florence se agachó y le pasó un hombro por debajo del brazo, obligándola a ponerse en pie—. Te voy a meter en la bañera.

—No necesito un baño. Necesito tejer. —Durante cien años. Después se habría olvidado de Jack, de sus luminosos ojos azules y de su atractivo rostro. Y de cómo contenía la respiración cuando lo besaba en la garganta. De cómo la miraba como si fuera la única persona en la tierra.

Se echó a llorar.

Florence casi tropezó mientras se dirigían al cuarto de baño.

—Me estás asustando. Por favor, dime qué pasa.

—No puedo. —Sus hermanas le habían advertido sobre Jack, y en ese momento no soportaría ninguna muestra de engreimiento ufano por la desdicha que estaba padeciendo.

Por suerte, Florence no dijo nada más, por lo que ella se sentó, entumecida, mientras su hermana le preparaba un baño. Cuando se sumergió en el agua caliente, agradeció la actitud mandona de Florence. No se había dado cuenta de lo mucho que necesitaba lavarse.

Sin embargo, el problema del baño era que le permitía pensar. Lo que la llevó a más tristeza. Detestaba ese sentimiento. Si hubiera habido otra forma, se habría quedado con él. Pero ella era la sempiterna benefactora, como a él le gustaba llamarla, y él era el capo del crimen organizado de Manhattan. No había ningún camino futuro que pudieran recorrer juntos sin que alguno de los dos tuviera que renunciar a su forma de ser. Sin que alguno tuviera que doblegarse. Desde luego, Jack no lo haría, y si algún día ella se despertaba y se daba cuenta de que se había convertido en todo lo contrario a los principios por los que se había regido toda la vida, eso la destruiría. Se odiaría a sí misma y, finalmente, lo odiaría a él.

Sin embargo, lo echaba de menos. Más de lo que nunca había creído posible.

¿De verdad se esforzaría por olvidarla?

Alguien llamó a la puerta.

—Llevas más de una hora ahí dentro —dijo Florence desde el otro lado—. Si no sales en los próximos cinco minutos, voy a entrar.

Lo haría sin lugar a dudas.

—Saldré pronto.

—Ya, Tina. El agua debe de estar helada.

Se miró los dedos de los pies y, efectivamente, tenía la piel azulada. Suspiró, se levantó y buscó una toalla.

—Ya puedes dejar de revolotear —dijo.

Nadie respondió. Con suerte, su hermana se había ido y la dejaría tranquila. Detestaba mentirles. Tarde o temprano, se enterarían de lo sucedido, pero la conversación sería más fácil cuanto más lejos estuviera ella de Jack.

Salió del cuarto de baño envuelta en su bata.

Se quedó helada. Mamie y Florence estaban sentadas en la cama y la miraban con el ceño fruncido. Florence habría avisado a Mamie mientras estaba en el cuarto de baño. Eso quería decir que su noche estaba a punto de empeorar.

Se sentó delante del tocador y empezó a cepillarse el pelo mojado. Era fácil desentenderse de sus hermanas, porque ambas detestaban el silencio. Como era de esperar, empezaron a hablar entre ellas en cuanto se negó a abrir el pico.

—Te dije que tenía un aspecto terrible —murmuró Florence.

—Creía que estabas exagerando —replicó Mamie—. Pero veo que no.

—¿No te preocupaste al ver que no aparecía por la asesoría?

—No. De un tiempo a esta parte, ha estado entrando y saliendo a horas extrañas. Supuse que estaba trabajando en otro de sus proyectos.

—Bueno, pues deberías haber prestado más atención. Sabrá Dios cuánto tiempo ha estado tejiendo.

—¿Y tú? —La voz de Mamie se endureció—. Tú eres la que vive en la misma casa con ella. ¿O estás demasiado ocupada con Clay y el casino como para vigilar a nuestra hermanita?

—Sí, estoy muy ocupada, Mamie. El casino está ocupando todo mi tiempo. No puedo encargarme de todo en casa durante la ausencia de papá y mamá.

—Ya basta. —Justine golpeó el tocador con el cepillo—. No soy una niña. No es necesario que me vigiléis. Es más, no habléis de mí como si no estuviera en la habitación.

Sus hermanas cerraron la boca, debidamente contritas, durante unos diez segundos. Mamie fue la primera en recuperarse.

—Justine, tu bienestar es responsabilidad nuestra mientras papá y mamá están fuera. Sabemos que no eres una niña, pero eres una muchacha soltera que visita barrios peligrosos y se relaciona con hombres peligrosos. Tenemos derecho a preocuparnos.

—Como puedes ver, estoy perfectamente bien. Me gustaría dormir un poco, así que si no os importa desocupar mi cama... —Las espantó con las manos, pero sus hermanas no se movieron.

Mamie levantó la barbilla.

—No me moveré de aquí hasta que me digas qué te ha pasado. ¿Te han hecho daño?

«Físicamente, no».

—No. Prefiero no hablar del tema.

—¡Qué pena! —dijo Florence—. Yo no tengo problema en quedarme aquí toda la noche si es necesario. ¿Y tú, Mamie?

—Frank a veces ronca, así que encantada de la vida en la cama de Justine. Podría quedarme toda la semana, de hecho.

Después de vivir con ellas durante veinte años, sabía que sus hermanas no iban de farol.

—Sois las dos de lo peor.

Mamie le dio unas palmaditas al colchón.

—Túmbate y cuéntanoslo todo. Bien sabe Dios que te hemos hablado hasta la saciedad de nuestros problemas a lo largo de los años.

Florence se recostó sobre un montón de cojines.

—Desde luego. Siempre has sido el hombro sobre el que nos desahogábamos, Tina. Así que permítenos devolverte el favor y ayudarte, aunque sea escuchando.

El agotamiento se apoderó de Justine, que se arrastró hasta la cama. Lo único que quería en ese momento era dormir.

—Ese es el problema. Que no os limitáis a escuchar. Las dos hacéis lo que os da la gana con mi vida. Siempre lo habéis hecho. ¿Recordáis cuando me convencisteis de que podía llegar a París si seguía corriendo hacia el horizonte? ¿O cuando me hicisteis bajar la primera en trineo por aquella peligrosa colina? ¿Y cuando me dijisteis que tocara el enchufe porque no me dolería?

Florence carraspeó y miró a Mamie de reojo.

—Dicho así parecemos unas arpías. Pero jamás habríamos hecho algo que fuera peligroso de verdad.

—Es cierto. Te queremos. ¡Por Dios! Eres la mejor de las tres. ¿Cómo puedes dudarlo?

—Porque habláis de mí como si fuera una niña. Las dos me habéis tildado de ingenua más de una vez. Creéis que por haber visitado salones de baile y casinos sois mujeres de mundo y tenéis mucha experiencia. Que sois impermeables al peligro. Bueno, pues yo he estado en salones de baile, en casinos, en tabernas, en pisos inmundos de alquiler, en burdeles y en cualquier otro sitio que os podáis imaginar de esta ciudad. Sin embargo, como no soy descarada como tú, Florence, ni irrespetuosa y terca como tú, Mamie, tenéis la impresión de que soy incapaz de cuidarme sola.

Florence se acercó y la tomó del brazo. Mamie se tumbó al otro lado, de modo que Justine quedó entre las dos.

—Tienes razón —dijo Mamie—. A menudo, he pensado que eres demasiado buena, demasiado decente para esta ciudad. Pero eres dura, Justine. Mucho más dura de lo que la gente cree.

—No podría estar más de acuerdo —replicó Florence—. De hecho, me da envidia todo lo que has conseguido en tan poco tiempo. Clay dijo que te consideran un ángel en los barrios bajos...

«Mon ange». Casi podía oírlo susurrar. Se le llenaron los ojos de lágrimas.

—¡Ay, no! ¿Qué he dicho? —Florence parecía horrorizada—. Lo he dicho como un cumplido, te lo juro.

Justine se secó las lágrimas de las mejillas.

—No lloro por eso. —Ninguna de sus hermanas le preguntó, pero percibió que se morían por hacerlo. Las dos se mordían los labios, con fuerza, y estaban haciendo gala de una contención admirable. Suspiró—. He cortado con Jack Mulligan.

—Espera, pensaba... —Florence desvió la mirada hacia Mamie—. Pensaba que eso se había terminado hace tiempo.

—No. Me limité a llegar a casa a una hora razonable para que no sospecharas que seguía viéndolo.

Florence se quedó boquiabierta.

—Eso es muy inteligente por tu parte. Estoy impresionada. Mamie, ¿por qué no pareces sorprendida por nada de esto?

—Porque ella lo sabía —contestó Justine—. O más bien lo suponía, por culpa de ciertos casos de la asesoría de ayuda jurídica.

—¿Lo sabías? —Florence se apoyó en un codo para incorporarse y fulminó con la mirada a Mamie—. ¿Por qué no me lo dijiste?

—Se suponía que Frank iba a encargarse del tema. Prometió reunirse con Mulligan y exigirle que dejara de ver a Justine.

—¡Maldita sea! Así que ese era el motivo de que Clay acompañara a Frank aquella tarde. Se mostró muy cauteloso con el tema y no me explicó nada.

—Espera, ¿Frank y Clay fueron a ver a Jack? ¿Cuándo?

—Justo después de que hablarais con la señora Gorcey. Supuse que te lo habría dicho.

No, no lo había hecho. Claro que ¿por qué iba a hacerlo? Solo la había involucrado a ella y a su familia. ¡Qué irritante!

—¿Qué ha pasado entre vosotros? —quiso saber Florence—. Porque como te haya maltratado de alguna manera...

—No, no. Nada de eso. Todo lo contrario, en realidad.

—¿Qué significa eso?

—Él... me ha dado todo lo que le he pedido. Cualquier cosa. Bastaba con mencionarlo para que él chasqueara los dedos y lo hiciera realidad. Es como una especie de hechicero. Y debo admitir que fue seductor al principio. Me ahorraba tiempo y esfuerzo. Los problemas desaparecían cuando Jack estaba cerca.

—Eso no suena tan mal —replicó Mamie—. Pero presiento que ha pasado algo.

—Mi idea era convertirme en detective de la policía...

—¿¡Cómo!? —exclamó Florence—. No hay mujeres detectives.

—Todavía no. Pero hay muchos casos por los que los hombres ni se molestan, asuntos que involucran a mujeres y a niños, principalmente. Quería encargarme de ellos.

La expresión de Florence se iluminó de repente.

—En realidad, me encanta. Es el trabajo perfecto para ti. Obviamente, Mulligan se opuso a la idea teniendo en cuenta que está al otro lado de la ley.

—Como otros que permanecerán en el anonimato —apostilló Mamie en voz baja, refiriéndose al casino ilegal que Florence estaba levantando.

—Te equivocas: Mulligan estaba a favor. Se reunió con un representante de Tammany Hall y lo convenció de que me ofreciera un puesto. Estaba todo listo para convertirme en la primera mujer detective.

—¿Y? —preguntó Florence.

—Pues que no estaba bien. Iban a nombrarme directamente detective, sin antes ser agente.

—¿Qué tiene eso de malo?

—Todo. ¿Te imaginas el resentimiento de los demás detectives si hubiera entrado, sin experiencia alguna, como detective?

—No veo por qué tiene que ser un problema —repuso Florence—. Muchos hombres lo hacen todo el tiempo, y se aferran al nepotismo y a los favores para avanzar. ¿Por qué no habrías de hacerlo tú?

—Porque no es justo. Y fue más que eso...

—La telaraña —dijo Mamie, que clavó los ojos en la cara de Justine con expresión más que elocuente.

—¿Qué telaraña? —preguntó Florence.

Mamie hizo caso omiso de la pregunta.

—Tengo razón, ¿no?

—Sí. —Justine empezó a darle tironcitos a un hilo suelto de la colcha—. No puedo relacionarme con un hombre que soborna, intimida y amenaza para conseguir lo que quiere, aunque sea por una buena causa. Al final, lo detestaría.

—¿Se lo has dicho?

—Pues sí. Intentó convencerme de que no lo hiciera.

—Puede ser muy persuasivo por lo que tengo entendido —replicó Mamie.

—Obviamente no es consciente de que nadie es capaz de hacer cambiar de opinión a Justine una vez que toma una decisión —apostilló Florence.

Mamie habló con voz dulce:

—Lo quieres, ¿verdad?

Justine no pudo responder por culpa del nudo que tenía en la garganta. Se concentró en respirar y clavó la mirada en la arañita que caminaba por el techo. «¡Qué apropiado!», pensó.

—¡Ay, Tina! —Florence le dio un apretón todavía más fuerte en el brazo—. Eso es justo lo que me temía.

—Hiciste lo correcto —le aseguró Mamie desde el otro lado—. Aunque soy consciente de que es un triste consuelo ahora mismo.

—Con el tiempo te sobrepondrás —añadió Florence—. Conocerás a otro hombre y Mulligan será un recuerdo lejano.

El problema era que ella no quería a otro hombre. ¿Qué hombre iba a estar a la altura de Jack? Además, ¿por qué iba a arriesgar su corazón de nuevo? Era insoportable.

—La verdad, no lo entendía cuando tuvisteis problemas con los hombres. Pensaba que exagerabais. Fui muy arrogante con mis consejos teniendo en cuenta que no tenía ni idea de cómo os sentíais.

—No hace falta vivir una tragedia para ofrecer ayuda o comprensión. Y tú nunca has sido arrogante —le aseguró Mamie.

—Cierto. —Florence echó los pies al suelo y se levantó—. Y creo que deberíamos dejar de hablar y empezar a regodearnos en nuestra miseria como hacen los hombres.

—¿Haciendo qué? —preguntó Justine.

—Emborrachándonos.

Jack levantó ambos brazos mientras el sudor le corría a chorros por el cuerpo. Su oponente yacía a sus pies.

—Otro que cae. ¿Quién más se cree capaz de ganarme?

Los hombres de la estancia se miraron entre sí con recelo. En los últimos dos días, dieciséis hombres habían subido al cuadrilátero con Jack. Ninguno había salido victorioso. Los espectadores del vecindario se habían reunido frente a las ventanas del club, observándolo tumbar a un oponente tras otro.

Todo empezó como una forma de quemar su rabia, de agotarse para caer rendido sin soñar por las noches. Una ventaja del asunto era que probablemente el hombre que le había disparado aparecería. O'Shaughnessy no podía contentarse con ese fracaso. Tarde o temprano, él iría en busca de respuestas... y no lo haría solo. El único movimiento posible del irlandés era atentar de nuevo contra su vida, esa vez con éxito.

Así que Jack se hizo lo más visible que pudo. Dejó que Cooper y Rye se preocuparan de internarse en la multitud y de vigilar si había pistolas. Una parte de él esperaba que el asesino se saliera con la suya. Al menos así dejaría de suspirar por una mujer que lo consideraba un veneno.

«Este no es mi mundo, es el tuyo. Y no me gusta en lo que me estoy convirtiendo al vivir en él».

—¡Vamos, amigos! —gritó—. ¿Ni uno solo de vosotros se atreve a pelear conmigo, so cobardes?

Alguien carraspeó a su derecha. Rye, que reclamaba su atención. Se acercó a él, recogió la toalla que había colgado en las cuerdas y comenzó a limpiarse la cara y el cuello.

—¿Qué pasa?

—Los chicos no están muy dispuestos a pelear contigo en tu estado de ánimo actual. ¿Qué tal si bajas de ahí y nosotros...?

—Uno más, Rye. Solo un combate más.

—No, hoy no. Ya estás casi agotado, por no hablar de esa cicatriz que todavía se te está curando en el costado. Además, ¿cuándo fue la última vez que te ocupaste de los libros de cuentas?

Cinco días. No había pisado su despacho desde que ella se fue, porque ver esa estancia era como una patada en los huevos. Volver a Bond Street también estaba descartado. Seguramente era el momento de buscar a un agente inmobiliario y vender la casa, porque no volvería a dormir allí.

—No te preocupes por los libros —replicó—. Y no puedo parar. Todavía no hemos visto al tirador.

—Eso dará igual si te desplomas muerto aquí mismo.

—¡Qué ridiculez! Tengo una salud excelente.

—No dirías eso si te vieras.

—Deja de sermonearme. Si quisiera una esposa, me habría casado hace mucho tiempo.

—No, no lo habrías hecho porque nadie te aguantaría, nadie excepto ella. Y tú la has echado.

«No la he echado. Ella se ha ido».

—Métete en tus dichosos asuntos y búscame otro luchador.

—Estoy ocupado vigilando a O'Shaughnessy. Si tienes tantas ganas de matarte, tendrás que hacerlo sin mi ayuda.

Rye se alejó, dejándolo solo en el cuadrilátero con sus pensamientos. Eso no mejoró su estado de ánimo. En realidad, logró el efecto contrario. Prefería enfrentarse a diez O'Shaughnessy antes que pensar en ella. No se podía cambiar el pasado.

«*Qui n'avance pas, recule*». Avanzaría o moriría en el intento.

Se volvió hacia el público de la sala principal y gritó:

—¡Cien dólares a quien suba al cuadrilátero conmigo!

A su alrededor, todos pusieron los ojos como platos. Algunos hombres negaron con la cabeza, pero había como doce o trece que parecían estar sopesando la oferta.

—Doscientos si dura más de diez minutos.

Cuatro hombres comenzaron a avanzar, hombres altos con cuellos gruesos y hombros anchos. ¡Por fin! Se frotó las manos. Tal vez pelearía con todos ellos. Lo que les pagara valdría la pena, sobre todo si le daban unos cuantos golpes. Al menos así podría atender las heridas físicas, porque para la angustia no había alivio. La única forma de sobrevivir era desentenderse de ella por completo.

—¿Quién es el primero? —Señaló al más grande de todos—. ¿Mike el Sureño?

El aludido se encogió de hombros, se coló entre las cuerdas y subió al cuadrilátero. Jack le hizo un gesto a uno de los chicos para que se acercara y empezara a envolverle los nudillos a Mike con un trozo de tela mientras él estiraba los brazos con la expectación corriéndole por las venas. La oscuridad se desvaneció por un momento, un bendito alivio de la locura que le rondaba por la cabeza. Podía concentrarse en el combate, en los golpes que tenía que asestar, y perderse en su pura esencia física.

Movió la cabeza a un lado y al otro y miró por la ventana, más allá de la multitud. Por un brevísimo instante, captó el brillo del metal. Parpadeó y lo vio. Al otro lado de la calle, un hombre estaba de pie frente al club, con una pistola en la mano.

Y apuntaba hacia la ventana.

24

Jack reconoció al hombre, y no era quien esperaba. ¿Qué significaba aquello?

En vez de esconderse, gritó la única palabra que garantizaba que sus hombres abandonaran una estancia como si fueran cucarachas.

—¡Policía!

El caos invadió el lugar. Las mesas y las sillas acabaron volcadas, y muchos vasos se rompieron mientras todos corrían hacia la salida trasera y las habitaciones secretas. Jack no se movió. Se quedó mirando, con actitud casi desafiante, al hombre que estaba frente al edificio, retándolo a que le disparara.

Sin embargo, el desconocido debió de darse cuenta de que había perdido la oportunidad de efectuar un disparo limpio, porque se guardó la pistola en el bolsillo y se alejó por la calle. Tras ponerse la camisa, Jack avanzó entre la multitud lo más rápido que pudo hasta llegar a la puerta y salir a la calle. Localizó al tirador y lo siguió. En ese momento se dio cuenta de que Cooper también lo perseguía. «Bien hecho».

En esa ocasión, no se les escaparía de ninguna de las maneras.

El hombre giró hacia el sur por Bowery, y Jack decidió cortarle el paso, así que cruzó la calle y se adelantó. Cuando se percató de que lo tenía justo delante, el tirador puso los ojos como platos. Tras darse media vuelta, echó a correr en dirección contraria, hacia Cooper, que lo agarró y le colocó los brazos a la espalda. El hombre forcejeó para liberarse, aunque no lo consiguió, mientras Jack se acercaba despacio.

—Menudo imbécil —masculló al tiempo que le asestaba un puñetazo en el estómago a Robert Gorcey.

Gorcey resolló y se encogió, sujeto todavía por Cooper. Los peatones que caminaban por la acera se apartaron. Sin embargo, era un lugar demasiado público para lo que Jack había planeado.

—Llévalo al club —ordenó.

Cooper asintió con la cabeza y echó a andar hacia Great Jones Street, arrastrando a Gorcey. Pese a su aspecto enjuto, Cooper era fuerte. Gorcey no tenía ninguna posibilidad de escapar.

Una vez que llegaron a la fachada delantera del club, Jack hizo un gesto con la cabeza y señaló las puertas metálicas que conducían al sótano.

—Abajo.

Ya estaban allí cuando llegó Rye, que escupió en el suelo a los pies de Gorcey.

—¡Por Dios! ¿Uno de los nuestros?

Gorcey lucía una expresión rebelde y dirigía su desprecio y su odio a Jack.

—Te lo mereces —masculló—. Pégame todo lo que quieras, pero te mereces que te maten por interferir.

—Por obligarte a actuar como un ser humano decente, asqueroso de mierda. Esos niños dependen de ti; necesitan que los mantengas con el dinero que ganas trabajando para mí, debo añadir.

—Ya no. Me fui de esa casa, ¿o estás demasiado ocupado con tu puta para darte cuenta?

Jack ni siquiera lo pensó, se limitó a reaccionar. Le estampó un puñetazo en el mentón.

—Como vuelvas a hablar así de ella, te parto las piernas.

—¿Qué más da? —balbuceó Gorcey—. Después de lo que he hecho, que me partas las piernas es lo de menos. Haz lo que quieras, Mulligan.

—¿Eres tan tacaño que no puedes prescindir del dinero para tu familia? Sé lo que ganas, Robert. Te lo puedes permitir tranquilamente.

—Esa no es la cuestión —replicó Gorcey—. Ya no quiero estar casado con ella. No la quiero ni a ella ni a los niños.

—Entonces, ¿por qué te casaste con ella? ¿Por qué se la metiste y engendraste esos niños?

—Porque ella me dejó. Y entonces no era tan sosa y aburrida. Eso es lo que les pasa a las mujeres cuando tienen críos. Se vuelven sosas y aburridas. Después de que naciera el quinto mocoso, ya no me dejó follar más.

—¡Jesús, María y José! —murmuró Rye—. Con razón no lo quería de vuelta.

Jack entrecerró los ojos y apretó los puños. La señora Gorcey, a la que había conocido, se merecía algo mejor que ese malnacido.

—¿Una mujer decente, que comparta la vida contigo y te dé hijos? Eso es un regalo, joder. Por ese tipo de mujer, uno se desloma trabajando, no la abandona. Pero está claro que ella está mejor sin ti. Cualquier mujer está mejor sin ti.

Gorcey no dijo nada y su expresión no cambió. Aunque Jack no lo conocía bien, no le parecía muy listo. ¿Lo habría maquinado todo solo?

—¿Cuánto te ha pagado O'Shaughnessy?

—No sé de qué me hablas.

—¿Ah, no? —Jack se acercó a él e inclinó la cabeza para mirarlo cara a cara—. Si no trabajas para mí, estabas trabajando para otro. Dime para quién, Robert.

—Me da lo mismo que me creas o que no. No trabajo para nadie.

—Pues deberías replanteártelo. Si me dices la verdad, es posible que te meta en un tren a Kansas. Sin embargo, si me mientes, tengo en mente un barco con destino a Brisbane. Eso está al otro lado del mundo, Robert. En cualquier caso, no volverás a pisar Nueva York.

—No trabajo para nadie —repitió Gorcey, aunque Jack no lo creyó.

—En fin, parece que he conseguido lo que quería. Encontrar a alguien más a quien darle una paliza. —Rotó los hombros y se acercó a Gorcey.

—No me has preguntado lo más importante.

—¿Por qué no te tiro al río Este y acabamos con esto, por ejemplo?

—No. Cómo me enteré de lo tuyo con esa dama tan elegante.

Un mal presentimiento se apoderó de él y le provocó un escalofrío en la columna.

—¿Cómo te has enterado?

—Todo el mundo lo sabe. Hasta O'Shaughnessy.

—¿Y?

—Te lo diré si me sueltas.

Jack apretó los puños mientras los latidos del corazón le atronaban los oídos. No estaba dispuesto a soltar a Gorcey de ninguna manera, pero debía enterarse de lo que planeaba O'Shaughnessy, sobre todo si involucraba a Justine.

—No voy a soltarte. Pero es posible que te deje con vida si me lo dices.

—No es suficiente. Suéltame y te diré todo lo que quieres saber.

—Robert, me da la impresión de que afrontas esto como si fuera una negociación. Yo no negocio con hombres que han intentado matarme.

—Entonces supongo que ella morirá.

Eso era lo único que necesitaba saber. O'Shaughnessy tenía a Justine en su punto de mira para llegar hasta él..., y debía mover cielo y tierra para evitarlo.

—Vamos —dijo Rye—. Pero ya.

Jack iba de camino hacia la puerta.

—Esperad —terció Cooper—. Podría ser una trampa. Si Gorcey trabaja para él, es posible que esto sea lo que busque.

Jack se detuvo, mientras el miedo le clavaba las garras en el pecho. Podría ser una trampa..., pero ¿y si no lo era? ¿Y si O'Shaughnessy había secuestrado a Justine? La idea le heló la sangre en las venas.

—No me importa. Si Justine no ha llegado todavía, está en peligro. Tengo que acojonarlo como sea. De lo contrario, ella siempre estará en peligro.

—De acuerdo —dijo Rye—. Deberíamos llevar cien hombres.

—No, eso es lo que busca. Un gran enfrentamiento en las calles para que nos arresten a todos y la ciudad se suma en el caos. Ya he pasado por eso y no me apetece repetirlo. Esto tiene que hacerse de forma civilizada.

Rye sacudió la cabeza.

—Trevor O'Shaughnessy no es civilizado.

—Entrará en razón. Cooper, quédate con Gorcey. Átalo. Rye, vamos.

Justine subió a toda prisa los escalones de entrada de la jefatura de policía con la nota metida en el ridículo. Su presencia era palpable, casi le quemaba, mientras caminaba lo más rápido que podía en dirección al despacho del detective Ellison. No había hablado con él desde la visita a la fábrica de camisas. En realidad, no había pasado tanto tiempo, pero a esas alturas le parecía otra persona; un hombre más triste y cínico.

Media hora antes, un muchacho le había entregado una nota mientras salía de la asesoría.

10.000 $ POR LA VIDA DE MULLIGAN. TIENE HASTA QUE ANOCHEZCA.

La firmaba Trevor O'Shaughnessy e incluía las indicaciones para llegar a Broome Street Hall.

Justine no tenía ni idea de quién era el tal Trevor, ni de si realmente había secuestrado a Jack, pero tenía la intención de llegar al fondo del asunto. El detective Ellison no estaba sentado a su mesa, así que buscó en el edificio hasta que lo encontró reunido con otros hombres. No le importaba que fuera de mala educación interrumpir; la vida de Jack podía estar en juego.

Tras llamar a la puerta, le hizo un gesto al detective para que se acercara. No le pareció muy contento con la interrupción, ya que frunció el ceño.

—Necesito hablar con usted. Es urgente —susurró ella.

—Señorita Greene —dijo un hombre, sentado a una mesa de gran tamaño—. Pase, por favor.

El caballero, muy bien vestido, tendría más o menos la edad de su padre y lucía algunas canas en las sienes.

—¿Cómo... cómo sabe quién soy?

—Su padre y yo nos conocemos. Usted y yo nos hemos visto un par de veces, aunque no espero que lo recuerde. Soy el capitán Harrison.

«¡Ah, sí!», pensó ella.

—Su sobrina es la señorita Ida Harrison.

—Efectivamente. ¿Necesita que el detective Ellison la ayude en algo?

No se lo pensó. Si la ayuda del detective era buena, la del capitán Harrison era aún mejor.

—He recibido esta nota hace menos de una hora. —Sacó el papel y se lo entregó al capitán.

Harrison silbó y les pasó la nota a los otros hombres.

—Parece que Mulligan se ha metido en un lío.

Eso fue lo que la asustó.

—¿Quién es el tal O'Shaughnessy?

—El hombre que está tratando de apoderarse del territorio de Mulligan —le explicó el detective Ellison—. Me sorprende que no lo sepa, teniendo en cuenta lo amigos que son los dos.

Justine pasó por alto la indirecta.

—¿Debería preocuparme? ¿Le hará daño al señor Mulligan?

—Es probable que uno de ellos acabe muerto —contestó el capitán Harrison, que se encogió de hombros—. De todos modos, mejor para nosotros que se liquiden entre ellos.

—¿Qué significa eso?

—Significa que no tenemos tiempo para involucrarnos en las guerras de las pandillas de los barrios bajos. Que se las apañen como puedan. Así nos ahorramos problemas.

—Pero salta a la vista que esto es un chantaje. ¿No puede hacer algo? Al menos, vaya a Broome Street Hall y hable con el tal O'Shaughnessy. Puede que no sea nada importante, pero también es posible que la vida de un hombre esté en juego.

Uno de los hombres que asistía a la reunión se rio.

—O'Shaughnessy no es de los que van de farol. Si dice que Mulligan está en peligro, créaselo.

Una noticia aún peor que las anteriores.

—Pero no puedo conseguir diez mil dólares antes de que anochezca.

El detective Ellison levantó las manos y las dejó caer.

—En ese caso, supongo que el reinado de Mulligan ha terminado. Tenía que ocurrir tarde o temprano.

—¡Detective! No puedo creer que los agentes de la ley sean tan insensibles cuando la vida de un hombre está en peligro.

—A ver, nada de histerismos —terció el capitán Harrison—. Entiendo que esto la moleste, pero no es algo en lo que pueda involucrarse el departamento de policía. Me temo que Mulligan tendrá que resolverlo por su cuenta.

—¿Y si mi padre le pidiera al departamento que se involucrara? ¿Lo haría entonces?

—No, no lo haría. Además, su padre entendería que son dos delincuentes violentos y que la ciudad se alegraría de deshacerse de uno de ellos. Dejaría que se las apañaran como pudieran.

Con un gruñido, Justine recuperó la nota, se dio media vuelta y se dirigió a la puerta. Y pensar que antes admiraba a esos policías... Había descubierto que muchos de ellos no eran admirables; eran corruptos y poco fiables.

«¿No ha descubierto todavía quién ostenta el verdadero poder en esta ciudad?».

Tendría que encargarse ella misma de ese asunto.

Great Jones Street estaba a solo unas manzanas de distancia. Sin embargo, le pareció que tardaba una eternidad en llegar al club de Jack. Se estaba celebrando una pelea en el cuadrilátero, y todo seguía como siempre. Quizá la nota había sido un farol.

Los muchachos que hacían guardia en la puerta no la miraron mientras subía los escalones.

—Necesito ver al señor Mulligan.

—Disculpe, señorita —dijo uno de ellos mientras se movían para bloquearle la entrada—. Tenemos órdenes de no dejarla entrar.

Eso hizo que se echara hacia atrás.

—¿Órdenes de quién?

—De Mulligan. —El muchacho se tiró del cuello de la camisa—. Lo siento mucho, señorita.

¿Jack le había prohibido la entrada al club? Sintió una opresión en el pecho, como si estuviera atrapada en una prensa.

—¿Está aquí? Por favor, dile que necesito verlo ahora mismo. Esperaré.

—Se ha marchado con Rye...

—Cállate, idiota —masculló el otro muchacho—. No quiere que ella esté al tanto de sus asuntos.

Justine decidió no hacerle caso al que no le prestaba ayuda y se dirigió al más dispuesto a hablarle.

—¿Adónde han ido?

—No sabría decirle, señorita.

—Podría estar en peligro. Por favor, dímelo.

El muchacho poco servicial suspiró.

—No nos dicen adónde van. Se supone que solo debemos vigilar la puerta.

—¿Cooper está aquí o también se ha ido?

—Está abajo, en el sótano —contestó el muchacho servicial, lo que le valió una colleja por parte del otro guardia.

—Gracias —le dijo Justine, que echó a andar a toda prisa hacia la puerta metálica que supuso que conducía al sótano—. ¡Cooper! Necesito verte inmediatamente. Por favor, Cooper. —Acompañó sus palabras con un fuerte golpe para asegurarse.

La puerta se abrió al cabo de unos segundos.

—¿Señorita Greene? —dijo Cooper cuando se asomó, mientras miraba a un lado y a otro de la calle—. ¿Qué está haciendo aquí?

—Creo que Trevor O'Shaughnessy ha secuestrado a Jack.

Cooper salió del sótano y la alejó de los muchachos que custodiaban la puerta principal.

—¿Por qué dice eso?

Se sacó la nota del ridículo.

—Primero he ido a la policía. No han querido ayudarme.

—Malnacidos inútiles —replicó el hombre, tras lo cual leyó la nota—. ¡Maldita sea! Sabía que no debían ir solos.

—Un momento. ¿Jack ha ido voluntariamente a ver al tal O'Shaughnessy? ¿Acabará herido?

Cooper soltó una especie de gruñido.

—O'Shaughnessy mataría a su propia madre si pensara que podría sacar provecho de ello. Jack creyó que estaba usted en peligro, así que ha ido a hablar con él.

Se imaginaba perfectamente esa conversación. Jack amenazaría e intimidaría al otro hombre para conseguir lo que quería. El encuentro se iría a pique después de eso.

—Tenemos que ayudarlo.

—No le hará gracia. Dijo que eso es lo que quiere O'Shaughnessy, una gran pelea callejera para alterar el equilibrio de poder en las calles del centro y el sur de Manhattan. En los viejos tiempos, era algo habitual.

Antes de Jack. ¿No era eso lo que le había dicho el capitán Harrison?

—No me importa lo que opine Jack. No puedo conseguir diez mil dólares, así que a menos que tenga esa cantidad de dinero aquí en el club, debemos pensar en otra cosa.

—Podría reunir unos mil o algo así. ¿Diez mil? No sé dónde guarda Jack tanto dinero en efectivo.

Podría recurrir a Mamie y a Frank. Tal vez a Florence y a Clay también. Entre todos, probablemente podrían conseguir el dinero. Pero no había tiempo. La luz empezaba a desvanecerse, ya que el sol estaba muy bajo. Ojalá estuviera su padre en la ciudad. Él tendría el dinero. Aunque que se lo entregara para ayudar a Jack era harina de otro costal.

Además, no estaba segura de que algún miembro de su familia estuviese dispuesto a ayudarla. Florence y Mamie no querían a Jack, sobre todo después de que les contara la conversación que mantuvo con él la otra noche. Ambas pensaban que estaba mejor sin él.

Sin embargo, ya fuera cierto o no, no podía permitir que lo mataran. Apenas si podía soportar estar separada de él a esas alturas..., y eso que sabía que estaba perfectamente. Si moría, sería incapaz de vivir consigo misma, sobre todo a sabiendas de que podría haber hecho algo para evitarlo.

Tras inclinar la cabeza hacia Cooper, dijo:

—Tenemos que salvarlo.

—Señorita, creo que debería volver a casa y dejar que nosotros nos encarguemos. Lo que ocurra podría ser peligroso.

—Cooper, no nos conocemos bien, pero no volveré a casa hasta que Jack esté sano y salvo. ¿Está claro?

El hombre hizo una mueca.

—Me matará si alguien le hace daño.

—En ese caso, cúlpame a mí, porque no me voy a ir. Tenemos que ir a liberar a Jack.

—Salvo que llevemos a todos los hombres del club armados, no sé qué podríamos hacer.

Justine clavó la mirada en las ventanas del club, a través de las cuales se veía a los hombres gritando y aplaudiendo en torno al cuadrilátero.

—¿Eso funcionaría?

—Puede ser. O'Shaughnessy no tiene tantos hombres a su cargo como nosotros, pero a Jack no le gustaría que lo hiciéramos.

—¡Qué pena que Jack no esté aquí! Vamos. —Regresó a la puerta principal y se plantó delante de los guardias—. Han secuestrado a Mulligan. Debo hablar con los hombres que están dentro.

Los guardias parpadearon y se quedaron boquiabiertos. En vez de discutir, se apartaron y la dejaron pasar. Cooper la seguía de cerca cuando entró en la sala principal del club. Tras llevarse dos dedos a los labios, silbó con fuerza para hacerse con la atención de todos los presentes. Se hizo el silencio mientras todas las cabezas se volvían hacia ella.

En cualquier otra circunstancia, convertirse en el centro de atención la habría aturdido. Ese día no. La vida de Jack estaba en peligro.

No tenía tiempo para ponerse nerviosa ni para dudar. Cada minuto contaba.

De manera que se apresuró a acercarse al cuadrilátero, situado sobre una pequeña plataforma, y se subió al borde. Había por lo menos ochenta hombres, y muchos más en el taberna, a juzgar por el ruido procedente de la parte trasera.

—¡Pero bueno! —le dijo un hombre—. Me juego diez dólares en este combate. ¡Baje, señorita!

—Trevor O'Shaughnessy ha secuestrado a Mulligan.

Las palabras fueron como una piedra arrojada a un lago en calma, e hicieron que la incredulidad y la ira se extendieran por la estancia.

—¿¡Cómo lo sabe!? —gritó alguien.

—He recibido una nota exigiendo un pago a cambio de la liberación de Mulligan. Es más dinero del que puedo reunir en el tiempo asignado, algo que sospecho que Trevor O'Shaughnessy sabía perfectamente cuando dictó sus condiciones. En cualquier caso, no podemos dejar a Mulligan a merced de ese hombre. Debemos ir a rescatarlo.

Cooper se colocó a su lado y se agarró a las cuerdas para guardar el equilibrio.

—La señorita tiene razón. No hay otra forma. Tenemos que demostrarle a ese irlandés que apoyamos a Mulligan, pase lo que pase.

Los hombres empezaron a moverse, a intercambiar miradas, con la reticencia pintada en las caras. Justine entendía sus dudas. Se les estaba pidiendo que entraran en combate, durante el cual podrían resultar heridos, o algo peor. Todavía no podía contarles su plan, pero esperaba evitar lo peor.

En primer lugar, tenía que conseguir su colaboración.

—¡Dejadme que os pregunte! —gritó—. ¿A cuántos de vosotros ha ayudado Mulligan personalmente? ¿A cuántos de vosotros os daría la camisa que lleva puesta si creyera que os hace falta? Mulligan se preocupa por todos y cada uno de vosotros. Todos y cada uno de los aquí presentes habéis hecho que se sienta orgulloso. Os habéis unido para crear una organización como nunca antes se había visto en esta ciudad; una organización poderosa que ni siquiera la policía puede tocar.

Lo habéis logrado vosotros, junto con Jack Mulligan. ¿Y ahora vamos a dejar que Trevor O'Shaughnessy nos arrebate todo eso? ¿O vamos a ir a rescatar a nuestro hombre?

Todos empezaron a asentir antes de que ella terminara de hablar. Cuando lo hizo, vio que los hombres que estaban en la taberna se habían acercado al cuadrilátero. Nadie se movió, todos los ojos permanecían clavados en ella.

Cooper se inclinó para preguntarle en voz baja:

—¿Y bien?

—¿Y bien qué?

—Están esperando que los lleve usted hasta allí.

25

Hirviendo de furia, Jack miró el perfil de Trevor O'Shaughnessy. ¿Cómo había podido ser tan imbécil? La mera idea de que Justine estuviera en peligro lo había hecho correr hasta allí sin pensar en ningún momento en su seguridad ni en la de Rye. Una jugada increíble por imprudente. El irlandés los estaba esperando, y hacía horas que no veía a Rye. En cuanto los redujeron, lo separaron de su lugarteniente.

O'Shaughnessy lo había llevado a un cuartucho sin ventanas y lo había atado a una silla. Allí seguían sentados, los dos solos, mientras O'Shaughnessy tallaba un trozo de madera con un largo cuchillo. Las astillas de madera caían al suelo y se acumulaban en torno a sus pies. El irlandés se mantuvo en silencio en todo momento.

Saltaba a la vista que estaba empleando el mismo método de intimidación que él usaba: el silencio. Y, aunque odiaba ceder la ventaja, le convenía tratar de convencerlo de que lo liberara.

—Esto es imprudente e irresponsable, Trevor. —No obtuvo reacción alguna—. No sé qué esperas ganar. La policía no tolerará una lucha entre nosotros. Nos quitarán de en medio a los dos y todos saldremos perdiendo. —Nada—. Si me matas, todos mis hombres vendrán a por ti. —Más movimientos del cuchillo. Al final, Jack suspiró—. Escúchame, Trevor. Lo entiendo. Yo también fui una vez imprudente e irresponsable. Ansioso por conseguir más poder. Sin embargo, esta no es la manera de conseguir lo que quieres.

—¿Propones que lo hablemos, Mulligan? —se burló el irlandés—. ¿Te mostrarías razonable en ese caso? ¿O tratarías de mantenernos a mis hombres y a mí en nuestro pequeño territorio al otro lado de la ciudad?

—¿De verdad crees que te mereces más que eso?

—Creo que no tienes ni puta idea de lo que me merezco.

—Pues ilumíname.

O'Shaughnessy arrojó el cuchillo hacia la puerta, y el arma giró en el aire, de manera que acabó clavándose en la madera con un golpe seco. Tras apoyar las manos en las rodillas, se enfrentó a él.

—Crees que los trajes elegantes y las palabras grandilocuentes te convierten en un caballero, que eres mejor que el resto de nosotros. Pero no eres mejor. Tienes las manos igual de sucias y tan manchadas de sangre como las de todos los demás. Hemos tratado de respetarte a ti y a tus hombres, pero esta isla no es lo bastante grande para dos líderes. Solo hace falta uno, y yo soy el que tiene las pelotas para hacer algo al respecto.

—¿Matándome? No seas imbécil.

—Antes intentaré pedir un rescate.

—¿Un rescate? ¿A quién?

Una sonrisa siniestra apareció en los labios de Trevor O'Shaughnessy, y el miedo hizo que Jack se tensara por completo.

—A ver. ¿A quién conoces de una familia acomodada? Imagino que la muchacha puede permitírselo, aunque no te salve.

—Dime que no lo has hecho, joder.

—Lo he hecho. Seguramente tenga diez mil escondidos debajo del colchón. Ni los echará de menos.

¡Por Dios! Jack cerró los ojos un momento mientras asimilaba la noticia de que O'Shaughnessy había metido a Justine en ese lío. Solo por eso lo estrangularía con sus propias manos. Aunque ya no estaban juntos, Justine era del tipo de persona que rescataba a cualquiera que creyese en peligro. Si se presentaba allí sola, exponiéndose a sufrir algún daño, el irlandés no dudaría en aprovecharse.

Y él no podía hacer nada para ayudarla.

La rabia se apoderó de él y lo vio todo rojo. Empezó a forcejear para liberarse de las cuerdas que lo inmovilizaban a la silla. O'Shaughnessy se limitó a reírse.

—No te liberarás de esos nudos, por mucho que lo intentes.

—Te mataré —masculló Jack—. Te mataré y disfrutaré cada segundo.

—Suerte con eso.

Se miraron fijamente durante un buen rato, y la arrogancia de la mirada del irlandés solo consiguió enfurecerlo aún más. Pero debía mantener la calma. Perder los estribos no resolvería aquello.

—Si le pasa algo, no tendré piedad —le prometió con rotundidad.

—Guárdate la piedad, Mulligan. Crees que todos deberíamos temerte y respetarte, pero ¿qué has hecho para ganarte ese respeto? ¿Convencer a un montón de ratas de alcantarilla y matones callejeros de que te sigan? Son ellos los que están en las calles, haciendo el trabajo duro, mientras tú te sientas en tu torre de marfil para contar el puñetero dinero. Así no te ganarás mi respeto.

—No necesito tu respeto, Trevor. Pero harías bien en temerme.

—Crecí en Dublín, Mulligan. Esto es como el paraíso comparado con lo que vi allí. A estas alturas, no le temo a nada ni a nadie.

Jack negó con la cabeza.

—Podríamos haber trabajado juntos, ¿sabes? No tendríamos por qué haber llegado a esto.

La expresión de O'Shaughnessy se endureció.

—Intenté trabajar para ti. Aunque no creo que te acuerdes. Fue hace años, cuando llegué por primera vez.

Jack no lo recordaba y debió de notársele en la cara porque Trevor O'Shaughnessy siguió:

—Me dijeron que no podía trabajar para ti a menos que vistiera bien y me comportara como un caballero. Ni tenía traje ni podía permitírmelo. Así que le pedí un préstamo a tu hombre para comprar uno y se rio en mi cara. Me dijo que no se daban préstamos, que saliera a robar uno si tenía que hacerlo.

—Yo no habría reaccionado así.

—Ya sabes cómo funciona la cosa. Los hombres que tienes a tu cargo dicen mucho de ti.

—¿Igual que los tuyos, que seguían a mis coristas y han robado en mis salas de apuestas?

—Acabé con las dos cosas. Encontré a los responsables y se zanjó todo.

—Estás dirigiendo una banda de matones renegados, Trevor. A menos que consigas controlarlos, devolverás la ciudad al estado en el que se encontraba hace décadas.

—No todos queremos trabajar para una corporación. Esto no es un banco, Mulligan. Esto es un sálvese quien pueda.

«Idiota».

—En ese caso, nunca serás lo bastante poderoso como para quitarte de encima a la policía y a los políticos de Tammany Hall.

—Tu preocupación me conmueve. Sin embargo, y gracias a los burdeles, casi tengo a más hombres en el bolsillo que tú. Te sorprendería descubrir los errores que comete un hombre cuando piensa con la polla.

¿Eso era una indirecta por su reciente preocupación por Justine?

Se vio obligado a preguntarle.

—¿Cómo supiste de ella?

—Todo el sur de Manhattan lo sabe. Aunque Gorcey fue el primero en decírmelo. No es lo que me imaginaba para ti. Es un poco simple. —Levantó un hombro y se rascó el mentón—. Sin embargo, a veces es mejor follar con las sosas. Se esfuerzan más en la cama.

La sangre empezó a hervirle en las venas y comenzó a forcejear de nuevo para librarse de las ataduras.

—Hijo de puta.

O'Shaughnessy echó la cabeza hacia atrás y se rio.

—Lo que he dicho, piensas con la polla.

—Será mejor que me mates —masculló Jack—. Porque como se me presente la oportunidad, acabaré contigo, O'Shaughnessy.

—No te preocupes. No se te presentará ninguna oportunidad.

Sonó un golpe en la puerta y apareció uno de los hombres del irlandés.

—Será mejor que salgas a ver esto. Puede que tengamos problemas.

O'Shaughnessy se levantó sin mirarlo siquiera y se fue. Jack se quedó solo para reflexionar sobre los oscuros pensamientos que le habían inspirado sus palabras. Primero, lo ataría, preferiblemente a una silla. Después, usaría una navaja y se la pasaría despacio por...

El irlandés volvió a entrar y sacó el cuchillo de la puerta. En vez de envainarlo, se acercó a él empuñándolo. Jack se preparó. No iba a suplicar. Salvo por no haberle dicho a Justine lo que sentía por ella, no se arrepentía de su vida. Había hecho lo mejor que había podido con las cartas que le habían tocado, y teniendo en cuenta que Justine lo había dejado, sabía que ella estaría bien. Estaría mejor sin él en su vida.

Levantó la barbilla cuando O'Shaughnessy se colocó a su espalda. Esperaba sentir la hoja contra la piel; pero, en cambio, sintió el tirón de las cuerdas. Las ataduras que rodeaban sus brazos cayeron al suelo, aunque seguía maniatado. El irlandés lo puso en pie de un tirón.

—Vamos. Quiero que ella mire mientras te mato.

Justine había participado en innumerables marchas a lo largo de los años. Protestas para exigir salarios justos, el sufragio, mejores condiciones de trabajo... No le resultaba extraño unirse a una masa de gente en las calles de Nueva York.

Aquello, sin embargo, era completamente distinto.

Cientos de hombres la habían seguido hacia el sur, hasta Broome Street, y otros más se habían unido en el camino. Se agolparon detrás de ella y de Cooper; hombres bien arreglados, pero armados con ladrillos, puños de latón, garrotes y cadenas. Cuando se acercaron a Broome Street Hall, también los seguían algunas mujeres.

Habría sido un espectáculo aterrador si no estuviera tan aterrorizada desde el principio.

La puesta de sol era inminente, y los faroleros se apresuraban a cumplir con su deber cuando Justine se detuvo frente a la taberna de O'Shaughnessy. Rezó para que Jack no estuviera herido.

«No puedo perderlo», pensó.

No en ese momento, no cuando acababa de darse cuenta de lo mucho que significaba para ella.

Jack no era perfecto, pero ella tampoco lo era. Debía de haber un punto en común para ellos, alguna forma de atravesar sus dos mundos, y crear algo nuevo y diferente. Juntos. Al fin y al cabo, sus hermanas habían sentado cabeza con hombres poco convencionales y habían conseguido que funcionara. ¿Por qué no podía ella hacer lo mismo?

Pasara lo que pasase, no estaba dispuesta a renunciar a él. Lo había intentado, y lo único que había conseguido era sentirse fatal.

No sabía si él la perdonaría o no, pero debía intentarlo..., si lograban sacarlo con vida de la taberna de O'Shaughnessy.

Empezaron a salir hombres del establecimiento y se alinearon delante del edificio como un muro de ladrillos. También llevaban armas, y no parecían sorprendidos de encontrar una turba en su puerta. La tensión crepitaba en el aire. Pese a la muestra de hostilidad, no deseaba que nadie saliera herido.

—Déjame que intente razonar con O'Shaughnessy primero —le dijo a Cooper en voz baja.

—No, ni hablar. No se puede razonar con él.

—Tenemos que intentarlo. Si Jack sigue vivo, tal vez podamos evitar que hoy haya un derramamiento de sangre.

—Si han matado a Jack, los hombres y yo quemaremos este lugar hasta los cimientos.

Justine no podría culparlos llegados a ese extremo. Ella también desearía desquitarse con Trevor O'Shaughnessy.

—Cooper, debemos mantener las cabezas frías hasta que sepamos lo que ha pasado.

Un hombre salió de la taberna y se acercó directamente a ella.

—Señorita Greene —dijo—, O'Shaughnessy quiere hablar dentro.

—De eso nada —replicó Cooper—. La señorita no se mueve de aquí.

—O'Shaughnessy dice que solo hablará dentro. Y quiere que sepa que Jack sigue vivo. Pero que la cosa cambiará si no entra.

Justine sintió que se le secaba la boca. «O'Shaughnessy no es de los que van de farol». Las palabras del policía la hicieron volverse hacia Cooper.

—No me pasará nada. Quédese aquí con los demás. Si sucede algo...

Cooper le agarró el codo.

—Esto es un error. A Jack no le gustaría que corriera usted este riesgo.

—O'Shaughnessy no me hará daño. Mi familia es muy poderosa en esta ciudad. Confíe en mí, volveré —replicó ella y, para zanjar la discusión, echó a andar hacia la taberna detrás del mensajero.

Las luces brillaban dentro, y necesitó unos segundos para que sus ojos se adaptaran al luminoso interior. Cuando lo consiguió y vio la escena que tenía delante, estuvo a punto de caerse de rodillas.

Un hombre fornido, de pelo negro y ojos de mirada letal, estaba de pie frente a ella, empuñando un cuchillo que había colocado en la garganta de Jack, en cuyos ojos azules relampagueaba la furia y la beligerancia, aunque se mantenía en silencio. Se limitaba a mirarla fijamente, como si le aterrara apartar los ojos de ella. Tenía los brazos atados a la espalda, y la ropa, arrugada y destrozada. Le salía sangre de un corte en la comisura de los labios.

Saltaba a la vista que había luchado. Eso no la sorprendió. Jack era un superviviente, pese a sus trajes elegantes y su labia.

«Cueste lo que cueste, lo sacaré de aquí», se dijo.

Trasladó toda su atención al hombre que empuñaba el cuchillo.

—Señor O'Shaughnessy...

—Señorita Greene, veo que ha estado ocupada.

—Hay cientos de hombres ahí fuera. Y vienen más de camino. Estamos preparados para hacer lo que sea necesario a fin de liberar al señor Mulligan.

—¿Y usted?

—¿Yo? ¿A qué se refiere?

—A si está preparada para hacer lo que sea necesario. ¿Qué está dispuesta a hacer por la liberación de Mulligan?

—No le prometas nada —masculló Jack.

O'Shaughnessy aumentó la presión que ejercía sobre el cuchillo, y vio que caía un hilillo de sangre por el cuello de Jack. Apretó los dientes mientras contemplaba la sangre y se compadeció de él. Debía de estar furioso consigo mismo por haber caído en manos de ese hombre.

—O me da una respuesta o lo abro en canal aquí mismo. Dígame, señorita Greene, ¿qué está dispuesta a hacer para salvar a su amante?

No podía discutirle el uso de esa palabra. O'Shaughnessy sabía perfectamente qué relación había entre ellos antes de enviarle la nota de rescate. Tampoco conseguiría nada diciéndole que ya no eran amantes. Que ella lo había dejado y Jack se lo había permitido.

—No tengo los diez mil dólares. Era muy poco tiempo.

—Lástima. Claro que no esperaba que los reuniera.

—Entonces, ¿por qué envió esa nota de rescate?

—Porque matarlo rápidamente habría sido demasiado fácil. Y usted no estaría aquí para presenciarlo.

¡Ay, por Dios! ¿Su plan era que acudiese desde el principio? Cooper tal vez tuviera razón cuando le dijo que debía irse a casa.

—No va a matarme, Justine. No se arriesgará con todos esos hombres ahí fuera.

La sonrisa de O'Shaughnessy se tornó fría.

—No eres el único con túneles secretos. Ya estaré muy lejos antes de que tus hombres entren por la puerta principal.

—Entonces, ¿qué es lo que quieres? —preguntó Jack.

—Tal vez la quiera a ella —contestó O'Shaughnessy.

—Por encima de mi cadáver.

—Eso es exactamente lo que he planeado, Mulligan. Una pena que no vayas a estar presente para verlo.

El corazón de Justine latía con fuerza mientras se metía la mano en el bolsillo. ¿O'Shaughnessy planeaba violarla? ¿Con un ejército a sus espaldas?

—No se saldrá con la suya. No con todos los hombres de Mulligan ahí fuera.

—Mis hombres los retendrán el tiempo suficiente mientras te llevo a uno de los túneles.

Justine levantó el brazo y lo apuntó con una pistola cargada.

—Suéltelo.

El arma no pareció inquietar en absoluto a O'Shaughnessy.

—¿Ha disparado alguna vez una pistola? Apuesto a que no y a que su puntería es una mierda.

—¿Está dispuesto a arriesgarse?

—Estoy bastante seguro de que puedo rajarle el pescuezo, esquivar la bala y atraparla antes de que pueda volver a disparar.

—Bastante seguro no es seguro del todo.

O'Shaughnessy torció el gesto.

—No he llegado adonde estoy hoy sin correr riesgos, señorita Greene.

—¿Se refiere a vivir a la sombra de Jack Mulligan?

Vio que Jack cerraba los ojos un instante con expresión dolorida y se preguntó si le habría vuelto a hacer daño su secuestrador.

—Justine —lo oyó mascullar.

Pronto comprendió por qué. La burla parecía haber enfurecido a O'Shaughnessy, que abrió los ojos de par en par al tiempo que se ponía muy colorado.

—Veamos lo buena que es su puntería. —Movió la mano como si fuera a rajarle el cuello a Jack.

—Espera —dijo Jack—. Te lo daré todo.

Jack esperaba que esas palabras le provocaran un gran dolor o que tal vez provocaran el derrumbe del edificio. Eran monumentales, algo con lo que había jurado no negociar nunca: ¡con su imperio! El que había construido él mismo con sangre, sudor y astucia. Pero lo había ofrecido de buena gana. Con gusto.

Renunciaría a diez imperios si eso salvara a Justine.

Había llegado como un ángel vengador, liderando un ejército para liberarlo de su enemigo. De alguna manera, había conseguido organizar la turba del exterior, a la que veía a través de la ventana de la taberna. Después, había entrado para intercambiar insultos con un matón como O'Shaughnessy. Y, en ese momento, blandía una pistola como Annie Oakley, ¡por el amor de Dios!

«Mira en lo que la has convertido. Mira lo que la has llevado a hacer».

Esa mujer que odiaba la violencia, que intentaba mantenerse en el lado correcto y hacer el bien, por su culpa se había convertido en una camorrista, lo que él era. ¡Por Dios, cuánto se odiaba a esas alturas! Odiaba todo lo que había hecho con el propósito de construir ese imperio. Porque, de alguna manera, se lo había contagiado a ella; había tiznado su alma prístina.

Justine no se merecía aquello. No merecía ver su sangre derramada en el suelo ni sentirse obligada a dispararle una bala a otro ser humano, aunque O'Shaughnessy se lo mereciera. No soportaba la idea de que tuviera que pasar por eso. ¿Y si la bala fallaba? La idea le heló la sangre en las venas.

Así que negociaría con cualquier cosa que tuviera a mano, sin importar el orgullo.

—No, Jack —protestó ella—. No...

—Todo —insistió, dirigiéndose al irlandés—. Puedes quedarte con todo.

—¡Vaya! Esto no me lo esperaba —dijo O'Shaughnessy—. Pensé que te rendirías estoicamente, sin regatear por tu vida.

En realidad, negociaba por la vida de Justine.

—Deja que la señorita Greene, Rye y yo nos vayamos de aquí, y te lo daré todo.

—Jack, no puedes hacer eso —dijo Justine, que aún apuntaba a Trevor O'Shaughnessy con la pistola—. Le dispararé.

¿Y acabar con una mancha en el alma? No podía permitirlo.

—Trevor, te lo juro.

—¿Qué garantías me ofreces para creerte?

—Trae a Rye.

—¿Por qué?

—Porque mi palabra es ley. Y no lo creerá si no lo oye directamente de mí.

O'Shaughnessy debió de hacerles un gesto a sus hombres, porque algunos de ellos desaparecieron por una puerta lateral. Jack trató de calmar la respiración, de mantener la serenidad. Seguía teniendo el cuchillo en el cuello, con la punta justo sobre la yugular. Sabía que un movimiento de la muñeca del irlandés cortaría esa vena y acabaría desangrándose en el suelo. Delante de Justine.

Rye apareció segundos después con una expresión preocupada en la cara, pero sin una sola magulladura. Al verlo, soltó el aire.

—¡Gracias a Dios! —dijo, pero en ese momento vio a Justine con la pistola—. Señorita Greene, ¿qué está haciendo con esa pistola? —Intentó dar un paso, pero los hombres de O'Shaughnessy lo agarraron por los hombros e impidieron que se moviera.

—Rye, he accedido a entregárselo todo a O'Shaughnessy.

Su lugarteniente puso los ojos como platos, pero no discutió.

—¿Qué necesitas que haga?

—Ayudar a transferirlo todo después de que se lo diga a los hombres. —Tras oírlo, Rye hizo un gesto afirmativo con la cabeza—. Trevor, ¿prometes dejarnos marchar a los tres una vez que hable con mis hombres?

—Sí.

—Pues vamos a hacerlo. Rye, acompaña a la señorita Greene con los demás.

—Jack, esto no me gusta —dijo ella. Le temblaba la mano y la pistola seguía apuntando a O'Shaughnessy—. Deja que nos quedemos contigo.

Aunque conmovedora, la propuesta era inaceptable. La necesitaba lo más lejos posible de ese lugar y de esos hombres. De alguna manera, tenía que compensar el hecho de haberla arrastrado a la suciedad y la violencia de los barrios bajos de Manhattan.

—Es mejor que te vayas.

Vio el dolor en su cara, la misma mirada que tenía cuando le dijo que haría todo lo posible por olvidarla. Le dolía mostrarse cruel con ella, pero debía hacerlo. Solo podría pensar con claridad cuando la supiera a salvo.

Justine bajó la pistola y los hombres de O'Shaughnessy no tardaron en escoltarla junto a Rye al exterior. Veía a sus hombres a través de la ventana, con ganas de luchar. Los hombres de O'Shaughnessy habían bloqueado la taberna, sin retroceder ante el ejército que tenían delante. Si Justine no estuviera ahí fuera, tan vulnerable, tal vez habría permitido un enfrentamiento entre los dos bandos. Superaba en número al irlandés.

Sin embargo, Justine estaba allí, preocupada por su seguridad y decidida a salvarlo. La perpetua salvadora. No podía permitir que sufriera daño alguno, no por su culpa.

O'Shaughnessy y uno de sus hombres lo llevaron a la puerta principal con el cuchillo firmemente colocado entre los omóplatos.

—A ver si es verdad que eres un hombre de palabra —le dijo O'Shaughnessy al oído.

La multitud se calmó cuando los tres salieron. Jack vio que los hombres del irlandés se agrupaban en Broome Street, mientras que los suyos lo hacían en la dirección opuesta, hacia el Bowery. Justine, Rye y Cooper estaban en el centro. Verla allí lo llenó de miedo y vergüenza.

Solo podía hacer una cosa: vivir para luchar otro día.

—Muchachos —dijo, contemplando esos rostros a los que conocía desde hacía años—, voy a entregárselo todo a O'Shaughnessy. Os pido que le demostréis el mismo respeto y la misma lealtad que me habéis demostrado a mí. Esta ciudad no puede deteriorarse y regresar a la sangre y a la carnicería del pasado. Para evitarlo, me hago a un lado. Gracias por...

O'Shaughnessy no lo dejó terminar. Tiró de él hacia atrás y lo llevó de vuelta al interior de la taberna.

—No hay necesidad de ponerse sensiblero, Mulligan. No, teniendo en cuenta adónde vas. —Le colocó de nuevo el cuchillo en la garganta.

—¿Aunque hayas prometido dejarme marchar?

—No soy famoso por cumplir mis promesas.

En realidad, ya se lo esperaba. Eso era exactamente lo que él habría hecho en circunstancias similares. Así que no dudó. Se apartó del cuchillo, levantando una mano para bloquearlo, y después le asestó un codazo a O'Shaughnessy en la cara. Se oyó el crujido de un hueso y empezó a salirle sangre por la nariz. Tras darle un empujón al irlandés, esquivó a los otros dos hombres usando los puños.

Era evidente que no veían la necesidad de preocuparse de que escapara cuando la única salida estaba bloqueada por cientos de hombres. Sin embargo, no se dirigió a la calle. Tenía otro destino en mente, uno que O'Shaughnessy desconocía que él sabía.

El túnel secreto situado debajo de la taberna.

Nadie tenía más información sobre los túneles de esa parte de la ciudad que él. Cuando O'Shaughnessy empezó a acumular poder, se propuso conocer hasta el último detalle de ese edificio y de lo que había debajo. La puerta del túnel se encontraba en el almacén del sótano. Bajó la escalera y esquivó las cajas de licor hasta que encontró la pared falsa en el lado oeste. Tras moverla para colarse en el interior del túnel, se aseguró de cerrarla con cuidado para no delatar que la había encontrado.

Acto seguido, desapareció en los túneles que discurrían bajo la ciudad.

26

Justine tardó unos días en atreverse a visitar Bond Street.

Sabía que Jack no había muerto en Broome Street Hall, no después de que O'Shaughnessy saliera corriendo con el aspecto de un lunático desquiciado, con la cara llena de sangre, gritando y buscando a Mulligan. El hecho de que Jack hubiera logrado escapar la llenó de esperanza; el alivio fue tan palpable que casi se desmayó. En aquel momento, Rye le cubrió la cabeza con una chaqueta de hombre y se internó con ella entre la multitud para alejarla del peligro.

—No se preocupe, señorita —le dijo mientras la dejaba en un carruaje de alquiler que la llevaría a la zona alta de la ciudad—. El viejo Jack siempre encuentra el camino.

Ella no lo dudaba. Era el hombre más ingenioso e inteligente que había conocido. Y, después de haberle entregado su imperio a O'Shaughnessy, era libre de dedicarse a otra cosa. Como llevar su cerveza al ámbito nacional o cualquier otro negocio. Cualquier cosa que no fuera el peligro y el vicio.

Lo que significaba que podían estar juntos.

Ella lo quería, y los últimos días le habían enseñado que la vida era corta. Podía suceder cualquier cosa en cualquier momento. Por lo tanto, ¿no debería aprovechar la felicidad que se le presentara mientras estuviese viva? Jack había dicho que intentaría olvidarla, pero no creía que lo dijera en serio. No después de haberlo visto renunciar a todo para salvarla a ella y a Rye de O'Shaughnessy.

Todavía se preocupaba por ella.

Lo único que tenía que hacer era convencerlo de que les diera una oportunidad.

Esperó hasta que el cielo se oscureció. Cubierta por una larga capa, se acercó a la puerta de su casa y llamó. No había informado a nadie de esa visita, pero sabía que Jack estaría allí, tramando la siguiente etapa de su vida. Y ella ansiaba con desesperación formar parte de dicha etapa.

La puerta se abrió y apareció Rye. Su expresión se suavizó cuando la vio debajo de la capucha.

—Hola, señorita. Me estaba preguntando cuándo vendría por aquí.

Justine cruzó el umbral y se desabrochó la capa.

—¿Cómo está?

—No duerme. No come. —Sacudió la cabeza—. Empiezo a preocuparme.

Arrojó la capa a la barandilla e hizo ademán de subir la escalinata. Sin embargo, Rye la detuvo al decirle:

—Espere, señorita. No está ahí arriba.

«¡Vaya!», pensó al tiempo que se volvía en el primer escalón.

—¿Dónde está?

—Abajo. En la bolera.

Cuando llegó al sótano, el sonido era casi ensordecedor. Jack estaba en mangas de camisa, sin corbata, con el pelo alborotado, en la zona de tiro de la pista. El sudor le humedecía la ropa, haciendo que se le pegara al cuerpo. En el otro extremo de la pista, Cooper se apresuraba a levantar los bolos.

Jack se hizo con otra bola y golpeó el suelo con el pie, en señal de impaciencia.

—¡Date prisa, maldita sea!

Justine se compadeció de Cooper.

—Hola, Jack.

Se volvió hacia ella, con una expresión que no era precisamente de bienvenida.

—¿Qué estás haciendo aquí?

Tenía un aspecto terrible. Demacrado y agotado. Con oscuras ojeras y los ojos enrojecidos.

—Quería verte.

—¿Por qué?

Lo vio tambalearse un instante sobre los pies y temió que pudiera caerse.

—¿Podemos sentarnos en algún sitio y hablar?

—No quiero hablar —contestó Jack, que se volvió para lanzar la bola, haciendo que los diez bolos acabaran en el suelo por el violento impacto.

Cooper se apartó de la pista de un salto y se cubrió la cabeza para protegerse.

—Jack, por favor —le dijo en voz baja.

Cooper comenzó a alejarse, sin levantar los bolos desperdigados por la pista, y Jack puso los brazos en jarra.

—¿Adónde vas? ¡Coloca esos malditos bolos!

—Me muero de hambre —replicó Cooper sin dejar de caminar—. Voy a la cocina en busca de algo para comer.

Jack no dijo nada, se limitó a maldecir en voz baja. Cuando estuvieron solos, ladeó la cabeza y la miró.

—¿Qué quieres, Justine?

—¿Cuándo fue la última vez que dormiste?

—¿Esperabas llevarme a la cama? Creía que ya habías zanjado eso.

—No estoy tratando de llevarte a la cama. ¡Estoy preocupada por ti!

—Por supuesto. Pero resultó que tenías razón. Después de todo, soy veneno. Al menos, en lo que a ti se refiere.

—¿De qué estás hablando?

Devolvió la bola al estante y se metió las manos en los bolsillos.

—Dijiste que te corrompería y eso hice.

—¿Te refieres a lo que pasó con O'Shaughnessy? Porque no me arrepiento de nada.

—No deberías haberte involucrado.

—No tuve elección. Me envió la nota de rescate y fui a la policía. No me ayudaron, así que recurrí a Cooper y organicé a los hombres.

—Sí, me he enterado de tu discurso a lo Juana de Arco, movilizando a las masas. —Sacudió la cabeza—. Liderando una turba por el Bowery. Blandiendo una pistola. Intercambiando insultos con O'Shaughnessy. No lo creería si no lo hubiera visto con mis propios ojos.

Justine enderezó la espalda porque esas palabras echaban sal a ciertas heridas que prefería dejar tranquilas.

—¿Por qué? ¿Porque soy ingenua y privilegiada?

—¡Porque eres buena y decente y la persona más pura que he conocido en la vida! —gritó él, con esos ojos azules desorbitados—. Estuviste a punto de matar a un hombre por mi culpa. No es algo fácil, Justine. ¿Sabes lo que te hace, el peso que llevas en el alma cuando le quitas la vida a otra persona? Lo ves en tus pesadillas durante el resto de tu vida.

—No me lo pensaría dos veces si de esa forma pudiera salvarte.

—¡Pues entonces es que eres tonta!

Sintió que le ardía la piel, y las palabras fueron como una cerilla en sus entrañas.

—¡No, estoy enamorada de ti! —gritó.

Horrorizada, se tapó la boca con una mano, como si tuviera miedo de que se le pudiera escapar algo más. No era así como quería decírselo. No hasta saber si correspondía sus sentimientos.

«Renunció a su imperio por mi seguridad», se recordó. Debía de corresponder sus sentimientos. No había otra explicación para lo que había hecho.

Lo vio tambalearse hacia atrás mientras perdía el poco color que tenía en la cara y se quedaba blanco.

—Imposible. No puedes... quererme.

A esas alturas, no tenía sentido negarlo.

—Demasiado tarde, porque ya lo hago.

—No deberías.

Intentó disimular el dolor que le provocaba su reacción. Si esperaba una gran declaración de amor... En fin, no podía ser más tonta.

—No espero que correspondas mis sentimientos ahora mismo, pero tengo la esperanza de que lo hagas con el tiempo.

—No hay posibilidad de que eso suceda. Tú misma lo has dicho: este es mi mundo, no el tuyo. No perteneces a él, benefactora.

La rabia y la frustración se apoderaron de ella.

—¡Ya no sé cuál es mi sitio! Me siento como si estuviera entre dos mundos. Fui a la policía con la nota de rescate y no quisieron ayudarme. Me dijeron que era mejor que os peleaseis entre vosotros. Así que recurrí a Cooper y al instante tuve un ejército de hombres listos para salvarte. Estoy confundida, pero lo único que tiene sentido eres tú. Hagas lo que hagas después, ya sea dedicarte al negocio de la cerveza o a cualquier otro, quiero estar contigo.

—¿Lo que haga después? —Levantó los brazos y los dejó caer—. Justine, estoy conspirando para matar a O'Shaughnessy. Eso es lo que voy a hacer. Voy a recuperar mi imperio.

—Pero... —Se le cayó el alma a los pies—. Le diste tu palabra.

—¿Igual que él me dio la suya de que me liberaría? Somos mentirosos y ladrones. No se puede confiar en nosotros.

—Por favor, Jack. No lo mates. No te rebajes a hacerlo. Tú no eres así.

Él soltó una carcajada ronca y amarga.

—Pues claro que lo soy.

—No lo eres. Prométeme que no lo matarás. —Como él no decía nada, insistió—: ¿No lo ves? Esta es tu oportunidad. Podrías dejarlo. Desaparecer. Podríamos irnos juntos a algún sitio. Ser felices, viviendo lejos de Manhattan.

—No puedo hacerlo. Esto siempre será una amenaza. Siempre estará ahí, para aparecer en cualquier momento y destrozar cualquier proyecto de vida que haya logrado crear. O'Shaughnessy no puede dejarme con vida. Sabe que mis hombres me seguirían de nuevo en un abrir y cerrar de ojos. Dará conmigo si yo no lo liquido antes.

—¿Así que estás eligiendo esto —preguntó al tiempo que hacía un gesto con un brazo para abarcar la casa que nadie conocía— antes que un futuro conmigo?

—Hiciste bien en dejarme. No hay final feliz para un hombre como yo, que tiene enemigos por todas partes. No puedo permitir que eso te arruine la vida. Te mereces algo mejor.

—Todos tomáis decisiones que me afectan sin pedirme opinión. ¿Lo que yo elijo no tiene importancia?

—No lo haré, *cara* —le dijo con suavidad—. Vi cómo te ponías en peligro, cómo retenías a un hombre a punta de pistola, y me aterrorizó la idea de que te hicieran daño sin que yo pudiera evitarlo. Lo que sea que haya entre nosotros termina hoy.

Justine sintió un nudo en la garganta, como si fuera una especie de presa que impidiera que las palabras hirientes le llegaran al corazón. Sin embargo, no las detuvo. Se le clavaron en todo el cuerpo y la destrozaron. Se esforzó por hablar.

—No lo dices en serio.

Esos ojos azules tan luminosos la miraron apagados, sin vida, mientras se acercaba.

—Es en serio. —Se metió las manos en los bolsillos y se detuvo cuando estuvo frente a ella—. Ve y salva el mundo, *mon ange*. Yo no tengo salvación.

Pasó a su lado y lo oyó subir la escalera a toda velocidad, con los pies golpeando cada peldaño. Como si no pudiera alejarse de ella lo bastante rápido.

Se le llenaron los ojos de lágrimas y parpadeó mientras observaba los bolos esparcidos por el otro extremo de la pista. Pruebas de la destrucción que Jack dejaba a su paso, supuso. Al igual que los pedazos de su corazón.

—Eres tonto de remate.

Jack levantó la mirada de su *whisky* y miró a Rye, que acababa de irrumpir en la habitación.

—Ni se te ocurra —replicó.

Hacía un cuarto de hora que había dejado a Justine en el sótano, después de decirle que siguiera con su vida. No había alternativa, aunque deseara lo contrario. Desearlo era un esfuerzo inútil para un capo del crimen organizado. Él trataba con realidades. Con verdades crudas y frías. Con la amenaza del peligro a la vuelta de cada esquina.

—Te lo repetiré, y tú vas a oírme. Eres tonto de remate. Sea lo que sea lo que hayas dicho, has conseguido que se vaya de aquí llorando.

Jack sintió que se le revolvía el estómago, y las náuseas, sumadas al *whisky*, estuvieron a punto de provocarle arcadas. Bebió otro sorbo, aunque lo detestaba, con la esperanza de adormecer el dolor más rápido. Con la cerveza tardaba demasiado en emborracharse.

Su intención no había sido la de hacerla llorar. Justine había sido la primera en darse cuenta de la incompatibilidad de sus vidas, no él, que solo se había limitado a darle la razón. Aunque había estado dispuesto a intentarlo, verla apuntar con un arma a O'Shaughnessy lo había hecho cambiar de opinión.

«Quiero que ella mire mientras te mato».

¡Por Dios! No podía sacarse la escena de la cabeza. Habían salido con vida por los pelos. No podía arriesgarse nunca más. No con Justine, sin importar cuántas lágrimas derramara.

—Sabes que es lo mejor —le dijo a Rye.

—Lo que sé es que tienes la oportunidad de ser feliz de verdad y la estás desperdiciando.

—Claro —se burló—, una oportunidad para que O'Shaughnessy me encuentre cuando menos me lo espere. Al menos, así puedo matarlo y recuperar mi negocio.

—No necesitas hacerlo. Ya no necesitas ser Jack Mulligan. Llévatela y empezad juntos de cero en algún sitio.

La idea era ridícula.

—¿Que me esconda tras un nombre falso? ¿Que trabaje de fontanero o de cajero de un banco en Omaha? Me he pasado la vida creando esto para disfrutarlo. Para llegar a ser más rico que en mis sueños más desquiciados, para inspirar respeto y miedo desde el Bronx hasta el Battery. ¿Crees que voy a dejar que Trevor O'Shaughnessy me arrebate todo eso?

—¿Prefieres que te saquen las tripas o que te disparen en la calle como a un perro? Porque eso es lo que acabará ocurriendo si no te largas.

—Eso no lo sabes.

Rye soltó una amarga carcajada con la mirada clavada en el techo.

—Por supuesto que lo sé. No puedes estar siempre en la cúspide.

—Sí que puedo.

—Idiota. Deberías aprovechar la oportunidad, irte a vivir con tu señora y empezar a engendrar pequeños Mulligan.

Jack apretó un puño. Le gustaba cómo sonaba eso, tanto que le daba rabia porque sabía que nunca tendría ese tipo de futuro.

—A nadie de nuestro mundo se le permite hacer eso, Rye. Ya deberías saberlo.

—Clayton Madden lo hizo.

—En cierto modo. Vive encima de lo que pronto será el casino de su mujer como si fuera un ermitaño, pero no están casados. Y no tenía ni de lejos el número de enemigos que tengo yo.

—Por ahí andaba, y tampoco tenía ni de lejos el número de hombres leales.

—No la corromperé. Estás malgastando saliva.

—¿Crees que si dejas esto atrás y cambias de vida vas a corromperla?

¿Por qué insistía Rye?

—Algún día esta vida volverá para vengarse de mí. Si no es O'Shaughnessy, cualquier otro. No la veré sufrir por culpa de las decisiones que tomé en el pasado.

—No si lo dejas todo atrás. Dile a todo el mundo lo que vas a hacer, que todos se enteren de que lo dejas.

La frustración hervía en sus venas, dividido entre todo lo que odiaba y amaba. Se levantó y estampó el vaso contra la pared.

—¡Estuvo a punto de morir por mi culpa! —gritó—. Casi la violan. Deberías haber oído lo que dijo O'Shaughnessy. Joder, Rye, ¿no lo entiendes?

Pasaron varios segundos.

—¡Ah! —exclamó su lugarteniente mientras asentía con la cabeza, como si todos los problemas del mundo hubieran cobrado sentido de repente—. La amas.

—No me estás haciendo caso, compañero —masculló Jack.

—Estoy pendiente de cada palabra que dices, y hasta de las que no dices. Tienes miedo. La amas y tienes miedo.

Jack se dejó caer en el sillón, apoyó los codos en las rodillas y ocultó la cabeza en las manos.

—Lo que siento no importa. Ya no.

—Eso no es cierto. Si no quieres creerme, de acuerdo. Pero ¿por qué no vas a ver a la única persona que realmente puede ayudarte?

No había duda de a quién se refería Rye.

—¿Y para qué iba a tomarme esa molestia?

—Porque no puedes pasarte el resto de tu vida encerrado en esta casa, solo, bebiendo y jugando a los bolos hasta que te mueras.

—No estaré solo.

—Sí, lo estarás —lo contradijo Rye—. Porque Cooper y yo no nos quedaremos sentados viendo cómo te destruyes. Ve a hablar con él, Jack.

Jack soltó un largo suspiro y se preparó para levantar la mano y llamar a la puerta. Sin embargo, antes de que sus nudillos tocaran la madera, la puerta se abrió.

Clayton Madden se quedó allí plantado, con una taza y un platillo en la mano, y una mirada recelosa en esos ojos oscuros... hasta que lo miró de arriba abajo. Y, entonces, se relajó.

Y empezó a reírse.

—¡Vaya, vaya! —dijo al tiempo que enarcaba una ceja—. Mira lo que ha traído el gato.

—Vete a la mierda y déjame entrar.

Clayton abrió la puerta.

—Veo que estás de un humor precioso. Estoy deseando saber qué quieres.

Jack entró en los lujosos aposentos del último piso. Clayton aún no vivía oficialmente con Florence Greene, pero había toques femeninos por todas partes, desde el sombrero arrojado de forma despreocupada sobre una silla hasta las delicadas chinelas que descansaban junto a la puerta. Los celos se apoderaron de él, pero no porque deseara a Florence. Lo que envidiaba era esa calma doméstica, la intimidad que percibía.

Se había pasado dos días reflexionando sobre las palabras de Rye. Durante ese tiempo, había estado bebiendo más que durmiendo y no había comido. Sabía que tenía un aspecto espantoso. Sin embargo, carecía de la energía para preocuparse.

—Te ofrecería una copa, pero aún no es mediodía, así que...

—*Whisky* si tienes.

Clayton enarcó las cejas, pero no dijo nada antes de echar a andar hacia el aparador. Jack apoyó la cabeza en las manos mientras se preguntaba si la visita no sería un error. Ni siquiera sabía qué esperaba obtener de Clayton.

Sin embargo, tenía que hacer algo. Sentía que estaba perdiendo la cabeza.

Rye no le dirigía la palabra y Cooper no salía del club. Justine atormentaba sus pensamientos durante el día y sus sueños por la noche, que eran tan reales y detallados que no soportaba quedarse dormido.

Debería estar tramando la muerte de O'Shaughnessy, pero no podía concentrarse en nada.

«Sea lo que sea lo que hayas dicho, has conseguido que se vaya de aquí llorando».

—Toma. Creo que te irá bien —le dijo Clayton mientras le colocaba un vaso delante de la cara.

—Gracias. —Jack aceptó el vaso y se bebió una cuarta parte de un solo trago. El *whisky* le quemó toda la garganta, ahuyentando el frío que sentía en los huesos—. ¿Está Florence aquí?

Clayton se acomodó en el sillón que tenía enfrente, cruzó las piernas y se llevó la taza de porcelana a los labios para beber un sorbo.

—De momento, no. Tardará un buen rato en volver. No habrás venido para verla, ¿verdad?

—No, he venido a verte a ti.

—A ver si lo adivino: O'Shaughnessy.

Antes de retirarse, la red de informantes de Clayton era impresionante.

—¿Cómo te has enterado?

—Me mantengo al tanto de lo que sucede en los barrios bajos. Me alegra ver que has salido con vida.

—¿Te alegras?

Clayton sacudió la cabeza.

—Mulligan, hemos sido una especie de adversarios, pero en lo referente a los negocios. Siempre te he admirado y respetado.

—Y yo a ti. Que es realmente por lo que estoy aquí. Necesito consejo.

—¿Esto tiene algo que ver con mi cuñada?

—Creía que Florence y tú no estabais casados.

—Semántica. Estamos tan comprometidos como dos personas en posesión de un papel. Lo que significa que considero a sus hermanas como mi familia. —Se alisó la tela de los pantalones, que lucían una raya impecable—. Me he enterado de que Justine reunió a tus muchachos para liberarte de O'Shaughnessy. Me habría gustado verlo.

Jack esbozó una sonrisa, la primera desde hacía días.

—Fue un espectáculo increíble. Los llevó por todo el Bowery como el flautista de Hamelín.

—O quizá Boudica. Es temible, por lo que me han dicho.

—¿Florence?

—No, aunque te sorprenda. Florence y la señora Tripp se preocupan incesantemente por su hermana menor. Creo que siguen viéndola como una joven a la que proteger. Infantil, casi.

Justine no era nada de eso. Era terca e ingeniosa, valiente e inteligente.

—Es una fuerza de la naturaleza cuando se propone algo.

—Un rasgo de la familia Greene, me temo.

Jack bebió otro trago de *whisky*.

—Estoy enamorado de ella.

—Ya me lo imaginaba. ¿Cuál es el problema?

—¿Hace falta que me lo preguntes?

—Supongo que debo hacerlo. Según tengo entendido, te has desprendido de todo. No hay nada que te impida mantener una relación con una mujer como Justine Greene.

—No puedes hablar en serio. ¿De verdad crees que es así de simple?

—Pues sí.

La frustración le estaba provocando un palpitante dolor de cabeza. Apuró el *whisky* y dejó el vaso sobre la mesa mientras se levantaba.

—Veo que estoy perdiendo el tiempo.

—Espera. Escúchame —le dijo Clayton al tiempo que señalaba el sillón para que volviera a sentarse—. Estás intentando complicar el asunto, pero, en realidad, no es tan complicado. Supongo que estás planeando cómo encargarte de O'Shaughnessy.

—Sí. —Más o menos. Si pudiera dejar de pensar en Justine.

—Es lo que yo habría hecho en tu lugar si fuera un hombre libre. Que no es tu caso.

—¿Ah, no?

—No eres un hombre libre. Acabas de decir que la amas, y ella debe de corresponder tus sentimientos si se lanzó a rescatarte.

Jack clavó la mirada en sus zapatos. «Estoy enamorada de ti». Unas palabras que no merecía de una mujer que merecía aún menos. Carraspeó.

—Sabes tan bien como yo lo peligroso que son los sentimientos en nuestro mundo.

—Sin embargo, puedes dejar atrás ese mundo. Yo lo hice y no me he arrepentido.

—¿Ni una sola vez?

—No. Ni una sola vez. —Clayton esbozó una sonrisilla—. Ya conoces a la mujer con la que ahora comparto mi vida. Renunciaría a cien reinos por ese privilegio.

—¿Alguien lo ha dejado así sin más, sin represalias?

—Pues claro. ¿Recuerdas a Mallet Malone? —le preguntó y Jack asintió con la cabeza. Malone fue el líder de los Waterfront Rats, desaparecido en el setenta y ocho—. Se mudó a Vermont —siguió—. Tenía un negocio de extracción y fabricación de jarabe de arce que dirigió hasta que murió hace un año.

¡Por Dios! ¿Cómo era posible que no se hubiera enterado de eso?

—Supuse que había acabado en el río Este.

—No, el viejo Mallet ha tenido una vida feliz y saludable. También hay otros. Incluido yo.

—¿Nunca te ha preocupado que alguien venga a por ti, alguien que quiera vengarse porque te guarde rencor?

—Te mentiría si dijera que no se me pasa por la cabeza de vez en cuando, pero tomo precauciones. También me ayuda que Florence sea capaz de cuidarse sola.

—Pero hay una diferencia. O'Shaughnessy no puede permitirse que yo siga con vida. Es demasiado peligroso.

—Lo dejará pasar si te vas de la ciudad.

¿Dejar la única ciudad que había conocido? Llevaba en la sangre esas calles y esos edificios.

¿Y qué pasaba con Justine? Si la convencía de que lo perdonara, no podía pedirle que dejara a su familia, que dejara el trabajo que desempeñaba allí, en Nueva York. No, mudarse era imposible.

—No quiero irme a extraer savia de arce para fabricar jarabe. —Quería dirigir una cervecería de ámbito nacional, pero no de forma anónima ni con un nombre falso. Ese sueño, sin embargo, le parecía más lejano que nunca.

—Entonces, ¿qué vas a hacer?

—Deshacerme de O'Shaughnessy, supongo.

Más sangre en sus manos. Más violencia en su cabeza. Definitivamente, no podía volver con Justine después de eso. Ya la había corrompido bastante.

«Por favor, Jack. No lo mates. No te rebajes a hacerlo. Tú no eres así».

No tenía alternativa. ¿Acaso no lo entendía? Por eso la había dejado marchar. Estaba mejor sin él.

—No creo que Justine lo apruebe —replicó Clayton.

—Me pidió que le prometiera que no lo haría.

—¿Y se lo prometiste?

Jack frunció el ceño.

—¿Por qué iba a hacerlo? No hay otra forma de tratar con O'Shaughnessy, Clayton.

—¿Ah, no? Deja de pensar en esto como Jack Mulligan. Míralo como lo haría un forastero, alguien que no conoce nuestras reglas ni nuestras costumbres. Eso es lo que yo tuve que hacer cuando lo perdí todo.

—¿Y eso en qué me ayuda?

—Podría resolver tu problema. También podría ayudarte a conquistar a la chica. ¿Te apetece cambiarte al café?

27

Justine subió a duras penas el tercer tramo de la escalera, cada paso más agotador que el anterior. «Esto es lo que pasa al quedarse en la cama cuando a una le rompen el corazón», supuso. Los músculos se debilitaban y cada día se convertía en una lucha.

—¿Quieres decirme por fin para qué hemos venido hasta un piso de Broome Street?

Florence la miró por encima del hombro. Una brillo alegre y travieso iluminaba sus ojos, lo que significaba que su hermana no estaba tramando nada bueno.

—Todavía no.

—¡Por el amor de Dios! —refunfuñó Justine—. No estoy de humor para esto.

—Me di cuenta cuando íbamos por la calle Ochenta y ocho, y empezaste a quejarte. Confía en mí, por favor.

Justine resopló y siguió a su hermana hasta el rellano. Una vez allí, la vio abrir una puerta lateral como si fuera la dueña del lugar. La estancia estaba vacía, y solo vio dos sillas como únicos ocupantes.

—¿Quién vive aquí? —le preguntó.

—Nadie. Entra. —Florence cerró la puerta tras ellas y señaló las sillas, emplazadas frente a las ventanas—. Vamos a sentarnos.

—¿Por qué?

—¡Por Dios, Justine! Deja de hacer preguntas y hazme caso. Debemos darnos prisa.

¿Prisa? ¿Para qué? Sin embargo, se guardó las preguntas. Florence podía ser mordaz cuando se la presionaba, y ella estaba demasiado sensible. Había pasado una semana desde que vio a Jack en su bolera. Y casi dos desde que se enfrentó a O'Shaughnessy en su nombre. En cierto modo, parecía que hubiera pasado toda una vida. Sin embargo, para su corazón, que de alguna manera le dolía más cada día que pasaba, era como si hubiese sucedido el día anterior.

Vio que en ambas sillas había una bolsa de papel típica de las tiendas de golosinas.

—¡Oooh, la merienda! —Florence levantó la bolsa y se sentó—. Palomitas de maíz. ¡Qué ricas!

Justine levantó la otra bolsa y se sentó en la silla. Al otro lado de las ventanas, veía la fachada de Broome Street Hall. Un recuerdo muy desagradable. Los hombres de Jack no le hicieron el menor caso cuando les pidió que transfirieran su lealtad a Trevor O'Shaughnessy. Su incredulidad y enfado resonaron entre la multitud mucho después de que él desapareciera. Ver a O'Shaughnessy ensangrentado y furioso solo sirvió para avivar el resentimiento entre ambos bandos. No alcanzaba a entender cómo se resolvería el asunto. Tal vez nunca se resolviera.

«Ve y salva el mundo, *mon ange*. Yo no tengo salvación». No lo creía. Todo el mundo tenía salvación. Y todo el mundo, incluso Jack Mulligan, merecía redimirse. Pero él rechazaba esa opción.

Pasara lo que pase, esperaba que siguiera sano y salvo.

Florence se metió un puñado de palomitas en la boca mientras miraba por la ventana. Justine frunció el ceño.

—No me puedo creer que te estés comiendo eso. A saber de dónde ha salido.

—Por supuesto que voy a comérmelas. Pruébalas —le dijo al tiempo que le asestaba un codazo—. Es seguro hacerlo, te lo prometo.

Justine le dio un mordisquito a una de las palomitas con cautela. Estaba recién hecha.

—Nada de esto tiene sentido.

—Pronto lo tendrá. Relájate y disfruta de haber salido de casa después de tanto tiempo.

¡Por Dios, qué irritante era su hermana! Se comió las palomitas mientras contemplaba el tráfico de la calle.

—Solo he estado unos días sin salir de casa.

—Más bien una semana, Tina.

—Algunos días desearía haber sido hija única. —¿Cómo sería la vida sin tener hermanas entrometidas?

—Mentirosa. —Florence le apoyó la cabeza en el hombro con cariño—. En el fondo, nos quieres.

Justine suspiró y apoyó la cabeza sobre la de su hermana.

—Sí, es verdad. Más que a nada.

Se fijó en dos hombres que caminaban por la calle. Uno de ellos era... el detective Ellison. Debía de ser una coincidencia, sin duda. El hombre que caminaba a su lado tenía un porte autoritario, el de un policía o quizá el de un funcionario del Gobierno.

—Me pregunto qué hace aquí el detective Ellison.

—Mmm... —Florence se acercó a la ventana y se metió más palomitas en la boca—. Eso me pregunto yo.

—Eres insoportable —le dijo—. Sabes lo que está pasando y te niegas a decírmelo.

—Porque no pienso arruinarte la sorpresa. Tú mira y ya está.

El detective Ellison y el hombre que lo acompañaba desaparecieron en el interior de Broome Street Hall. El cuartel general de O'Shaughnessy. ¡Qué raro! La policía no había demostrado el menor interés en prestarle ayuda el otro día, cuando O'Shaughnessy secuestró a Jack. Prácticamente les había suplicado que intervinieran. ¿Y en ese momento aparecían por su propia voluntad?

¿Estarían compinchados con O'Shaughnessy?

La posibilidad la asqueaba, aunque tuviera sentido. El detective Ellison no se había sorprendido mucho al leer la nota de rescate. Casi todos los policías, según había descubierto, recibían sobornos de alguien. O'Shaughnessy no era tonto, seguramente estaba amasando poder mientras ellas estaban allí sentadas. ¡Pobre Jack!

Con el rabillo del ojo, captó un movimiento en la calle adyacente. Un enorme carro de la policía se acercaba lentamente por Bowery, hacia Broome Street. Junto al carro caminaba un nutrido grupo de hombres ataviados con trajes oscuros, además de los agentes uniformados. Se incorporó de repente y se inclinó hacia delante.

—¡Mira! Por Bowery Street.

—¡Allá vamos! —exclamó su hermana, que parecía eufórica.

El grupo de Bowery Street se detuvo, a la espera. ¿De qué? Justine miró de nuevo hacia el cuartel general de O'Shaughnessy. Al cabo de unos minutos, vio que el detective Ellison y el otro hombre salían por la puerta principal, sujetando entre ellos a Trevor O'Shaughnessy, que llevaba las manos esposadas.

Justine se puso en pie, sin pensar en las palomitas siquiera.

—¡Ay, por Dios!

Estaban arrestando a O'Shaughnessy.

El detective Ellison se llevó dos dedos a los labios y silbó con fuerza. El numeroso grupo de hombres que esperaba a la vuelta de la esquina empezó a correr hacia Broome Street, y se detuvo frente a la taberna como un enjambre de langostas. El carro no tardó en seguirlos. Aunque no alcanzaba a oír lo que decía, O'Shaughnessy parecía estar protestando a voz en grito mientras forcejaba para liberarse, con la cara roja y demudada por la furia.

Sin embargo, no le sirvió de nada. Lo subieron, junto a varios de sus hombres, al carro de la policía.

—No me lo puedo creer —susurró. Aunque con varios días de retraso, la policía había conseguido detener por fin a O'Shaughnessy. El resentimiento que albergaba hacia el detective Ellison y el departamento de policía se mitigó un poco.

—Pues créetelo —repuso su hermana—. Acabas de ver la detención de Trevor O'Shaughnessy por parte del Servicio Secreto de Estados Unidos. Junto con la ayuda de nuestra propia policía, por supuesto.

—¿El Servicio Secreto? Pero ¿por qué? Ellos se encargan de los casos de falsificación.

Sonó un golpe en la puerta. Justine se quedó petrificada, en guardia. ¿Quién sabía que estaban allí? Florence no pestañeó siquiera, como si esperara la interrupción.

—No abras la puerta —susurró ella—. A saber quién es.

—¡Adelante! —exclamó su hermana, sin hacerle el menor caso.

El pomo giró y, cuando se abrió la puerta, vio a Jack.

La sorpresa la dejó boquiabierta. ¿Cómo...? ¿Por qué...? Y, en ese momento, recordó las bolsas de palomitas. ¡Por supuesto! Jack sabía que aquello iba a pasar y le había pedido a Florence que la llevara a ese piso.

¿Para qué? ¿Para burlarse de ella con todo lo que nunca podría tener porque pronto retomaría su lugar como el rey de los bajos fondos de Nueva York?

Eso resultaba todavía más deprimente.

Se mantuvo en silencio y se limitó a unir las manos, entrelazando los dedos. Sobreviviría. Oiría lo que él tuviera que decir y luego se iría. Solo unos minutos más y podría escapar.

Clayton Madden apareció por detrás de Jack, con la mirada clavada en Florence.

—¿Qué te ha parecido, amor mío?

Su hermana corrió hacia su compañero y le echó los brazos al cuello.

—Ha sido fantástico. Muy, muy excitante —le susurró al oído, y la expresión de Clay se tornó voraz.

Clay le dirigió una mirada a Jack e hizo un gesto con un pulgar, señalando hacia el piso contiguo.

—Estaremos ahí al lado.

Jack hizo un gesto afirmativo con la cabeza, sin mirarlos siquiera, tras lo cual se metió las manos en los bolsillos sin que sus ojos la abandonaran en ningún momento. Si no lo conociera, diría que parecía nervioso.

La puerta se cerró y se hizo el silencio en la reducida estancia. Ella no sabía qué decir, y Jack tampoco parecía tener prisa por hablar. Sintió una punzada de añoranza y de arrepentimiento en el corazón. Parecía cansado, aunque tenía mejor aspecto que la última vez que lo vio. Eso era bueno. Al menos, uno de ellos se estaba recuperando. Pronto recobraría su encanto y volvería a supervisar el imperio criminal al que se negaba a renunciar.

Bien, bien.

Al final, le resultó imposible seguir soportándolo.

—¿Qué hago aquí, Jack?

Él señaló con la cabeza hacia la ventana.

—¿Te ha gustado el espectáculo?

—Debes de estar contentísimo por haberte librado de tu archienemigo. Enhorabuena.

—No sabes cuánto, pero no estás aquí por eso.

—¿Ah, no? Creía que te gustaría regodearte.

—¿Regodearme? —Se acercó a ella, que seguía delante de las ventanas—. ¿En qué?

—En que todo te ha salido bien, exactamente como querías.

—Todo lo contrario.

—En fin, no alcanzo a entender qué más necesitas. O'Shaughnessy ya no está y puedes recuperar tu trono y seguir supervisando tu reino.

—Sin embargo, me falta la única cosa que necesito. ¿No adivinas lo que es?

La intensidad de su mirada empezaba a perturbarla. Nunca lo había visto tan serio, tan concentrado.

—No.

—Tú, *mon ange*. Te necesito a ti.

La invadió la decepción al tiempo que el corazón le daba un vuelco por la alegría.

—Me dijiste que estaba mejor sin ti.

—Eso sigue siendo indudablemente cierto, pero no puedo renunciar a ti.

—Demasiado tarde. Ya me has abandonado.

—Eso fue un error.

—No puedo pasar de nuevo por todo esto. —Se frotó la frente con cansancio—. Seguimos moviéndonos en círculos cuando ambos hemos dejado claros nuestros sentimientos. Es agotador.

—No más círculos, no más confusión. Es muy sencillo. He regalado mi reino y no tengo la menor intención de recuperarlo. Además, acabo de eliminar el único obstáculo que me impedía tener futuro con la mujer que amo.

—¿Me amas? —Parpadeó, intentando comprenderlo. ¿De verdad había dicho que la amaba?

—¿Es tan difícil de creer?

—Sí, la verdad. No pareció costarte mucho alejarte de mí aquella noche en tu casa. Me dijiste que lo que había entre nosotros debía terminar.

—Tú me hiciste lo mismo una vez si mal no recuerdo.

Cierto.

—Y fue lo más difícil que he hecho en la vida.

—Justine, nada de lo que sucedió aquella noche fue fácil para mí. Te echo tanto de menos que me asusta. Hace días que no sirvo para nada. Solo he empezado a funcionar después de poner en marcha el plan para que detuviesen a O'Shaughnessy.

—¿Plan? ¿Quieres decir que...?

Lo vio esbozar una sonrisa torcida maravillosa.

—No creerás que el Servicio Secreto se ha tropezado al azar con los billetes falsos que estaban en posesión de O'Shaughnessy, ¿verdad?

Justine miró hacia la calle, donde los policías trajeados y los agentes uniformados seguían frente a la taberna. Estaban sacando cajas fuertes, libros de contabilidad y documentos que cargaban en una carreta. El detective Ellison y el agente del Servicio Secreto dirigían la operación.

—¿Has sido tú quien ha plantado los billetes falsos?

—Bueno, eso estaría muy feo. —Se acercó a ella y cruzó los brazos por delante del pecho, mientras clavaba la mirada en el detective Ellison y en los demás policías—. Sin embargo, resulta que el Servicio Secreto se toma muy en serio la falsificación de moneda.

Eso no era una respuesta y ambos lo sabían.

—Jack... —dijo Justine, frustrada y pronunciando su nombre con un suspiro.

—Dime qué está pasando.

Tras colocarle las manos en los hombros, la hizo girar con delicadeza para que quedara de frente a él. Sus manos eran cálidas y fuertes, y el simple contacto la estremeció.

—Quería un futuro contigo, pero antes tenía que lidiar con O'Shaughnessy. A menos que me mudara a otra ciudad y me cambiara de nombre, siempre estaría en peligro.

—Pero me alejaste.

—Porque me resultaba imposible ver una salida. Supuse que tendría que librar una guerra contra O'Shaughnessy para deshacerme de él. Como mínimo, pensé que tendría que matarlo. En cambio, he encontrado la manera de que lo encierren durante muchísimo tiempo.

Intentó sentirse indignada por sus maquinaciones, pero... O'Shaughnessy se lo merecía. Había intentado matar a Jack y había amenazado con agredirla. De habérsele presentado la oportunidad, seguramente habría hecho ambas cosas.

—Y no lo has matado.

La expresión de Jack se suavizó, y la ternura resplandeció en esos luminosos ojos azules.

—Me pediste que no lo hiciera.

—Entonces, todo esto —dijo al tiempo que hacía un gesto para señalar la escena que se desarrollaba en la calle—, ¿era una forma de demostrarme algo?

—Te quiero en mi vida, a mi lado. Eres más importante para mí que cualquier otra cosa en el mundo, y haré lo que sea necesario para mantenerte cerca.

La opresión que le atenazaba el corazón desapareció, porque la felicidad anidó en él. Jamás había esperado que ese hombre tan increíble le dijera esas cosas ni que la antepusiera a todo lo demás. Le parecía casi demasiado bueno para ser verdad.

—¿Qué hay de tu imperio de vicio y pecado?

—Lo he cambiado por otro diferente, un imperio de amor y risas. ¿Conoces a algún ángel que pueda estar interesado?

—Puede que sí. Pero antes cuéntame más sobre eso de que me amas y tal.

Jack se inclinó hacia ella con una sonrisa y se acercó a sus labios. Todo su cuerpo le pedía que se acercara más, que se pegara a él como si fuera un trozo de tela húmeda. Él le tomó la cara entre las manos.

—Te quiero, Justine. Siento haber tardado tanto en decírtelo. Por favor, di que me perdonas y que te quedarás a mi lado.

Ella se puso de puntillas y se apoderó de su boca. Fue un beso dulce y familiar, apasionado y ansioso. Había temido durante mucho tiempo no volver a experimentar eso nunca más, así que se aferró con fuerza y dejó que sus problemas desaparecieran para disfrutar del momento. El beso se prolongó mientras sus labios, sus dientes y sus lenguas se fundían, mientras se aferraban el uno al otro con pasión.

Los interrumpió un golpe en la puerta. Se separaron, aunque Jack no la soltó mientras intentaban recuperar el aliento. Volvieron a llamar a la puerta, así que Justine dijo:

—¿Sí?

Florence abrió y asomó la cabeza. Justine no pudo evitar percatarse de que su hermana tenía un aspecto radiante y desaliñado mientras los miraba con una sonrisa.

—Supongo, dado el silencio y los labios hinchados, que os habéis reconciliado, así que Clay y yo nos vamos a casa. Pero —añadió, señalando a Jack— como alguna vez le hagas daño a mi hermana, te enterraré en un lugar donde nunca encontrarán los pedazos.

—¡Florence! —exclamó ella, mirándola boquiabierta—. No lo amenaces más.

Su hermana levantó un hombro.

—Papá se lo dijo a Clay hace un par años y logró asustarlo. He pensado que valía la pena intentarlo con él. En serio, Mulligan. No enfurezcas a las hermanas Greene o acabaremos contigo.

Él le hizo un gesto con la cabeza.

—Tomo nota.

—Buenas noches a los dos.

Después de que la puerta se cerrara, Jack le preguntó en voz baja:

—¿Hemos hecho las paces, *cara*?

Justine se mordió el labio inferior y clavó la mirada en su barbilla. Siempre había creído en la redención. Que todo el mundo merecía una segunda oportunidad. ¿Cómo podía negarle el perdón cuando él había hecho todo eso por ella? ¿Cuando le había confesado sus verdaderos sentimientos?

Alzó la mirada.

—Parece que sí. Al fin y al cabo, me quieres.

—¿Y tú me sigues queriendo?

—Te sigo queriendo. —Eso le valió un beso fugaz en los labios. Después, echó hacia atrás la cabeza para mirarlo a los ojos—. ¿Estás seguro de que no echarás de menos ser el hombre más temible de la ciudad de Nueva York?

Jack la acercó para estrecharla contra su pecho.

—De ninguna manera. Y aunque no te prometo que no intente cobrar algún favor o soborno, te aseguro que me limitaré estrictamente a nuestro dormitorio.

—¡Qué mente tan retorcida tienes! —replicó ella, incapaz de contener una enorme sonrisa.

—Sí, pero solo para ti a partir de ahora.

28

Centro Social y Cívico de Broome Street
Marzo de 1894

La esquina del Bowery con Broome Street estaba repleta de dignatarios, políticos, la flor y nata de la sociedad y los residentes del barrio. Todos habían desafiado el frío de esa mañana para oír a la señorita Justine Greene, fundadora del Centro Social y Cívico de Broome Street durante su acto de inauguración.

Jack la observaba, sonriente, desde su lugar entre la multitud. Estaba muy orgulloso de ella.

De alguna manera, Justine había convencido a su padre de que le entregara su fondo fiduciario antes de tiempo y había usado el dinero para abrir ese centro, que proporcionaría educación, recursos y asistencia a los residentes del barrio. Tenían una plantilla de seis personas y muchos más voluntarios, en su mayoría mujeres jóvenes que acababan de graduarse en la universidad. Personalmente, le encantaba que la antigua taberna de O'Shaughnessy se hubiera reconvertido para un fin tan noble. Al irlandés se le retorcerían las tripas, joder.

—Nuestro objetivo —le decía Justine a la multitud— es mejorar la comunidad desde dentro. Trabajaremos por el barrio trabajando con el barrio. No se rechazará a nadie por su etnia, educación o religión. Nuestro modelo será similar al de la Hull House de Jane Addams en Chicago.

Muchos de los presentes asintieron con la cabeza, familiarizados con el nombre. Jack conocía la Hull House y a su fundadora, Jane Addams, solo porque Justine se la había presentado durante un viaje que hicieron a la ciudad durante el mes octubre, mientras tanteaba posibles emplazamientos para la cervecería en Chicago. Aún no habían decidido el lugar, pero tener a Justine para él solo durante tres semanas había sido maravilloso.

El discurso no tardó en concluir y los asistentes estallaron en aplausos. El alcalde se acercó a ella para estrecharle la mano, y en el aire se alzó el humo del polvo de magnesio de la cámara fotográfica. Todavía tardaría varios minutos en poder excusarse, así que él se entretuvo observando a la multitud.

—No mires —murmuró Clayton, que estaba a su lado—. Aquí viene tu futuro suegro.

Efectivamente, Duncan Greene se abría paso entre la multitud mientras caminaba hacia ellos. Jack se apartó de la farola en la que estaba apoyado.

—¡Mierda!

—Sonríe. Te conviene que la primera impresión sea buena.

—Vete a la mierda.

Hasta la fecha, todos los miembros de la familia Greene lo habían recibido, excepto Duncan Green. La abuela de Justine lo había invitado a tomar el té, durante el cual conversaron en francés. Se la ganó contándole anécdotas graciosas de sus días en el Bajo Manhattan. Al final de la visita, la mujer lo abrazó y lo invitó a pasar la Navidad en Newport con la familia.

Duncan, en cambio, hizo como si él no existiera. Le dijo a Justine que no estaba listo para acoger a otro antiguo criminal en el redil. En realidad, no le importaba si Duncan le daba su aprobación o no. La única persona que le importaba era Justine, y ella le había asegurado que su padre entraría en razón. En algún momento.

Clayton se rio.

—Lo bueno es que a tu lado parezco un santo.

—Deja de sonreír —le dijo Jack—. Vas a asustar a los niños pequeños.

Una Florence sin aliento apareció en ese momento y se colocó junto a Clayton.

—Aquí estoy. Lo siento. He visto que venía hacia aquí y por eso he corrido.

—No hacía falta —replicó Clayton, que le besó una mano—. No viene a acosarme a mí.

—De todas formas, debo proteger a Mulligan, ya que Justine está preocupada. —Se volvió justo cuando Duncan llegaba hasta ellos—. ¡Ah! Hola, papá.

—Florence —repuso su padre mientras se inclinaba para besarla en una mejilla—. Tienes buen aspecto. Buenos días, Clayton. —Se saludaron con un apretón de manos.

Jack no dijo nada y se limitó a esperar que el hombre le diera la espalda sin más. ¡Qué espanto!

—Papá, ¿conoces al señor Mulligan? —preguntó Florence al tiempo que lo señalaba.

Duncan Green hizo una mueca, pero se volvió hacia él.

—Mulligan —dijo, mientras le tendía una mano.

Jack se esforzó por disimular la sorpresa mientras se la estrechaba.

—Señor Greene. Un placer.

—Mi esposa y mi madre me han informado de que no puedo mantener este rencor durante más tiempo. Supongo que eso significa que debemos reunirnos para discutir las cláusulas del contrato prematrimonial.

Todavía no le había propuesto matrimonio a Justine, pero era inútil discutir con su padre. Se casaría con ella cuando estuviera lista, no cuando otros los presionaran.

—No es necesario. Lo único que quiero es a su hija.

—Llámame escéptico, pero no me lo creo.

—Siempre digo lo que siento. Y tengo mucho dinero.

—Sí, sin duda de procedencia cuestionable —murmuró—. ¿Alguna propiedad inmobiliaria?

—Tengo una casa en Bond Street. —Justine se mudaría pronto, y él esperaba ansioso que llegara el día. Había planeado follársela en todas las habitaciones.

—¿Así que no te interesa una vieja fábrica en Chicago que podría convertirse fácilmente en una cervecería?

Jack enarcó las cejas. Menudo zorro estaba hecho.

—Tal vez, si es del tamaño adecuado. Hemos estado buscando el lugar apropiado en la ciudad.

—Me lo ha dicho Julius Hatcher. Parece muy aliviado de que hayas abandonado tus antiguas actividades.

Hatcher se había incorporado con entusiasmo al negocio de extender la cervecería al ámbito nacional una vez que dejó su imperio criminal en manos de Rye y de Cooper. Los vagones refrigerados ya estaban en producción y las negociaciones para comprar la línea de ferrocarril se encontraban en marcha.

Duncan agitó una mano.

—Tal vez dicha propiedad podría canjearse por acciones de la empresa.

—Tal vez.

—Por supuesto, debería recibir el doble del valor de la propiedad en acciones.

—¿Ah, sí? —¿Duncan Greene estaba tratando de estafarlo?

—Pues sí. —Su interlocutor no se arredró, al contrario, añadió bajando la voz—: Supongo que es lo justo, ya que sedujiste y arruinaste a mi hija pequeña mientras yo viajaba por Europa.

—¿Qué está pasando aquí?

Justine se acercó al pequeño grupo y se colocó a su lado. Su benefactora había llegado para salvarlo. Sintió una oleada de calor que se le extendió por todo el cuerpo, provocado por una satisfacción y una felicidad como nunca había conocido. Sin hacer caso de los demás, se inclinó para besarla en una mejilla.

—Felicidades, *cara*. Has estado magnífica.

—Gracias —replicó ella, que miró a su padre—. ¿De qué estáis hablando?

—Tengo una propiedad que me gustaría darle a tu prometido.

—No es mi... —Sacudió la cabeza, probablemente porque se dio cuenta de que no merecía la pena discutir con su padre—. Eso es muy generoso, papá. Estoy segura de que Jack te lo agradece —añadió al tiempo que lo miraba con los ojos muy abiertos y gesto elocuente.

Jack contuvo un suspiro exasperado y asintió con la cabeza.

—Sí, por supuesto. ¿Cómo iba a negarme?

—Excelente. Ven a verme mañana y te daré toda la información.

Acordaron una hora, y Justine sonrió de oreja a oreja.

—Estoy contentísima de ver que os lleváis tan bien.

Sí, si se interpretaba «llevarse bien» como ceder a un chantaje. Al parecer, Duncan era más un matón que un caballero. Pero no podía soportar decepcionarla, así que se limitó a sonreír.

—En fin, creo que encajaré bien en tu familia.

Todos se despidieron y se alejaron, dejándolos que caminaran juntos hacia el centro social y cívico.

—Tu familia parece creer que ya estamos comprometidos —comentó—. ¿Te molesta el malentendido?

—No, la verdad es que no. Me da la impresión de que eso los ayuda a aceptar nuestra relación. Además, mi madre está ansiosa por planear otra boda, ya que Florence se niega a pasar por la iglesia con Clay.

—¿Lo hacemos oficial, entonces?

—¿Esa es su idea de una proposición matrimonial, señor Mulligan?

El calor le subió por el cuello. Sabía que las mujeres les daban importancia a esas cosas y acababa de meterse en un pozo del que probablemente nunca saldría.

—Yo...

Una mano delicada se posó en su brazo y lo arrastró al interior del edificio, a la estancia que ella utilizaba como despacho. Una vez dentro, Justine cerró la puerta y echó el pestillo. Segundos después, le rodeó el cuello con los brazos.

—Te estaba tomando el pelo. —Le mordió el lóbulo de una oreja, y Jack sintió un escalofrío que le recorrió el cuerpo entero.

—Si haces memoria, fuiste tú quien quiso esperar. Yo quería casarme contigo en agosto.

Justine jugueteó con las puntas de su pelo.

—Lo recuerdo, pero me gusta esta parte, porque todo parece nuevo y emocionante. Esconderse y encontrar la manera de que no te pillen.

—Una adicta a las emociones. ¿Cómo es que no me he dado cuenta antes? —Le agarró las caderas con las manos y la pegó a su cuerpo para que pudiera sentirlo todo.

—Mmm... —Le rozó el mentón con los labios—. Aunque, al fin y al cabo, tal vez el matrimonio no sea tan distinto.

Sintió que el deseo le espesaba la sangre en las venas, y en su mente solo hubo cabida para imaginársela inclinada sobre su mesa de trabajo...

—¿Me dejarás hacer de ti un hombre honesto, Jack Mulligan? ¿Te casarás conmigo?

—Sí, pero honesto del todo no —contestó mientras se agachaba para levantarla del suelo y llevarla hasta la mesa—. No quiero que te aburras.

Ella le acarició con los dientes la sensible piel de la garganta, arrancándole un gemido.

—Creo que la probabilidad de que eso suceda es muy baja.

Agradecimientos

Muchas gracias por leer y apoyar la serie «Chicas de Nueva York». Ha sido un placer escribirla. Como me encanta la investigación histórica, aquí dejo algunas curiosidades.

Para crear el personaje de Jack me he inspirado, muy libremente eso sí, en un hombre de carne y hueso de la Edad Dorada neoyorquina, llamado Paul Kelly. Un criminal legendario que reunió muchas de las pandillas de la ciudad, que vestía como un dandi y que hablaba varios idiomas. En el caso de Trevor O'Shaughnessy, me he inspirado, también muy libremente, en Monk Eastman, el rival de Paul Kelly.

La información sobre la cervecería se basa en la historia de Anheuser-Busch. Ellos fueron los primeros en usar vagones refrigerados (1876), y la revolucionaria cerveza creada por Patrick Murphy viene de Michelob (creada en 1896).

Se cree que Marie Connelly (o Connolly) Owens fue la primera mujer policía de Estados Unidos, que se incorporó al Departamento de Policía de Chicago en 1891 como sargento con plena capacidad para realizar detenciones. Su éxito a la hora de perseguir a los hombres que abandonaban a sus esposas hizo que la policía de Chicago se fijara en ella y le ofreciera un puesto en el departamento.

Jamás podría hacer este trabajo sola. Todo mi amor y agradecimiento a mi compañera de viaje, Diana Quincy, que no dejaba de decirme que añadiera más «diablo» en *El diablo de Manhattan*. Muchísimas gracias a Sarah MacLean, Sophie Jordan, Sonali Dev, Lenora Bell, Eva Leigh, Michele Mannon y Megan Frampton por su brillantez y amistad. Y gracias a Jenny Nordbak, Jennifer Prokop, Joel Kincaid, Frauke Spanuth y Adriana Anders por responder a mis preguntas de última hora.

Gracias a la fabulosa Tessa Woodward por el apoyo y el entusiasmo que les demuestra a mis historias, así como a todo el equipo de Avon/HarperCollins que trabaja en mis libros, en especial a Elle Keck, Pamela Jaffee, Imani Gary, Kayleigh Webb y Angela Craft. Y gracias a Laura Bradford, que siempre está pendiente de mí.

Como siempre, todo mi amor y gratitud a Rich por su inagotable paciencia y apoyo.

¿TE GUSTÓ
ESTE LIBRO?

**escríbenos y
cuéntanos tu opinión en**

 **/Sellotitania**    **/@Titania_ed**

/titania.ed

#SíSoyRomántica